Les pilotes de
la Grande Porte

FREDERIK POHL | *ŒUVRES*

FREDERIK POHL

Les pilotes de la Grande Porte

TRADUIT DE L'AMÉRICAIN
PAR MICHEL DEMUTH

ÉDITIONS J'AI LU

Ce roman a paru sous le titre original :

BEYOND THE BLUE EVENT HORIZON

Wan

Ça n'était pas facile de vivre, si jeune, si totalement seul.

« Va dans les dorés, Wan, vole ce que tu veux, apprends. N'aie pas peur », lui disaient les Hommes Morts. Mais comment pouvait-il ne pas avoir peur ? Les Anciens circulaient dans les passages dorés. Ils étaient stupides mais inquiétants. On pouvait les rencontrer partout, et plus particulièrement tout au bout des passages, là où les écheveaux de symboles tournaient sans fin au centre des choses. C'est-à-dire très exactement là où les Hommes Morts l'incitaient à se rendre. Après tout, il devrait certainement y aller, mais il ne pouvait s'empêcher d'avoir peur.

Wan ignorait ce qui pourrait lui arriver si jamais les Anciens l'attrapaient. Les Hommes Morts le savaient probablement mais, pour lui, leurs divagations n'avaient pas le moindre sens. Une fois, il y avait long-temps de cela, lorsqu'il était petit — ses parents étaient encore vivants, ce qui faisait bien longtemps — son père avait été pris par les Anciens. Il était resté long-temps absent avant de regagner leur logis éclairé en vert. Il tremblait, et Wan, qui n'avait que deux ans, avait compris que son père avait peur et il s'était mis à pleurer et à hurler parce que, pour lui, c'était effrayant.

Pourtant, il devait aller dans les passages dorés, même s'il risquait d'y rencontrer les vieilles bouches-de-grenouille, car c'était là-bas que se trouvaient les livres. Les Hommes Morts étaient plutôt bien, mais ils se montraient aussi irritables, irascibles et souvent obsédés. Les meilleures sources de connaissance étaient les livres et, pour les avoir, Wan devait aller là où ils étaient. Et les livres se trouvaient dans les passages qui brillaient d'une lumière dorée. Il y avait d'autres passages, verts, rouges et bleus, mais aucun n'avait de livres. Wan n'aimait pas les corridors bleus, car ils étaient froids et déserts, mais c'était là que se trouvaient les Hommes Morts. Les verts étaient abandonnés. Wan passait la plupart de son temps là où les trames de lumière rouge clignotaient sur les parois, où il pouvait encore trouver de la nourriture dans les hottes. Là, il était sûr que personne ne viendrait le déranger, mais il y était seul. Les passages d'or, eux, étaient encore utilisés, donc dangereux.

Et maintenant il était là. Il s'injuriait, furieux contre lui-même, mais ce n'était pas plus qu'un souffle, car il était coincé. Maudits Hommes Morts ! Pourquoi avait-il écouté leurs inepties ?

Il se recroquevilla en tremblant dans l'abri dérisoire d'un buisson tandis que deux idiots d'Anciens cueillaient gravement des baies qu'ils portaient à leur bouche de grenouille avec une précision solennelle. Ils semblaient oisifs et c'était vraiment inhabituel. L'une des raisons pour lesquelles Wan méprisait les Anciens, c'est qu'ils se montraient toujours actifs : ils s'agitaient sans cesse, ils bricolaient, transportaient, réparaient comme s'ils poursuivaient un but précis. Mais ces deux-là étaient aussi vacants que Wan lui-même.

Ils portaient tous deux une barbe clairsemée mais l'un avait aussi des seins. Wan reconnut une femelle qu'il avait déjà rencontrée une bonne dizaine de fois. Elle passait son temps à coller sur son sari et quelquefois sur sa peau jaunâtre et tachetée des morceaux... de quoi, au juste ? De papier ? De plastique ? Wan ne pensait pas qu'ils pouvaient s'apercevoir de sa présence mais, tout de même, il fut soulagé de les voir s'éloigner après un moment. Ils n'avaient pas échangé un mot. En fait, Wan avait rarement entendu une bouche-de-grenouille s'exprimer. De toute façon, il était incapable de les comprendre. Il parlait pourtant six langues couramment : l'espagnol, comme son père, l'anglais, comme sa mère, l'allemand, le russe, le chinois cantonnais et le finnois comme certains Hommes Morts. Mais aucun des mots qu'employaient les bouches-de-grenouille ne lui était familier.

Dès qu'ils eurent disparu dans les lointains du couloir doré, Wan s'empara promptement de trois livres et courut vers le refuge d'un couloir rouge. Après tout, il se pouvait bien que les Anciens l'aient repéré. Ils ne réagissaient jamais très vivement. C'était d'ailleurs pour cela qu'il était parvenu à leur échapper depuis si longtemps. Il passait un ou deux jours dans les passages, et hop! il repartait. Le temps qu'ils prennent conscience de sa présence, il n'était plus là. Il était retourné au vaisseau, il était loin.

Il regagna le vaisseau et posa les livres sur une panière de paquets alimentaires. Les accumulateurs de propulsion seraient bientôt chargés. Il pouvait partir quand bon lui semblerait, mais il valait mieux attendre qu'ils soient à pleine charge et, de plus, il ne voyait aucune raison particulière de se hâter. Il passa près d'une heure à remplir d'eau ses sacs de plastique en prévision du morne voyage. Quel dommage qu'il n'y eût pas le moindre lecteur à bord! Finalement, cette corvée finit par le lasser et il décida d'aller dire au revoir aux Hommes Morts. Il était possible que cela leur soit indifférent, qu'ils ne lui adressent même pas la parole, mais il n'avait personne d'autre à qui parler.

Wan avait quinze ans. Il était grand, mince, la peau sombre de naissance, encore plus sombre après les années passées à bord du vaisseau. Il était fort et plein d'assurance. Il le fallait bien. Il y avait toujours de la nourriture dans les hottes, et aussi d'autres denrées à emporter, quand il l'osait. Une ou deux fois l'an, lorsqu'ils s'en souvenaient, les Hommes Morts le prenaient dans une de leurs petites machines mobiles pour le conduire jusqu'à une alcôve, dans les passages bleus. Durant toute une journée exaspérante, il avait droit à un examen physique complet. Quelquefois, on lui plombait une dent, ou bien on lui injectait des vitamines à long cycle et des minéraux. On lui avait même confectionné des lunettes. Mais il ne voulait pas les porter. Les Hommes Morts lui rappelaient aussi d'étudier et de s'instruire quand il négligeait cela trop longtemps. Avec eux et avec les livres des réserves. Mais ces rappels étaient inutiles. Il aimait s'instruire. Cela mis à part, il était entièrement livré à lui-même. S'il avait besoin de vêtements, il lui fallait aller dans les passages dorés et dérober aux Anciens ce dont il avait besoin. S'il s'ennuyait, il trouvait toujours quelque chose. Il passait quelques jours dans les passages, quelques semaines dans le vaisseau, puis quelques jours ailleurs. Et il recommençait.

Le temps passait. Il n'avait personne pour lui tenir compagnie, il n'avait jamais eu personne depuis l'âge de quatre ans, lorsque ses parents avaient disparu, et il avait presque oublié ce que c'était que d'avoir un ami. Il ne s'en souciait pas. Sa vie lui semblait complète telle qu'elle était dès lors qu'il ne pouvait la comparer à aucune autre. Parfois, il se disait que ce serait bien de s'installer quelque part. Mais ce n'était qu'une rêverie qui jamais ne parvenait au stade de l'intention. Depuis plus de onze ans, il faisait ainsi la navette. Dans les autres lieux, il y avait des choses que la civilisation ne possédait pas. Il y avait la chambre des rêves, où il pouvait s'étendre bien à plat, fermer les yeux avec l'impression de n'être plus vraiment seul. Mais il ne pouvait y vivre, bien que ce fût un lieu sûr et riche en nourriture, car l'unique accumulateur d'eau ne produisait guère qu'un mince filet. La civilisation possédait bien des choses que l'avant-poste n'avait pas : les livres et les Hommes Morts, les palpitantes explorations et les raids périlleux pour des vêtements, des bibelots. N'importe quoi : il s'y passait des choses. Mais là non plus il ne pouvait vivre, car les bouches-de-grenouille n'auraient pas tardé à l'attraper. Alors, il changeait sans cesse.

Lorsque Wan actionna la pédale, la grande porte qui donnait accès au domaine des Hommes Morts refusa de s'ouvrir. Et il faillit bien se casser le nez. Surpris, il s'arrêta, pesa contre le battant, d'abord en hésitant, puis franchement. Il lui fallut faire appel à toute sa force pour parvenir enfin à l'ouvrir. Quelquefois déjà, auparavant, la porte avait paru résister en émettant des bruits inquiétants, mais jamais encore il n'avait dû l'ouvrir à la main. C'était très ennuyeux. Wan avait déjà rencontré des machines en panne. C'était pour cela que les passages verts n'étaient plus utilisables. Mais il ne s'agissait que de nourriture et de chaleur que l'on trouvait à foison dans les rouges et même dans les dorés. C'était très inquiétant que quelque chose se détraque autour des Hommes Morts : s'ils venaient à tomber en panne, il ne pourrait jamais les remplacer.

Pourtant, dans la pièce, tout semblait normal : elle était brillamment illuminée, la température y était douce et il entendait le ronronnement régulier et les cliquetis légers que produisaient les Hommes Morts derrière leurs panneaux, tout en émettant leurs pensées démentes et solitaires et en faisant ce qu'ils faisaient lorsque Wan ne leur parlait pas.

Il s'assit dans son fauteuil et s'agita un instant pour s'accommoder à la forme tourmentée du siège avant de placer le casque sur sa tête.

— Je vais aller à l'avant-poste, dit-il.

Il n'y eut pas de réponse. Il répéta ce qu'il venait de dire dans toutes les langues qu'il pratiquait, mais aucun des Hommes Morts ne semblait désireux de lui parler. C'était une déception. Certaines fois, ils étaient deux ou même trois à vouloir lui tenir compagnie, plus parfois. Alors ils avaient une bonne conversation, bien longue, et c'était vraiment comme s'il n'était pas seul, pas du tout. Comme s'il appartenait à leur « famille », un mot qu'il avait appris grâce aux livres et à ce que lui avaient dit les Hommes Morts, mais qui, pour lui, ne correspondait à aucune réalité. C'était agréable, presque autant que lorsqu'il se trouvait dans la chambre des rêves où, pour quelque temps, il pouvait avoir l'illusion de faire partie d'une centaine, d'un million de familles. Des foules de gens ! Mais, à la longue, c'était plus qu'il ne pouvait supporter. Et ainsi, quand il devait quitter l'avant-poste pour retrouver de l'eau ainsi que la compagnie plus tangible des Hommes Morts, il n'était pas vraiment triste, jamais. Mais toujours il revenait vers la couche étroite et la couverture de métal velouté, vers les rêves.

La chambre l'attendait, mais il décida d'accorder une deuxième chance aux Hommes Morts. Même lorsqu'ils n'étaient pas d'humeur à bavarder, il arrivait qu'ils se montrent intéressés quand on leur adressait individuellement la parole. Il réfléchit un instant avant de composer le numéro cinquante-sept.

Une voix lointaine et triste murmurait :
— ... j'ai essayé de lui parler de la masse manquante. *La masse !* Tu parles... La seule qui comptait dans sa tête, c'était une vingtaine de kilos de cul et de lolos ! Cette raclure de Doris ! Il n'a qu'à la regarder... Et merde ! Il ne pense plus à la mission, il ne pense plus à moi...

En fronçant les sourcils, Wan appuya sur la touche d'arrêt. Cinquante-sept était vraiment une peste ! Il aimait l'écouter quand elle s'exprimait de façon sensée, parce qu'elle lui rappelait un peu sa mère. Mais l'astrophysique, les voyages dans l'espace et autres sujets passionnants la ramenaient toujours invariablement à ses problèmes personnels. Il cracha en direction du panneau derrière lequel, à son avis, vivait cinquante-sept. C'était un truc qu'il avait appris des Anciens. Il espérait que cinquante-sept allait dire quelque chose d'intéressant. Mais elle ne semblait pas décidée pour l'instant. Cinquante-sept — qui aimait qu'on l'appelle Henrietta quand elle se trouvait dans un état cohérent — bavassait sur les décalages vers le rouge et les infidélités d'Arnold avec Doris. Quel que fût le rapport entre les uns et les autres.

— On aurait pu être des héros, sanglotait-elle. Et on aurait touché une prime d'un million de dollars, plus peut-être. Jusqu'à combien ils seraient allés pour ce voyage, hein ? Mais avec Doris, ils n'arrêtaient pas de se planquer dans l'atterrisseur et... Qui êtes-vous ?

— Je m'appelle Wan.

Il eut un sourire encourageant, sachant pourtant bien qu'elle ne pouvait le voir. Elle semblait revenir dans une phase de lucidité. D'ordinaire, elle n'avait pas conscience qu'il lui parlait.

— Je vous en prie, dit Wan, continuez.

Il y eut un instant de silence prolongé, puis Henrietta déclara :

— NGC 1199. Sagittaire A Ouest.

Wan attendit poliment. Une autre pause, et elle ajouta :

— Mais lui, il s'en foutait des trajectoires. Il n'y a qu'avec Doris qu'il pouvait se mettre en orbite! La moitié de son âge! Aussi intelligente qu'une courge! D'abord, on n'aurait jamais dû l'accepter pour cette mission.

Wan hocha la tête comme un des Anciens à bouche-de-grenouille :

— Vous êtes vraiment ennuyeuse, dit-il avec sévérité.

Et il coupa cinquante-sept. Il hésita, puis composa le numéro quatorze, le professeur :

— ... quoique Eliot fût encore étudiant à Harvard, son image était celle d'un homme dans sa pleine maturité, et même d'un génie. « J'aurais dû être une paire de pinces ébréchées. » L'autodépréciation d'un homme portée jusqu'à ses limites symboliques. Comment se considère-t-il? Pas simplement comme un crustacé. *Pas même* comme un crustacé, mais comme *l'abstraction absolue* d'un crustacé : les pinces. Et des pinces ébréchées, encore. A la ligne suivante, nous voyons que...

Une fois encore, Wan cracha contre le panneau tout en coupant le contact. Toute la paroi affichait les traces de son dépit. Il aimait bien que Doc récite des poèmes, moins lorsqu'il se mettait à en parler. Avec les plus fous des Hommes Morts, comme quatorze et cinquante-sept, on ne pouvait choisir ce qui allait se produire. Ils vous répondaient rarement, et presque jamais de façon pertinente. Ou bien on écoutait ce qu'ils disaient, ou bien on les coupait.

Il était presque temps pour Wan de partir, mais il

essaya encore une fois : le seul qui eût un numéro à trois chiffres, son ami à lui, Petit Jim.

— Hello, Wan.

La voix était triste et douce. Elle vibrait dans son esprit et c'était un peu comme le frisson de peur qu'il éprouvait auprès des Anciens.

— C'est toi, Wan, n'est-ce pas ?

— C'est une question idiote. Qui cela pourrait-il être d'autre ?

— On continue toujours à espérer, Wan.

Une pause, puis Petit Jim se mit à ricaner :

— Est-ce que je t'ai raconté celle du prêtre, du rabbin et du derviche qui se retrouvent à court de ravitaillement sur une planète entièrement faite de porc ?

— Je crois que tu me l'as racontée, Petit Jim, et puis, je n'ai pas envie d'écouter des histoires drôles en ce moment.

Le haut-parleur invisible fit entendre un cliquetis, bourdonna un instant, puis l'Homme Mort reprit :

— Toujours la même chose, Wan ? Tu veux encore que nous parlions du sexe ?

Wan s'évertua à demeurer impassible, mais quelque chose avait réagi dans son bas-ventre.

— Ça serait mieux, Petit Jim.

— Pour ton âge, tu serais plutôt un vieux salaud, remarqua Petit Jim. Est-ce que je t'ai raconté la première fois où j'ai failli me faire coincer pour attentat à la pudeur ? Il faisait une chaleur à crever. Je rentrais chez moi par le dernier train pour Roselle Park. Une fille est arrivée et elle s'est assise de l'autre côté du couloir, juste en face de moi. Alors, elle a levé les jambes et elle s'est mise à s'éventer avec sa jupe. Qu'est-ce que tu aurais fait à ma place ? J'ai reluqué, bien sûr. Elle a continué et moi aussi, et puis, du côté de Highlands, elle s'est plainte au contrôleur et il m'a viré du train. Mais tu veux que je te dise le plus marrant ?

Wan était subjugué.

— Oui, Petit Jim, souffla-t-il.

— Le plus marrant, c'est que j'avais manqué mon train de tous les jours. Comme j'avais quelques heures

12

à tuer en ville, je suis allé dans une porno-cabine. Je ne te dis pas... J'ai dû me payer bien deux heures de tout ce que j'ai pu imaginer. Pour aller plus loin, tu vois, il m'aurait fallu un proctoscope... Alors, dis-moi pourquoi j'étais là vautré à me rincer l'œil avec sa petite culotte blanche ? Et tu sais : il y a quelque chose d'encore plus marrant...

— Oui, Petit Jim ?...

— Elle avait raison ! Je n'en perdais pas une miette ! Je venais de me taper des kilomètres de rotoplots et de chattes, et voilà que je n'arrivais pas à m'arracher les yeux de sa culotte ! Mais ce n'est pas encore ça le plus marrant. Tu sais le plus marrant ?...

— Dis-le-moi, s'il te plaît, Petit Jim...

— Eh bien, elle est descendue du train avec moi ! Elle m'a emmenée chez elle, vieux, et je l'ai ramonée pendant toute la nuit. J'ai même pas retenu son nom. Qu'est-ce que tu dis de ça, Wan ?

— Je dirais... Est-ce que c'est vrai, Petit Jim ?

Une pause.

— Bof... Non... Avec toi, c'est jamais drôle.

— Je ne veux pas d'une histoire inventée, Petit Jim, dit Wan d'un ton sévère. Je veux des faits réels.

Il était en colère et il avait bien envie de déconnecter l'Homme Mort pour le punir, mais il ne savait pas lequel des deux serait vraiment puni.

— Petit Jim, dit-il d'un ton consolateur, j'aimerais que tu sois gentil.

— Eh bien...

L'esprit désincarné chuchota et cliqueta durant un moment, explorant les divers gambits de conversation dont il disposait.

— Tu veux savoir pourquoi le canard malard viole sa compagne ?

— Non !

— Pourtant, je pense que tu devrais le savoir, Wan. C'est très intéressant. Tu ne pourras jamais comprendre le comportement des primitifs si tu n'assimiles pas tout le spectre des stratégies de reproduction. Même les plus bizarres. Celle des vers acanthocéphales, par exemple. Ils pratiquent le viol, eux aussi, et sais-tu seulement ce que fait le *Moniliformis dubius* ? Non seulement il viole sa femelle, mais aussi ses rivaux mâles. Il les défonce complètement! A tel point que le pauvre petit ver d'en face n'a plus aucune chance de s'envoyer en l'air!

— Petit Jim, je n'ai pas envie d'entendre tout ça!

— Mais pourtant c'est drôle, Wan! C'est peut-être pour ça qu'on l'a appelé « dubius », parce qu'il est plutôt douteux!

L'Homme Mort partit d'un rire mécanique.

— Arrête, Petit Jim!

Mais Wan n'était plus en colère. Il était harponné. C'était son sujet préféré et Petit Jim était son préféré entre tous les Hommes Morts parce qu'il aimait toujours lui parler de foules de choses, et pendant très longtemps.

Wan ouvrit un sachet alimentaire et, tout en mâchonnant, demanda :

— Ce que je voudrais que tu me dises, Petit Jim, c'est comment on se les emballe... S'il te plaît.

Si l'Homme Mort avait eu un visage, on aurait pu y lire l'effort qu'il faisait pour ne pas éclater de rire. Mais il dit avec douceur :

— D'accord, p'tit... Je sais bien que c'est ça que tu attends. Voyons voir... Est-ce que je t'ai parlé de la façon dont il fallait surveiller leurs yeux?...

— Oui, Petit Jim. Tu m'as dit que si leurs pupilles étaient dilatées, ça voulait dire qu'elles étaient en état d'excitation sexuelle.

— Exact. Et est-ce que j'ai mentionné l'existence de structures sexuelles dimorphiques dans le cerveau?

— Je ne suis pas certain de savoir ce que cela signifie exactement.

— Eh bien, moi non plus, mais anatomiquement parlant, c'est comme ça. Elles sont différentes, Wan, dedans comme dehors.

— S'il te plaît, Petit Jim, parle-moi des différences!

L'Homme Mort ne se fit pas prier et Wan l'écouta avec attention. Il serait toujours temps de retourner au vaisseau ensuite et, pour une fois, Petit Jim se montrait plutôt cohérent. Tous les Hommes Morts avaient un sujet de prédilection auquel ils revenaient constamment, comme s'ils avaient été gelés avec une idée fixe en tête. Mais ils ne se montraient pas toujours sensés, même sur leurs sujets préférés. Wan repoussa l'unité mobile dont les Hommes Morts se servaient pour l'attraper — quand elle fonctionnait — et s'étendit sur le sol, le menton dans les mains, tandis que Petit Jim continuait à bavarder, à se souvenir, lui expliquait comment courtiser, comment faire des petits cadeaux, tenter sa chance...

C'était fascinant, même s'il avait déjà entendu tout ça auparavant. Il écouta jusqu'à ce que l'Homme Mort, enfin, ralentisse son débit, puis hésite avant de se taire. Il demanda alors, pour confirmer une théorie de son cru :

— Dis-moi, Petit Jim, j'ai lu un livre où un mâle et une femelle copulaient. Il la frappait d'abord sur la tête et il copulait pendant qu'elle était inconsciente. Ça m'a semblé un moyen efficace pour l'« amour », Petit Jim. Mais dans les autres histoires, ça prend beaucoup plus de temps. Pourquoi cela ?

— Ça n'était pas de l'amour, fiston. C'est justement de ça que je te parlais. Le viol. Le viol, ça n'est pas bien pour les gens, même si ça l'est pour les canards malards.

Wan hocha la tête.

— Mais pourquoi, Petit Jim ?

Une pause.

— Je vais te faire une démonstration mathématique, Wan, dit l'Homme Mort. L'objet sexuellement attrayant peut être défini comme femelle, cinq ans de moins que toi, quinze de plus au maximum. Ces chiffres correspondent à ton âge actuel et ils ne sont qu'approximatifs. L'objet sexuel peut également se définir par la vue, l'odeur, le toucher et l'ouïe, selon leurs qualités de stimulation, en ordre d'importance moyenne décroissante par rapport aux probabilités d'accès. Est-ce que tu me comprends jusque-là ?

— Pas vraiment.

Une autre pause.

— Bon, ça ira comme ça pour le moment. Maintenant, écoute bien. Sur la base de ces quatre traits préliminaires, certaines femelles t'attireront. Jusqu'au point de contact, tu seras dans l'ignorance des autres traits qui pourraient te blesser ou provoquer ta détumescence. Sur 28 sujets donnés, 5 seront en période menstruelle, 3 sur 87 seront atteints de blennorragie, 2 sur 95 de syphilis. 11 sur 17 souffriront d'un excès de pilosité, de mini-ulcères et autres imperfections que les vêtements dissimulent. Finalement, 2 sur 71 auront un comportement offensif pendant les rapports, 1 sur 16 émettra une odeur déplaisante, 3 sur 7 résisteront au viol au point de diminuer ton plaisir. Ce sont là des valeurs subjectives qui ont été déterminées en fonction de ton profil psychologique. En faisant le total, il apparaît qu'il y a six chances contre une que tu ne tires pas un maximum de plaisir du viol.

— Alors, je ne dois pas copuler avec une femme qui ne le souhaite pas ?

— C'est ça, mon garçon. Sans compter que c'est contraire à la loi.

Wan garda un silence songeur durant un moment, puis il se souvint de la question qu'il avait voulu poser :

— Petit Jim, est-ce que tout cela est vrai ?

Un gloussement joyeux.

— Cette fois, je t'ai eu, mon gars ! Oui, il n'y a pas un mot qui ne soit vrai !

Wan fit la moue comme une vieille bouche-de-grenouille.

— Ça n'était pas très excitant, Petit Jim. Pour dire vrai, c'était plutôt détumescent.

— Et qu'est-ce que tu attendais donc ? demanda Petit Jim d'un ton maussade. Tu m'as dit de ne pas inventer d'histoires. Pourquoi es-tu si désagréable ?

— Je vais m'en aller, maintenant. Je n'ai pas beaucoup de temps.

— Mais le temps, c'est tout ce que tu as ! ricana Petit Jim.

— Et tout ce que tu as à me dire, je ne veux pas l'entendre, dit Wan, cruellement.

Et il les déconnecta tous, furieux, regagna le vaisseau et appuya sur la touche de lancement. Il ne lui vint pas à l'esprit qu'il se montrait grossier avec les seuls amis qu'il eût dans l'univers. Pas plus qu'il n'avait songé un seul instant que leurs sentiments pouvaient avoir quelque importance.

Vers le Nuage d'Oort

Au 1282e jour de notre croisière tous frais payés vers le Nuage d'Oort, le courrier était le grand événement.

Vera a émis un tintement joyeux et nous nous sommes tous précipités. Il y avait six lettres pour ma demi-belle-sœur toujours en chaleur. Elles venaient de célébrités de l'écran. En fait, tous n'étaient pas des célébrités. Juste de jolis minets auxquels elle passait son temps à écrire parce qu'elle n'avait que quatorze ans et qu'il fallait bien qu'elle rêve à des mâles. S'ils prenaient la peine de lui répondre, je pense, c'est parce que leurs attachés de presse leur racontaient que ça pouvait faire une bonne publicité pour eux.

Une lettre du pays pour Payter, mon beau-père. Très longue, en allemand. On lui demandait de revenir à Dortmund pour être candidat Bürgmeister, ou quelque chose dans ce genre. En supposant, bien sûr, qu'il soit encore vivant à son retour, supposition qui valait pour nous quatre. Mais ils ne laissaient pas tomber. Il y avait aussi deux autres lettres personnelles pour ma femme, Lurvy. Ça devait être de ses ex. Et une lettre adressée à nous quatre. Elle venait du malheureux veuf de Trish Bover. Veuf ou mari, tout dépendait du fait que l'on considère que Trish était morte ou non :

« Avez-vous rencontré quelque trace du vaisseau de Trish ? »

Hanson Bover.

C'était court et net. Il ne pouvait pas faire autrement, je pense. J'ai dit à Vera de lui envoyer la même réponse que d'habitude : Non, désolés. J'avais le temps de m'occuper de ce genre de réponse, à vrai dire, parce qu'il n'y avait rien pour Paul C. Hall, c'est-à-dire moi.

En général, il n'y a pas souvent de courrier pour moi, et c'est ce qui explique entre autres que je joue si souvent aux échecs. Payter me dit toujours que j'ai de la chance de faire partie de la mission, et je suppose que je ne serais pas là s'il n'avait pas eu l'argent pour financer cette expédition avec toute sa famille. Il y a aussi ses talents. Comme pour nous tous, Payter est chimiste diététicien. Je suis ingénieur en bâtiment. Mon épouse, Dorema — mieux vaut ne pas l'appeler comme ça, pour nous tous, c'est « Lurvy » — est pilote. Et un pilote drôlement doué. Elle est plus jeune que moi, mais elle a passé six ans à la Grande Porte. Elle n'a jamais touché de prime, elle a failli craquer avant de revenir, mais elle a beaucoup appris. Pas seulement à propos du pilotage. Il m'arrive parfois de regarder ses bras, avec ses cinq bracelets de Sortie, un par mission. Et ses mains aussi, si fermes, si assurées sur les commandes... Je ne connais pas grand-chose de ce qui a pu lui arriver à la Grande Porte. Et peut-être cela vaut-il mieux.

Et puis, il y a sa demi-sœur, ce petit faux poids de Janine. Ah, Janine ! Parfois, elle a quatorze ans, parfois quarante. Quand elle a quatorze ans, elle écrit ses lettres langoureuses à ses vedettes et s'amuse avec ses jouets : un vieux tatou empaillé et fatigué, un éventail à prière Heechee (authentique) et une perle de feu (fausse) que son père lui a offerts pour qu'elle accepte de faire partie du voyage. Quand elle a quarante ans, c'est surtout avec moi qu'elle aime jouer.

Nous en étions là. Dans la poche des uns et des autres pour trois ans et demi. En essayant de ne pas commettre de meurtre.

Dans l'espace, nous n'étions pas seuls. De temps à autre, rarement d'ailleurs, nous recevions un message de nos voisins les plus proches, la base de Triton, ou du vaisseau d'exploration qui s'était perdu. Mais Triton, avec Neptune, était loin devant nous sur son orbite. Un message aller-retour prenait trois semaines. Et l'explorateur ne pouvait pas gaspiller son énergie pour nous, même s'il n'était qu'à cinquante heures-lumière de distance. Ça n'avait rien à voir avec le petit bavardage par-dessus la clôture du jardin.

Alors, la plupart du temps, je jouais aux échecs avec l'ordinateur de bord.

Il n'y a pas grand-chose à faire durant ce voyage vers Oort, si ce n'est jouer aux échecs. Ce qui est par ailleurs un excellent moyen de rester neutre dans la Guerre des Deux Femmes qui ravage régulièrement notre petit vaisseau. En cas de besoin, je suis capable de supporter mon beau-père. Il passe la plus grande partie de son temps seul avec lui-même, autant que faire se peut dans les quatre cents mètres cubes dont il dispose. Avec ses deux dingues de filles, ça n'est pas aussi facile, encore que je les aime autant l'une que l'autre.

Avec un peu plus de volume, tout cela aurait été tellement plus aisé.

Je n'arrêtais pas de me répéter ça; mais il est vraiment impossible d'aller faire une petite balade dans le quartier pour se détendre les nerfs quand on est à bord d'un astronef. Bon, il y avait bien de temps en temps une Activité Extra-Véhiculaire, histoire d'inspecter les cargaisons latérales, ce qui me permettait d'observer le ciel.

Le soleil était toujours l'étoile la plus brillante de sa constellation, mais à peine. Sirius, droit devant nous, était plus important, de même qu'Alpha du Centaure, un peu en dessous et à côté de l'écliptique. Mais une A.E.V. ne dure jamais plus d'une heure, et hop! il faut regagner le vaisseau. Et ça n'a rien d'un vaisseau de luxe. Une antiquité fabriquée de main d'homme et prévue pour des missions n'excédant pas six mois. Et nous étions condamnés à vivre bouclés là-dedans pour trois ans et demi. Mon Dieu! Il avait vraiment fallu que nous soyons dingues pour signer. Deux millions de dollars, ça sert à quoi si on devient fou à les gagner?

Les rapports avec notre cerveau de bord étaient plus faciles. Quand je jouais aux échecs avec lui, penché sur la console, le gros casque bien calé sur ma tête, j'arrivais à chasser Lurvy et Janine de mon esprit. Le cerveau s'appelait Vera. C'était moi qui l'avais baptisé comme ça. Rien à voir avec son sexe, je veux dire son genre. Ni même avec sa sincérité, puisque je lui avais appris à me jouer des tours, de temps en temps. Quand Vera était connectée avec les grands ordinateurs de la Terre, ou bien ceux qui étaient sur orbite, elle était vraiment très futée. Mais il lui était impossible de mener une conversation comme ça, vu que le temps de communication était de vingt-cinq jours. Donc, quand elle n'était pas reliée au réseau, Vera était très très bête.

— Le pion va au roque, Vera.

— Merci...

Une longue pause pendant qu'elle vérifiait mes paramètres afin de s'assurer de mon identité et de ce qu'elle était censée faire ensuite.

— Paul... Le fou prend le cavalier.

Aux échecs, je file la raclée à Vera, sauf lorsqu'elle triche. Comment elle s'y prend pour tricher? Eh bien, j'avais gagné... peut-être deux cents parties, quand elle en a remporté une. J'ai encore gagné cinquante fois, et elle a gagné une fois, puis une autre. Pendant les vingt parties suivantes, on s'est à peu près tenus, et puis elle s'est mise à me régler mon compte à tous les coups. Jusqu'à ce que j'aie découvert son truc. Elle transmettait les positions et les coups aux grands ordinateurs sur Terre. Quand nous arrêtions de jouer, ce qui arrivait parfois parce que Payter ou l'une des filles me virait de l'écran, elle avait le temps de demander conseil à Vera-Réseau qui critiquait ses coups et lui donnait des conseils afin d'améliorer sa stratégie. Les grands cerveaux lui donnaient leurs impressions sur ma stratégie personnelle et des suggestions sur la manière dont elle pouvait me contrer. Quand Vera-Réseau voyait juste, Vera-Vaisseau me coinçait. Jamais je n'avais pensé à l'en empêcher. Mais j'évitais de rester trop longtemps sans jouer et, après un temps, nous étions tellement loin de la Terre que Vera fut dans l'impossibilité de se faire aider. Et je me remis alors à la battre régulièrement.

Il n'y avait guère qu'aux échecs que je gagnais, pendant ce voyage de trois ans et demi. Je n'avais aucune chance dans la grande partie qui opposait ma femme, Lurvy, à son excitée de demi-sœur, Janine, quatorze ans. Le vieux Payter avait procréé deux fois, mais avec un sacré intervalle. Lurvy essayait de jouer les mères auprès de Janine, qui essayait d'être son ennemie. Et qui y réussissait. Ce n'était pas totalement la faute de Janine. Il suffisait que Lurvy boive quelques verres — ce qui était sa façon à elle de chasser le cafard — et qu'elle s'aperçoive que Janine s'était servie de sa brosse à dents, ou bien qu'elle avait renâclé sur un travail qui lui avait été confié : par exemple qu'elle avait nettoyé la surface de travail de la cuisine sans jeter les déchets au digesteur... Et c'était parti... Il leur arrivait aussi, parfois, de sacrifier au rite des bavardages de femmes, entrecoupés inévitablement d'explosions violentes.

— Vraiment, Janine, ce pantalon bleu te va bien. Tu veux que je rattrape cette couture ?

— C'est ça. Je prends du poids, c'est ce que tu veux dire, non ? Eh bien, ça vaut mieux que de s'abrutir en buvant trop !

Ensuite, elles se séchaient les cheveux mutuellement et gentiment. Et moi, je retournais à Vera et à nos échecs. Ce qui était la meilleure chose à faire. Quand je tentais de m'interposer, elles faisaient immédiatement front commun contre moi :

— Espèce de sale macho ! Pourquoi tu ne nettoies pas un peu la cuisine ?

Le plus drôle, c'est que je les aimais toutes les deux. De façon différente, bien sûr, encore que j'avais du mal à faire comprendre ça à Janine.

On nous avait dit à quoi nous attendre quand on avait signé pour la mission. En plus de l'habituel examen psychiatrique prévu pour les longs voyages, nous avions tous eu droit à une bonne dizaine d'heures de séance sur ce problème pendant le vol d'entraînement. Ce que le psy nous avait dit se ramenait à « faites de votre mieux ». Il était apparu que, durant le processus de refamiliation, je devrais apprendre à être le père. Payter était trop vieux pour cela, même s'il était le père biologique. Lurvy n'était pas faite pour la famille, comme on pouvait s'y attendre de la part d'un ex-pilote de la Grande Porte. Non, l'honneur revenait à moi. Sur ce point, le psy était absolument clair. Mais il ne m'avait pas dit comment m'y prendre.

Donc, j'en étais là. A je ne sais combien de billions de kilomètres de la Terre, au delà de l'orbite de Pluton, à une quinzaine de degrés hors du plan de l'écliptique, essayant de ne pas faire l'amour à ma demi-belle-sœur, de rester en paix avec mon épouse, de respecter la trêve avec mon beau-père. Ça, c'étaient les gros problèmes qui m'attendaient à chaque réveil (chaque fois, du moins, que l'on me permettait de dormir). Rester en vie, tout simplement, une journée encore.

Pour me sortir cette idée de l'esprit, j'essayais de penser aux deux millions de dollars que nous touche-rions chacun au terme de la mission. Et quand même ça ne marchait pas, j'essayais de réfléchir à l'impor-tance qu'avait notre mission à long terme, non seule-ment pour nous mais pour tous les êtres humains. Ça, c'était du solide. Si tout se passait bien, nous aurions sauvé l'humanité de la famine.

C'était d'une importance évidente. Et parfois, ça me paraissait *réellement* évident. C'était bel et bien la race humaine qui nous avait entassés dans ce camp de concentration puant pour ce qui semblait être une éter-nité. Alors il y avait des moments, vous comprenez? où je souhaitais vraiment qu'elle crève de faim.

1283e jour. J'étais juste en train de m'éveiller quand j'ai entendu Vera. Elle se faisait une petite musique de grésillements et de bip-bips, ce qui annonce d'ordinaire la réception d'un message de manœuvre. J'ai aussitôt ouvert la fermeture à glissière du rideau de séparation et je me suis extrait de notre privé, mais le vieux Payter était déjà penché sur l'imprimante.

Il a grincé un juron.

— *Gott sei damn !* Une modification de trajectoire !

J'ai empoigné une rambarde et je me suis propulsé en avant pour aller voir par moi-même, mais Janine, qui examinait ses pommettes dans le miroir à la recherche de points noirs, a réussi à arriver avant moi. Elle s'est penchée par-dessus Payter et, après avoir lu le message, elle s'est retirée avec un air de profond dédain. Payter s'est frotté le menton un instant avant de lancer :

— Et ça ne t'intéresse pas ?

Janine eut un imperceptible haussement d'épaules et se refusa à lui accorder un regard.

Derrière moi, Lurvy sortait de notre privé en fermant son collant.

— Laisse-la tranquille, P'pa. Paul, va mettre quelque chose.

Mieux valait faire ce qu'elle disait. Et puis, elle avait raison. Le meilleur moyen de ne pas avoir d'ennuis avec Janine, c'était de se comporter en parfait puritain. Quand j'ai enfin réussi à trouver mon short dans le fouillis de linge, Lurvy avait lu le message. Ce qui était normal, après tout : c'était elle notre pilote. Elle a relevé la tête en souriant.

— Paul ! Nous avons une correction à faire dans onze heures environ et ce sera peut-être la dernière ! Allez, pousse-toi !

Là, elle s'adressait à Payter qui était toujours collé sur le terminal. Elle s'installa devant Vera pour composer les données de calcul, lut les trajectoires, appuya sur la touche de solution et s'écria :

— Atterrissage dans soixante-treize heures et huit minutes !

— J'aurais pu faire ça moi-même, remarqua Payter.

— Ne te mets pas en rogne, P'pa ! Nous y serons dans trois jours. On devrait même la voir sur les écrans de vision quand on tournera !

Janine, qui était revenue à l'examen de ses pommettes, fit remarquer sans tourner la tête :

— On pourrait même la voir depuis des mois si quelqu'un n'avait pas bousillé le télescope principal !

— Janine!

Lurvy réussissait magnifiquement à contenir sa colère — quand elle le pouvait — et cette fois elle parvint encore à se dominer. D'un ton calme et raisonnable, elle ajouta :

— Tu ne penses pas que nous ferions mieux de fêter ça plutôt que de nous lancer dans une dispute ? Oui, bien sûr, je suis certaine que tu es d'accord. Je propose que nous prenions tous un verre — toi aussi.

Ce scénario-là, j'en connaissais la suite. Tout en bouclant mon short, je me suis très vite interposé.

— Lurvy, tu vas utiliser les fusées chimiques ? Bon, en ce cas, Janine et moi, nous allons sortir pour vérifier les cargaisons latérales. Pourquoi nous ne prendrions pas un verre après ?

Lurvy eut un sourire radieux.

— Bonne idée, chéri. Mais peut-être bien que P'pa et moi on va en boire un tout de suite. Ça ne nous empêchera pas d'en prendre un autre avec vous.

— Habille-toi, ai-je dit à Janine, surtout pour couvrir la remarque venimeuse qu'elle pouvait décocher.

Mais il semblait bien qu'elle avait décidé de jouer la conciliation car elle m'obéit sans faire de commentaire. Nous avons mutuellement vérifié l'étanchéité de nos combinaisons avant que Lurvy et Payter nous inspectent à leur tour. L'un derrière l'autre, nous nous sommes glissés dans la sortie et nous nous sommes lancés dans l'espace au bout de nos filins. La première chose que nous ayons faite, l'un et l'autre, ç'a été de regarder en direction de la Terre. Pas très satisfaisant : le Soleil n'était qu'une étoile assez brillante et, contrairement à Janine, je ne parvenais pas à distinguer la Terre. Ensuite, nous nous sommes tournés vers l'Usine Alimentaire, mais là, vraiment, il était impossible de distinguer quoi que ce fût. Une étoile ressemble facilement à une autre, surtout à la limite de la perception, quand on en a cinquante ou soixante mille dans le ciel.

Janine s'était mise au travail avec rapidité et efficacité, vérifiant les écrous des grands propulseurs ioniques arrimés au flanc du vaisseau pendant que je m'as-

26

surais de la tension des brides en acier. Janine n'était pas vraiment une gamine désagréable. A quatorze ans, elle était en pleine excitation sexuelle et ce n'était vraiment pas sa faute si elle n'avait personne d'autre à sa portée que moi et, au pire, son père.

Comme nous l'avions prévu, toutes les vérifications furent positives. Janine m'attendait près du support cassé du grand télescope. Le fait qu'elle n'émit pas la moindre remarque à propos de celui qui l'avait cassé et laissé dériver pendant le coup de folie donnait la mesure de sa bonne humeur. Je l'ai laissée rentrer la première. Pendant une ou deux minutes, je suis resté seul à l'extérieur. Ce n'était pas seulement pour le panorama. Mais ces quelques instants dans l'espace étaient pour moi, en trois ans et demi, ce qui ressemblait le plus à un peu de solitude.

Nous nous déplacions encore à plus de trois kilomètres/seconde mais, bien sûr, il était impossible de s'en rendre compte faute de point de repère. J'avais plutôt le sentiment très net que nous étions immobiles. J'avais souvent eu cette impression, depuis trois ans et demi. Tous, nous avions entendu plusieurs fois l'histoire que racontait le vieux Peter — il prononce toujours « Pay-ter » — à propos de son père, le loup-garou SS. Le loup-garou ne devait pas avoir plus de seize ans à la fin de la Deuxième Guerre. Il avait un boulot très spécial qui consistait à acheminer des moteurs à réaction destinés à une escadrille de la Luftwaffe qui venait d'être équipée de Messerschmitt 210. Payter disait toujours que son père était allé à la mort en s'excusant de n'avoir pas livré à temps les moteurs, ce qui aurait permis aux Messerschmitt de liquider les Lancaster et les B-17 et de changer ainsi l'issue de la guerre. Ce qui nous aurait paru à tous plutôt bizarre. Tout au moins la première fois qu'il nous l'avait raconté. Mais le plus drôle, c'était le moyen de transport que les nazis avaient choisi. Par traction animale. Pas avec des chevaux, non. Avec des bœufs. Et pas par chariot, mais par traîneau ! Le dernier cri en matière de moteurs, l'ultime raffinement dans l'art de la propulsion par turbine... Et pour rendre tout ça opérationnel, un gamin aux cheveux blond filasse, pataugeant dans la boue jusqu'aux genoux avec son aiguillon en saule.

En pensant à nous, qui nous traînions dans l'espace alors qu'un vaisseau Heechee aurait fait le voyage en un jour — en supposant que nous en ayons trouvé un pour nous mener là où nous voulions aller — je ne pouvais m'empêcher d'éprouver de la sympathie pour le père de Payter. Notre situation n'était pas tellement différente. Il ne nous manquait plus que les bouses.

1284ᵉ jour. La modification de trajectoire s'est passée en douceur. Nous nous étions tous bouclés tant bien que mal dans nos unités de survie, calés à fond dans les sièges d'accélération, parfaitement réglés sur l'atmosphère et nos indicateurs de fonctions vitales. Si l'on considérait le minuscule delta-V en question, ça n'en valait pas la peine. Sans compter que les unités de survie ne seraient plus tellement utiles si les choses tournaient mal au point que nous ayons besoin d'elles, à cinq mille unités astronomiques de la Terre. Mais nous suivions les instructions à la lettre, parce que nous avions toujours fait comme ça depuis trois ans et demi.

Après le virage, quand les fusées chimiques eurent rempli leur rôle et que les propulseurs ioniques se remirent à fonctionner, quand Vera eut fini de marmonner et de crépiter pour annoncer en hésitant que tout lui paraissait O.K., pour autant qu'elle pût le dire — sous réserve, bien entendu, d'une confirmation de la Terre sous quelques semaines — nous l'avons vue !

Lurvy a été la première à quitter son siège pour courir aux écrans. Et elle a fait le point en quelques secondes.

On s'est tous collés derrière elle. Oui, c'était bien l'Usine alimentaire !

L'image vibrait dans le miroir du télescope et le point était difficile à maintenir. Même les propulseurs ioniques créent des vibrations dans un astronef et nous étions encore à une bonne distance de notre objectif. Mais c'était bien l'Usine. Sur le fond sombre de l'espace et des semis d'étoiles, elle nous apparaissait comme une construction aux formes bizarres, légèrement bleutée. Elle pouvait avoir la taille d'un immeuble administratif et elle semblait plutôt rectangulaire. Pourtant, l'une de ses extrémités était arrondie et, sur un côté, elle semblait avoir été découpée. L'arête était incurvée sur une bonne longueur.

— Est-ce que vous croyez qu'elle a été heurtée par quelque chose ? a demandé Lurvy d'un ton lourd d'appréhension.

— Mais pas du tout ! a protesté Payter. Elle a été construite comme ça ! Après tout, qu'est-ce que nous savons de l'art du design chez les Heechees ?

— Et toi, qu'est-ce que tu en sais ? a lancé Lurvy, mais son père n'avait rien à lui répondre.

C'était évident : nous savions tous qu'il n'y avait aucun moyen de le savoir, qu'il n'avait réagi que sous l'effet de l'espoir, parce que, si l'Usine était endommagée, nous n'étions pas au bout de nos peines. Si nous avions touché des primes honorables rien que pour nous lancer dans ce voyage, notre grand espoir était de décrocher le vrai paquet, celui qui nous paierait de sept ans de malheur aller-retour. Et ça, ça dépendait du fait que l'Usine alimentaire fût opérationnelle ou non. Ou, du moins, que l'on puisse l'étudier et la reproduire.

— Paul ! s'exclama brusquement Lurvy. Regarde vers la face qui disparaît ! Est-ce que ce ne sont pas des vaisseaux ?

J'ai plissé les paupières dans l'espoir de mieux distinguer ce que Lurvy me montrait. Sur le côté le plus long, celui qui était droit, il y avait une demi-douzaine de formes. Quatre petites et deux vraiment énormes. Elles ressemblaient à ce que j'avais vu sur les clichés de l'astéroïde de la Grande Porte, pour autant que je pouvais en juger. Mais...

— Tu as été prospectrice. Qu'est-ce que tu en penses ?

— Je crois que ce sont des vaisseaux. Mais bon Dieu !

tu as vu ces deux-là? Ils sont immenses! J'ai été dans des Un, des Trois, et j'ai vu aussi pas mal de Cinq. Mais rien qui ressemble à ça! On pourrait y faire tenir... je ne sais pas, moi : cinquante passagers! Paul, avec des vaisseaux comme ceux-là. Si on les avait...

— Si on avait des vaisseaux comme ça, a grogné Payter, et si on arrivait à les faire aller là où l'on veut aller, oui, l'univers serait à nous! Espérons seulement qu'ils marchent encore. Même en partie!

— Mais bien sûr qu'ils marchent! lança la voix joyeuse de Janine.

Elle était agenouillée sous le digesteur et brandissait un biberon de notre meilleur alcool de grain neutre recyclé.

— Si vous voulez mon avis, ça mérite d'être arrosé.

Elle souriait.

Lurvy lui accorda un regard songeur, mais elle se contrôlait toujours aussi bien et elle se contenta de dire :

— Ma foi, c'est une bonne idée, Janine. Tu peux faire passer.

Janine prit une petite gorgée de jeune fille et tendit le biberon à son père. Elle s'éclaircit la gorge et ajouta :

— J'ai pensé qu'un dernier petit verre, ça vous ferait plaisir, à toi et à Lurvy.

Elle avait reçu son visa pour le schnaps le jour de son quatorzième anniversaire. Pourtant, elle n'aimait pas ça, mais c'était une prérogative d'adulte qu'elle revendiquait.

— Bonne idée, approuva Payter. Ça fait bien vingt heures que je suis debout. Quand nous nous serons posés, il nous faudra à tous un peu de repos.

Il passa le biberon à ma femme qui, avec l'aisance de la pratique, absorba quelques centilitres avant de déclarer :

— Je n'ai pas vraiment sommeil. Vous savez ce que j'aimerais? Qu'on repasse la bande de Trish Bover.

— Oh, merde, Lurvy! On l'a vue des milliers de fois!

— Je sais, Janine. Mais tu n'es pas obligée de regarder. Je n'arrête pas de me demander si l'un de ces vaisseaux là-bas n'est pas celui de Trish... Et... Bon, je veux seulement revoir la bande.

Janine a pincé les lèvres, mais les gènes tenaient bon et elle pouvait se maîtriser aussi bien que sa sœur quand il le fallait. C'était une des capacités dont on avait tenu compte avant de nous engager pour la mission.

— Je vous la fais passer, dit-elle en se propulsant vers la console de Vera.

Payter, en secouant la tête, se réfugia dans son privé et tira le rideau accordéon derrière lui pendant que nous nous groupions autour de la console. C'était une bande, et nous pouvions avoir le son en même temps que l'image. Dix secondes après, nous avons tous vu apparaître cette pauvre Trish Bover, furieuse, qui prononçait ses dernières paroles face à la caméra.

Même avec le temps, une tragédie reste une tragédie. Nous avions tous déjà vu et entendu tout ça pendant ces trois ans et demi. Nous nous repassions régulièrement la bande pour revoir les vues que Trish avait prises avec sa caméra portative. Avec arrêt sur image, agrandissement. Encore et encore... Pas tellement parce que nous croyions en tirer plus d'informations que les types de la Grande Porte — quoique... on ne savait jamais —, non, c'était surtout parce que nous avions besoin de nous rassurer, de nous dire qu'après tout le voyage en valait la peine. La vraie tragédie, c'est que Trish n'avait pas vu ce qu'elle avait découvert.

— Rapport de mission 0 7 4 D 19, commençait-elle d'un ton plutôt ferme. (Avec même une sorte d'esquisse de sourire sur son petit visage triste.) Je crois être en difficulté. Je suis sortie à proximité d'une espèce d'artefact Heechee. Je m'y suis amarrée, mais maintenant je ne peux plus repartir. Les fusées de l'atterrisseur fonctionnent mais pas l'ensemble principal. Et je ne tiens pas à rester ici jusqu'à crever de faim!

Crever de faim! Quand les grosses têtes s'étaient branchées sur les vues de Trish, l'artefact avait été très vite identifié. C'était l'Usine alimentaire ACHO qu'ils cherchaient depuis pas mal de temps.

Mais la question restait de savoir si la mission valait la peine. Ce n'était certainement pas l'opinion de Trish. Tout ce qu'elle s'était dit, c'est qu'elle allait mourir là, pour rien, sans même toucher son fric. Et vers la fin, elle avait pris la décision de jouer le tout pour le tout avec l'atterrisseur.

Elle l'avait dirigé vers le système solaire, avait lancé les moteurs et pris une pilule. En fait, il lui avait fallu pas mal de pilules. Tout ce qu'elle avait. Ensuite, elle avait réglé le congélateur au maxi et elle s'y était enfermée après avoir déclaré :

— Quand vous me trouverez, dégelez-moi. Et n'oubliez pas la prime.

Et peut-être bien que ça se passerait comme ça. Quand on la retrouverait. Si jamais on la retrouvait. Probablement dans une dizaine de milliers d'années. Quand il s'était trouvé quelqu'un pour capter son faible message radio à la cinq centième répétition peut-être, il était un peu tard pour elle. Elle n'avait pas répondu. Jamais.

Vera remit la bande en place dès que l'écran fut redevenu obscur.

— Si Trish avait été un vrai pilote et non pas l'une de ces petites marrantes de prospectrices de la Grande Porte qui sautent dans leur truc, appuient sur le bouton et vas-y, elle s'en serait sûrement mieux tirée, dit Lurvy, et ce n'était pas la première fois qu'elle faisait ce genre de commentaire. Elle aurait utilisé le peu de delta-V qui restait dans l'atterrisseur pour réduire la vitesse angulaire au lieu de le gaspiller en prenant un cap direct !

— Merci, expert-pilote — et ce n'était pas la première fois que je faisais ce genre de réponse — et comme ça elle aurait pu atteindre un peu plus tôt la zone des astéroïdes. Disons six ou sept mille années avant, non ?

Lurvy a haussé les épaules.

— Je vais me coucher ! (Elle a tété une dernière gorgée.) Et toi, Paul ?

— Ça t'ennuierait de nous laisser un moment ? dit

Janine. Je voudrais que Paul m'aide pour les procédures de mise à feu des propulseurs ioniques.

Immédiatement, Lurvy fut sur la défensive.

— Tu es certaine que c'est bien pour ça que tu as besoin de lui ? Ah, ne fais pas la tête ! Tu as déjà revu ça cent fois et, de toute façon, c'est le boulot de Paul.

— Et s'il est en état d'incapacité ? Comment savoir si le coup de folie ne va pas nous tomber dessus en pleine manœuvre ?

Ça, personne ne pouvait le savoir. Mais j'avais mon idée là-dessus : je pensais que nous courions le risque à plein. Ça revient selon un cycle d'environ cent trente jours, à une dizaine près. Nous nous en approchions.

— Janine, je dois t'avouer que je suis assez fatigué. Nous ferons ça demain, je te le promets.

En tout cas, quand l'un des autres serait éveillé. L'important, c'était de ne pas rester seul avec Janine. Dans un vaisseau dont le volume ne dépasse pas celui d'une chambre de motel, vous seriez surpris de voir à quel point c'est difficile. Pas difficile : pratiquement impossible.

À vrai dire, je n'étais pas réellement fatigué et, quand Lurvy fut blottie contre moi mais loin de moi, le souffle assez tranquille pour signifier sommeil, je me suis étiré dans les draps et je me suis mis à compter nos espérances. Il fallait que je fasse cela au moins une fois par jour... quand je trouvais quelque chose à compter.

Mais cette fois, je tenais du solide. Quatre mille unités astronomiques, ça fait un long voyage, à vol d'oiseau. Ou plutôt de photon parce que, dans l'espace semi-interstellaire, les oiseaux sont plutôt rares. En fait, ça devait représenter près d'un demi-quintillion de kilomètres. Et nous décrivions une spirale de fuite, ce qui nous faisait accomplir une révolution autour du Soleil avant d'atteindre l'objectif. En vérité, ce n'était pas vingt-cinq jours-lumière que nous avions eu à parcourir, mais plus de soixante. Même en maintenant la puissance, nous ne nous étions jamais approchés de la vitesse de la lumière. Trois années et demie... Et durant tout le voyage nous n'avions pas cessé de penser : Nom de Dieu ! et si quelqu'un découvre le secret de la propulsion Heechee avant notre arrivée ? Ça ne nous aurait pas aidés. Il leur aurait fallu bien plus de trois ans et demi pour en terminer avec tout ce qu'ils avaient décidé de faire au moment où c'était arrivé. Quant à nous récupérer... Vous devinez dans quel ordre d'urgence ça nous aurait laissés ?

Alors, ce que j'avais trouvé de mieux comme refuge, c'était de me dire qu'au moins nous n'avions pas fait tout le voyage pour rien, parce que nous étions presque arrivés !

Tout ce qu'il nous restait à faire, c'était de boucler les gros propulseurs ioniques... voir s'ils pouvaient fonctionner... et entamer le long voyage de retour en remorquant l'objet vers notre Terre... tout en essayant de survivre jusque-là. Disons... pour quatre années encore.

Nous étions presque arrivés. Moi, je m'accrochais à ça.

L'idée d'exploiter les comètes à des fins alimentaires n'était pas neuve. Elle remontait à Krafft Ehricke, dans les années 50. Bien sûr, il s'était contenté de proposer leur colonisation. Ce qui n'était pas absurde. Avec un peu de fer et des traces de divers autres éléments — le fer pour construire un abri et les autres éléments pour transformer la bouffe ACHO en hamburgers ou en quiches lorraines — on peut subsister indéfiniment sur le garde-manger local. Car les comètes, c'est ça. Un peu de poussière, quelques rochers et une quantité incroyable de gaz congelés. Azote, carbone, hydrogène, oxygène. De l'eau. Du méthane. De l'ammoniaque. Les quatre éléments se succédaient, on les retrouvait partout. ACHO. Azote. Carbone. Hydrogène. Oxygène. ACHO ? Ça veut dire MIAM-MIAM. Les comètes sont faites comme vous et moi. Et le Nuage d'Oort était fait de milliards de mégatonnes de bouffe. Sur Terre, une bonne dizaine de milliards d'affamés le regardaient en salivant.

Pourtant, on continuait à discuter ferme sur ce que les comètes pouvaient bien faire dans le Nuage. On n'était même pas d'accord sur leur répartition en familles. Plus d'un siècle auparavant, Opik avait déclaré que plus de la moitié des comètes observables correspondaient à des groupes bien déterminés. Ses partisans lui avaient emboîté le pas. Ridicule, dit ensuite Whipple. Il n'y a pas une seule catégorie identifiable qui regroupe plus de trois comètes. Exact, dirent ses partisans. Puis Oort vint, et il essaya de mettre un peu d'ordre dans tout ça. Son idée était qu'il existait quelque part au large du système solaire un gigantesque noyau cométaire. De temps à autre, le Soleil en capture une et elle vient faire une petite boucle jusqu'à son périhélie. Ainsi la comète de Halley, et celle que l'on a supposé être l'étoile de Bethléem... Toute une bande de types s'étaient mis alors à retourner le problème et à poser la question : pourquoi faut-il donc que tout se passe comme ça ? Ils en étaient arrivés à conclure que ça ne pouvait pas se passer comme ça — pas si l'on appliquait la loi de Maxwell au Nuage d'Oort. En fait, en supposant une distribution normale, le Nuage d'Oort ne pouvait exister. Les orbites semi-paraboliques déjà observées ne peuvent être concevables dans un Nuage d'Oort. C'est ce que devait déclarer R. A. Lyttleton, mais il y eut quelqu'un pour demander : « D'accord... mais qui nous prouve que la distribution ne peut pas être non-maxwellienne ?... »

Ce qui fut prouvé. Tout est fait de grumeaux. Il existe des amas de comètes, bien entendu, mais aussi d'énormes volumes d'espace où l'on n'en trouve pratiquement aucune.

Les Heechees avaient sûrement réglé leur machine afin qu'elle broute les plus riches des pâturages cométaires, mais cela remontait à des centaines de milliers d'années, et maintenant c'était plus ou moins le désert. Si l'Usine fonctionnait encore, elle n'avait pas grand-chose à brouter. (Elle avait même peut-être tout grignoté ?...)

Je me suis endormi en me demandant quel goût pouvait bien avoir la nourriture ACHO. Ça ne pouvait être pire que celle que nous avions ingurgitée depuis trois ans et demi, c'est-à-dire nos propres déchets recyclés.

1285ᵉ jour. Janine a bien failli m'avoir aujourd'hui. J'étais en train de faire une partie avec Vera. Tout le monde dormait et j'étais tranquille pour une fois, quand elle a rabattu brusquement les mains sur mon casque et mes yeux.

— Ça suffit, Janine !

Quand je me suis retourné, elle faisait déjà la moue.

— J'avais seulement besoin de Vera.

— Pourquoi ? Pour dicter une lettre brûlante à une de tes stars ?

— Tu me traites comme une gosse.

Pour une fois, elle s'était mise sur son trente et un. Elle avait le teint frais, les cheveux encore humides, bien coiffés en arrière. Elle ressemblait tout à fait à la teenager modèle.

— J'avais *besoin* de me servir de Vera, étant donné que tu refuses de m'aider.

L'une des raisons pour lesquelles Janine se trouvait avec nous, c'est qu'elle était plutôt douée — comme nous tous : pour une mission pareille, il le fallait bien. Mais elle était tout particulièrement douée pour essayer de me coincer.

— D'accord, ai-je dit, tu as raison. Que veux-tu que je te réponde ! Vera : mets la partie en attente et donne-nous le programme de propulsion de l'Usine alimentaire.

— Certainement... Paul.

L'échiquier disparut et Vera le remplaça par un holo de l'Usine alimentaire. Vera avait intégré à ses projections les dernières vues télescopiques que nous avions prises et l'Usine était complète, avec son nuage de poussière et la boule de neige sale collée sur l'une de ses faces.

— Vera, supprime le nuage.

Maintenant, l'Usine ressemblait à un diagramme d'architecte.

— O.K., Janine. Quelle est la première opération ?

— On s'amarre, dit-elle sans hésiter. En espérant que notre copie d'atterrisseur tiendra le coup. Si on n'y arrive pas, on utilisera des câbles pour s'ancrer. Dans un cas comme dans l'autre, notre vaisseau deviendra une partie rigide de l'ensemble de la structure et ainsi nous pourrons utiliser notre poussée pour contrôler notre position.

— Ensuite ?

— On démonte le propulseur numéro un et on le bride sur la partie arrière de l'Usine, là. (Elle désigna un point précis de l'holo.) On l'asservit à ce bord et, dès qu'il est installé, on l'active.

— Et pour le guidage ?

— Vera nous donnera les coordonnées... Oh ! Excuse-se-moi, Paul.

Elle était en train de dériver et elle m'avait agrippé par l'épaule pour se rétablir. Elle laissa sa main là où elle était.

— On répète ensuite le même processus avec les cinq autres. Quand les six propulseurs fonctionneront, nous disposerons d'un delta-V de deux mètres par seconde en tirant sur le générateur au plutonium 239. Ensuite, on commencera à déployer les écrans-miroirs...

— Non.

— Mais si. On a inspecté tous les amarrages pour vérifier qu'ils pouvaient résister à la poussée. Bon, admettons qu'ils tiennent. Ensuite, on passe sur l'énergie solaire et, quand tous les écrans seront déployés, on pourra atteindre... disons deux mètres vingt-cinq par seconde...

— Dans une première phase. Parce que plus nous nous rapprocherons, plus nous aurons de puissance. D'accord. Maintenant, voyons le matériel. Tu amarres notre vaisseau à la coque métallique de l'usine Heechee : comment t'y prends-tu ?

Elle me l'expliqua et se lança dans tous les détails. C'était vrai, nom de Dieu ! elle connaissait tout ça par cœur. Mais pendant ce temps, sa main avait quitté mon épaule pour se glisser sous mon bras, puis sur ma poitrine, et elle commençait à s'égarer. Tout en me don-

nant les spécifications de soudure à froid et de collima-
tage des propulseurs, l'air sérieux et concentré. Sa
main palpait mon bas-ventre. Elle avait quatorze ans.
Mais elle ne faisait pas quatorze ans, elle ne voulait pas
avoir quatorze ans, et son parfum... Elle avait fait un
petit tour chez Lurvy. Les dernières gouttes de son
Chanel.

Ce qui me sauvait, c'était Vera. Et, tout bien consi-
déré, ça n'est pas plus mal car je ne savais plus très
bien si je devais me sauver. L'holo s'immobilisa tandis
que Janine ajoutait un rien de puissance à l'un des
propulseurs.

Vera déclara :

— Réception d'un message de manœuvre. Faut-il
vous le lire... Paul ?

— Vas-y.

Janine a retiré lentement sa main pendant que l'holo
s'effaçait pour laisser apparaître le message :

*On nous a priés de vous demander un service. Le
syndrome des Cent trente jours devrait se manifester à
nouveau dans les deux prochains mois. Hew estime
qu'un reportage détaillé sur l'Usine alimentaire, avec
des commentaires qui diraient que tout se passe pour
le mieux et à quel point tout ça est important aurait
des chances de diminuer les tensions et de réduire les
dommages. Veuillez vous conformer au script ci-joint.
Nous vous demandons d'exécuter ce programme dès
que possible afin que nous puissions procéder au montage et à la programmation de diffusion pour un
impact maximum.*

— Dois-je vous donner le script ? demanda Vera.

— Oui, vas-y. Sur copie papier.

— Très bien... Paul.

L'écran redevint pâle et vide et Vera se mit à éjecter
des feuillets imprimés. J'en pris un tout en envoyant
Janine réveiller sa sœur et son père. Elle ne protesta
pas. Elle adorait les petites séances de télé pour ceux
de chez nous. Pour elle, ça voulait dire de nouvelles

lettres de fans, des gens célèbres qui applaudissaient la brave petite cosmonette.

Le script était sans surprise. J'avais programmé Vera pour qu'elle nous le repasse ligne par ligne, ce qui nous aurait permis de le connaître par cœur en dix minutes. Mais ce ne fut pas le cas. Janine exigea que sa sœur la coiffe, et Lurvy elle-même voulut se maquiller tandis que Payter demandait que quelqu'un lui peigne la barbe, moi en l'occurrence. En tout, avec quatre répétitions, nous y avons passé six heures, sans compter une dépense d'énergie équivalant à un mois. Nous nous sommes groupés devant la caméra, l'air d'une famille modèle, bien unie, pour expliquer ce que nous nous apprêtions à faire à un public qui ne nous verrait que dans un mois, alors que nous serions déjà repartis. Mais si c'était pour son bien, ça valait la peine. Depuis notre départ de la Terre, nous avions bien subi huit ou neuf attaques de la « fièvre des Centre trente jours ». Chaque fois, le syndrome avait été différent : dépression ou satyrisme, léthargie ou euphorie. Ça m'avait pris une fois à l'extérieur — c'est comme ça que le grand télescope avait terminé sa carrière — et j'avais bien failli ne jamais regagner le vaisseau. Mais sur le coup, je m'en fichais totalement. Je vivais une hallucination de fureur et de solitude, pourchassé par des créatures simiesques. Je voulais mourir. Mais sur la Terre, avec ses milliards d'habitants, chacun touché à un degré différent, c'était l'enfer lorsque la fièvre frappait. Elle se manifestait ainsi depuis dix ans. Il n'y avait que huit ans qu'on l'avait reconnue comme un fléau récurrent et personne n'était encore parvenu à en détecter la cause.

Mais tout le monde ne voulait qu'une seule chose : y mettre fin.

1288ᵉ jour. L'amarrage ! Payter s'était mis aux commandes. Dans une telle circonstance, il ne faisait pas confiance à Vera. Lurvy s'était harnachée au-dessus de lui afin de lui donner les corrections de cap.

Nous nous sommes immobilisés en parking relatif,

juste à l'extérieur du nuage ténu de gaz et de particules, à moins d'un kilomètre de l'Usine.

Janine et moi, nous étions dans nos unités de survie et nous avions du mal à suivre ce qui pouvait se passer au-dehors. La tête de Payter et les gesticulations de Lurvy ne nous permettaient guère que d'entrevoir l'énorme ensemble : un puits d'amarrage, un reflet de métal bleuté, la forme d'un des vieux vaisseaux et...

— Satané bon Dieu! Je dérive!

— Non, Payter. Ce foutu machin est sous faible accélération.

Et parfois une étoile. En fait, nous n'avions pas vraiment besoin des unités de survie. Payter nous traitait avec autant de précautions que si nous avions été des méduses dans un aquarium. J'aurais voulu demander d'où venait cette accélération et quelle en était la cause, mais nos deux pilotes étaient trop occupés et, de toute façon, je ne pensais pas qu'ils pouvaient me répondre.

— C'est ça... Maintenant, tu te places tout droit sur ce puits d'amarrage, au centre, juste au milieu de ces trois.

— Pourquoi celui-là ?

— Pourquoi pas ? Parce que je te le dis !

La manœuvre d'approche a duré encore une ou deux minutes, puis nous nous sommes immobilisés, avant le contact et l'amarrage. La capsule Heechee, à l'avant, s'accouplait parfaitement avec l'ancien puits.

Lurvy s'est penchée pour couper les commandes et nous nous sommes regardés. Nous étions arrivés.

Ou, pour exprimer cela autrement, nous avions fait la moitié du chemin. Il ne nous restait qu'à revenir.

1290e jour. Le fait que les Heechees aient respiré une atmosphère qui nous convenait n'avait rien de surprenant. Par contre, ce qui l'était, c'est que cette atmosphère subsistait encore après des dizaines ou des centaines de milliers d'années. Et ce n'était pas la seule surprise. Les autres vinrent plus tard et elles furent plus redoutables et plus effrayantes.

Ce n'était pas seulement l'atmosphère qui avait été

conservée, mais le vaisseau tout entier. Et en parfait état de marche! Dès que nous avions pénétré à l'intérieur, nous l'avions compris. Les échantillonneurs nous avaient aussitôt appris que nous pouvions sans crainte enlever nos casques. Les parois de métal bleuté étaient tièdes au toucher et l'on percevait une vibration légère et régulière. La température ne devait pas dépasser douze degrés. Ce qui était assez frais. Mais sur Terre, j'avais connu ça dans pas mal de maisons. A votre avis, quelles furent les premières paroles prononcées par des êtres humains en pénétrant dans l'Usine alimentaire? On les doit à Payter, qui s'exclama :

— Dix millions de dollars! Grands dieux! Cent millions peut-être!

N'importe lequel d'entre nous aurait exprimé cela de la même manière. Notre prime allait vraiment être astronomique. Le rapport de Trish ne mentionnait pas si l'Usine alimentaire était ou non opérationnelle. Pour ce que nous en savions, ça pouvait être une carcasse vide, dépouillée de tout ce qui pouvait avoir quelque valeur. Mais nous nous retrouvions avec un artefact Heechee de premier ordre et en parfaite condition! A notre connaissance, on n'avait jamais rien trouvé de comparable! Les tunnels de Vénus, les vieux vaisseaux et même la Grande Porte avaient été consciencieusement vidés de leur contenu un demi-million d'années auparavant. Mais ici, c'était meublé! C'était chauffé, habitable, vibrant, baigné de rayonnements à haute fréquence. Cet endroit était vivant et il ne paraissait pas du tout ancien.

Il n'y avait guère de chances que nous puissions vraiment l'explorer : plus tôt nous le lancerions vers la Terre, plus tôt nous serions payés sur la simple base de son potentiel.

Nous nous sommes accordé une heure. Une heure à nous promener un peu partout, à visiter des pièces encombrées de choses métalliques, bleues et grises, à suivre des couloirs en nous appelant régulièrement par nos communicateurs de poche, Vera assurant le relais vers la Terre. Nous nous racontions nos découvertes tout en grignotant un bout avant de passer au vrai travail. Nous avons remis nos tenues pour commencer à détacher les charges latérales.

C'est là que le premier pépin nous attendait.

L'Usine alimentaire n'était pas sur orbite libre. Elle était en accélération. En fait, elle subissait une poussée. Pas très importante, peut-être un centième de *g*.

Mais les assemblages de fusées électriques pesaient chacun plus d'une tonne. Même à un centième de la pesanteur, cela représentait encore une centaine de kilos, sans compter une bonne dizaine de tonnes d'inertie.

On avait à peine commencé à débarquer le premier qu'il s'en détacha une extrémité et il se mit à dériver. Payter se trouvait là pour l'attraper, mais c'était trop pour lui. Je me suis élancé et j'ai agrippé l'assemblage d'une main tout en prenant de l'autre la bride qui avait lâché. On a réussi à remettre le tout en place en attendant que Janine puisse le maintenir par un câble.

Puis nous avons regagné le vaisseau pour réfléchir.

Nous étions déjà épuisés. Après plus de trois années passées dans un espace confiné, nous avions perdu l'habitude du travail de force. L'unité bio de Vera nous annonça que nous avions accumulé des toxines. Chacun s'est plaint un petit peu, on s'est tous chamaillés, puis Payter et Lurvy sont allés se coucher pendant que Janine et moi mettions au point un montage qui devait nous permettre d'arrimer chaque charge avant de la libérer et de la faire passer autour de l'Usine alimentaire à l'aide de trois longs câbles couplés à des câbles-guides plus courts afin d'éviter une collision avec la coque en fin de manœuvre. Nous nous étions donné dix heures pour mettre chaque assemblage en position. Pour le premier, il nous fallut trois jours. Quand il fut enfin arrimé, nous n'étions plus que des loques haletantes, les muscles douloureux, le cœur battant follement. Il nous a fallu un bon quart de sommeil et quelques heures à flâner à l'intérieur de l'Usine alimentaire avant d'essayer à nouveau de mettre en place la fusée.

Payter se montra le plus énergique. Il parcourut une demi-douzaine de corridors, aussi loin qu'il le put.

— Ils finissent tous en impasse, nous annonça-t-il en revenant. On dirait que la partie dans laquelle nous pouvons nous déplacer ne représente qu'un dixième de l'ensemble. Mais on pourrait toujours essayer de faire des trous dans les parois.

— Pas maintenant, ai-je dit.

— Ni jamais ! s'est exclamée Lurvy. Tout ce que nous avons à faire, c'est de ramener ce truc. Si quelqu'un a envie de le découper, il faudra qu'il attende que nous ayons touché notre argent ! (Les bras croisés sur la poitrine, elle se massa les biceps avant d'ajouter d'un ton plus modéré :) Nous ferions aussi bien de monter la fusée.

Il nous fallut encore deux jours pour y arriver mais, enfin, l'ensemble fut solidement arrimé. Les soudures liquides qu'on nous avait fournies pour souder l'acier au métal Heechee se révélèrent efficaces. Pour autant qu'on pouvait en juger par une simple inspection, ça tenait.

Nous avons regagné le vaisseau et ordonné à Vera de nous donner une poussée à dix pour cent.

Immédiatement, il y a eu une infime secousse. Ça marchait. Nous nous sommes regardés en souriant et je suis allé chercher dans ma réserve privée la bouteille de champagne que j'avais gardée pour l'occasion.

Une autre secousse.

L'un après l'autre, nos quatre sourires se sont figés. Nous n'aurions dû ressentir qu'un seul choc d'accélération.

Lurvy a sauté vers la console du cyber.

— Vera ! Rapport sur delta-V !

L'écran s'illumina. Un diagramme de forces apparut. L'Usine alimentaire figurait au centre et les flèches des forces pointaient dans deux directions opposées. L'une correspondait à notre propulseur qui exerçait la poussée prévue contre la coque. Pas l'autre.

— Une poussée additionnelle influe sur la trajectoire... Lurvy, annonça Vera. Vecteur résultant identique en direction et amplitude à delta-V initial.

C'était ça. Notre fusée poussait l'Usine. Mais sans grand effet. Parce que l'Usine poussait en sens contraire.

1298e jour. Nous avions fait ce que nous devions faire à l'évidence. On a tout arrêté et on a appelé au secours.

Et puis, on a dormi, mangé, erré dans l'Usine pendant une éternité en priant que le délai de vingt-cinq jours n'existe pas. Vera ne nous aidait guère.

— Transmettez toutes mesures télémétriques, nous dit-elle. Attendez d'autres directives.

Tu parles comme si nous l'avions attendue pour ça.

Après un ou deux jours, j'ai décidé d'ouvrir la bouteille de champagne quoi qu'il advienne et nous avons tous trinqué. A g 01, le gaz carbonique battait de loin la gravité et je fus obligé de mettre un pouce dans le goulot pour vaporiser le champagne dans les verres. Mais nous avons réussi à porter notre toast.

— Après tout, ce n'est pas si mal, déclara Payter quand il eut descendu son verre. Ça nous fait au moins deux millions chacun.

— Si nous sommes encore vivants pour les toucher, ricana Janine.

— Joue pas les rabat-joie, Janine. On savait que la mission pouvait être un flop dès le départ.

Oui, ça on le savait. Le vaisseau avait été conçu afin que nous puissions commencer le retour sur notre réserve de carburant avant de remonter les propulseurs photoniques qui nous ramèneraient chez nous — en quatre années environ.

— Et alors, Lurvy ? Ma vie sera foutue. Je serai une vierge de dix-huit ans.

— Oh, merde, Janine ! Pourquoi tu ne vas pas un peu en exploration, hein ? J'en ai vraiment marre de te voir.

Mais nous en avions tous marre de nous voir, les uns et les autres. Depuis que nous étions là, nous étions plus las de nous supporter et bien moins tolérants que nous ne l'avions été dans notre vaisseau-cellule. Nous avions maintenant plus d'espace pour nous perdre de vue, jusqu'à trois cents mètres, et nous étions plus irritables que jamais. A peu près toutes les vingt heures, le petit cerveau borné de Vera fouillait dans ses programmes aléatoires et ramenait régulièrement une expérience nouvelle : essais de poussée à un pour cent de puissance, à trente pour cent, et même à pleine puissance. Et pour l'occasion on se rassemblait tous et on se supportait suffisamment pour nous mettre en tenue et faire le boulot. Mais le résultat était toujours le même. Dès que nous poussions l'Usine alimentaire, l'artefact le sentait et y répondait en poussant avec la force exacte et dans la direction précise qui lui permettaient de maintenir son accélération, et cela dans un but qu'il était seul à connaître. La seule chose utile que Vera nous sortit fut une théorie : l'Usine avait épuisé la comète sur laquelle elle travaillait et se dirigeait vers une autre. Idée dont l'intérêt était strictement intellectuel. Sur le plan pratique, il n'y avait rien à en tirer qui pût nous aider. Et nous errions toujours, chacun de son côté la plupart du temps, toujours avec une caméra. De corridor en corridor, pièce après pièce, nos caméras voyaient ce que nous voyions et elles le retransmettaient vers la Terre par le faisceau temporalisé, et il n'y avait rien à en tirer.

Nous avons trouvé assez facilement l'endroit où Trish Bover avait pénétré dans l'Usine. Payter est tombé dessus et nous a tous appelés. Silencieux, nous nous sommes retrouvés devant les reliefs depuis longtemps moisis d'un repas, un vieux collant abandonné et les graffiti qu'elle avait laissés sur les parois.

TRISH BOVER EST PASSÉE PAR LÀ

et

AU SECOURS, MON DIEU !

— Dieu peut sans doute quelque chose pour elle, dit Lurvy après un instant. Mais il est bien le seul.

— Elle doit être restée plus longtemps que je le pensais, fit Payter. Il y a des détritus un peu partout dans les autres pièces.

— Quel genre de détritus?

— Des restes de nourriture, surtout. En allant vers l'autre face d'amarrage. Vous voyez? Là où il y a ces lumières.

Je voyais très bien. Je suis parti avec Janine. Depuis le début, son idée était de me tenir compagnie, ce qui ne m'enthousiasmait guère. Mais la température de 12° et l'absence de tout ce qui pouvait ressembler à un lit diminuaient sans doute son intérêt pour ma personne, à moins qu'elle fût trop brimée et déprimée pour viser encore au but suprême : la perte de sa virginité.

Ça n'a pas été difficile de retrouver les restes de nourriture. Pour moi, ils ne ressemblaient pas du tout à des rations de la Grande Porte. Ça se présentait sous forme de sachets. Quelques-uns n'avaient pas été ouverts. Les trois plus gros avaient à peu près la taille d'une tranche de pain. Ils étaient enveloppés dans une matière semblable à de la soie, rouge vif. Des deux autres, plus petits, l'un était vert, l'autre rouge avec des pois roses. A titre d'expérience, nous en avons ouvert un. Ça sentait le poisson pourri et, de toute évidence, ça n'était plus comestible. Mais ça l'avait sûrement été.

J'ai laissé Janine sur place pour rejoindre les autres. Ils ont ouvert le sachet vert. Il ne dégageait aucune odeur mais ce qui était à l'intérieur était dur comme de la pierre. Payter a reniflé longuement avant de lécher. Enfin, il est parvenu à casser une miette en frappant contre la paroi et il l'a mâchée d'un air concentré.

— Pas de goût, a-t-il déclaré enfin. (Il a eu l'air surpris en contemplant nos expressions, avant de sourire.) Vous attendiez que je tombe raide mort? Non... Quand on mâche, ça redevient mou. On dirait des crackers rassis, en fait...

Lurvy a froncé les sourcils.

— Mais si c'était vraiment de la nourriture... (Elle s'est interrompue un instant.) Si c'était vraiment de la nourriture, pourquoi Trish l'a-t-elle laissée ici? Pourquoi n'est-elle pas restée? Et pourquoi n'en a-t-elle pas fait mention dans son message?

— Elle crevait de peur, ai-je dit.

— Bien sûr. Mais elle a quand même enregistré un rapport. Et elle n'a pas dit un mot à propos de la nourriture. Ecoutez, vous n'avez quand même pas oublié que ce sont les techniciens de la Grande Porte qui ont décidé que ceci était une Usine alimentaire, non?... Uniquement sur la base de l'épave qu'ils ont trouvée au large du Monde de Phyllis.

— Elle a peut-être oublié...

— Non, je ne crois pas qu'elle ait oublié, dit Lurvy, très lentement.

Mais elle ne poursuivit pas et, en fait, il n'y avait rien de plus à dire. Mais, le lendemain, et peut-être même pendant deux jours, personne ne s'est livré à la moindre exploration en solitaire.

1311e jour. Vera a absorbé l'information concernant les sachets de nourriture dans le plus parfait silence. Mais, un moment après, elle nous a donné pour instruction de soumettre le contenu des sachets aux tests bio-chimiques. Ce que nous avions déjà fait sans l'attendre. Si elle en tira ses propres conclusions, elle ne nous en fit pas part.

Nous non plus, d'ailleurs. Lorsque nous étions tous éveillés en même temps, nous discutions surtout de ce que nous ferions si la Base nous trouvait un moyen de déplacer l'Usine. Vera avait déjà proposé que nous installions les cinq autres charges, que nous les mettions à feu toutes en même temps pour voir si l'Usine pouvait lutter. Les propositions de Vera n'étaient pas des ordres et c'est pour nous quatre que Lurvy avait répondu :

— Si nous les lançons à pleine puissance et que ça ne marche pas, il ne nous restera plus qu'à dépasser leur capacité. Ce qui pourrait les endommager. Et nous serions coincés ici.

— Et qu'est-ce que nous ferons si la Terre considère cela comme un ordre? ai-je demandé.

Payter a répondu avant elle.

— On marchandera, a-t-il dit en hochant la tête. Les extras se paient.

— Et c'est vous qui marchanderez, P'pa ?

— Tu parles. Ecoute-moi bien. Supposons que ça ne marche pas. Supposons qu'on soit obligés de rebrousser chemin. Tu sais ce qu'on fera ? (Une fois encore, il a hoché la tête.) On chargera le vaisseau avec tout ce qu'on pourra ramasser. On trouvera bien des petites machines à emporter, non ? On peut toujours voir si elles fonctionnent... En tout cas, on bourrera ce vaisseau. On se débarrassera de tout ce qui est inutile. On laissera un maximum de charges ici et on les remplacera par des grosses machines qu'on arrimera à l'extérieur, tu comprends ? Comme ça, on pourrait revenir avec... Mon Dieu, je ne sais pas, disons vingt, peut-être trente millions de dollars d'artefacts.

— Des éventails à prière ! hurla Janine en battant des mains.

Dans la pièce où Payter avait découvert la nourriture, il y en avait des piles, c'était vrai. Et il y avait aussi pas mal d'autres choses : une espèce de couche de métal tissé et, sur les murs, des trucs en forme de tulipes qui pouvaient ressembler à des chandeliers. Mais des éventails à prière, oui, il y en avait par centaines. A vue de nez, comme ça, à mille dollars la pièce, il y en avait bien pour un demi-million rien que dans cette pièce. Prêts à l'emballage pour les marchés d'antiquités de Chicago ou de Rome... Si nous vivions assez longtemps pour les livrer à bon port. Sans parler de tout ce dont je faisais l'inventaire dans ma petite tête. Comme chacun d'entre nous.

— Les éventails à prière, dit Lurvy d'un ton réfléchi, c'est la moindre part. Mais ça ne figure pas dans notre contrat, P'pa...

— Notre contrat ? Et qu'est-ce qu'ils vont faire, selon toi ? Ils vont nous flinguer ? Nous escroquer ? Après ces huit ans d'existence que nous leur avons donnés ? Non... Ils vont nous offrir des bonis.

Plus j'y pensais, plus ça me séduisait. Je me suis

endormi en faisant le compte des gadgets et des machins bizarres que j'avais découverts et que nous pouvions ramener avec nous. Je me demandais lesquels pouvaient bien avoir le plus de valeur, et j'eus finalement les premiers rêves agréables depuis les essais du propulseur.

Et je me suis réveillé avec le chuchotement angoissé de Janine dans mon oreille.

— P'pa ? Paul ? Lurvy ? Vous m'entendez ?

J'ai brassé l'air pour me mettre en position assise et j'ai regardé autour de moi. Non, Janine n'était pas là. C'était la radio. Lurvy s'était réveillée, maintenant, et Payter surgit à son tour.

J'ai dit :

— Je t'entends, Janine. Qu'est-ce que...

— Tais-toi !

Sa voix sifflait dans mon oreille, comme si elle parlait en pressant le micro sur ses lèvres.

— Ne me réponds pas. Ecoute seulement. Il y a quelqu'un ici.

Nous nous sommes regardés. Lurvy a murmuré :

— Où es-tu ?

— J'ai dit : tais-toi !

Elle chuchotait et sa voix était blanche. Elle devait presser le micro sur ses lèvres.

— Ne me réponds pas. Ecoute-moi seulement. Il y a quelqu'un ici.

Une fois encore, nous nous sommes regardés. Puis Lurvy a murmuré :

— Où es-tu ?

— Tais-toi ! Je suis au delà de la zone d'amarrage, tu sais ? Là où on a trouvé la nourriture. Je cherchais quelque chose à rapporter, comme dit Papa, mais... Eh bien, j'ai vu quelque chose sur le sol. On aurait dit une pomme. Mais ça n'en était pas une. C'était plutôt brun-rouge et vert à l'intérieur. Ça sentait... Oh ! je ne sais pas, moi... La fraise. Et ça n'avait pas cent ans, en tout cas. C'était frais. Et alors j'ai entendu... Attendez...

Nous n'avons pas osé intervenir. Nous l'écoutions

respirer, c'est tout. Lorsqu'elle nous a parlé à nouveau, elle avait l'air vraiment effrayée.

— Ça vient par ici. Entre vous et moi. Je suis coincée. Je... je crois que c'est un Heechee et ça va être...

Elle s'interrompit brusquement. Elle haletait. Et puis, tout à coup, elle cria :

— N'approchez pas !

J'en avais assez entendu.

— Venez ! ai-je lancé en fonçant vers le couloir.

Payter et Lurvy me suivirent en longues enjambées coulées dans le tunnel bleu. En approchant des points d'amarrage, nous nous sommes pourtant arrêtés, indécis.

Et nous hésitions toujours quand la voix de Janine nous a réveillés. Elle ne chuchotait plus, elle ne criait plus son angoisse.

— Il... il s'est arrêté quand je le lui ai dit, fit-elle avec un accent d'incrédulité. Je ne crois pas non plus que ce soit un Heechee. Je dirais qu'il a l'air très... eh bien, très ordinaire. Oui, plutôt minable. Il reste là comme ça à me regarder. On dirait qu'il flaire...

— Janine ! ai-je crié dans la radio. Nous sommes vers les puits d'amarrage. Où est-ce qu'il faut aller maintenant ?

Une pause. Puis, bizarrement, Janine eut un rire étouffé. Lorsqu'elle parla à nouveau, il y avait un tremblotement dans sa voix.

— Tout droit. C'est tout droit. Venez vite. Vous... si vous saviez ce qu'il fait !

Un amour de Wan

Wan eut le sentiment que le voyage vers l'avant-poste était beaucoup plus long qu'à l'ordinaire, sans doute parce qu'il avait l'esprit en effervescence. La compagnie des Hommes Morts lui manquait. Et plus encore celle d'une femelle. La notion d'un Wan amoureux frôlait le rêve, pour lui, mais c'était un rêve qu'il entendait bien concrétiser. Tous les livres l'y aidaient, de *Roméo et Juliette* à *Anna Karenine* en passant par les classiques chinois. Mais toutes les rêveries furent balayées de son esprit lorsqu'il découvrit l'avant-poste en s'approchant. La console s'était allumée pour signaler le début des manœuvres d'amarrage. Sur l'écran, les tracés s'estompèrent et la forme de l'avant-poste apparut. Elle était différente. Il y avait un vaisseau inconnu dans l'un des berceaux d'amarrage et une structure bizarrement pointue avait été attachée sur un côté de la coque.

Que pouvait signifier tout cela? Lorsque l'amarrage fut terminé, Wan passa la tête hors de l'écoutille et regarda alentour. Il reniflait tout en tendant l'oreille.

Après un instant, il en vint à conclure qu'il n'y avait personne à proximité. Il ne déchargea pas ses livres ni ses autres biens. Il laissa le tout dans le vaisseau : il devait être prêt à fuir dans la seconde, mais il décida néanmoins d'explorer un peu. Longtemps auparavant, quelqu'un était déjà venu jusqu'à l'avant-poste. Wan croyait que c'était une femelle. Petit Jim l'avait aidé à identifier ses vêtements. Peut-être devait-il lui demander conseil? En croquant un fruit, il se propulsa vers la

51

chambre des rêves, où la couche de plaisir l'attendait entre les machines-livres.

Et il s'arrêta soudain.

Avait-il réellement entendu quelque chose? Un rire, ou bien un appel, très loin.

Il jeta le fruit et demeura un moment parfaitement immobile, les sens tendus. Mais le bruit ne se répéta pas. Pourtant, il y avait quelque chose — une odeur, très faible, à la fois agréable et étrange. Elle lui rappelait un peu celle des vêtements qu'il avait trouvés et promenés avec lui jusqu'à ce qu'ils n'aient plus la moindre odeur et qu'il finisse par les reposer à l'endroit même où il les avait trouvés.

Etait-ce la même personne qui était revenue?

Il ne put s'empêcher de trembler. Une personne! Il y avait plus d'une dizaine d'années qu'il n'avait pas senti ni touché une personne! Et même alors, ce n'avait été que ses parents. Il se pouvait aussi que ce ne soit pas une personne mais quelque chose d'autre. Il s'élança vers la cale où il avait trouvé les traces de cette autre personne. Il évitait habilement d'emprunter les principaux passages et se faufilait dans des corridors plus étroits et moins directs où il ne pensait pas qu'un étranger pût se risquer. Il connaissait chaque centimètre carré de l'avant-poste, du moins jusqu'aux limites dans lesquelles il était confiné, puisqu'il ignorait comment franchir les parois verrouillées. Il ne lui fallut que quelques minutes pour atteindre l'endroit où il avait pieusement remis en place les restes abandonnés par le premier visiteur de l'avant-poste.

Tout était là. Mais pas comme il l'y avait laissé. On avait pris certaines choses avant de les rejeter. Et Wan savait qu'il n'avait jamais fait cela. Non seulement il s'était imposé la stricte discipline de ne rien déranger dans l'avant-poste afin que nul ne puisse savoir qu'il était passé par là mais, cette fois, il avait pris un soin tout particulier à redisposer les restes tels qu'il les avait trouvés. Il y avait donc quelqu'un d'autre dans l'avant-poste.

Et il était à des minutes de distance de son vaisseau.

Aussi vite qu'il le put, mais avec prudence, il regagna les cales de l'autre bord en s'arrêtant à chaque intersection pour épier le moindre bruit, la moindre odeur. Il atteignit enfin le vaisseau et tourna un instant autour de l'écoutille, indécis. Devait-il fuir ou bien explorer un peu plus ?

Mais le parfum était encore plus fort, maintenant, irrésistible.

A pas comptés, il se risqua dans l'un des grands couloirs en impasse, prêt à battre en retraite à la moindre alerte.

Une voix ! Un chuchotement, à peine audible. Mais il y avait quelqu'un. Il atteignit un seuil, risqua un coup d'œil et son cœur bondit. Une personne ! Blottie contre la paroi, elle le regardait avec terreur, un objet de métal pressé contre ses lèvres. Elle lui cria : « N'approchez pas ! » Mais il en aurait bien été incapable, même s'il l'avait voulu : il était figé sur place. Car ce n'était pas seulement une personne qu'il avait en face de lui. C'était une personne *femelle !* Tous les signes extérieurs correspondaient à ceux que Petit Jim lui avait décrits : deux renflements sur la poitrine, un autour des hanches, un rétrécissement à la taille et des sourcils très fins au-dessus des orbites. Oui, c'était bien une femelle ! Et jeune. Et le vêtement qu'elle portait laissait voir ses jambes nues et... oui, ses bras aussi. Ses longs cheveux lisses étaient ramenés derrière sa nuque en une sorte de longue queue et elle fixait Wan de ses yeux immenses.

Wan réagit alors comme on le lui avait appris. Il se laissa lentement tomber à genoux, ouvrit son vêtement et toucha son sexe. Il ne s'était pas masturbé depuis plusieurs jours et aucune source d'excitation ne pouvait être comparable à celle-ci. Instantanément, il fut en érection, frissonnant de désir.

Il eut à peine conscience du bruit. Trois autres personnes venaient de surgir en courant. Il ne se redressa que quand il eut fini, referma son vêtement et leur adressa un sourire poli. Ils s'étaient rassemblés autour de la jeune femelle et parlaient tous en même temps, sur un ton presque hystérique.

— Hello, dit-il. Je m'appelle Wan.

Comme ils ne répondaient pas, il répéta en espagnol, puis en cantonais. Il était décidé à reprendre en d'autres langues quand la deuxième personne femelle s'avança en déclarant :

— Hello, Wan. Je suis Dorema Herter-Hall. On m'appelle Lurvy. Nous sommes très heureux de te rencontrer.

Jamais, en quinze ans d'existence, Wan n'avait vécu douze heures aussi excitantes, effrayantes, stupéfiantes. Il avait tant de questions à poser ! Il avait tant à dire et à entendre. Et il ressentait de tels frissons de plaisir au contact de ces autres personnes. Il se baignait dans leur présence, leur odeur. C'était incroyable tout ce qu'ils ignoraient et stupéfiant tout ce qu'ils savaient ! Ils étaient incapables de se procurer de la nourriture dans les hottes, ils n'étaient jamais allés dans la chambre des rêves, ils n'avaient jamais rencontré un Ancien ni parlé avec un Homme Mort. Mais pourtant, ils connaissaient des villes et des vaisseaux de l'espace, ils s'étaient promenés sous un ciel ouvert. (« Ciel »?... Il fallut quelque temps à Wan pour comprendre ce dont ils parlaient.) Et ils faisaient l'amour. Pour cela, il devinait que la femelle la plus jeune voulait lui en apprendre plus, mais la plus vieille ne semblait pas vouloir. Comme c'était étrange. Le mâle le plus âgé ne semblait faire l'amour avec personne. Encore plus étrange. Mais tout était étrange, et Wan était confondu par les délices et les peurs de tant d'étrangeté.

Ils avaient parlé pendant très longtemps, et il leur avait appris certains trucs de l'avant-poste avant qu'ils lui montrent quelques-unes des merveilles de leur vaisseau : une chose qui était pareille à un Homme Mort mais qui n'avait jamais été vivante, des images de gens de la Terre, une toilette avec chasse... Après toutes ces merveilles, la personne appelée Lurvy leur avait ordonné à tous de se reposer. Aussitôt, Wan s'était dirigé vers la chambre des rêves, mais Lurvy l'avait prié de demeurer auprès d'eux. Il n'avait pas pu dire non mais il était sorti bien des fois de son sommeil pour se redresser, tremblant et haletant, dans la pâle clarté bleue.

Toute cette excitation n'était pas bonne pour lui. Quand ils furent tous éveillés, il prit conscience qu'il tremblait encore et que tout son corps était douloureux comme s'il n'avait pas dormi une seule minute. Mais le bavardage et les questions commencèrent aussitôt :

— Qui sont les Hommes Morts ?

— Je ne sais pas. Pourquoi ne pas le leur demander ? Quelquefois... Quelquefois ils se donnent le nom de « prospecteurs ». Ils sont venus d'un endroit appelé « Grande Porte ».

— Et ils se trouvent dans un artefact Heechee ?

— Heechee ?

Il réfléchit. Il avait déjà entendu ce mot, il y avait longtemps, mais il ignorait ce qu'il pouvait bien signifier.

— Vous voulez dire les Anciens ?

— A quoi ressemblent les Anciens ?

Il était incapable de les décrire avec des mots, alors ils lui donnèrent un bloc et il essaya de leur dessiner les grandes mâchoires pendantes, les barbes teigneuses. Dès qu'il avait fini un croquis, ils arrachaient la feuille et la présentaient à la machine qu'ils appelaient « Vera ».

— C'est comme un Homme Mort, risqua Wan.

Et les questions jaillirent de plus belle.

— Tu veux dire que les Hommes Morts sont des ordinateurs ?

— Qu'est-ce qu'un ordinateur ? demanda-t-il.

Ce qui rejeta la balle dans leur camp, le temps qu'ils lui expliquent ce que signifiait ordinateur, élections présidentielles, et la fièvre des Cent trente jours. Et sans cesser d'arpenter l'avant-poste pendant qu'il leur rapportait ce qu'il en connaissait. Il était de plus en plus fatigué. Ce qui lui était rarement arrivé car, dans son existence intemporelle, il dormait quand il en avait envie et ne s'éveillait que lorsqu'il était totalement reposé. Cette sensation était déplaisante, de même que le mal de tête qu'il éprouvait, et l'irritation dans la gorge. Mais il était bien trop excité pour s'arrêter, surtout quand ils lui eurent parlé de la personne femelle appelée Trish Bover.

— Elle est venue ici ? Dans l'avant-poste ? Et elle n'est pas restée ?

— Non, Wan. Elle ne savait pas que tu viendrais. Elle pensait qu'en restant là, elle mourrait.

Quel affreux malheur ! se dit Wan. Il calcula qu'il n'avait que dix ans quand la fille était venue. Pourtant, il aurait pu être un compagnon pour elle. Et elle aurait été sa compagne de même. Il l'aurait nourrie, il aurait veillé sur elle et il l'aurait emmenée avec lui rendre visite aux Anciens et aux Hommes Morts. Et ils auraient été très heureux.

— Alors, demanda-t-il, où est-elle allée ?

Pour quelque raison qu'il ne comprenait pas, cette question parut les troubler. Ils se regardèrent, puis Lurvy, après un instant, lui répondit :

— Elle est repartie dans son vaisseau, Wan.

— Elle est retournée sur Terre ?

— Non. Pas encore. Avec ce type de vaisseau, c'est un très long voyage. Plus long que le temps d'une vie.

Le mâle plus jeune, Paul, celui qui s'accouplait avec Lurvy, intervint à son tour :

— Elle voyage toujours, Wan. Nous ne savons pas exactement où elle se trouve. Nous ne sommes même pas certains qu'elle soit encore vivante. Elle s'est congelée.

— Alors elle est morte ?

— Eh bien... elle n'est sans doute plus vivante. Mais si on la retrouve, on pourra peut-être la réanimer. Elle est dans le compartiment de congélation du vaisseau, à moins quarante degrés. Pendant un certain temps, son corps demeurera intact, du moins je le crois. C'est également ce qu'elle s'est dit. C'était la meilleure chance qu'elle pouvait avoir.

— J'aurais pu lui en offrir une meilleure, dit Wan

avec tristesse. (Puis il se dérida. Il y avait l'autre femelle, Janine. Elle n'était pas gelée, elle. Il voulut l'impressionner et ajouta :) C'est un nombre bigre.

— Quoi? Quel nombre?

— Un nombre bigre, Janine. C'est Petit Jim qui me parle d'eux. Quand on dit « moins quarante », on n'a pas besoin de préciser si c'est en Celsius ou en Fahrenheit parce que c'est pareil.

Sa plaisanterie le fit rire. Les autres se regardaient. Wan sentait que quelque chose n'allait pas, mais il éprouvait en même temps une impression bizarre, un malaise, et sa fatigue augmentait à chaque seconde. Il se dit que peut-être ils n'avaient pas compris sa plaisanterie.

— Allons demander à Petit Jim, dit-il. On peut l'atteindre au bout de ce passage, là où se trouve la chambre des rêves.

— L'atteindre? Mais comment? demanda le vieil homme, Payter.

Wan ne répondit pas. Il ne se sentait pas assez bien pour se fier à ce qu'il pouvait dire, et puis, il était plus simple de leur montrer. Il fit brusquement demi-tour et se hâta vers la chambre des rêves. Quand ils le rejoignirent, il avait déjà composé le numéro cent douze.

— Petit Jim? appela-t-il, et il ajouta par-dessus son épaule : Quelquefois, il ne veut pas parler. Soyez patients, je vous prie.

Mais il eut de la chance, cette fois, car la voix de l'Homme Mort lui répondit aussitôt.

— Wan? C'est toi?

— Bien sûr que c'est moi, Petit Jim. Je veux que tu me parles des nombres bigre.

— D'accord, Wan. Les nombres bigre sont des nombres qui représentent plus qu'une simple quantité, et donc quand on s'aperçoit de la coïncidence, on dit : « Bigre! » Certains nombres bigre sont triviaux. D'autres sont peut-être d'une importance transcendante. Certains parmi les gens de religion considèrent les nombres bigre comme une preuve de l'existence de

Dieu. Quant à l'existence de Dieu, je ne peux que t'esquisser le...

— Non, Petit Jim. Restes-en aux nombres bigre.

— Oui, Wan. Je vais te donner une liste de quelques-uns des plus simples. Zéro degré cinq. Moins quarante degrés. Un trente-sept. Deux mille vingt-cinq. Dix au trente-neuvième. Veuillez rédiger un paragraphe sur chacun de ces nombres et identifier les caractéristiques qui en font des nombres bigre et...

— Annulé, annulé! cria Wan d'une voix aiguë et cinglante pour l'Homme Mort. Ce n'est pas un cours!

— Mmm... Oui, bien, fit Petit Jim d'un ton morne. D'accord. Zéro degré cinq est le diamètre angulaire du soleil et de la lune observés depuis la Terre. Bigre! C'est très étrange que ce soit le même, mais très utile aussi parce que c'est en partie à cause de cette coïncidence que la Terre connaît des éclipses. Moins quarante degrés est une température identique pour les deux échelles de Celsius et de Fahrenheit. Bigre. Deux mille vingt-cinq est la somme de l'élévation au cube des nombres entiers suivants. Un au cube, plus deux au cube, plus trois au cube et ainsi de suite jusqu'à neuf, tous additionnés. C'est aussi le carré de leur somme. Bigre. Dix au trente-neuvième, c'est la mesure de la faiblesse de la force gravitationnelle comparée au champ électromagnétique. C'est également l'âge de l'univers exprimé comme un nombre non-dimensionnel. Mais c'est aussi la racine carrée du nombre de particules présentes dans l'univers observable, c'est-à-dire cette partie de l'univers correspondant à la Terre dans laquelle la constante de Hubble est inférieure à zéro cinq. Ce qui est aussi... Bon, n'insistons pas, mais bigre, bigre! Avec tous ces bigre, Paul Adrien Maurice Dirac a construit son Hypothèse des Grands Nombres, à partir de laquelle il a abouti à la conclusion que la force gravitationnelle diminue avec l'âge de l'univers. Tu ne dis pas bigre?

— Tu as oublié Un trente-sept, dit Wan d'un ton accusateur.

L'Homme Mort eut un gloussement.

— Très bien, Wan ! Je voulais vérifier que tu écoutais bien. Un trente-sept, bien sûr, c'est la constante de structure fine d'Eddington et on la retrouve dans toute la physique nucléaire. Mais c'est plus que cela. Suppose que nous prenions l'inverse, qui est un sur un trente-sept et que nous l'exprimions comme une décimale. Les trois premiers chiffres sont zéro zéro sept. James Bond, le double zéro étant le code qui donne le droit de tuer. Et tu as la létalité de l'univers ! Les huit premiers chiffres donnent le palindrome de Clarke : zéro sept deux neuf neuf deux sept zéro. La symétrie de l'univers. Mortel et à deux faces. La constante de structure fine ! Ou bien, peut-être devrais-je dire son inverse. Ce qui impliquerait que l'univers lui-même est l'inverse de cela ? Bienveillant et irrégulier ? Aide-moi, Wan. Je ne suis pas certain de savoir interpréter ce symbole.

— Oh, annulé, annulé ! fit Wan avec colère. Annulé et terminé !

Il tremblait de fureur. Il se sentait plus mal qu'il ne l'avait jamais été, plus encore que lorsque les Hommes Morts lui avaient fait des piqûres.

— Ça continue comme ça, dit-il d'un ton d'excuse à l'adresse des autres. C'est pour ça que je ne lui parle pas d'ici, habituellement.

— Il n'a pas l'air très bien, dit Lurvy à son mari. (Puis elle se tourna vers Wan :) Est-ce que tu te sens bien ?

Il secoua la tête. Il ne savait quoi répondre.

— Tu devrais te reposer, fit Paul. Mais pourquoi dis-tu que tu ne lui parles pas d'ici, d'habitude ? Où est... Petit Jim ?

— Oh ! il est dans la station principale, dit Wan d'une voix faible, avant d'éternuer.

— Tu veux dire que... (Paul déglutit avec peine :) Mais le voyage dure quarante-cinq jours pour un vaisseau ! Ça doit être très loin.

— La radio ? s'exclama le vieil homme, Payter. Est-ce que tu lui parles par radio ? Par radio *ultra-luminique* ?

Wan haussa les épaules. Paul avait raison : il avait

besoin de se reposer. Et la couche était là. Toujours, il y avait trouvé le plaisir et le repos.

— Dis-moi, mon garçon! cria le vieil homme. Si tu as une radio ultra-luminique, la prime...

— Je suis très fatigué, dit Wan d'une voix rauque. Il faut que je dorme.

Il se sentit tomber. Il échappa à leurs mains tendues et plongea entre eux vers la couche dont l'étoffe douce se referma sur lui.

Robin Broadhead, Inc.

En compagnie d'Essie, je faisais du ski nautique sur la mer de Tappan quand mon collier-radio a bourdonné : on avait trouvé un étranger dans l'Usine alimentaire. Immédiatement, j'ai ordonné au bateau de virer de bord et nous sommes revenus vers le grand embarcadère qui était la propriété de Robin Broadhead, Inc. J'ai dit à Essie ce que je venais d'apprendre.

— Un *garçon*, Robin ?

Elle criait par-dessus le moteur à hydrogène et le sifflement du vent.

— Mais que diable faisait-il dans l'Usine alimentaire ?

— Ça, c'est ce que nous devons découvrir !

Le bateau a pénétré dans les hauts-fonds et a attendu patiemment pendant que nous débarquions dans l'herbe. Quand il a eu enregistré notre départ, il s'est éloigné en ronronnant vers son appontement.

Complètement trempés, nous avons couru tout droit à la salle du cerveau.

On avait déjà commencé à recevoir des vues et, dans le cube de l'holo, je découvris un gamin maigre et efflanqué qui portait une sorte de kilt ouvert et une tunique crasseuse. Il n'avait pas l'air menaçant mais ce qui était certain, bon Dieu, c'est qu'il n'avait pas le droit de se trouver là.

— La voix, ai-je dit.

Le ton était aigu, bizarre, perçant, mais c'était de l'anglais et je comprenais :

— ... de la station principale, oui. Elle est environ à

sept jours... non, sept semaines, je veux dire. J'y vais souvent.

— Mais *comment,* pour l'amour de Dieu ?

Je ne voyais pas l'interlocuteur du gamin mais il était mâle et n'avait aucun accent : Paul Hall.

— Dans un vaisseau, bien sûr. Vous n'avez pas de vaisseau ? Les Hommes Morts ne parlent que de voyages en vaisseaux et je ne connais pas d'autre moyen.

— Incroyable, dit Essie par-dessus mon épaule.

Elle s'éloigna, sans quitter l'holo des yeux, et revint avec deux peignoirs en éponge. Elle en mit un sur mes épaules.

— Qu'est-ce que la « station principale », selon toi ?

— J'aimerais bien le savoir, grands dieux ! Harriet ?

Les voix de l'holo diminuèrent et ma secrétaire répondit :

— Oui, monsieur Broadhead ?

— Quand est-il arrivé là-bas ?

— Il y a environ dix-sept heures quatre minutes, monsieur Broadhead. Plus le temps de transit depuis l'Usine alimentaire, bien entendu. Il a été découvert par Janine Herter. Il ne semble pas qu'elle ait eu de caméra, nous n'avons donc reçu que sa voix jusqu'à l'arrivée des autres membres de la mission.

Dès qu'Harriet s'interrompit, la voix de l'holo remonta. Harriet était un bon programme, l'un des meilleurs d'Essie.

— ... Désolé d'avoir agi incorrectement, disait le garçon.

Une pause. Puis le vieux Payter Herter intervint :

— Bon Dieu, ne t'en fais pas pour ça. Est-ce qu'il y a d'autres personnes dans la station principale ?

Le garçon plissa les lèvres.

— Tout dépend, dit-il d'un ton très philosophique, de la définition que vous donnez d'une personne. Dans le sens d'organisme vivant de notre espèce, non. Ce qui s'en approche le plus, ce sont les Hommes Morts.

Voix de femme, celle de Dorema Herter-Hall.

— Tu as faim ? Tu as besoin de quelque chose ?

— Non. Pourquoi?

— Harriet? ai-je demandé. Cette histoire d'incorrection concernait quoi?

Harriet répondit en hésitant.

— Heu... il... il s'est livré à un orgasme solitaire, monsieur Broadhead. Devant Janine Herter.

Je n'ai pas pu m'empêcher d'éclater de rire.

— Essie. A mon avis, tu lui as donné beaucoup trop de principes.

Mais ce n'était pas cela qui me faisait rire. C'était l'incongruité absolue de la chose. Je me serais attendu à n'importe quoi. Un Heechee, un pirate de l'espace, des Martiens. A n'importe quoi, bon Dieu, mais pas à un gamin en érection.

Des griffes d'acier raclèrent le sol et quelque chose atterrit sur mes épaules.

— Descends, Squiffy!

— Laisse-le se blottir dans ton cou une minute, plaida Essie. Il s'en ira tout seul.

— Il n'est pas très délicat dans ses habitudes. On ne peut pas s'en débarrasser?

— *Na, na, galubka*, dit-elle doucement en me tapotant le haut du crâne. (Elle se leva.) Tu as voulu la Médication Totale, n'est-ce pas? Squiffy en fait partie.

Elle m'a embrassé avant de quitter la pièce, me laissant seul à réfléchir à cette chose qui, à ma surprise, éveillait en moi toutes sortes de petites sensations dérangeantes. Si nous rencontrions un Heechee? Jamais encore cela n'était arrivé, mais que se passerait-il alors?

Quand les premiers explorateurs de Vénus avaient découvert les traces laissées par les Heechees, ces tunnels baignés de lumière bleue, absolument vides, ces cavernes en fuseau, ç'avait été un choc. Et ensuite, quelques artefacts. Autre choc. Qu'étaient-ils donc? Il y avait ces rouleaux métalliques que quelqu'un avait baptisés « éventails à prière » (mais qui pouvait dire si les Heechees priaient et qui ils priaient?). Et aussi ces petits grains brillants que l'on avait appelés « perles de feu », mais ils ne brûlaient pas et ce n'étaient pas des perles. Et puis, quelqu'un découvrit l'astéroïde de la Grande Porte et, cette fois, ce fut le grand choc car, en même temps, sur l'astéroïde, il y avait quelque deux cents vaisseaux de l'espace en état de marche. Seulement, il était impossible de les diriger. On pouvait monter à bord et partir. C'était tout. Et des tas de chocs vous attendaient au bout du voyage.

Je le savais. Ces chocs, je les avais reçus au cours de mes trois stupides missions. Non. Deux stupides missions. Quant à l'autre, terriblement, elle n'avait rien eu de stupide. Elle m'avait rendu riche et m'avait arraché quelqu'un que j'aimais. Ces deux événements n'avaient rien de stupide, non ?

Et ainsi les Heechees, disparus depuis un demi-million d'années sans même avoir laissé un mot pour dire ce qu'ils étaient, ce qu'ils faisaient, avaient entièrement pénétré notre monde, notre vie. Pour toutes les questions, il n'y avait guère de réponses. Nous ne savions même pas le nom qu'ils avaient pu se donner. Certainement pas celui de « Heechee », car il avait été inventé par les premiers explorateurs. Non, nous n'avions pas la moindre idée du nom de ces lointains demi-dieux. Mais nous ignorions de même comment Dieu s'appelait. Jéhovah, Jupiter, Baal, Allah... tous ces noms avaient été forgés par les hommes. Qui pouvait dire par quel nom Il avait été connu de Ses copains ?

J'étais en train d'essayer de m'imaginer ce que j'aurais éprouvé si l'étranger de l'Usine alimentaire avait réellement été un Heechee quand Essie sortit des toilettes et Squiffy s'élança vers la cuvette. La Médication totale implique certaines indignités dont fait partie l'unité mobile de bio-test.

— Tu gaspilles mon temps de programme ! protesta Essie.

Je pris conscience qu'Harriet attendait patiemment dans le cube que je lui demande de continuer à me donner les informations qui exigeaient mon attention. Le rapport de l'Usine alimentaire était enregistré et classé et Essie put se rendre à son bureau pour s'occuper des urgences qui l'attendaient. J'ai dit à Harriet de mettre en route le programme de cuisine, puis je l'ai laissée accomplir son devoir de secrétaire.

— Vous êtes appelé à témoigner devant le Comité des Voies et Moyens du Sénat demain matin, monsieur Broadhead.

— Je sais. J'y serai.

— Votre prochain check-up est pour le week-end. Dois-je confirmer le rendez-vous ?

Ça, c'est une des corvées de la Médication totale. Et en plus, Essie y tient : elle a vingt ans de moins que moi et elle sait me le rappeler.

— D'accord. Il faut y passer.

— Vous êtes poursuivi par un nommé Hanson Bover et Morton désire vous entretenir à ce sujet. L'état consolidé pour le trimestre est sur votre bureau — à l'exception du rapport des holdings des mines alimentaires qui ne sera pas prêt avant demain. Il y a aussi un certain nombre de messages mineurs. J'ai répondu à la plupart mais vous pouvez en prendre connaissance quand vous voudrez.

— Merci. C'est tout pour l'instant.

Le cube est redevenu transparent et je me suis laissé aller dans mon fauteuil.

Je n'avais pas besoin de voir l'état consolidé : je savais déjà très bien ce qu'il contenait. Les investissements immobiliers se développaient très bien. Le peu que j'avais mis dans les fermes marines faisait apparaître un bénéfice record pour l'année. Tout était solide, excepté les mines alimentaires. La dernière fièvre des Cent trente jours nous avait coûté cher. Je ne pouvais pas en vouloir aux gars de Cody. Quand la fièvre avait frappé, ils étaient devenus aussi irresponsables que moi. Mais la foreuse thermique avait échappé à leur contrôle et deux mille hectares de schiste étaient en train de se consumer dans le sous-sol. En tout, il avait fallu trois mois pour remettre la mine en état et nous ne connaissions pas encore la note. Rien d'étonnant à ce que leur état trimestriel soit en retard.

Mais ce n'était qu'un simple désagrément, pas un désastre. Mes affaires étaient trop diversifiées pour que je puisse être menacé par la crise d'un secteur unique. Jamais je n'aurais investi dans les mines alimentaires si Morton ne me l'avait pas conseillé. Le dégrèvement d'extraction en faisait fiscalement une bonne affaire. (Mais j'avais vendu une bonne part de mes actions en fermes marines pour ça.) Puis Morton avait décidé qu'il me fallait néanmoins un refuge fiscal, et c'est ainsi que nous avions créé l'Institut Broadhead pour la Recherche extra-solaire. Mon portefeuille d'actions appartient à l'Institut mais c'est moi qui le gère, et comme je l'entends. C'est moi qui ai décidé de notre association avec la Corporation de la Grande Porte pour le financement des sondes qui ont été lancées vers les quatre sources de métal Heechee qui avaient été détectées à l'intérieur du système solaire ou à proximité immédiate. L'une d'elles était l'Usine alimentaire. Dès le premier contact, nous avions formé une société d'exploitation indépendante qui semblait à présent réellement rentable.

— Harriet ? Remets-moi en direct avec l'Usine alimentaire, ai-je demandé.

L'holo s'est matérialisé. Le garçon parlait toujours de sa voix aiguë, perçante. J'ai essayé de saisir le fil de ce qu'il disait. Il était question d'un Homme Mort (mais ce n'était pas un homme, puisque son prénom était Henrietta), d'une mission de la Grande Porte à laquelle elle aurait participé (mais quand ? Je n'avais pas entendu parler d'elle, pourquoi ?). Tout cela était bien énigmatique et j'ai eu brusquement une meilleure idée. J'ai dit :

— Albert Einstein, s'il te plaît.

L'holo a tourbillonné et la bonne vieille bouille ridée était là qui me regardait.

— Oui, Robin, a dit mon programme scientifique tout en prenant sa pipe et son tabac comme il le fait toujours quand nous bavardons.

— J'aimerais que tu me donnes tes meilleures estimations à propos de l'Usine alimentaire et de ce garçon qui a été découvert là-bas.

— Mais bien sûr, Robin, a dit Albert en bourrant

son tabac du pouce. Le garçon s'appelle Wan. Il semble avoir entre quatorze et dix-neuf ans, les probabilités étant pour l'âge le moins élevé. Je dirais que, génétiquement, il est tout à fait humain.

— D'où vient-il ?

— Ah, ça, c'est conjectural, Robin. Il parle d'une « station principale ». Sans doute un autre artefact Heechee semblable aux deux Grandes Portes et à l'Usine alimentaire, mais sans fonction évidente en soi. Il ne semble pas qu'il y ait d'autres êtres humains vivants. Il parle d'« Hommes Morts », qui semblent être une sorte de programme d'ordinateur, comme moi-même, encore qu'il ne soit pas prouvé clairement que leur origine n'est pas totalement différente. Il a mentionné également des créatures vivantes qu'il nomme « les Anciens » ou « les bouches-de-grenouille ». Il n'a que de rares contacts avec eux. En fait, il les évite et rien n'indique à l'évidence d'où ils peuvent venir.

J'ai pris mon souffle avant de demander :

— Des Heechees ?

— Je l'ignore, Robin. Je ne peux que faire des suppositions. Selon la règle du Rasoir d'Occam, on pourrait supposer que des êtres non humains occupant un artefact Heechee peuvent très bien être des Heechees... mais il n'y a aucune preuve évidente. Nous ignorons à quoi ressemblaient les Heechees, tu le sais.

Oui, je le savais. A l'idée de l'apprendre bientôt, on ne pouvait guère se sentir rasséréné.

— Rien d'autre ? Peux-tu me dire ce qui se passe avec les essais pour ramener l'Usine ?

— Mais bien sûr, Robin. (Il a craqué une allumette.) Mais je crains de ne pas avoir de bonnes nouvelles. L'objet semble programmé pour une trajectoire et sous contrôle total. Il contrecarre toutes nos tentatives.

La décision avait été mûrement pesée. Fallait-il laisser l'Usine alimentaire dans le Nuage d'Oort et essayer d'expédier des aliments vers la Terre, ou bien ramener l'objet ? A présent, il semblait bien que nous n'avions plus le choix.

— Est-ce... Penses-tu qu'elle soit sous contrôle Hee-chee ?

— Jusqu'à présent, nous n'avons aucun moyen d'en être certains. En toute rigueur, je ne pencherais pas pour cette hypothèse. Cette réaction semble être automatique. Cependant... (il tira sur sa pipe) il y a quelque chose d'encourageant. Puis-je te montrer quelques vues de l'Usine ?

— Je t'en prie, ai-je dit mais, apparemment, il ne m'avait pas attendu.

Albert est un programme très courtois mais aussi très malin. Il disparut du cube pour être remplacé par l'image du garçon, Wan, montrant à Payter Herter comment ouvrir ce qui semblait être une écoutille dans la paroi d'un passage de l'Usine. Il en sortit des paquets mous, enveloppés dans une matière lisse d'un rouge vif.

— Nos suppositions quant à la nature de l'artefact semblent se confirmer, Robin. Ces choses-là sont comestibles et, selon Wan, constamment renouvelées. C'est grâce à elles qu'il a survécu durant la plus grande partie de son existence et, comme tu peux le voir, il semble en excellente santé, quoique je craigne qu'il ne soit en train d'attraper un rhume.

J'ai jeté un coup d'œil à l'horloge au-dessus de son épaule. Pour moi, il veille qu'elle soit toujours à l'heure.

— C'est tout pour l'instant. Préviens-moi si quelque chose vient modifier tes conclusions.

— Mais bien sûr, Robin.

Et il disparut.

J'étais sur le point de me lever. Parler de l'Usine alimentaire m'avait rappelé que le déjeuner était prêt. Je n'avais pas seulement faim, mais j'avais aussi fait quelques plans pour un petit break ensuite. J'ai noué mon peignoir — et puis je me suis souvenu de ce message à propos d'une poursuite contre moi. Dans la vie d'un homme riche, les poursuites n'ont rien d'exceptionnel, mais si Morton voulait me parler de celle-ci, il valait probablement mieux l'écouter.

Il a répondu immédiatement. Il était assis à son bureau et il s'est penché vers moi avec un air grave.

— Robin, on nous attaque. La Société d'Exploitation de l'Usine alimentaire, la Corporation de la Grande Porte, plus Paul Hall, Dorema Herter-Hall et Payter Herter, tous en *propria persona* et en tant que gardiens de la codéfenderesse Janine Herter. Plus la Fondation et toi, personnellement.

— Eh bien, cela me fait au moins de la compagnie. Est-ce que je dois m'inquiéter?

Une pause, puis Morton a dit d'un air pensif :

— Un peu, je pense. C'est Hanson Bover qui nous poursuit. C'est le mari de Trish Bover, ou son veuf, c'est selon l'opinion que l'on a...

Morton était affecté d'un léger scintillement. C'était un défaut de programme. Essie voulait le réparer, mais ça n'affectait en rien ses capacités de légiste et ça me plaisait plutôt.

— Il s'est constitué conservateur des biens de Trish Bover et, sur la base de son premier atterrissage sur l'Usine alimentaire, il réclame un partage égal de mission accomplie pour tout ce qu'elle pourra rapporter.

Oui, ça n'avait rien de drôle. Même si nous ne parvenions pas à déplacer ce foutu machin, ce boni risquait de représenter une certaine somme avec les derniers développements.

— Comment peut-il faire ça? Elle avait signé le contrat standard, non? Tout ce que nous avons à faire, c'est de le produire. Elle n'est pas revenue, donc elle n'a pas droit à une part.

— Oui, Robin, c'est la position que nous aurons, si nous allons devant la cour. Mais il existe un ou deux précédents plutôt ambigus. Et peut-être pas seulement ambigus... L'avocat de Trish Bover les considère comme favorables, même s'ils sont anciens. Le plus important, c'est celui d'un type qui avait signé un contrat de cinquante mille dollars pour traverser les chutes du Niagara sur une corde raide. Pas de spectacle, pas de salaire. Il est tombé à mi-chemin. La cour a retenu qu'il avait honoré son contrat et qu'il devait donc être payé.

— Mais c'est dingue, Morton!

— C'est la jurisprudence, Robin. Mais je t'ai dit qu'il fallait seulement t'inquiéter un peu. Je crois que nous sommes *probablement* inattaquables, mais je n'en suis pas absolument *certain*. Nous sommes cités à comparaître dans les quarante-huit heures. Nous verrons alors comment ça se présente.

— Très bien. Tu peux aller scintiller ailleurs, Morton.

Je me suis levé parce que, maintenant, j'étais vraiment sûr que l'heure du déjeuner avait sonné. Justement, Essie venait d'entrer et, à mon grand désappointement, elle était habillée.

Essie est une très belle femme. Je peux dire que l'une de mes grandes joies c'est que chaque année, au fur et à mesure de nos cinq ans de mariage, elle m'avait paru plus belle que l'année d'avant. Elle a passé un bras autour de mon cou tandis que nous nous dirigions vers la terrasse et elle m'a regardé.

— Qu'y a-t-il, Robin?

— Il n'y a rien, ma chère S. Ya. Si ce n'est que je comptais t'inviter sous la douche après le déjeuner.

— Parce que tu as envie de baiser, vieux satyre, a-t-elle déclaré d'un ton sévère. Mais pourquoi nous ne prendrions pas notre douche ce soir, puisque nous irons naturellement et inévitablement au lit?

— Ce soir, il faut que je sois à Washington. Et demain, tu vas à Tucson pour ta conférence, et ce week-end, j'ai ma Médication. Mais non, tu vois, il n'y a rien.

Elle s'est assise devant la table et elle m'a dit:

— Tu fais aussi un bien mauvais menteur. Tu ferais mieux de manger vite, mon vieux. On ne peut pas abuser des douches, en fin de compte.

— Essie, est-ce que tu sais que tu es une créature totalement sensuelle? C'est vraiment une de tes meilleures qualités.

L'état trimestriel sur mes holdings des mines alimentaires se trouvait dans le dossier de mon bureau, à l'appartement de Washington, avant l'heure du breakfast. C'était pis encore que je l'avais redouté. Deux millions de dollars au moins avaient brûlé sous les collines du Wyoming et cinquante mille autres sinon plus étaient en train de se consumer chaque jour en attendant l'extinction totale. Si jamais on y parvenait. Ça ne voulait pas dire que j'étais en difficulté mais qu'un certain apport de crédit facile ne le serait plus autant. Je le savais parfaitement mais, en me présentant dans la salle d'audition du Sénat, je compris que tout Washington le savait aussi. Je témoignai rapidement, m'en tenant aux termes de mon premier témoignage. Quand j'eus terminé, le sénateur Praggler suspendit l'audition et m'invita à déjeuner.

— Robin, me dit-il, je n'arrive pas à vous comprendre. Est-ce que votre incendie ne vous a en rien fait changer d'avis ?

— Non, pourquoi ? Je tire simplement la sonnette.

Il secoua la tête.

— Voilà quelqu'un qui a une position importante sur le marché des mines alimentaires et qui nous supplie d'augmenter les taxes sur ces mines ! Mais ça n'a pas de sens, Robin !

Alors, je lui ai tout expliqué à nouveau. Les mines alimentaires, prises dans leur ensemble, pouvaient facilement se permettre d'allouer, disons dix pour cent de leur bénéfice brut à la restauration des Rocheuses lorsque le schiste aurait été excavé. Mais, isolément, une société ne le pouvait pas. Pour nous, cela reviendrait à perdre toute position compétitive et nous serions sous-cotés par rapport aux autres.

— Si vous faites passer l'amendement, Tim, ai-je dit enfin, nous serons tous *obligés* de le faire. D'accord, les prix de l'alimentaire grimperont, mais pas trop. Mes services comptables ne prévoient pas plus de huit ou neuf dollars par an et par personne. Mais nous nous retrouverons avec une campagne qui ne sera plus polluée.

Tim se mit à rire.

— Vous êtes un type bizarre. Avec toutes vos bonnes actions, sans parler de votre argent et de ce que vous avez là... (Il leva le menton vers les bracelets de Sortie qui ne quittent jamais mon bras. Il y en a trois et chacun d'eux signifie que j'ai crevé de peur au cours d'une mission comme prospecteur de la Grande Porte.)... Pourquoi ne vous présentez-vous pas comme sénateur?

— Je ne le veux pas, Tim. Et puis, si je me présentais à New York, je devrais vous affronter, vous ou Sheila, ce que je ne veux pas. Et je n'ai pas la moindre chance de faire une percée à Hawaï, vu le peu de temps que j'y passe. Et enfin, je n'ai pas envie de retourner dans le Wyoming.

Il me tapota l'épaule.

— Pour cette fois seulement, Robin, je vais me servir de cette bonne vieille influence politique. J'essaierai de faire passer votre amendement, mais Dieu seul sait ce que vos concurrents vont tenter pour le repousser.

Après l'avoir quitté, je suis revenu en flânant à mon hôtel. Essie était à Tucson, et je n'avais aucune raison particulière de regagner immédiatement New York. J'ai donc décidé de passer le restant de la journée dans ma suite à Washington. Une idée qui se révéla plutôt mauvaise mais, sur le moment, je n'avais aucun moyen de le savoir. Je me demandais pour l'heure si cela me plaisait vraiment d'être taxé de « bienfaiteur ». Mon vieil analyste m'avait aidé à ne plus m'en faire à l'idée de tirer un certain mérite de certaines choses qui, à mon sens, le méritaient. Mais la plus grande part de ce que je faisais, je le faisais pour moi. L'amendement de remise en végétation ne me coûterait pas un centime. Nous le rattraperions en augmentant les prix, comme je l'avais expliqué à Tim. L'argent que j'investissais dans l'espace rapporterait des bénéfices en dollars, probablement, mais de toute façon, si je mettais mon argent dans l'espace, c'est parce qu'il venait de là. Et puis, il me restait quelque chose à accomplir là-bas. Quelque part.

Assis devant la fenêtre de mon appartement en *pent-*

house, au quarante-cinquième étage de l'hôtel, je contemplais le Capitole et le monument de Washington en me demandant si elle était encore en vie, s'il y avait encore quelque chose à accomplir. Même si elle me haïssait toujours.

Ce qui m'amena à songer à Essie. Elle devait arriver à Tucson, à l'heure qu'il était. Ça m'ennuyait un peu. La fièvre des Cent trente jours n'allait pas tarder à frapper. Je n'avais pas pensé suffisamment tôt à cela. La crise pouvait être dure et je n'aimais guère l'idée de savoir Essie à trois mille kilomètres de là. Je ne suis pas particulièrement d'un tempérament jaloux, mais les crises, même bénignes, semblaient de plus en plus fréquemment lubriques et orgiaques. Je préférais franchement qu'Essie se montre lubrique et orgiaque avec moi.

Après tout, pourquoi pas ? J'ai appelé Harriet et je lui ai demandé de me prendre une réservation sur un vol de l'après-midi pour Tucson. Je pouvais mener mes affaires tout aussi bien depuis là-bas, sinon aussi confortablement. En attendant, je m'y suis mis tout de suite. D'abord Albert. Il n'y avait rien de réellement nouveau, m'a-t-il dit, si ce n'est que le garçon semblait avoir un mauvais rhume.

— Nous avons demandé aux Herter-Hall de lui administrer les antibiotiques standard et un traitement symptomatique. Mais le message ne lui parviendra pas avant quelques semaines, bien sûr.

— C'est grave ?

Albert a froncé les sourcils tout en tirant sur sa pipe.

— Wan n'a jamais été exposé à la plupart des virus et bactéries. Je ne peux donc émettre de pronostic définitif. Mais... non, j'espère que ce n'est pas grave. De toute manière, la mission est équipée d'un matériel médical prévu pour la plupart des affections.

— As-tu appris autre chose à son propos ?

— Beaucoup, Robin, mais rien qui ait modifié mes premières suppositions. (Quelques bouffées de fumée...) Sa mère était d'origine hispanique et son père anglo-américain. Tous deux étaient des prospecteurs de la

Grande Porte. En tout cas, tout semble l'indiquer. De même, apparemment, que ces personnages auxquels il se réfère comme étant des « Hommes Morts », quoique leur nature ne puisse être clairement définie.

— Albert, regarde dans les vieilles missions de la Grande Porte. Remonte sur dix années au moins. Essaie d'en trouver une qui comportait un Américain et une Espagnole et qui ne serait jamais revenue.

— Mais bien sûr, Bob.

Je me suis dit qu'un de ces jours, je devrais lui demander d'être un peu plus décontracté dans son vocabulaire mais, tel qu'il était, il travaillait tout à fait bien.

La réponse est venue presque aussitôt.

— Robin, il n'y a aucune mission qui corresponde. Cependant, une femme d'origine hispanique se trouvait dans un vaisseau qui n'est toujours pas revenu. Veux-tu que je te montre des images ?

— Mais bien sûr, Albert, ai-je dit, mais Albert n'a pas été programmé pour apprécier ce genre d'ironie.

Les images ne m'ont pas appris grand-chose. La femme m'était inconnue. Elle était partie avant mon temps. Mais elle avait eu droit à un bracelet de Sortie pour avoir survécu à une mission au cours de laquelle son mari et les trois autres membres de l'équipage avaient péri à bord d'un Cinq. Et jamais plus l'on n'avait entendu parler d'eux. La mission avait été du type allez-y-et-voyez-si-vous-trouvez-quelque-chose. Elle avait trouvé un bébé, en tout cas, dans quelque lieu étrange.

— Mais ça ne nous donne pas le père de Wan, n'est-ce pas ?

— Non, Robin, mais il faisait peut-être partie d'une autre mission. Si nous admettons que les Hommes Morts proviennent de missions qui ne sont jamais revenues, cela nous en fait plusieurs.

— Suggérerais-tu que les Hommes Morts peuvent être réellement des prospecteurs ?

— Mais bien sûr, Robin.

— Mais comment? Tu veux dire que leurs cerveaux auraient pu être préservés?

— J'en doute, Robin, dit-il en rallumant sa pipe d'un air pensif. Les données sont insuffisantes, mais je dirais que le stockage intégral du cerveau ne dépasse guère 0,1 % de probabilités.

— Quelles sont les autres possibilités?

— Peut-être une lecture du stockage chimique de la mémoire. Ce n'est pas une probabilité très élevée. Disons 0,3. Mais c'est encore la plus importante dont nous disposions. L'interface volontaire de la part des sujets — par exemple s'ils ont accepté de transcrire leurs souvenirs sur bande — est très faible. 0,001 au mieux. La liaison mentale directe — disons la télépathie sous quelque forme que ce soit — se situe au même niveau. Les moyens inconnus : 0,5. Mais bien entendu, Robin, ajouta précipitamment Albert, tu comprends bien que ces estimations se fondent sur des données insuffisantes et des hypothèses inadéquates.

— Je pense que tu ferais du meilleur travail si tu pouvais parler en direct aux Hommes Morts.

— Mais bien sûr, Bob. Et je m'apprête d'ailleurs à demander cette connexion par l'intermédiaire de l'ordinateur de bord du vaisseau des Herter-Hall, mais cela nécessite une programmation préalable particulièrement au point, Robin, car ce n'est pas un très bon ordinateur. (Albert eut une hésitation.) Euh... Robin? Il y a un autre élément intéressant...

— Oui?...

— Comme tu ne l'ignores pas, lorsque l'Usine alimentaire a été découverte, plusieurs vaisseaux importants y étaient amarrés. Depuis, elle a été fréquemment observée, et le nombre de vaisseaux n'a pas varié — si l'on excepte celui des Herter-Hall et le vaisseau à bord duquel Wan est arrivé il y a deux jours, bien sûr. Mais il n'est pas certain que les vaisseaux soient les mêmes.

— Comment?

— Ce n'est pas certain, Robin. Les vaisseaux Heechees se ressemblent beaucoup. Mais une analyse attentive des vues rapprochées fait apparaître qu'au moins un des plus importants est orienté différemment. Il se peut même qu'il y en ait trois. Comme si certains vaisseaux étaient partis pour être remplacés par d'autres.

Une sensation de froid glissa lentement au long de ma moelle épinière. J'eus du mal à trouver mes mots.

— Albert... Tu sais à quoi cela me fait penser?

— Mais bien sûr, Robin, dit-il d'un ton solennel. Cela laisse supposer que l'Usine alimentaire est encore opérationnelle. Qu'elle continue de convertir les gaz cométaires en nourriture ACHO. Et qu'elle l'envoie quelque part.

J'eus quelque peine à déglutir, mais Albert poursuivit :

— Il y a également d'importantes radiations ionisantes dans l'environnement de l'Usine. Et je dois reconnaître que j'en ignore l'origine.

— Est-ce qu'elles représentent un danger pour les Herter-Hall?

— Non, pas à mon sens, Robin. Pas plus, disons, que les programmes de piézovision pour toi. Non, ce n'est pas le danger qui me tourmente, mais plutôt la source de ces radiations.

— Et tu ne peux pas demander aux Herter-Hall de chercher?

— Bien sûr, Robin. Je l'ai déjà fait. Mais la réponse mettra cinquante jours à nous parvenir.

J'ai coupé Albert et je me suis rencogné dans mon fauteuil en tentant de réfléchir aux Heechees et à leurs façons bizarres...

Et ça m'a pris à cet instant...

Dans mon bureau, les fauteuils ont été prévus pour un confort et une stabilité maximum mais, cette fois, j'ai bien failli basculer. En une fraction de seconde, j'étais submergé par la douleur. Pas seulement par la douleur : j'étais sonné, désorienté, et même halluciné. J'avais l'impression que ma tête allait éclater et mes poumons étaient en flammes. Jamais je ne m'étais senti aussi malade. Ça me prenait à la fois le corps et l'esprit et, dans le même temps, j'étais envahi par d'incroyables fantasmes d'exploits sensuels athlétiques.

J'ai voulu me relever mais sans y parvenir. Je suis retombé dans mon fauteuil, absolument impuissant. J'ai croassé :

— Harriet ! Appelle un docteur !

Il lui a fallu trois secondes interminables pour réagir et son image tremblotait plus encore que celle de Morton.

Elle semblait contrariée, bizarrement.

— Je ne sais pas pourquoi, monsieur Broadhead, mais tous les circuits sont occupés. Je — je... je...

Elle ne se répétait pas simplement. Sa tête ainsi que tout son corps répétaient la même image comme une bande vidéo en boucle.

C'est alors que je suis tombé du fauteuil. Et ma dernière pensée cohérente a été : « La fièvre ».

Elle frappait à nouveau. Et c'était pire qu'avant. Pire, peut-être, que ce que je pouvais endurer. Si violent, si douloureux, si terrifiant. C'était un territoire psychique si totalement étranger que je n'étais pas certain de pouvoir m'y aventurer.

Janine

Dix ans et quatorze ans représentent une différence d'âge énorme. Après avoir passé trois ans et demi à bord d'un astronef à propulsion ionique lancé vers le Nuage d'Oort, Janine n'était plus l'enfant qu'elle avait été en quittant la Terre. Elle n'avait pourtant pas cessé d'être une enfant. Elle avait seulement atteint ce premier niveau de maturation où l'individu découvre qu'il lui reste encore à vivre une longue croissance. Janine n'était absolument pas pressée de devenir adulte. Elle se contentait simplement de faire son travail. Tous les jours. Et tout le temps. Avec n'importe quel outil qui pouvait lui tomber sous la main.

Le jour où elle avait rencontré Wan, quand elle avait quitté les autres, elle ne cherchait rien en particulier. Elle voulait seulement être seule. Sans avoir pour autant de but privé. Pas même, ou plutôt pas uniquement parce qu'elle était lasse de la famille. Elle avait besoin de quelque chose qui ne fût qu'à elle, une expérience qu'elle n'aurait pas à partager avec quiconque, une évaluation des choses sans l'aide des adultes. Elle avait besoin de voir, de toucher, de sentir toute l'étrangeté de l'Usine alimentaire, elle voulait qu'elle lui appartienne.

C'est donc au hasard qu'elle se lança dans les passages, tétant de temps en temps sa bouteille-biberon emplie de café. Ou, du moins, de ce qui était pour elle du « café ». C'était une habitude qu'elle avait héritée de son père, encore que, si on lui avait posé la question, elle aurait été prête à nier.

Tous ses sens appelaient le contact. L'Usine alimentaire était la chose la plus fabuleusement excitante, la plus délicieusement effrayante qu'elle eût jamais rencontrée. Plus encore que le lancement du vaisseau, dans son enfance. Plus que les shorts tachés qui lui avaient appris qu'elle était en train de devenir une femme. Plus que toute autre chose. Même les parois nues étaient excitantes, parce qu'elles étaient faites de métal Heechee, vieux d'un million d'années et qu'elles brillaient encore de cette lumière bleutée que leurs constructeurs avaient scellée dans le métal. (Comment étaient les yeux qui avaient vu s'éveiller cette lumière?) Janine se propulsait doucement de chambre en chambre, ses pieds effleurant à peine le sol.

Cette salle était tapissée de rayonnages souples (mais qu'avaient-ils pu supporter?). Celle-là était occupée par une énorme sphère tronquée en haut et en bas, faite apparemment d'un chrome lisse comme un miroir, bizarrement pulvérulente sous les doigts et destinée à quoi? Elle pouvait parfois deviner la fonction de certains objets. La chose qui ressemblait à une table devait être une table, certainement. (Le rebord avait sans nul doute été prévu pour éviter que les objets glissent sous la faible pesanteur de l'Usine.) Vera avait identifié certains objets à la demande de Janine grâce à l'accès aux banques d'informations sur les artefacts Heechees qui étaient disponibles sur Terre. On pensait que les alcôves cubiques aux parois tramées de vert avaient été prévues pour le sommeil. Mais qui pouvait être certain des informations de cette stupide Vera? Aucune importance. Ce qui comptait, c'est que les objets étaient fascinants. Autant que tout cet espace dans lequel on pouvait se perdre. Car, jusqu'à ce qu'ils aient atteint l'Usine, jamais Janine n'avait eu la moindre chance de se perdre. Pas une seule fois dans sa vie. A cette idée, elle vibrait d'une frayeur agréable. Surtout parce que la partie adulte de son cerveau de quatorze ans savait avec certitude que, où qu'elle se perde, jamais elle ne serait vraiment perdue. Car l'Usine alimentaire n'était pas assez vaste pour cela.

C'était donc une émotion sans danger. Apparemment. Jusqu'au moment où elle se retrouva coincée dans les docks, de l'autre côté de l'Usine, traquée par... quoi au juste ? Un Heechee ? Un monstre de l'espace ? Un naufragé dément armé d'un couteau ? Qui rampait vers elle au long des passages secrets.

Mais c'était Wan, et rien de plus.

Bien sûr, dans l'instant, elle ignorait son nom.

Les bras pressés contre ses petits seins, le micro dans sa main crispée, le cœur au bord des lèvres, elle avait gémi : « N'approchez pas ! »

Il s'était arrêté. Il l'avait regardée avec de grands yeux, la bouche ouverte, la langue pendante. Il était grand et osseux. Son visage était triangulaire, son nez très long et busqué. Il portait ce qui pouvait passer pour une jupe et, par-dessus, quelque chose qui faisait plutôt penser à une vieille bâche, l'une et l'autre parfaitement crasseuses. Il sentait fortement le mâle. Tout en reniflant, il tremblait, et il était jeune, sans le moindre doute. Il n'était certainement pas plus âgé que Janine. C'était en fait la première personne qu'elle rencontrait depuis le départ qui n'eût pas au moins trois fois son âge. Et quand il se mit tranquillement à genoux pour faire ce que jamais elle n'avait vu faire, elle se mit à pouffer de rire et à gémir. Elle était amusée, bouleversée, soulagée, hystérique.

Elle n'était pas choquée par ce qu'il faisait mais parce qu'elle venait de *rencontrer un garçon*. Dans ses rêves les plus fous, jamais elle n'avait connu cela.

Dans les jours qui suivirent, elle ne put supporter qu'il fût hors de sa vue. Elle avait envie d'être sa mère, sa copine, son épouse, son professeur.

— Non, Wan ! Il faut boire doucement : c'est chaud !

— Wan, veux-tu dire par là que tu es seul depuis le temps où vous étiez trois ?

— Wan, tu as vraiment de beaux yeux.

Peu lui importait qu'il ne fût pas assez civilisé pour

lui répondre qu'elle avait de beaux yeux, elle aussi. Car elle ne doutait pas un instant qu'il était totalement fasciné par elle.

Les autres s'en rendaient compte, bien entendu. Mais cela la laissait indifférente. Les yeux brillants de Wan, ses sens aigus, son adoration obsessionnelle, tout cela était à partager. Il dormait moins longtemps que Janine. Au début, cela lui avait plu, car ainsi elle pouvait profiter un peu plus de Wan. Mais il était de plus en plus fatigué. Et même malade. Quand il s'était mis à transpirer et à trembler dans la pièce qui ressemblait à un cocon bleu argent, c'était elle qui s'était écriée : « Lurvy, je crois qu'il va être malade ! » Quand il s'était laissé tomber sur la couche, elle s'était précipitée à son chevet et elle avait posé la main sur son front brûlant. C'est alors que le cocon s'était rabattu sur son bras et l'avait presque happé, laissant une entaille longue et profonde de la paume au poignet.

— Paul ! avait-elle crié en se jetant en arrière. Il faut que nous...

Et la fièvre des Cent trente jours avait frappé à cet instant précis. Plus violemment que toutes les autres fois. Et différente. Le temps d'un battement de cœur, et Janine fut totalement et absolument malade.

Jamais elle ne l'avait été. Il lui était arrivé de s'égratigner, d'avoir un petit rhume, ou bien des crampes. Rien de plus grave. Car elle avait été la plupart du temps sous Médication totale et jamais encore elle n'avait affronté la maladie.

Elle ne comprit pas ce qui lui arrivait. Son corps était submergé par la souffrance et la fièvre. Dans son hallucination, elle voyait des formes grotesques, monstrueuses, dans lesquelles elle croyait reconnaître parfois des caricatures de membres de sa famille. D'autres étaient simplement étranges et terrifiantes. Elle se vit elle-même, les seins énormes, les hanches difformes, et dans son ventre grondait le désir frénétique de s'enfoncer dans toutes les cavités visibles ou imaginaires de cette vision, dans quelque chose que, même dans le délire, elle n'avait pas. Mais rien de tout cela n'était clair. Rien. Les vagues de folie et de terreur se succédaient. Dans l'intervalle, parfois, pour une ou deux secondes, elle entrevoyait la réalité. L'éclat bleu acier des parois. Lurvy, effondrée et gémissante auprès d'elle. Son père, qui vomissait dans le passage. Le cocon chrome et bleu dans lequel Wan se tordait en balbutiant. Quand elle s'agrippa au couvercle, elle n'obéissait pas plus à la raison qu'à la volonté. Cent fois, mille fois, elle lutta pour ouvrir le cocon. Et elle y parvint, enfin, et elle en sortit Wan, tremblotant et gémissant.

Les hallucinations cessèrent aussitôt.

La douleur, la nausée et la terreur disparurent plus lentement. Mais elles disparurent. Tous, ils continuaient de tituber et de frissonner, tous sauf le garçon, toujours inconscient, dont le souffle était maintenant rauque et frénétique.

— Lurvy, au secours! cria Janine. Il est mourant!

Sa sœur s'était déjà précipitée auprès d'elle. Elle tâtait le pouls de Wan tout en secouant désespérément la tête pour s'éclaircir les esprits, examinant les yeux du garçon d'un regard encore flou.

— Déshydratation. Fièvre. Venez, dit-elle en saisissant Wan par les bras. Aidez-moi à le porter jusqu'au vaisseau. Il lui faut des antibiotiques, une solution saline et un fébrifuge. Ainsi que de la globuline gamma, peut-être...

Pour remorquer Wan jusqu'au vaisseau, il leur fallut près de vingt minutes. A chaque pas, à chaque saut aussi lent que mesuré, Janine, terrifiée, pensait que Wan allait succomber. Dans les derniers cent mètres, Lurvy les précéda et, lorsque Paul et Janine eurent franchi le sas avec Wan, elle avait déjà ouvert la trousse médicale et donnait ses ordres :

— Posez-le. Faites-lui avaler ça. Prenez-moi un échantillon de sang et faites-moi le taux de virus et d'anticorps. Envoyez un message en urgence à la base. Dites-leur que nous avons besoin d'assistance médicale... s'il s'en tire jusque-là !

Paul les aida à déshabiller le garçon et à l'envelopper

dans une des couvertures de Payter. Puis il se chargea de transmettre le message. Mais il savait bien, et ils le savaient tous, que la survie de Wan ne pouvait dépendre de la Terre. Pas avec sept semaines d'intervalle entre le message et la réponse. Payter s'escrimait sur l'unité de bio-test tandis que Lurvy et Janine s'occupaient du garçon. Paul, sans dire un mot à quiconque, enfila sa tenue d'A.E.V. et se lança dans l'espace. Il passa une heure et demie épuisante à réorienter les coupelles de l'émetteur. La principale en direction de l'étoile double de première grandeur qui était la planète Neptune et son satellite, l'autre vers un point précis de l'espace qui devait correspondre à la mission Garfeld. Puis il s'agrippa à la coque et, par radio, il ordonna à Vera d'émettre le S.O.S. à pleine puissance. Neptune ou Garfeld pouvaient être en écoute permanente. Il y avait une chance sur deux. Quand Vera l'informa que le message avait été transmis, il réorienta l'antenne principale vers la Terre. En tout, cela prit trois heures, et il n'était pas du tout certain que les messages seraient reçus. Et même si cela était, quelle aide pouvaient-ils attendre? Le vaisseau Garfeld était plus petit et moins bien équipé que le leur. Et les vacations de la base de Triton étaient brèves. Mais leur message d'assistance, ou au moins de sympathie, pourrait leur parvenir tellement plus vite que celui de la Terre.

En une heure, la fièvre de Wan diminua. Encore douze heures et il cessa de s'agiter et de marmonner pour sombrer dans un sommeil normal. Mais il était encore très malade. Mère et copine, prof et mère fantasmée, Janine était maintenant infirmière. Après le premier traitement, elle avait exigé de faire elle-même les piqûres à la place de Lurvy. Elle prenait sur son temps de sommeil pour éponger le front de Wan, et quand il se souilla durant son coma, elle lui fit à fond sa toilette. Elle ne se consacrait plus désormais à rien d'autre. Les regards inquiets ou ironiques de sa famille, elle ne les voyait pas. Jusqu'au jour où Paul émit un commentaire condescendant parce qu'elle venait de peigner les cheveux hirsutes de Wan. Elle perçut nettement la jalousie dans sa voix et elle s'emporta.

— Paul, tu es vraiment écœurant ! Wan *a besoin de moi !*

— Et ça te fait plaisir, n'est-ce pas ? rétorqua-t-il.

Il était furieux et cela ne fit que redoubler la colère de Janine. Mais son père intervint d'un ton très calme.

— Paul, il faut bien qu'elle vive sa vie de fille. Tu n'as donc jamais été jeune. Viens, allons plutôt examiner encore une fois cette *Träumeplatz...*

En acceptant la conciliation, Janine se surprit elle-même. Elle laissait échapper l'occasion inespérée pour une bonne prise de bec, mais son intérêt n'était plus là. Elle eut un sourire bref, crispé, en songeant à la jalousie que Paul venait de révéler. C'était un nouveau galon qu'elle pouvait coudre sur sa manche, après tout. Mais, très vite, elle revint à Wan.

Tout en guérissant, il devenait plus intéressant. De temps à autre, quand il s'éveillait, il lui parlait. Et lorsqu'il dormait, elle l'observait. Son visage était très sombre, d'un teint olivâtre mais, de la taille aux cuisses, sur ses os aigus, la peau devenait d'une blancheur de mie de pain. Les poils étaient rares sur son corps. Son visage était glabre, à l'exception d'une ligne ténue de duvet qui soulignait à peine la lèvre et pouvait difficilement passer pour une moustache.

Janine savait que Lurvy et son père se moquaient d'elle et que Paul était en fait jaloux de ces attentions qu'il avait si longtemps repoussées. C'était un changement agréable dans sa condition. Elle avait enfin un statut. Pour la première fois dans son existence, elle avait le rôle le plus important au sein du groupe. Les autres venaient lui demander la permission d'interroger Wan et quand elle jugeait qu'il était fatigué, ils acceptaient qu'elle leur ordonne d'arrêter.

Et de plus, elle était fascinée par Wan. Elle comparait à tout ce qu'elle avait déjà appris sur l'Homme, et il s'en tirait à son avantage. Même avec ses correspondants. Pour elle, il était plus beau que le patineur sur glace, plus spirituel que les acteurs qui lui écrivaient, et presque aussi grand que le basketteur. Et surtout, et plus particulièrement si elle le comparait aux deux seuls mâles qu'elle avait fréquentés pendant des dizaines de millions de kilomètres et des années, Wan était merveilleusement et absolument *jeune*. Paul et son père ne l'étaient pas. Le dos des mains de Payter était couvert de taches irrégulières, couleur caramel, ce qui lui semblait indécent. Mais au moins le vieux était-il propre. Et même soigné, à la façon des gens du Vieux Continent. Janine l'avait surpris une fois en train de couper les poils qui poussaient dans ses oreilles à l'aide de petits ciseaux d'argent. Alors que Paul... Au cours de l'une de ses nombreuses escarmouches avec Lurvy, Janine avait lancé : « Et c'est avec *ça* que tu couches ? Ce singe aux oreilles velues ? Il y a de quoi *vomir* ! »

Elle passait donc son temps à nourrir Wan, à lui faire la lecture et à veiller sur son sommeil. Elle lui avait lavé les cheveux et les avait coiffés au bol, acceptant l'aide de Lurvy pour les retouches avant de lui faire un brushing. Pour laver les vêtements de Wan, et retailler certains de ceux de Paul pour les mettre à ses mesures, elle ne voulut pas de Lurvy, par contre. Quant à Wan, il se laissait faire de bout en bout et semblait y prendre autant de plaisir qu'elle.

En reprenant des forces, il eut de moins en moins besoin d'elle et il fut difficile à Janine de le défendre contre les questions des autres. Mais ils savaient aussi se montrer protecteurs. Même le vieux Payter. Vera avait exploré ses programmes médicaux pour dresser toute une liste de tests pour le garçon.

— Assassin ! hurla Payter. Cette machine ne comprend même pas qu'il a frôlé la mort ! Elle veut l'achever !

Ce n'était pas seulement par égard pour Wan qu'il réagissait ainsi. Il avait ses propres questions à poser au garçon, celles-là mêmes qu'il réussissait à lui poser lorsque Janine l'y autorisait. Et quand elle lui barrait le chemin, il prenait un air hostile et maussade.

— Wan, à propos de ce lit... Dis-moi encore ce que tu ressens quand tu t'y trouves... C'est comme si tu étais des millions d'autres personnes en même temps ? Et comme si ces personnes étaient toi, n'est-ce pas ?

Aussitôt que Janine l'accusait de retarder la guérison de Wan, Payter se taisait. Mais jamais très longtemps.

Wan fut bientôt suffisamment remis pour que Janine puisse s'offrir toute une nuit de vrai sommeil dans son privé. Quand elle s'éveilla, sa sœur était devant la console de Vera, Wan debout derrière elle. Il contemplait cette machine peu familière en fronçant les sourcils, un sourire effleurant ses lèvres, parfois. Lurvy lui lisait son rapport médical.

— Les fonctions vitales sont bonnes, Wan. Ton poids est en augmentation et le taux des anticorps est redevenu normal. Je crois que tu vas bientôt être parfaitement sur pied.

— Alors, nous pouvons enfin parler ? s'exclama Payter. De cette radio ultra-luminique, des machines, de l'endroit d'où il est venu et de la chambre des rêves, non ?

Janine s'élança entre eux.

— Laissez-le !

Mais Wan secoua la tête.

— Non, Janine, laisse-les demander ce qu'ils veulent, lui dit-il de sa voix perçante et faible.

— Maintenant ?

— Oui, maintenant, gronda son père. A la seconde ! Paul, approche-toi et dis à ce garçon ce que nous voulons savoir.

Janine comprit qu'ils avaient préparé tout cela, tous les trois. Mais Wan ne s'y opposait pas et elle pouvait difficilement arguer de son état pour échapper à leurs questions. Elle se contenta donc de s'asseoir à côté de Wan. Elle ne pouvait rien contre cet interrogatoire mais, au moins, elle se tenait prête à défendre le garçon. Elle hocha froidement la tête :

— Vas-y, Paul. Dis ce que tu as à dire, mais ne le fatigue pas.

Paul lui adressa un regard ironique.

— Wan, dit-il, depuis plus de douze ans, tous les cent trente jours environ, toute la Terre est prise de folie. Et on dirait bien que c'est ta faute, Wan.

Le garçon plissa le front mais ne dit rien. Ce fut son avocate qui réagit :

— Pourquoi vous attaquer à lui ?

— Personne ne s'« attaque » à lui, Janine. Mais la fièvre est une expérience que nous avons tous vécue. Ça ne peut pas être une coïncidence. Quand Wan est dans cet appareil, il émet vers la Terre. Cher garçon, as-tu seulement la moindre idée des dégâts que tu as causés ? Depuis que tu es arrivé ici, tes rêves ont été partagés par des millions de gens. Des milliards ! Parfois, tu étais paisible et tes rêves l'étaient aussi, et ce n'était pas si terrible. Mais il est arrivé aussi que tu ne sois pas paisible. (Devançant la réaction de Janine, il ajouta plus doucement :) Ne t'en veux pas à toi-même. Mais des milliers et des milliers de gens sont morts. Quant aux dommages matériels... Wan, jamais tu ne pourras les imaginer.

— Jamais je n'ai fait de mal à personne ! s'écria Wan.

Il était incapable d'admettre ce dont on l'accusait, mais, pour lui, il ne faisait aucun doute que Paul l'accusait ouvertement. Lurvy posa la main sur son bras.

— J'aimerais tant que ce soit vrai, dit-elle. Mais le plus important, c'est que jamais tu ne recommences.

— Je ne rêverai plus dans la chambre ?

— Non, Wan.

Il jeta un regard de détresse à Janine, puis haussa les épaules.

— Mais ce n'est pas tout, dit Paul. Tu dois nous aider. Dis-nous tout ce que tu sais. A propos de la couche des rêves. Des Hommes Morts. De la radio ultra-luminique. De la nourriture...

— Pourquoi dois-je vous le dire ? demanda Wan.

— Parce que, dit patiemment Paul, cela permettra peut-être de réparer le mal causé par la fièvre. Je ne crois pas que tu comprennes à quel point tu es important, Wan. Ce que tu sais pourrait bien permettre de sauver les gens de la famine. Des millions de vies, Wan.

Durant un instant, Wan réfléchit à ce concept, le front plissé, mais ces « millions », pour lui, ne signifiaient rien s'ils se rapportaient à des êtres humains. Il venait à peine de se faire à l'existence de « cinq » humains.

— Vous me mettez en colère, dit-il.

— Je ne le voulais pas, Wan.

— Ce n'est pas ce que vous voulez, c'est ce que vous faites qui compte, lança Wan d'un ton méprisant. D'accord. Qu'est-ce que vous attendez de moi ?

— Nous voulons que tu nous dises tout ce que tu sais. Oh ! pas tout à la fois ! Seulement au fur et à mesure que tu t'en souviendras. Et nous voulons aussi que tu nous accompagnes dans toute l'Usine alimentaire et que tu nous expliques ce que tu sais.

— Ici ? Mais il n'y a que la chambre des rêves et vous ne voulez plus que je m'en serve !

— Wan, tout cela est nouveau pour nous.

— Mais ce n'est rien ! L'eau ne coule jamais, il n'y a pas de bibliothèque, rien ne pousse et on ne peut pas beaucoup parler avec les Hommes Morts ! Chez moi, j'ai tout, et presque tout fonctionne, comme vous pourrez le voir.

— A t'entendre, on croirait le Paradis, Wan.

— Venez voir vous-mêmes ! Si je ne peux plus rêver, je n'ai plus de raison de rester ici !

Paul regarda les autres, perplexe.

— Est-ce que nous pourrions faire cela ?

— Bien sûr ! insista Wan. Mon vaisseau nous y emmènera... non, pas tous. Mais certains. On peut laisser le vieil homme ici. Il n'y a pas de femme pour lui, de toute façon, alors aucun accouplement ne sera brisé. Et même, ajouta-t-il d'un ron rusé, je pourrais peut-être y aller avec Janine seulement. Nous aurons plus de place. Nous pourrons vous rapporter des machines, des livres, des trésors...

— Laisse tomber, Wan, intervint Janine. Jamais ils ne nous laisseront faire ça.

— Pas si vite, ma fille, dit Payter. Ce n'est pas à toi d'en décider. Ce que dit le garçon est intéressant. S'il peut nous ouvrir les portes du Paradis, est-ce que nous devons rester dehors dans le froid ?

Janine dévisagea son père mais son expression restait neutre.

— Tu ne veux pas dire que tu me laisserais aller là-bas avec Wan, seule ?

— Là n'est pas la question. Il s'agit de savoir si nous pouvons en finir rapidement avec cette maudite mission et toucher notre récompense. Il n'y a que ça qui compte.

— Ma foi, dit Lurvy après un instant, nous n'avons pas à prendre la décision tout de suite. Le Ciel peut attendre, tout le temps de notre vie.

— Oui, c'est vrai, approuva Payter. Mais, pour être plus concret, je dirai que certaines vies peuvent moins attendre que d'autres.

Chaque jour, de nouveaux messages arrivaient de la Terre. Et ils ne faisaient qu'éveiller la fureur de Wan car ils se référaient à un passé lointain, bien avant sa naissance, sans rapport avec tout ce qui se faisait ou se préparait autour de lui : analyse chimique de ceci, radiographie de cela. Et tant de mesures de tant de choses. Les lents colis de photons qui portaient la nouvelle de leur arrivée dans l'Usine avaient dû atteindre maintenant Vera-Réseau sur Terre et la réponse était sans doute en route. Mais elle ne leur parviendrait pas avant plusieurs semaines. La base de Triton était équipée d'un ordinateur plus doué que Vera. Paul et Lurvy proposèrent de lui transmettre toutes leurs données afin qu'il les interprète et leur donne un avis. Mais le vieux Payter refusa avec la dernière énergie.

— Ces vagabonds? Ces bohémiens? Vous voulez qu'on leur donne ce que nous avons après tout le mal qu'on s'est donné?

— Mais personne ne nous demande ça, P'pa, fit Lurvy d'un ton apaisant. Ça nous appartient. C'est écrit sur notre contrat.

— Non!

Il leur fallut bien alors donner à Vera-Vaisseau tout ce que Wan leur apprenait, et ils attendirent que la petite intelligence du cerveau de bord transforme lentement, péniblement, les bits en schémas. Et en graphiques. Des projections de l'endroit d'où Wan était venu. Probablement pas très exactes, car il était évident que Wan n'avait pas eu la curiosité d'étudier attentivement les lieux. Les couloirs. Les machines. Les Heechees eux-mêmes. A chaque image, Wan proposait des corrections :

— Ah! là, non! Ils ont tous une barbe, les mâles comme les femelles. Même ceux qui sont jeunes. Et les seins des femmes... (Il plaça les mains à hauteur de son abdomen, pour montrer à quel point ils descendaient bas.) Et ça n'est pas leur odeur.

— Les holos n'ont aucune odeur, Wan, dit Paul.

— Oui, c'est exact. Mais eux, ils en ont une, vous comprenez. Quand ils sont en rut, elle est très forte.

Et Vera digéra les nouvelles données en grommelant et en gémissant et, en tremblotant, proposa une image révisée. Après des heures, ce qui avait été un jeu pour Wan était maintenant une corvée. Quand il déclara : « Oui, c'est parfait, la salle des Hommes Morts ressemble exactement à ça », ils comprirent tous qu'il était prêt à accepter n'importe quoi pour autant que ça le soulage quelque temps. Janine l'accompagna alors au hasard des corridors. Des récepteurs audio et vidéo avaient été fixés sur ses épaules pour le cas où Wan dirait quelque chose d'exceptionnel, ou désignerait un trésor. Et puis, ils parlaient de tant d'autres choses. La culture de Wan était aussi surprenante que son ignorance. Et tout aussi imprévisible.

Mais ils n'étudiaient pas seulement Wan. Toutes les heures, Lurvy ou le vieux Payter proposait une nouvelle idée pour détourner l'Usine alimentaire de sa trajectoire programmée afin de la ramener vers la Terre. Elles échouaient l'une après l'autre. Et tous les jours les messages de la Terre se faisaient plus nombreux. Ils n'avaient pour l'heure aucune valeur pratique. Ils n'étaient même pas intéressants. Janine abandonna tout un tas de lettres de ses correspondants dans la mémoire de Vera : à présent, les messages de Wan lui suffisaient. Les informations qui leur parvenaient étaient souvent bizarres. Le collège de Lurvy avait décidé de la nommer Femme de l'Année. Le vieux Payter avait reçu copie d'une pétition de sa ville natale qui l'avait fait éclater de rire.

— Dortmund me demande toujours de me présenter comme Bürgmeister ! C'est absurde !

— Mais non, c'est très bien, fit Lurvy avec chaleur. C'est même un grand compliment, non ?

— Mais non, ça n'est rien ! Bürgmeister ! Avec ce que nous avons maintenant, je pourrais être élu président de la République fédérale, ou même... (Il s'interrompit et poursuivit d'un ton grave :) Pour autant que je revoie jamais la République fédérale.

Une fois encore, il se tut et regarda ceux qui l'entouraient en plissant nerveusement les lèvres. Il dit enfin :

— Nous devrions peut-être faire demi-tour, maintenant.

— Ecoute, P'pa, commença Janine.

Puis elle se tut, car le vieil homme posait sur elle le regard d'un loup solitaire s'apprêtant à dévorer un louveteau. La tension persista entre eux jusqu'à ce que Paul s'éclaircisse la gorge :

— Eh bien, c'est certainement une des options qui nous sont offertes. Evidemment, la question du contrat légal se pose...

— J'y ai pensé, dit Payter en secouant la tête. Ils nous

doivent déjà tellement! Rien que pour avoir arrêté la fièvre, s'ils nous versent seulement un pour cent du dommage, ça représente des millions. Des milliards, oui... Et s'ils ne veulent pas payer... (Il hésita avant de poursuivre :) Non, ils paieront. Il n'y a aucun problème. Il faut seulement leur parler. Il faut leur dire que nous avons neutralisé la fièvre, que nous ne sommes pas en mesure de remorquer l'Usine alimentaire et que nous revenons. Quand la réponse arrivera, nous serons partis depuis des semaines.

— Et pour Wan, qu'est-ce que nous faisons? demanda Janine.

— Il va venir avec nous. Il va se retrouver parmi les siens et c'est sûrement ce qui est le mieux pour lui.

— Tu ne crois vraiment pas que nous pourrions le laisser décider? Et n'était-il pas question que certains d'entre nous aillent explorer ce paradis?

Payter prit un ton glacial.

— Ça, c'était un rêve. La réalité nous oblige à ne pas faire ce que nous voulons. Quelqu'un d'autre viendra explorer ce paradis. Il est assez riche pour tous. Nous, nous serons de retour chez nous, riches et célèbres. Et nous aurons fait plus que notre contrat, ajouta-t-il sur un ton de plaidoirie. Nous avons sauvé le monde! Nous aurons droit à des conférences et à un tas de publicité! Vous allez voir le pouvoir que cela va nous rapporter!

— Non, P'pa, dit Janine. Ecoute-moi. Tu n'as pas cessé de nous dire que notre devoir était de venir en aide au monde, de nourrir l'humanité, de lui apporter des choses nouvelles qui pourraient lui faciliter l'existence... Et maintenant, tu nous dis que nous n'allons pas accomplir notre devoir?

Il la foudroya du regard.

— Espèce de petite garce! Qu'est-ce que tu connais du devoir? Si je n'avais pas été là, tu serais encore à traîner dans Chicago avec tes allocations de chômage! Il faut bien que nous pensions à nous!

Elle avait été sur le point de lui répondre, mais elle avait rencontré les grands yeux effrayés de Wan.

— Tout ça me fait horreur! lança-t-elle. Wan et moi, nous allons faire un tour. Comme ça, on ne vous verra plus! (Quand ils se furent un peu éloignés, elle ajouta à l'adresse de Wan :) Il n'est pas vraiment méchant.

Derrière eux, le ton était devenu coléreux et Wan, qui n'était pas habitué aux querelles, semblait très inquiet.

Il ne répondit pas directement à Janine. Il désigna simplement un renflement dans la paroi bleue du couloir.

— Ça donne de l'eau, fit-il, mais celui-ci est mort. Il y en a des dizaines, mais ils sont presque tous morts.

Par devoir, Janine inspecta le renflement, braquant sa caméra d'épaule sur le couvercle rond qu'elle fit glisser d'avant en arrière. Sur le dessus, il y avait une sorte de protubérance semblable à un nez et, dessous, ce qui devait être un drain. La chose était assez volumineuse pour qu'elle pût y tenir, mais elle était sèche comme un caillou.

— Tu dis qu'il y en a certains qui marchent encore. Mais l'eau n'est pas potable?

— Non, Janine. Tu veux que je t'en montre?

— Non, elle ne l'est pas, je suppose, poursuivit-elle. Ecoute, Wan, ne t'en fais pas pour eux. Ils sont excités, c'est tout.

— Oui, Janine.

Apparemment, il n'avait pas envie de parler.

— Quand j'étais petite, reprit Janine, Payter me racontait des histoires. Souvent, elles me faisaient peur, mais pas toujours. Il y avait *Schwarze Peter*. Je crois que c'était une sorte de Père Noël. Il me disait que si j'étais une gentille petite fille, *Schwarze Peter*, à Noël, m'apporterait une poupée. Mais si je n'étais pas gentille, ce serait un morceau de charbon. Ou pire. C'est pour ça que je l'avais appelé *Schwarze Peter*. Mais jamais il ne m'a apporté de morceau de charbon.

Ils suivaient le corridor luisant et Wan, s'il l'écoutait attentivement, ne disait pas un mot.

— Et puis, ma mère est morte, Paul et Lurvy se sont mariés et je suis allée avec eux quelque temps. Mais

P'pa n'a jamais été méchant, tu sais. Il venait me voir aussi souvent qu'il le pouvait, je pense. Wan! Est-ce que tu comprends ce que je dis?

— Non. Qu'est-ce que c'est, Noël?

— Oh! Wan!

Elle se mit à lui expliquer ce qu'était Noël, et le Père Noël, et elle dut lui expliquer aussi ce qu'était l'hiver, la neige, les cadeaux. Son visage se décrispa et il se mit à sourire. Au contraire, l'humeur de Janine s'assombrissait. Tenter de faire comprendre à Wan le monde où elle vivait l'obligeait à être confrontée au monde qui l'attendait. Elle songea qu'il valait peut-être mieux faire ce que Payter proposait. Tout embarquer et retourner vers la vie réelle. Toutes les alternatives étaient effrayantes. Cet endroit même où elle se trouvait était effrayant, dès qu'elle y réfléchissait une seconde. Cet espèce d'artefact qui poursuivait obstinément sa trajectoire dans l'espace vers une destination inconnue. Et s'ils arrivaient? Que trouveraient-ils en face d'eux? Et s'ils accompagnaient Wan, que trouveraient-ils? Les Heechees? La peur était partout. La *peur*! Durant toute sa jeune existence, les Heechees n'avaient jamais été très loin. Moins réels que mythiques. Comme *Schwarze Peter* ou le Père Noël. Comme Dieu. Tous les mythes, toutes les déités ne sont supportables que tant qu'ils sont des croyances. Mais s'ils deviennent réels? Si les Heechees devenaient réels?

Elle savait que sa famille avait aussi peur qu'elle, quoique aucune parole ne le lui eût prouvé. Ils tenaient à lui donner l'exemple du courage. Non, elle devinait simplement. Elle devinait que Paul et sa sœur étaient tout aussi effrayés qu'elle, mais qu'ils avaient décidé de jouer le jeu contre la peur pour ce qu'ils pourraient en retirer. La peur de Janine était d'une nature très spéciale. Ce n'était pas tant ce qui pouvait se passer qu'elle redoutait mais la façon dont elle réagirait quand cela se produirait. Quant à ce que ressentait son père, c'était évident pour tous. Il était furieux et il avait peur, peur de ne jamais encaisser le prix de son courage.

Et Wan, qu'éprouvait-il, lui? Il lui faisait découvrir son domaine avec une telle simplicité. Comme un enfant l'invitant à explorer sa caisse à jouets. Mais cela ne trompait pas Janine. Si elle avait appris quelque chose en quatorze années, c'est que personne n'est vraiment simple. Les complexités de Wan ne ressemblaient pas aux siennes. Simplement. Elle le vit dès qu'il lui montra le distributeur d'eau qui fonctionnait. Il n'avait pas pu boire l'eau, mais il s'en était servi comme d'une toilette. Janine, qui avait été élevée dans la grande conspiration du monde occidental contre l'existence des excréments n'aurait jamais guidé Wan jusqu'à ce lieu de souillures et d'odeurs, mais Wan n'était pas le moins du monde embarrassé. Même quand elle lui reprocha de n'avoir pas utilisé les sanitaires du vaisseau comme eux tous, il ne fut pas embarrassé et il lui répondit d'un air maussade :

— Il fallait bien que j'aille quelque part.

— Oui, mais si tu avais fait comme tout le monde, Vera aurait vu que tu étais malade, tu ne comprends pas ? Elle analyse toujours ce... ce qu'il y a dans le sanitaire.

— Il doit bien y avoir un autre moyen.

— Oui, il y en a...

Il y avait l'unité bio-test mobile qui prélevait sur chacun de minuscules échantillons. En fait, elle avait également été assignée à Wan quand la nécessité en était apparue. Mais Vera n'était pas un ordinateur de bord particulièrement doué et il lui avait fallu trop longtemps pour programmer l'unité mobile afin de recueillir des échantillons de Wan.

Janine s'aperçut tout à coup que Wan semblait mal à l'aise.

— Qu'y a-t-il, Wan ?

— Quand les Hommes Morts m'examinent, ils m'enfoncent des choses. Je n'aime pas ça.

— Mais, c'est pour ton bien, Wan, dit-elle d'un ton sévère. Tiens ! J'ai une idée. Allons parler aux Hommes Morts.

Ça, c'était le sens de la complication de Janine. En

fait, elle ne souhaitait pas vraiment parler aux Hommes Morts. Tout ce qu'elle voulait, c'était quitter cet endroit où elle se sentait plutôt embarrassée. Aussi, dès qu'ils se furent propulsés vers le lieu où l'on parlait aux Hommes Morts, celui-là même où se trouvait la couche des rêves, elle décida qu'elle voulait autre chose.

— Wan, je veux essayer la couche.

La tête en arrière, les yeux mi-clos, il l'épia par-dessus son long nez.

— Mais Lurvy m'a interdit de m'en servir, lui rappela-t-il.

— Je le sais bien. Comment je fais pour y entrer ?

— D'abord, protesta-t-il, on me dit de faire tout ce que l'on me dit, et maintenant vous me dites tous des choses différentes. Je ne m'y retrouve pas.

Janine se glissait déjà dans le cocon. Elle leva la main.

— Est-ce que je rabats simplement le dessus ?

Il haussa les épaules.

— Après tout, si c'est ce que tu veux... Oui, ça se ferme là. Juste où tu as la main. Quand tu veux sortir, tu appuies.

Il rabattit sur elle le couvercle de métal tissé. Son regard était inquiet, irrité.

— Est-ce... est-ce que ça fait mal ?

— Mal ? Non. Quelle idée ?

— Je veux dire... C'est comment ?

— Janine, commença-t-il d'un ton sévère, tu es vraiment puérile. Pourquoi poses-tu ces questions alors que tu vas voir par toi-même ?

Et il appuya d'un geste décidé sur l'étoffe scintillante et, sur le côté, le loquet se rabattit dans un bruissement.

— Ce serait mieux si tu dormais, ajouta-t-il en scrutant Janine à travers l'écran bleu de l'étoffe.

— Mais je n'ai pas sommeil, fit-elle avec calme. Je ne sens rien. Je n'éprouve...

Elle éprouvait quelque chose.

Après les attaques de fièvre, elle ne s'était pas attendue à ça. Ici, il n'y avait aucune source de sensations, aucune interférence obsessionnelle avec sa personnalité propre. Rien qu'une brillance tiède qui l'imprégnait tout entière. Elle était plongée dans un bouillon de sensations. Elles étaient informes, intangibles. Elle pouvait toujours voir Wan. Et quand elle rencontrait son regard inquiet, ces autres... ces autres âmes ?... étaient moins réelles, moins proches. Mais elle continuait de les sentir tout autour d'elle comme jamais encore elle n'avait senti une présence. Tout autour d'elle. En elle. Tièdes et apaisantes.

Et quand Wan réussit enfin à forcer le couvercle du cocon et lui saisit le bras, elle resta là à le regarder. Elle n'avait pas la force de se redresser, ni l'envie. Il dut l'aider et, pour repartir, elle s'appuya sur son épaule.

Ils rencontrèrent la famille à mi-chemin du vaisseau.

— Espèce de stupide petite morveuse ! hurla Paul. Si jamais tu recommences, je m'occuperai de ton petit cul rose !

— Elle ne recommencera pas, dit Payter. Je vais faire le nécessaire dès maintenant. Quant à toi, ma petite mignonne... j'aurai deux mots à te dire plus tard.

Ils étaient tous devenus si irritables ! Personne ne donna la moindre fessée à Janine pour avoir essayé la couche des rêves. En fait, personne ne la punit. Ils étaient trop occupés à se punir les uns les autres, sans arrêt. La trêve qu'ils avaient respectée les uns et les autres durant trois ans et demi parce qu'elle était l'unique barrage contre le meurtre mutuel était maintenant rompue. Paul et Payter ne s'adressèrent pas la parole durant deux jours parce que le vieil homme avait démantelé la couche sans consulter personne. Lurvy et son père se volèrent dans les plumes parce qu'elle avait programmé trop de sel dans leur repas. Le lendemain, ce fut Payter qui n'en avait pas mis assez. Quant à Lurvy et Paul, ils ne couchaient plus ensemble, ils se parlaient à peine et ils ne seraient certainement pas restés mariés s'ils avaient eu un tribunal de divorce dans un rayon de 5 000 unités astronomiques.

Mais si une quelconque forme d'autorité officielle avait été disponible à moins de 5 000 U.A., toutes leurs querelles auraient été résolues. Quelqu'un aurait pu décider pour eux. Devaient-ils rebrousser chemin ? Essayer de contrer la force de propulsion de l'Usine alimentaire ? Devaient-ils aller explorer cet endroit d'où Wan était venu ? Et, dans ce cas, qui devait rester sur place ? Ils étaient incapables de se mettre d'accord sur les plans d'ensemble. Et même sur les décisions mineures : enlever une machine et risquer sa destruction ou la laisser sur place et abandonner l'espoir d'une découverte merveilleuse, susceptible de les mettre d'accord pour savoir qui parlerait aux Hommes Morts par radio et ce qu'il faudrait leur demander. Avec une certaine bonne volonté, Wan leur montra comment inciter les Hommes Morts à la conversation et ils établirent une liaison entre le circuit son de Vera et la « radio ». Mais Vera n'allait pas très loin dans le jeu des concessions et, quand les Hommes Morts ne répondaient pas à ses questions, refusaient de participer ou se montraient tout simplement trop déments pour être cohérents, Vera était dépassée.

Tout cela était affreux pour Janine. Mais le pire, ce fut encore avec Wan. Toutes ces chamailleries l'avaient bouleversé et révolté. Il avait cessé de la suivre partout. En sortant du sommeil, elle se redressa et le chercha pour découvrir qu'il avait disparu.

Fort heureusement pour sa fierté, il n'y avait personne à bord. Son père dormait encore et Paul et Lurvy étaient sortis pour réorienter l'antenne. Elle était donc seule avec sa jalousie. Qu'il joue donc au salaud ! se dit-elle. Il n'avait même pas assez d'intelligence pour se rendre compte qu'elle avait des tas d'amis alors que lui n'avait qu'elle. Mais il ne tarderait pas à s'en apercevoir ! Elle rédigeait frénétiquement des lettres adressées à ses correspondants qu'elle avait négligés depuis trop longtemps lorsqu'elle entendit Paul et sa sœur regagner le vaisseau. Quand elle leur apprit que Wan était parti depuis au moins une heure, leur réaction la surprit totalement.

— P'pa! cria Lurvy en grattant le rideau du privé de Payter. Réveille-toi! Wan est parti!

Le vieil homme surgit en clignant des yeux et Janine demanda d'un ton désagréable :

— Qu'est-ce que vous avez donc tous?

— Tu ne comprends pas, hein? fit Paul d'une voix glaciale. Et s'il a pris le vaisseau?

Jamais encore cette éventualité n'était apparue à Janine et ce fut comme une gifle.

— Il ne ferait pas ça!

— Non? grinça son père. Et comment sais-tu ça, petite merdeuse? S'il l'a fait, qu'est-ce que nous devenons?

Il tira les derniers zips de sa tenue et se redressa en les foudroyant du regard.

— Je vous l'ai dit à tous (il était tourné vers Lurvy et Paul, et Janine comprit qu'elle n'était pas incluse dans « tous ») que nous devions trouver une solution définitive. Si nous devons partir dans son vaisseau, avec lui, allons-y. Sinon, nous ne pouvons courir le risque qu'il lui prenne l'idée, dans sa petite cervelle stupide, de revenir sans avertissement. C'est une chose certaine.

— Mais comment ferons-nous? demanda Lurvy. C'est absurde ce que tu dis, P'pa. On ne peut pas garder le vaisseau jour et nuit.

— Oui, et ta sœur ne peut pas non plus garder le garçon, approuva Payter. Donc nous devons soit immobiliser le vaisseau, soit immobiliser le garçon.

Janine se rua entre eux.

— Monstres! Vous avez monté tout ça pendant que nous n'étions pas là!

Sa sœur l'attrapa au passage.

— Calme-toi, Janine. Oui, c'est vrai que nous en avons parlé. Il le fallait. Mais rien n'a été décidé. En tout cas, rien dont Wan puisse avoir à souffrir.

— Alors décidons-nous! explosa Janine. Je vote pour que nous allions avec Wan!

— S'il n'est pas déjà parti tout seul, dit Paul.

— Non, il n'est pas parti !

— S'il est parti, cependant, intervint Lurvy d'un ton pratique, il est trop tard pour que nous puissions faire quoi que ce soit. A part ça, je suis d'accord avec Janine. Allons-y. Qu'en dis-tu, Paul ?

Il hésita.

— Oui... oui, je pense. Payter ?

— Si vous êtes tous d'accord, déclara le vieil homme d'un air plein de dignité, quelle importance a mon vote ? Reste la question de savoir qui part et qui reste. Je propose...

Lurvy l'interrompit.

— P'pa, je sais ce que tu vas dire, mais ça ne peut pas marcher. Il faut que nous laissions au moins une personne ici pour rester en contact avec la Terre. Janine est trop jeune. Ça ne peut pas être moi, parce que je suis le meilleur pilote et que nous avons la chance de pouvoir peut-être apprendre à piloter un vaisseau Heechee. Et je ne veux pas partir sans Paul. Ce qui te laisse, toi.

Ils démontèrent Vera et redistribuèrent chacun de ses composants dans l'Usine alimentaire. La mémoire rapide, les entrées et les lectures se retrouvèrent dans la chambre des rêves, la mémoire morte tout au long du passage extérieur et la transmission dans leur vieux vaisseau. Payter les aida, silencieux, taciturne. L'opération était justifiée par le fait que les communications d'intérêt primordial viendraient désormais du groupe d'exploration par le système radio des Hommes Morts. Et Payter se rendait bien compte qu'il était ainsi mis sur la touche.

Wan leur avait dit qu'il y avait suffisamment de nourriture dans le vaisseau, mais Paul refusait de se fier à la distribution automatique de Dieu sait quel produit de l'Usine alimentaire et il leur fit transporter leurs propres rations à bord, autant qu'ils purent en stocker. Sur quoi, Wan insista pour qu'ils emportent de l'eau et ils vidèrent les réserves recyclées du vaisseau pour en emplir des sacs de plastique qu'ils chargèrent avec les rations. Il n'y avait pas de couchettes dans le vaisseau de Wan. Il leur fit remarquer qu'il n'y en avait pas besoin car les cocons d'accélération suffisaient à les protéger pendant les manœuvres et à leur éviter de dériver durant leur sommeil. Sa proposition fut repoussée par Paul et Lurvy qui préférèrent enlever les sacs à dormir de leurs privés pour les réinstaller sur le vaisseau. Il y avait aussi les biens personnels : Janine tenait à sa petite planque secrète de parfums et de bouquins, Lurvy à son sac à serrure et Paul à ses cartes de solitaire. Ce fut un travail long et pénible, bien qu'ils aient découvert qu'ils pouvaient se lancer les sacs d'eau et autres marchandises le long des corridors pour les attraper au vol dans une sorte de jeu de balle au ralenti. Mais ce fut enfin terminé. Appuyé contre une paroi, Payter regarda les autres se préparer, d'un air amer. Ils essayaient de savoir ce qu'ils avaient bien pu oublier. Janine, elle, trouvait qu'ils le traitaient déjà comme s'il était absent, sinon mort.

— Papa ? fit-elle. Ne prends pas ça mal. Nous reviendrons dès que nous le pourrons.

Il hocha la tête.

— Ce qui nous fait... voyons voir, quarante-cinq jours pour l'aller, autant pour le retour, plus le temps que vous allez passer là-bas.

Mais il sortit de son immobilité et Lurvy et Janine vinrent l'embrasser. D'un ton presque gai, il leur lança :

— Bon voyage ! Vous n'avez vraiment rien oublié ?

Lurvy regarda autour d'elle.

— Je ne crois pas... à moins que tu penses que nous devrions avertir tes amis de notre arrivée, Wan ?

— Les Hommes Morts ? s'exclama-t-il de son ton aigu tout en souriant. Mais ils ne le sauront pas. Ils ne sont pas vivants. Ils n'ont aucun sens du temps.

— Alors pourquoi les aimes-tu tellement ? demanda Janine.

Wan perçut la note de jalousie et la regarda en plissant le front.

— Ce sont mes amis. On ne peut pas toujours les

prendre au sérieux et ils mentent souvent. Mais jamais ils ne m'ont fait peur.

Lurvy retint son souffle.

— Wan! dit-elle en posant la main sur son épaule. Je sais bien que nous n'avons pas été aussi gentils que nous aurions dû l'être. Nous étions tellement sous tension. Mais tu sais, nous sommes certainement mieux que nous avons pu te le paraître.

Pour le vieux Payter, c'en était trop.

— Fichez le camp, maintenant! Prouvez-le-lui, ne restez pas là à jacasser. Et revenez. Et prouvez-le-moi, à moi!

Après la fièvre

Moins de deux heures. Jamais la fièvre n'avait été aussi courte, auparavant. Ni aussi intense. Un pour cent de la population, plus particulièrement sensible, avait été tirée d'affaire en quatre heures, et presque tout le monde avait été sérieusement affecté.

J'étais parmi les chanceux, car la fièvre m'avait pris dans ma chambre et je n'avais rien de plus qu'une bosse que je m'étais faite en tombant. Je n'étais pas pris dans un bus accidenté, écrasé dans un jet, renversé par une voiture folle ou saigné à blanc sur une table d'opération pendant que chirurgiens et infirmières se roulaient sur le sol. Je n'avais eu droit qu'à une heure, cinquante et une minutes et quarante-quatre secondes de souffrance délirante, et encore, diluée puisqu'elle était partagée par onze milliards d'autres personnes.

Evidemment, maintenant, ces onze milliards de personnes essayaient d'entrer en contact toutes en même temps et les communications seraient embouteillées pour un moment. Harriet apparut dans le cube pour me dire que vingt-cinq appels au moins étaient en route pour moi — mon programme scientifique, mon programme juridique, trois ou quatre programmes comptables de mes holdings plus un certain nombre d'appels provenant de gens bien vivants et réels. Harriet prit un ton d'excuse pour répondre à ma question : non, aucun appel d'Essie. Les circuits de Tucson étaient encore totalement bloqués et je ne pouvais pas appeler de mon côté. Bien entendu, aucune machine n'avait été touchée par la vague de folie. Jamais. Le seul pépin que j'avais eu avec elles, ç'avait été lorsqu'une personne vivante s'était elle-même injectée dans le circuit pour une mission de maintenance ou de redesign. Etant donné que, statistiquement, cela se produisait un million de fois par minute quelque part dans le monde, avec telle ou telle machine, il n'y avait pas de quoi s'étonner que les choses mettent un certain temps à se remettre en marche.

Premier travail : le travail. Mettre les choses en ordre. J'ai donné à Harriet une échelle de priorité et elle a commencé à me transmettre les rapports. Bulletin rapide des mines alimentaires : aucun dommage conséquent. Immobilier : quelques incidents mineurs par l'eau ou le feu, mais rien de grave. Quelqu'un avait laissé une barrière ouverte dans les fermes marines et six cents millions d'alevins avaient regagné l'océan. Mais je n'étais qu'un actionnaire mineur. Je me suis dit que, l'un dans l'autre, je m'en étais tiré comme une fleur, en tout cas mieux que beaucoup d'autres. La fièvre avait frappé le Sud de l'Inde à minuit, après une journée qui avait vu se déchaîner sur la baie du Bengale le pire ouragan depuis cinquante ans. Le bilan des morts était énorme. Les secours avaient été arrêtés par la fièvre pendant deux heures. Des dizaines et sans doute des centaines de millions de gens avaient été incapables de gagner les hauteurs et le Sud du Bangladesh était un amas de cadavres. On pouvait ajouter à cela l'explosion d'une raffinerie en Californie, une catastrophe ferroviaire dans le pays de Galles, plus quelques autres désastres non catalogués. Les ordinateurs ne donnaient pas encore le bilan exact des morts, mais les bulletins d'information considéraient cette dernière attaque comme la pire que l'humanité ait connue.

J'avais pris tous les appels super-urgents quand les ascenseurs se sont remis à fonctionner. Je n'étais plus un prisonnier. En regardant par la fenêtre, j'ai pu voir que les rues de Washington étaient apparemment revenues à la normale ou presque. D'un autre côté, mon vol pour Tucson était plutôt compromis. La moitié des vols en cours avaient été en pilotage automatique pendant deux heures, les appareils s'étaient trouvés à court de carburant et s'étaient posés là où ils le pouvaient. Et les compagnies s'arrangeaient toujours pour loger leurs équipements aux pires endroits. Tous les programmes de vol étaient fichus. Harriet fit tout son possible pour ma réservation mais la seule qu'elle put me confirmer était seulement pour le lendemain midi. Je ne pouvais même pas appeler Essie, à cause des circuits toujours embouteillés. Mais ce n'était pas un vrai problème. Si j'avais réellement besoin d'une ligne, je pouvais disposer de certaines priorités : les riches ont leurs petits privilèges. Mais ils ont également leurs petits plaisirs et je me dis que ce serait plus drôle de surprendre Essie.

Ce qui me laissait du temps.

Mon programme scientifique était maintenant tout plein de choses à me raconter. J'étais comme un gosse : c'était le dessert après les épinards et le foie. Je l'avais mis en attente pour une bonne conversation bien longue. Et maintenant, le moment était arrivé.

— Harriet, passe-moi Albert.

Et Albert Einstein se matérialisa dans le cube. Il se pencha en avant, l'air excité.

— Qu'y a-t-il, Al ? Tu as de bonnes nouvelles ?

— Mais bien sûr, Robin. Nous avons découvert l'origine de la fièvre : c'est l'Usine alimentaire !

C'était ma faute. Si j'avais laissé Albert me dire le fond de sa pensée, je n'aurais pas été la dernière personne ou presque à savoir que j'étais propriétaire de la source du mal. C'est la première chose qui me frappa. Et je songeai à ma mise en cause possible et aux arguments que je pourrais brandir pendant qu'il m'expliquait l'évidence. La plus concluante, bien sûr, étant la transmission en direct de l'Usine alimentaire. Ce que nous aurions dû savoir depuis le début.

Si seulement j'avais mesuré avec précision l'intervalle entre chaque crise, se reprocha Albert, nous aurions localisé la source depuis des années. Et il y avait tant d'autres indices qui correspondaient à leur nature photonique.

— A leur nature quoi?

— Electromagnétique, Robin. (Il bourra sa pipe et prit une allumette.) Tu réalises, bien entendu, que tout cela est fondé sur le temps de transmission. Nous recevons le signal qui provoque la folie en même temps que la transmission le montre.

— Attends une minute. Si les Heechees ont la radio ultra-luminique, pourquoi n'est-ce pas simultané?

Le regard malicieux, il alluma sa pipe.

— Ah! Robin! Si seulement nous le savions! Je ne peux qu'émettre des conjectures... Mmm... Pff... Supposer que cet effet particulier ne soit pas compatible avec leur autre système de transmission, mais je ne peux même pas me risquer à spéculer sur les raisons. Et, bien sûr, certaines questions immédiates se posent pour lesquelles nous n'avons encore pas de réponses.

— Bien sûr, dis-je.

Je me suis gardé de lui demander quelles étaient ces questions. J'étais préoccupé par autre chose.

— Albert? Donne-moi la projection des vaisseaux et des stations dont tu tires ton information.

— Mais bien sûr, Robin.

La chevelure folle et le bon vieux visage ridé s'effacèrent du cube pour être aussitôt remplacés par une représentation holographique de l'espace circumsolaire. Les neuf planètes. Le ruban de poussière de la ceinture des astéroïdes et un amas de poudre, très au large, qui était le Nuage d'Oort. Et quarante points de lumière colorée. La représentation était logarithmique, afin de pouvoir tenir dans l'holo, et la taille des planètes et des artefacts était énormément grossie.

— Les quatre vaisseaux verts sont les nôtres, Robin, commenta la voix d'Albert. Les onze objets bleus sont les installations Heechees. Les rondes ont été seulement repérées, celles en forme d'étoile ont été explorées et sont pour la plupart sous contrôle. Tous les autres sont des vaisseaux appartenant soit à des gouvernements soit à d'autres groupes d'intérêts commerciaux.

J'ai étudié la projection tout en réfléchissant à mon plan.

Il n'y avait pas beaucoup d'étincelles à proximité de l'étoile bleue et du vaisseau vert qui indiquaient l'Usine alimentaire.

— Albert ? Si l'on devait envoyer un autre vaisseau vers l'Usine, lequel serait le plus rapide ?

Albert apparut dans l'angle inférieur du cube. Le front plissé, il tira sur sa pipe. Un point doré proche des anneaux de Saturne se mit à clignoter.

— Un croiseur brésilien qui vient de quitter Téthys pourrait faire le voyage en dix-huit mois. Je n'ai projeté que les vaisseaux concernés par ma localisation radio. Il y en a plusieurs autres (de nouveaux points lumineux étincelèrent, dispersés dans tout le cube) qui pourraient faire mieux, s'ils disposent de suffisamment de carburant et de ravitaillement. Mais aucun ne mettra moins d'une année.

Je soupirai.

— Eteins ça, Albert. Ce qu'il y a, c'est que nous nous trouvons devant quelque chose que je n'avais pas prévu.

Albert occupait à nouveau tout le cube. Il croisa les mains sur son ventre, l'air parfaitement à son aise.

— Qu'est-ce donc, Robin ?

— Ce cocon. Je ne sais quoi en faire. Je ne vois même pas ce qu'il peut être. À quoi il peut servir. As-tu quelques conjectures, Albert ?

— Mais bien sûr, Robin, dit-il en hochant la tête avec bonne humeur. Mes meilleures conjectures se situent dans un ordre de probabilités plutôt peu élevé, mais c'est à cause de la présence de nombreuses inconnues. Posons le problème comme ça. Supposons que tu sois un Heechee — disons une sorte de sociologue — et que tu veuilles garder un œil sur une civilisation en développement. L'évolution prend du temps, donc tu ne peux pas rester assis là à regarder tranquillement ce qui se passe. Ce que tu veux, c'est une estimation rapide, mettons tous les mille ans environ, une sorte d'inspection éclair. Eh bien, avec le cocon, tu peux envoyer quelqu'un jusqu'à l'Usine alimentaire de temps en temps, peut-être tous les mille ans environ. Il monte dans la couche et il a la sensation instantanée de ce qui se passe. Ça ne prend que quelques minutes. (Il s'interrompit un instant pour réfléchir avant de poursuivre :) Alors — mais là je spécule à la pointe de la conjecture, ça n'entre même pas dans un ordre de probabilité — alors, si tu trouves quelque chose d'intéressant, tu peux explorer plus avant. Tu peux même faire mieux — mais là, je décolle, Robin — tu peux *suggérer* des choses. Le cocon est un émetteur autant qu'un récepteur. C'est ce qui explique la fièvre. Peut-être peut-il aussi bien transmettre des concepts. Nous savons qu'au cours de l'histoire humaine, de nombreuses grandes inventions sont apparues un peu partout dans le monde, apparemment indépendamment, peut-être même simultanément. Etaient-ce des suggestions Heechees transmises par la couche ?

Tranquillement assis, il me souriait en tirant sur sa pipe. Je me mis à réfléchir à ce qu'il venait de dire.

Toute la pensée du monde ne le rendait pas meilleur, ni marrant. Excitant, peut-être. Mais rien qui fût réconfortant. Le monde avait changé de manière fondamentale depuis que les premiers astronautes avaient découvert les tunnels sur Vénus, et plus nous explorions, plus nos chances augmentaient. Un gamin perdu, en jouant avec quelque chose qu'il ne comprenait pas, avait plongé la race humaine tout entière dans la folie récurrente pendant plus de dix ans. Si nous continuions à jouer avec des choses que nous ne comprenions pas, qu'est-ce que les Heechees nous réservaient au menu ?

Pour ne rien dire de la suggestion inquiétante d'Albert que ces créatures avaient pu nous espionner depuis des centaines de milliers d'années, et même nous lancer une miette de temps à autre pour voir ce que nous en faisions.

Je dis à Albert de me faire le point sur tout ce qui se passait dans l'Usine alimentaire et, pendant qu'il récitait les données physiques, j'appelai Harriet. Elle apparut dans un coin du cube, l'air interrogateur, et je lui donnai les ordres pour le dîner pendant que le cher Albert poursuivait son show. Il contrôlait en permanence toutes les transmissions en me les rapportant et il me montra des images sélectionnées du garçon, de la famille Herter-Hall, de l'intérieur de l'artefact. Ce foutu machin était toujours décidé à ne pas s'écarter de sa trajectoire. Les estimations les plus précises donnaient à penser qu'il se dirigeait vers un nouvel amas cométaire, à plusieurs millions de milles. Selon son accélération actuelle, il y parviendrait avant quelques mois.

— Et alors? ai-je demandé à Albert.

Il a haussé les épaules comme pour s'excuser.

— Elle y restera probablement jusqu'à ce qu'elle ait converti tous les ingrédients ACHO?

— Et nous pourrons la déplacer alors?

— Ce n'est pas évident, Robin. Mais possible. A ce propos, j'ai une théorie concernant les contrôles des vaisseaux Heechees. Quand l'un d'eux atteint un artefact en opération — l'Usine alimentaire, la Grande Porte, ce que tu veux — ses contrôles sont déverrouillés et il peut alors être redirigé. En tout cas, je pense que c'est peut-être ce qui est arrivé à Patricia Bover. Et ceci, ajouta-t-il malicieusement, a quelques implications évidentes.

Je n'aime pas laisser croire à un programme d'ordinateur qu'il est plus malin que moi.

— Tu veux dire qu'il pourrait y avoir des tas d'astronautes de la Grande Porte naufragés tout autour de la galaxie parce que leurs contrôles se sont déverrouillés et qu'ils n'ont pas su revenir?

— Bien sûr, Robin. Cela pourrait expliquer ce que Wan appelle les « Hommes Morts ». A ce propos, nous avons eu quelques conversations avec eux. Leurs réponses sont quelquefois tout à fait irrationnelles et, bien sûr, nous sommes handicapés par l'impossibilité d'une intervention réciproque. Mais il semble bien qu'ils soient, ou qu'ils aient été des êtres humains.

— Tu veux dire qu'ils ont été vivants?

— Mais bien sûr, Robin, ou du moins au sens où la voix d'Enrique Caruso sur une bande magnétique était bien celle d'un ténor napolitain. Quant à savoir s'ils sont « vivants » maintenant, c'est une question de définition. On peut poser la même question... Mmm, pff... à mon propos.

— Mmm... (Je réfléchis une minute :) Pourquoi sont-ils si dingues?

— Transcription imparfaite, selon moi. Mais ce n'est pas la chose importante.

J'attendis qu'il eût tiré quelques bouffées avant de me dire ce qui était important.

— Robin, il paraît presque certain que la transcription a été réalisée par le transfert chimique des véritables cerveaux de prospecteurs.

— Tu veux dire que les Heechees les auraient tués pour mettre leurs cerveaux en bouteille?

— Certainement pas, Robin! D'abord, je me permettrai de suggérer que les prospecteurs sont morts de cause naturelle et qu'ils n'ont pas été tués. Cela aurait dégradé la chimie du stockage cérébral et, par là, l'information. Et certainement pas dans une bouteille! Peut-être dans des systèmes analogiques chimiques. Mais la vraie question est la suivante : comment cela a-t-il pu arriver?

— Tu veux que je supprime ton programme, Al? ai-je grommelé. Je pourrais apprendre tout ça beaucoup plus vite avec les synoptiques visuels.

— Bien sûr que tu le pourrais, Robin, mais ce ne serait peut-être pas aussi distrayant. En tout cas, la question est de savoir comment les Heechees pouvaient disposer de l'équipement pour lire un cerveau humain. Réfléchis-y, Robin. Il semble très improbable que la chimie des Heechees ait été la même que celle des humains. Plus ou moins semblable, oui. Nous savons par des considérations générales que, par exemple, ils respiraient et se nourrissaient. Fondamentalement, leur chimie n'était pas vraiment dissemblable de la nôtre. Mais les peptides sont des molécules très complexes. Il semble très improbable qu'un composé qui représente, par exemple la capacité de jouer correctement d'un Stradivarius, ou d'apprendre à aller aux toilettes ait pu être le même dans leur chimie que dans la nôtre. (Il entreprit de rallumer sa pipe, rencontra mon regard et acheva précipitamment :) D'où je conclus, Robin, que ces machines n'ont pas été conçues pour des cerveaux Heechees.

Je fus ébranlé.

— Pour des humains, alors ? Mais pourquoi ? Comment ? Comment pouvaient-ils savoir ? Quand...

— S'il te plaît, Robin. Sur tes instructions, ta femme m'a programmé pour faire de vastes déductions à partir d'informations réduites. Je ne peux donc justifier de tout ce que je dis, mais telle est mon opinion, oui.

— Seigneur !

Il ne semblait pas vouloir ajouter quoi que ce fût à ce sujet. Je n'ai pas insisté et je suis passé à l'autre problème.

— Et les Anciens ? Crois-tu qu'ils soient humains ?

Il tapota sa pipe et tendit la main vers sa blague à tabac.

— Je dirais que non, fit-il enfin.

Je ne l'interrogeai pas sur l'alternative. Je ne voulais pas l'entendre.

Quand Albert se fut momentanément vidé, je demandai à Harriet de passer sur mon programme juridique. Mais je ne pouvais pas lui parler tout de suite car mon dîner venait d'arriver et le serveur était un être humain. Il voulut savoir comment la fièvre s'était passée pour moi, puis il me raconta comment il s'en était sorti, et cela prit du temps. Mais je me retrouvai enfin seul devant mon cube holo. Je me coupai un morceau de steak de poulet et demandai :

— Vas-y, Morton. Quelles sont les mauvaises nouvelles ?

— Tu te rappelles le procès Bover ? demanda-t-il sur un ton d'excuse.

— Quel procès Bover ?

— Le mari de Trish Bover. Ou son veuf, tout dépend du point de vue. Nous avons enregistré la citation à comparaître mais, malheureusement, le juge a eu une mauvaise attaque de fièvre et... Eh bien, c'est contraire à la loi, Robin, mais il a repoussé notre requête pour fixer une date d'audition et il entame une procédure en jugement sommaire.

J'ai cessé de mâcher ma bouchée de poulet aussi rare que délicieux.

— Est-ce qu'il peut faire ça ?

— Eh bien, oui, en tout cas, il l'a fait. Mais nous irons en appel, quoique cela rende les choses plus compliquées. L'avocat de Trish Bover a argué du fait qu'elle avait fait un rapport de mission. Ce qui pose la question de savoir si elle a vraiment accompli sa mission, tu comprends ? Pendant ce temps...

Parfois, je me dis que Morton a été programmé trop humainement. Il n'a pas son pareil pour faire traîner une discussion.

— Pendant ce temps, Morton ?

— Eh bien, depuis le, euh, récent épisode, il semble qu'il y ait une autre complication. La Corporation de la Grande Porte préfère aller doucement en attendant de voir où ils en sont avec cette histoire de fièvre. Ils ont accepté la signification d'une injonction. Ni toi ni la société de l'Usine alimentaire n'êtes censés poursuivre l'exploitation de l'usine.

J'ai éclaté.

— Merde, Mort ! Tu veux dire que nous ne pourrons même pas nous en *servir,* même après l'avoir ramenée ?

— Je crains que cela ne signifie plus rien, dit-il d'un ton contrit. Il nous est imposé de ne plus la déplacer. De cesser, par quelque moyen que ce soit, de tenter d'interrompre ses activités normales dans l'attente d'un jugement déclaratif. Le motif de l'action de Bover est que, en empêchant l'Usine d'atteindre un nouveau nuage de comètes, tu empêches également la production d'aliments et, par là, lèses ses intérêts. Maintenant, je suis certain que nous pourrons faire annuler cela. Mais d'ici là, la Corporation de la Grande Porte entreprendra une action ou une autre pour tout arrêter jusqu'à ce qu'ils contrôlent la fièvre.

— Seigneur! (J'ai posé ma fourchette. Je n'avais plus faim.) La seule chose agréable, c'est qu'ils ne pourront pas faire appliquer cet ordre.

— Oui, Robin, parce qu'il faudra tellement longtemps pour que le message parvienne aux Herter-Hall. D'un autre...

Zip! Il disparut. Son image évacua le cube en diagonale et Harriet apparut à la place. Elle avait l'air bouleversée. Pour aider mon ordinateur, j'ai de très bons programmes. Mais ils n'amènent pas toujours de très bonnes nouvelles.

— Robin! Un message du Mesa General Hospital d'Arizona. Votre femme!

— Essie? *Essie?* Elle est malade?

— Pire que cela, Robin. Arrêt somatique total. Elle a été tuée dans un accident de voiture. Ils l'ont mise en réanimation mais... Ils ne font aucun pronostic, Robin. Elle ne répond pas.

Je ne me suis pas servi de mes priorités. Je n'en avais pas le temps. Je suis allé droit au bureau de Washington de la Corporation de la Grande Porte, qui s'est porté vers le secrétariat à la Défense, qui m'a trouvé une place dans un avion hospitalier qui décollait de Bolling dans vingt-cinq minutes.

Le vol a duré trois heures. J'étais en état d'animation suspendue. A bord, les passagers n'avaient pas de moyens de communication. Mais je n'avais pas l'intention d'appeler. Je voulais seulement arriver là-bas. Quand ma mère était morte, quand elle m'avait abandonné, cela m'avait fait mal, mais j'étais pauvre, perdu, et habitué à avoir mal. Et j'avais eu mal aussi quand la femme de ma vie, ou du moins celle qui semblait devoir l'être, m'avait quitté à son tour. Elle n'était pas morte, non, mais prise dans une affreuse anomalie astrophysique et à jamais hors d'atteinte. Et à nouveau j'avais mal, totalement mal. Je n'étais pas accoutumé au bonheur, je n'en avais pas fait une habitude. La loi de Carnot s'applique à la souffrance. Elle ne se mesure pas en absolus mais par la différence entre la source et l'ambiance, et mon ambiance avait été trop sécurisante, trop agréable trop longtemps pour que je sois prêt à affronter cela. J'étais en état de choc.

Le Mesa General était enfoui dans le désert, près de Tucson. En approchant, tout ce que nous pouvions voir, c'était les installations solaires du « toit ». Dessous, il y avait six étages souterrains de chambres, de labos et de salles d'opération. L'hôpital était complet. Tucson est un carrefour important et la folie avait frappé à l'heure de pointe.

Quand j'eus finalement réussi à accrocher une infirmière au passage, je m'entendis répondre qu'Essie était encore sous poumon artificiel mais qu'on pouvait l'en retirer à tout moment. C'était une question de tri. Les machines étaient utilisées selon les patients, avec une préférence pour ceux dont les chances étaient meilleures que celles d'Essie.

J'ai honte à avouer que mes grands concepts d'intégrité volèrent très vite par la fenêtre dès lors que ma propre femme dépendait de ces machines. Je me mis en quête d'un bureau de docteur. Non, il ne l'occuperait pas avant quelque temps. Je virai l'inspecteur d'assurances qui avait occupé le bureau et je m'emparai des lignes. J'avais déjà deux sénateurs en ligne quand Harriet intervint avec un rapport de notre programme médical. Le pouls d'Essie répondait à nouveau. On pensait que ses chances étaient assez bonnes pour qu'on les augmente un peu par un séjour sous la machine.

Bien sûr, la Médication Totale facilitait les choses. Mais les bancs de la salle d'attente étaient bondés de patients et un certain nombre d'entre eux portaient le collier de la Médication Totale. L'hôpital était littéralement submergé.

Je ne parvins pas à la voir. L'Unité de Réanimation annonçait *Pas de visite,* ce qui s'appliquait aussi à moi. Un policier de Tucson montait la garde devant la porte. Il luttait pour rester éveillé après une journée longue et pénible et il accomplissait un rôle ingrat. Je cherchai sur le bureau du docteur et finis par trouver une ligne en circuit fermé avec la Réanimation. Je bloquai l'image. Je n'avais aucun moyen de savoir comment cela se passait pour Essie. Je n'étais même pas sûr de la reconnaître parmi toutes les autres momies. Mais je regardais. Harriet m'appelait de temps en temps pour me donner les dernières informations. Elle ne transmettait pas les messages de sympathie : ils étaient nombreux, mais Essie avait écrit spécialement pour moi un programme Robinette Broadhead destiné aux gaspilleurs de temps, et Harriet répondait à chaque appel par l'image de mon visage au sourire grave, un simple merci sans avoir à me mettre en circuit. Essie était très douée pour ce genre de programme...

Etait. En réalisant que je pensais à Essie au passé, je me sentis vraiment très mal.

Au bout d'une heure, une dame en gris me découvrit et me proposa du bouillon et des crackers. Un peu plus tard, je fis la queue pendant quarante-cinq minutes pour accéder aux toilettes hommes. Ce furent mes deux seules distractions au niveau trois du Mesa General jusqu'à ce que, enfin, une infirmière volontaire pointe la tête et me demande : « *¿Señor Brad'ead? Por favor.* » Le flic était toujours devant la porte de la Réanimation. Il s'éventait avec son Stetson trempé de sueur pour rester éveillé. Avec l'infirmière qui me tenait fermement la main, il ne broncha pas.

Essie était dans une bulle à contrôle de pression. Le masque appliqué sur son visage était transparent et je pouvais voir le tube qui sortait de sa narine et le bandage sur le côté gauche de son visage. Elle avait les yeux fermés. Ses cheveux couleur d'or terni avaient été rassemblés sous une résille. Elle n'était pas consciente.

Deux minutes, c'est tout ce qu'ils accordaient. Et ce n'était pas assez pour quoi que ce fût. Pas assez pour comprendre à quoi étaient destinées ces choses volumineuses et bosselées que je voyais sous la partie transparente de la bulle. Vraiment pas assez pour qu'Essie puisse s'asseoir, me parler, changer d'expression. Ou même en avoir une.

Dans le hall, le docteur m'accorda soixante secondes. C'était un Noir, petit et bedonnant. Il portait des lentilles de contact bleues et consulta une feuille pour savoir à qui il parlait.

— Oui. Monsieur Blackhead. Votre femme reçoit les meilleurs soins. Elle répond au traitement et il y a quelque chance qu'elle reprenne conscience pour une courte période dans la soirée.

Je ne pris pas la peine de corriger mon nom et posai les trois premières questions de la liste :

— Va-t-elle souffrir ? Que lui est-il arrivé ? A-t-elle besoin de quelque chose ? Je veux dire *n'importe quoi.*

Il soupira en se frottant les yeux. A l'évidence, il gardait ses lentilles depuis trop longtemps.

— Nous pouvons nous occuper de la souffrance, et elle est déjà en Médication Totale. Je comprends que vous soyez un homme important, monsieur Brackett. Mais il n'y a rien que vous puissiez faire. Demain ou après-demain, peut-être aura-t-elle besoin de quelque chose. Aujourd'hui, non. Elle a eu tout le côté gauche écrasé quand le bus s'est retourné sur elle. Elle a presque été pliée en deux et elle est restée comme ça pendant six ou sept heures jusqu'à ce que quelqu'un parvienne à la dégager.

Je n'eus pas conscience d'avoir émis le moindre son, mais le docteur avait entendu quelque chose. Ses lentilles bleues laissèrent filtrer un peu de compassion.

— Mais ç'a plutôt été un avantage, vous savez. Ça lui a probablement sauvé la vie. En étant coincée comme ça, elle était comme sous des tampons compresseurs. Sans cela, elle aurait saigné à mort. (Il plissa les yeux pour consulter sa feuille de notes.) Mmm... Il va falloir... Voyons voir... Un col de fémur. Des éclisses pour remplacer deux côtes. Trente, quarante... peut-être cinquante centimètres carrés de peau neuve, et elle a perdu beaucoup de tissu du rein gauche. Je crois que nous allons avoir besoin d'une transplantation.

— S'il y a quoi que ce soit...

— Rien pour le moment, monsieur Blackett, dit le docteur en repliant son papier. Rien. Partez, s'il vous plaît. Si vous le désirez, revenez après six heures et vous pourrez lui parler pendant une minute. Mais, dans l'immédiat, voyez-vous, nous avons besoin de l'espace que vous prenez.

Harriet avait déjà pris ses dispositions avec l'hôtel pour que les affaires d'Essie soient enlevées de sa chambre d'hôpital pour être transférées dans une suite. Elle avait également commandé et fait livrer un nécessaire de toilette et quelques vêtements de rechange. Je me terrai dans la suite. Je ne voulais pas sortir. La vue des ivrognes du lobby ne me réjouissait pas plus que le spectacle des rues où les gens se racontaient comment ils s'étaient tirés de justesse de la dernière crise de fièvre.

Je me forçai à manger. Puis je me forçai à dormir. Ce fut en partie réussi, mais je n'arrivai pas à dormir très longtemps. Je pris un bain très chaud et très long avec de la musique en arrière fond. C'était vraiment un très bon hôtel. Mais lorsque Carl Orff succéda à Stravinsky, la poésie à la fois sensuelle et paillarde de Catulle me rappela la dernière fois où j'avais écouté cela avec ma femme sensuelle, paillarde et, pour l'heure, si affreusement brisée.

— Arrêtez ça ! ai-je crié.

Et la vigilante Harriet a coupé net les chœurs.

— Voulez-vous recevoir des messages, Robin ?

Je me suis soigneusement essuyé avant de répondre.

— Une minute. Oui, je ferais aussi bien.

Bien séché, peigné, avec des vêtements propres, je me suis assis devant le système de communications de l'hôtel.

Ils n'allaient pas jusqu'à mettre un véritable holo à la disposition de la clientèle, mais, même en deux dimensions, le visage d'Harriet était toujours aussi familier. Elle m'a rassuré sur l'état d'Essie. Elle était sous contrôle constant et tout se passait bien — ou plutôt assez bien. Le docteur humain d'Essie apparut à l'image et Harriet me transmit un message écrit de ma femme. Qui pouvait se traduire par « ne t'en fais pas, Robin ». Ou, plus exactement, par « ne t'en fais pas *autant* que tu crois devoir t'en faire ».

Harriet avait tout un tas de messages d'affaires à régler.

J'ai autorisé le déblocage d'un autre demi-million de dollars pour la lutte contre l'incendie dans les mines alimentaires, j'ai demandé à Morton d'obtenir une audition avec la Corporation de la Grande Porte pour notre représentant à Brasilia, j'ai indiqué à mon courtier ce qu'il fallait vendre afin de m'assurer un peu plus de liquidité en prévision de nouveaux dommages dus à la fièvre et non encore signalés. Puis je suis passé aux programmes les plus intéressants, en finissant par le dernier compte rendu d'Albert sur l'Usine alimentaire. Et j'ai fait tout cela, comprenez-le bien, avec lucidité et efficacité. J'avais admis le fait que les chances de survie d'Essie s'amélioraient de façon mesurable avec le temps, je n'avais donc plus à gaspiller mon énergie dans le chagrin. Et je me refusais encore en partie à comprendre combien de morceaux d'os et de chair avaient été prélevés sur le corps adorable de mon amour. Ce qui m'évitait bien des dépenses, pour des émotions que je ne voulais pas explorer.

Durant une période de mon existence, j'avais passé plusieurs longues années en psychanalyse, avec mon réducteur de tête. Au cours de ces années, j'avais trouvé toutes sortes d'endroits, dans ma tête, qui ne m'avaient pas plu. Je n'aimais pas qu'ils soient là. C'est d'accord. Quand vous les avez sortis et que vous les regardez, eh bien... ils sont plutôt vilains mais, au moins, ils sont dehors, ils ne sont plus dans votre tête à empoisonner tout votre système. Mon vieux programme psychiatrique, Sigfrid von Shrink, disait que c'était comme de vider ses boyaux.

Il avait raison, en ce qui me concernait. Une chose que je trouvais très antipathique chez Sigfrid, c'est qu'il avait invariablement raison, bien trop souvent. Ce qu'il ne disait pas, c'est qu'on n'en finit jamais de vider ses boyaux. J'avais sans cesse de nouveaux excréments et il faut bien dire que peu importe en quelle quantité vous les rencontrez : ça ne vous plaît jamais.

J'ai éteint Harriet tout en la mettant en attente en cas d'urgence et j'ai regardé quelques comédies sur la piézovision pendant un moment. Je me suis pris un verre dans le bar bien garni, et puis un autre. Je ne regardais pas vraiment la PV et je n'appréciais pas la boisson. Non, il y avait encore un gros amas de matière fécale qui sortait de ma tête. Ma femme que j'aimais tant était en réanimation, brisée, déchirée, et je pensais à quelqu'un d'autre.

J'ai coupé les danseurs de claquettes et j'ai appelé Albert Einstein. Il est apparu immédiatement sur l'écran, ses grands cheveux blancs flottant autour de sa tête, sa pipe à la main.

— Qu'est-ce que je peux faire pour toi, Robin ? a-t-il dit d'un ton jovial.

— Je voudrais que tu me parles des trous noirs.

— Mais bien sûr, Robin. Mais nous avons déjà vu ça tant de fois, tu sais...

— Va te faire foutre, Albert ! Raconte-moi. Et pas de mathématiques. Je veux que tu m'expliques aussi simplement que tu le pourras.

Un de ces jours, il faudrait que je demande à Essie de me récrire un programme pour Albert, un peu moins idiosyncrasique.

— Mais bien sûr, Robin.

Ma pointe de colère n'était pas venue à bout de

sa bonne humeur. Il a froncé ses sourcils broussailleux.

— Ah, ah... Mmm... Mmm... Voyons un peu...

— C'est une question difficile pour toi? ai-je demandé, plus surpris que sarcastique.

— Bien sûr que non, Robin. Je me demandais seulement jusqu'à quand je devais remonter. Bon, commençons par la lumière. Tu sais que la lumière est faite de particules appelées photons. Le photon a une masse et il exerce une pression...

— Pas si loin, Albert, je t'en prie.

— D'accord. Mais la formation d'un trou noir commence par une défaillance de la pression de la lumière. Prenons une étoile géante — une classe O, bleue, par exemple. Sa masse est dix fois celle du soleil. Elle brûle son carburant nucléaire si vite qu'elle ne vit qu'un milliard d'années environ. Ce qui l'empêche de s'effondrer, c'est la pression de la radiation — appelons-la « pression de la lumière » — produite par la réaction de l'hydrogène qui fusionne en hélium. Et puis, elle est à court d'hydrogène. La pression cesse. L'étoile s'effondre. Et elle le fait très, très vite, Robin, peut-être en quelques heures. Et notre étoile qui faisait des milliers de kilomètres de diamètre, tout à coup n'en fait plus que trente. Tu as saisi cette partie, Robin?

— Je crois. Continue.

— Eh bien... (Il a allumé sa pipe et tiré quelques bouffées et je n'ai pu m'empêcher de me demander encore une fois s'il éprouvait du plaisir), c'est une des manières dont les trous noirs commencent. Appelons ça la manière classique. Garde bien ça dans l'esprit et passons maintenant à la partie suivante : la vitesse de fuite.

— Je sais ce qu'est la vitesse de fuite, Albert.

— Bien sûr, Robin, approuva-t-il, forcément, un vieux prospecteur de la Grande Porte tel que toi. Bien. Quand tu étais à la Grande Porte, supposons que tu aies voulu lancer un caillou à partir de la surface. Il serait probablement retombé, parce que même un astéroïde possède une certaine gravité. Mais si tu le lançais suffisamment fort — disons à quarante ou cinquante kilomètres/heure — il ne reviendrait pas. Il atteindrait la vitesse de fuite et il continuerait à voler pour l'éternité. Sur la Lune, il faudrait le lancer bien plus fort, disons deux ou trois kilomètres à la seconde. (Il se pencha pour tapoter sa pipe avant de la rallumer.) Maintenant, si l'on suppose que tu te trouves sur un objet dont la gravité de surface est *très très* importante, les conditions seront pires. Supposons que cette gravité soit telle que la vitesse de fuite atteigne... disons trois cent dix mille kilomètres à la seconde. Impossible de lancer un caillou à cette vitesse! Même la lumière ne l'atteint pas! Donc (pff, pff), même la lumière ne peut s'échapper, parce qu'elle est trop lente de dix mille kilomètres. Et, comme nous le savons tous, si la lumière ne peut s'échapper, rien ne peut s'échapper. C'est Einstein qui l'a dit. Si je puis me permettre ce manque de modestie. (Il me fit un clin d'œil par-dessus sa pipe.) Nous avons donc un trou noir. Il est noir parce qu'il n'émet aucune radiation.

— Mais le vaisseau Heechee? ai-je demandé. Il va plus vite que la lumière.

Albert a eu un sourire triste.

— Un point pour toi, Robin, mais nous ignorons *comment* ils peuvent aller plus vite que la lumière. Peut-être les Heechees peuvent-ils s'échapper d'un trou noir, qui sait? Mais nous n'avons aucune preuve qu'ils l'aient fait.

J'ai réfléchi à cela pendant un moment.

— Pourtant...

— Oui, je l'admets, Robin. Dépasser la vitesse de la lumière et échapper à un trou noir, c'est essentiellement le même problème. (Il ménagea une très longue pause, puis reprit d'un ton humble :) Ma foi, je crois que c'est tout ce que l'on peut dire de façon profitable sur ce sujet, du moins pour l'heure...

Je me suis levé pour rafraîchir mon verre. Albert attendait patiemment en tirant sur sa pipe. Parfois, il était vraiment difficile de se dire qu'il n'y avait rien dans le cube, rien d'autre que quelques interférences de lumière collimatée, soutenues par des tonnes de plastique et de métal.

— Dis-moi, Albert : les ordinateurs comme toi sont supposés penser à la vitesse de la lumière. Peux-tu m'expliquer alors comment il se fait que tu mettes aussi longtemps à me donner une réponse, parfois ? C'est uniquement pour ménager un effet dramatique ?

— Eh bien, Bob, si tu veux, de temps en temps. Comme en ce moment, par exemple. Mais je ne suis pas certain que tu comprennes à quel point il m'est difficile de « bavarder ». Si tu as besoin d'une information... disons à propos des trous noirs, cela m'est facile de te la donner. Je peux même aller jusqu'à six millions de bits/seconde. Mais pour formuler cela afin que tu comprennes, et surtout en termes de conversation, il me faut plus que le simple accès au stockage. Je dois faire des recherches de mots dans la littérature et les conversations enregistrées. Je dois trouver des analogies et des métaphores qui correspondent à tes propres schémas mentaux. Et je dois aussi me plier aux limitations imposées par mes normes de comportement tout autant que par le ton du bavardage familier. Pas facile, Robin, pas facile...

— Albert, tu es plus malin que tu n'en as l'air.

Il a tapoté sa pipe et m'a regardé sous ses cheveux blancs hirsutes.

— Bob, accepterais-tu que je t'en dise autant ?

Comme il s'effaçait, je lui ai dit :

— Albert, tu es une bonne vieille machine.

Je me suis allongé sur le divan, un peu ensommeillé, mon verre à la main. Albert avait au moins réussi à m'empêcher de penser à Essie pendant un moment, mais une question me harcelait l'esprit : quelque part, autrefois, j'avais dit la même chose à un autre programme, et je n'arrivais pas à me souvenir quand.

Harriet me réveilla pour m'aviser d'un appel personnel de notre docteur. Non pas du programme mais de Wilma Liedermann, docteur en médecine en chair et en os, qui venait de temps en temps nous rendre visite pour voir si les machines fonctionnaient correctement.

— Robin! m'annonça-t-elle, je crois qu'Essie est hors de danger.

— C'est... merveilleux, dis-je, tout en songeant que j'aurais pu garder un tel adjectif pour des circonstances mieux adaptées. Car « merveilleux » n'exprimait nullement ce que je ressentais.

Bien sûr, notre programme avait déjà eu accès aux circuits du Mesa General. Wilma en savait tout autant sur l'état de mon épouse que le petit homme noir auquel j'avais eu affaire et, évidemment, elle avait pompé toute l'histoire médicale d'Essie dans la banque du Mesa General. Si j'étais d'accord, elle se proposait pour aller elle-même là-bas. Je lui dis que c'était elle le docteur, pas moi, et elle me répondit qu'elle demanderait à l'une de ses collègues de Columbia qui était maintenant à Tucson de veiller sur Essie.

— Mais n'essayez pas de la voir ce soir, Robin, ajouta-t-elle. Appelez-la si vous voulez — je l'ai autorisé — mais ne la fatiguez pas surtout. Demain... eh bien, je pense qu'elle sera un peu plus en forme.

J'ai donc appelé Essie et je lui ai parlé pendant trois minutes. Elle était un peu groggy mais elle savait ce qui se passait. Puis je suis retourné me coucher et, à l'instant où je plongeais dans le sommeil, il m'est revenu qu'Albert m'avait appelé « Bob ».

Il y a longtemps de cela, j'avais eu des rapports tout aussi amicaux avec un autre programme qui parfois m'appelait « Robin », parfois « Bob » ou même « Bobby ». Il y avait bien longtemps que je ne lui avais parlé, sans doute parce que je n'en avais pas ressenti le besoin. Peut-être n'était-ce plus le cas maintenant...

La Médication Totale c'est... eh bien, une médication totale. C'est tout. Si vous voulez garder la santé, et surtout la vie, c'est ce qu'il vous faut. Et le choix est très large. La Médication Totale va de quelques centaines à quelques milliers de dollars par an. Ce n'est pas tout le monde qui peut se le permettre. Disons une personne sur mille dans les pays les plus développés. Mais c'est une bonne affaire. Le lendemain, juste après le déjeuner, la Médication m'a ramené Essie, par exemple.

Wilma m'a dit que tout allait bien, et tout le monde m'a dit que tout allait bien. La ville de Tucson avait suffisamment récupéré. Elle avait pallié aux conséquences les plus urgentes de la fièvre et ses structures fonctionnaient à nouveau normalement, ce qui signifiait que la ville pouvait à nouveau vous fournir ce pour quoi vous aviez payé. Et à midi une ambulance privée arriva avec un lit, un poumon artificiel, un bloc de dialyse et tous les périphériques. A midi trente, une escouade d'infirmières fit son apparition dans le hall et, à deux heures et quart, j'empruntai le monte-charge avec six mètres cubes de matériel pour accéder au cœur de ce qui était mon cœur, c'est-à-dire ma femme.

La Médication totale fournissait aussi en accompagnement régulier des antidouleurs et des tranquillisants, des corticostéroïdes pour accélérer la guérison et des modérateurs pour empêcher les corticostéroïdes de détériorer les cellules, plus quatre cents kilos de plomberie sous le bâti du lit afin de contrôler tout ce qu'Essie pourrait faire et de l'aider pour tout ce qu'elle ne pourrait pas faire. Il ne fallut pas moins d'une heure et demie pour transférer Essie de l'appareillage de voyage à celui qui avait été installé dans la chambre principale avec l'aide d'une équipe d'internes et d'infirmiers dirigée par la collègue de Wilma. Ils me mirent dehors et je bus quelques tasses de café dans le lobby de l'hôtel tout en observant les ascenseurs en forme de larme qui faisaient la navette entre les étages. Au moment où j'étais en train de décider que j'avais le droit de regagner l'appartement, je rencontrai le docteur de l'hôpital dans le hall. Il avait réussi à prendre un peu de repos et il portait des lunettes à monture ancienne à la place de ses lentilles de contact.

— Ne la fatiguez pas, dit-il.

— Je suis fatigué d'entendre ça.

Ça le fit sourire et il me proposa de prendre une autre tasse de café en sa compagnie. Il me fit l'effet d'un type plutôt bien. Avec sa taille, il avait réussi à être le meilleur centre de l'équipe de basket de Tempe, alors qu'il était étudiant à l'université d'Arizona. Un type d'un mètre soixante qui joue au basket, nous étions amis. Ce qui, somme toute, était l'élément le plus rassurant que j'eus relevé car jamais il n'aurait permis cela s'il n'avait pas été certain qu'Essie allait s'en sortir.

Sur le moment, j'ignorais encore jusqu'où elle devrait aller pour « s'en sortir »...

Elle était encore sous la bulle de pression, ce qui m'évitait de voir vraiment à quel point elle était épuisée. L'infirmière de jour se retira dans le salon après m'avoir demandé, bien sûr, de ne pas trop fatiguer Essie. Nous avons bavardé un peu. En fait, nous ne nous sommes pas dit grand-chose. S. Ya n'est pas ce que vous appelleriez une fille causante.

Elle me demanda d'abord si j'avais des nouvelles de l'Usine alimentaire et, après avoir écouté mon résumé de trente secondes, elle m'interrogea à propos de la fièvre. J'avais répondu en quatre ou cinq mille mots à ses questions qui tenaient en deux phrases et il m'apparut qu'elle devait vraiment se fatiguer en parlant.

Mais elle parlait, et de façon cohérente, et elle ne semblait pas inquiète. Je retournai donc à mon travail et à ma console.

Comme d'habitude, un tas de rapports m'attendait.

Je les passai tous en revue et pris les décisions qui s'imposaient. Puis j'écoutai Albert me donner les toutes dernières nouvelles de l'Usine alimentaire. Au bout d'un moment, il me vint à l'idée qu'il devait être l'heure d'aller dormir.

Je restai longtemps étendu. Je n'étais pas épuisé. Je n'étais pas nerveux non plus. Je laissais simplement les tensions refluer de mon corps. J'entendais l'infirmière qui allait et venait dans le salon. De l'autre côté, de la chambre d'Essie, me parvenaient les gargouillis, les murmures et les soupirs étouffés de la machinerie qui maintenait mon épouse en vie. Le monde était loin devant moi. Je n'arrivais pas à tout encaisser. Je n'avais pas encore vraiment compris que, quarante-huit heures auparavant, Essie avait été morte. Kaput. Plus vivante du tout. Rayée des contrôles. Sans la Médication Totale et pas mal de chance, j'aurais pu me retrouver en train de choisir un costume pour son enterrement.

Au fond de ma tête, une petite minorité de cellules admettait pourtant ce fait et pensait que, eh bien, peut-être après tout... si Essie n'avait pas été ramenée à la vie, il y aurait eu *peut-être* un peu plus d'ordre dans la maison.

Ce qui n'avait rien à voir avec le fait que *j'aimais* Essie, que je l'aimais infiniment, que je ne lui souhaitais que du bien et que j'étais tombé en état de choc en apprenant qu'elle était blessée. Non, ce parti minoritaire ne parlait que pour lui seul tout au fond de mon cerveau.

Et à chaque fois que la question se posait, une écrasante majorité se prononçait pour continuer d'aimer Essie.

Je n'avais jamais été vraiment certain de savoir ce qu'« aimer » signifiait. Tout spécialement en ce qui me concernait. Juste avant de sombrer dans le sommeil, je songeai brièvement à interroger Albert à ce propos. Mais j'y renonçai. Albert n'était pas le programme qui convenait pour ce genre de question. Je savais bien celui qui convenait mais je n'avais pas envie de l'appeler.

Les messages synoptiques continuaient d'affluer. En découvrant l'histoire de l'Usine alimentaire, je me sentais anachronique. Deux siècles auparavant, les conquérants du monde opéraient à partir de l'Espagne ou de l'Angleterre, séparés des théâtres d'action par un ou deux mois de voyage. Ils n'avaient ni câbles ni satellites. Ils confiaient leurs instructions à des navires à voiles et les réponses arrivaient quand elles le pouvaient. J'aurais bien aimé être aussi doué qu'eux. Les cinquante jours de délai de réponse qui me séparaient des Herter-Hall me paraissaient une éternité. Ils étaient là-bas et moi j'étais à Gand : comme Andrew Jackson, je continuais d'en faire baver aux Britanniques des semaines après la fin de la bataille de La Nouvelle-Orléans. Bien sûr, j'avais transmis des ordres immédiats : comment ils devaient se comporter, quelles questions ils devaient poser au garçon, Wan, ce qu'ils devaient tenter pour détourner l'Usine de sa trajectoire. Mais, à cinq mille unités astronomiques de distance, ils agissaient selon les circonstances, et quand ils recevraient enfin mes instructions, toutes les questions seraient à revoir.

Essie se rétablissait et je retrouvais mes esprits. Maintenant, son cœur battait de lui-même et ses poumons acceptaient l'air. On lui enleva la bulle de pression et je pus la toucher et même l'embrasser sur la joue. Elle suivait tout ce qui se passait. En fait, elle n'avait jamais décroché. Quand je lui dis que c'était vraiment dommage qu'elle n'ait pas donné sa conférence, elle me répondit par un sourire.

— Cher Robin, tout était enregistré. J'ai profité d'un moment où tu étais très occupé.

— Mais tu n'as quand même pas donné ton texte à...

— Tu crois cela ? Mais pourquoi pas ? J'ai écrit le programme « Robinette Broadhead » pour toi. Tu ne savais pas que je m'en étais écrit un pour moi aussi ?... La conférence a été donnée par hologramme et S. Ya Lavorovna-Broadhead a récité l'intégralité de son texte. Qui a été vivement apprécié. Elle a même répondu aux questions grâce à ce cher Albert que je t'avais emprunté.

Bon, d'accord, Essie est quelqu'un d'étonnant, c'est vrai. Je l'avais toujours su. L'ennui, c'est que je m'attendais à être étonné. Lorsque j'ai interrogé le docteur, il m'a très vite ramené au niveau de la réalité. Il était sur le point de partir pour le Mesa General et je lui ai demandé si je pouvais ramener Essie à la maison. Il a hésité tout en me fixant derrière ses lentilles de contact bleues.

— Oui, probablement. Mais je ne suis pas certain que vous ayez vraiment conscience de la gravité de ses blessures, monsieur Broadhead. Pour le moment, elle ne fait que reconstituer quelques réserves de forces. Elle va en avoir besoin.

— Ecoutez, docteur, je sais cela. Une autre opération va être nécessaire et...

— Non. Non, monsieur Broadhead, pas seulement une. Je pense que votre femme va passer les quelques mois qui viennent en chirurgie puis en convalescence. Je ne veux pas que vous entreteniez quelque certitude que ce soit quant aux résultats. Toute procédure a ses risques. Ceux que court votre femme sont sérieux. Choyez-la, monsieur Broadhead. Nous l'avons réanimée après un arrêt cardiaque. Je ne puis vous garantir que nous y parviendrons chaque fois.

Je suis donc allé choyer Essie avec un moral plutôt dégonflé.

L'infirmière se tenait à son chevet. Elle regardait avec Essie les enregistrements de la conférence programmée. L'écran d'Essie était asservi au grand récepteur holographique conversationnel que j'avais fait installer dans ma chambre et un signal jaune s'était allumé dans un coin, à mon intention. Harriet voulait me dire quelque chose. Mais ça pouvait attendre. Lorsque l'appel devenait urgent, le jaune clignotait et passait au rouge. Pour l'instant, Essie était ma priorité absolue.

— Ala, dit-elle, vous pouvez nous laisser un instant...

L'infirmière me toisa et eut un haussement d'épaules du style « pourquoi pas ? ». Je m'assis près du lit et je pris la main de ma femme.

— C'est tellement bon de pouvoir te toucher à nouveau, dis-je.

130

Essie eut un rire rauque et profond qui me fit plaisir.

— Tu pourras me toucher vraiment dans quelques semaines. Mais tu peux toujours m'embrasser, en attendant.

Evidemment, je l'ai embrassée — et j'ai dû insister un peu trop parce que les mouchards ont réagi et l'infirmière de jour a immédiatement mis le nez à la porte pour voir ce qui se passait. Mais elle n'a rien dit. Nous nous sommes arrêtés de nous-mêmes. Essie a rejeté les mèches de cheveux qui lui tombaient dans les yeux — de la main droite, car la gauche était toujours plâtrée pour Dieu sait quelle raison — et elle m'a dit :

— C'était très bien. Est-ce que tu veux savoir ce qu'Harriet a à te dire ?

— Pas vraiment.

— Faux. Tu as parlé au Dr Ben, et il t'a dit d'être très doux avec moi. Mais tu l'es toujours, Robin, même si tout le monde ne s'en rend pas compte. (En souriant, elle s'est tournée vers l'écran.) Harriet. Robin est ici !

Jusqu'à cet instant, j'ignorais que mon programme-secrétaire pouvait obéir aux ordres de ma femme comme aux miens. Mais ç'avait été la même chose pour mon programme scientifique, de toute manière. Et je n'en avais rien su. Harriet, l'air attentif et dynamique, apparut aussitôt.

— Si c'est une question de travail, je m'en occuperai plus tard, dis-je. A moins que ça ne puisse attendre ?

— Non, ce n'est pas ça. Albert veut absolument vous parler, c'est tout. Il a de bonnes nouvelles de l'Usine alimentaire...

— Je vais le prendre dans l'autre chambre.

Essie posa sa main sur la mienne.

— Non, Robin, prends-le ici. Moi aussi, ça me concerne.

Je dis à Harriet que c'était d'accord et Albert intervint aussitôt. Mais il n'apparut pas sur l'écran. Il dit simplement : « Regarde ça », et je vis un portrait de famille style « gothique américain ». Un homme et une femme — non, pas vraiment un homme et une femme : un mâle et une femelle — côte à côte. Tous deux avaient des bras, des jambes et la femelle avait des seins. L'un et l'autre portaient une barbe et de longs cheveux tressés. Ils étaient enveloppés dans des sortes de saris dont l'étoffe terne était rehaussée par des taches de couleur vive.

Je retins mon souffle. L'apparition de cette image m'avait surpris.

Le visage d'Albert apparut dans le coin inférieur.

— Robin, déclara-t-il, ils ne sont pas vraiment « réels ». Cette composition a été créée par l'ordinateur de bord d'après la description de Wan. Mais le garçon dit qu'ils sont plutôt ressemblants.

J'ai tourné la tête vers Essie tout en déglutissant. J'ai repris mon souffle avant de demander :

— Est-ce que... est-ce que c'est à cela que les Heechees ressemblent ?

Albert a mâchonné sa pipe, le front plissé. Sur l'écran, le couple tournait lentement afin d'être visible sous tous les angles. Cela évoquait une sorte de danse folklorique lente.

— Robin, il y a quelques anomalies. Par exemple, cette fameuse question du postérieur des Heechees. Nous avons certains de leurs meubles, comme les sièges qui se trouvaient devant les consoles de leurs vaisseaux. C'est à partir d'eux que nous avons déduit que leur postérieur devait être différent de celui des êtres humains puisqu'ils semblaient avoir été prévus pour une structure pendante assez importante, peut-être pour un corps semblable à celui de la guêpe, avec un abdomen pendant entre les jambes à partir du pelvis. Mais l'image proposée par l'ordinateur ne montre rien de semblable. La Loi du Rasoir d'Occam, Robin...

— Si je t'en laisse le temps, tu peux m'expliquer ça ?

— Mais bien sûr, Robin, quoique je pense que tu connais cette loi de logique. En l'absence de toute évidence, il vaut mieux opter pour la théorie la plus simple. Nous ne connaissons que deux races intelligentes dans toute l'histoire de l'univers. Ces gens ne semblent pas appartenir à la race humaine : la forme de leur crâne est différente, tout particulièrement celle des maxillaires. On observe une arcade triangulaire plus proche du singe que de l'homme, et les dents également sont très anormales. Par conséquent, il est probable qu'ils appartiennent à l'autre race.

— C'est un peu effrayant, dit doucement Essie.

Oui, c'était effrayant. Spécialement pour moi, puisqu'on pouvait considérer que j'étais responsable de tout cela. C'était moi qui avais donné l'ordre aux Herter-Hall d'aller en reconnaissance, et s'ils étaient tombés sur les Heechees...

Je n'étais pas prêt à réfléchir à ce que ça pouvait signifier.

— Et les Hommes Morts ? Tu as quelque chose sur eux ?

— Mais bien sûr, Robin, dit-il en agitant sa tête ébouriffée. Regarde ça.

L'image s'effaça et un texte défila sur l'écran :

RAPPORT DE MISSION

Astronef 5-2, Voyage 08D31. Equipage A. Meacham, D. Filgren, H. Meacham.
La mission était du type scientifique expérimental, équipage limité en fonction du matériel d'instrumentation et computation. Autonomie vitale maximale estimée à 800. Sans nouvelles au 1200° jour. Vaisseau présumé disparu.

— La prime n'était que de cinquante mille dollars, commenta Albert. Ce n'était pas beaucoup mais c'était une des premières missions de la Grande Porte. Ce « H. Meacham » semble être l'« Homme Mort » que Wan appelle Henrietta. Elle était plus ou moins astrophysicienne, du genre « thésophobe », Robin, si tu

133

vois... Elle a tout raté. Quand elle a défendu sa thèse, on lui a dit que ça relevait plus de la psychologie que de la physique, alors elle est partie pour la Grande Porte. Le prénom du pilote était Doris, ce qui correspond, et le troisième était le mari d'Henrietta, Arnold.

— Tu les as donc identifiés? Ils ont vraiment vécu?

— Bien sûr, Robin. Il y a quatre-vingt-dix-neuf pour cent de chances pour cela.

Il réapparut sur l'écran :

— Ces Hommes Morts sont quelquefois assez irrationnels. Et, bien sûr, nous sommes dans l'impossibilité de les interroger en direct. L'ordinateur du vaisseau n'est pas vraiment à la hauteur de la tâche. Mais en tout cas, en attendant la confirmation des noms, cette mission semble correspondre. Elle était chargée de recherches dans le domaine astrophysique et les sujets de conversation d'Henrietta font fréquemment référence à l'astrophysique. Si l'on ne tient pas compte des thèmes sexuels, bien sûr. (L'air malicieux, il se gratta la joue avec le tuyau de sa pipe.) Par exemple : « Sagittaire A Ouest ». Il s'agit d'une radiosource du centre galactique. « NGC 1199. » Une galaxie elliptique géante qui fait partie d'un amas. « Vitesse radiale moyenne des amas globulaires. » Dans notre galaxie locale, elle doit être de 50 kilomètres/seconde. « Fuite vers le rouge prononcée... »

— Inutile de tout me citer, Albert. Est-ce que tu sais ce qu'ils signifient dans l'ensemble? Je veux dire : si tu parlais de tout cela, de quoi parlerais-tu en fait?

Il fit une pause. Très brève. Il n'avait pas accès à l'ensemble de la littérature consacrée à ce sujet. Ce qui lui était déjà arrivé.

— Je parlerais de cosmologie, dit-il. Et plus spécifiquement de la classique controverse Hoyle-Öpik-Gamow, à savoir l'univers est-il clos, ouvert ou bien cyclique? Est-il dans un état permanent ou bien a-t-il commencé par le grand bang?

Il s'interrompit, cette fois pour me laisser réfléchir. J'ai essayé, mais sans grand résultat.

— Tout ça n'est pas très enrichissant, dis-je.

— Peut-être pas, Robin. Pourtant, j'y vois quelque rapport avec tes questions concernant les trous noirs.

J'ai pensé : « Satané calculateur ! » mais je n'ai rien dit. Albert avait l'air innocent comme l'agneau. Calme et sérieux, il tirait sur sa bonne vieille pipe.

— C'est tout pour l'instant, Albert.

J'ai continué de fixer l'écran pendant un moment, même quand Albert eut disparu, au cas où Essie aurait voulu me demander pourquoi j'avais interrogé Albert sur les trous noirs.

Mais Essie ne m'a rien demandé. Elle avait le regard perdu dans les miroirs du plafond. Finalement, elle m'a dit :

— Robin, mon chéri, sais-tu ce que j'aimerais ?

— Quoi donc, Essie ?

— J'aimerais me gratter.

— Oh...

C'est tout ce que j'ai pu dire. Je me sentais dégonflé. Non : bloqué, plutôt. J'étais prêt à me défendre. Gentiment, bien sûr, vu l'état d'Essie. Et elle n'avait rien dit, rien fait. Je lui ai pris la main.

— Je me suis fait du souci.

— Moi aussi. Dis-moi, Robin, c'est vrai que les fièvres sont provoquées par une sorte de radiation psychique des Heechees ?

— Oui, quelque chose comme ça, je suppose. Albert dit que c'est d'origine électromagnétique, mais c'est tout ce que j'en sais.

Elle s'agitait. Mais seule sa tête bougeait. Je lui ai caressé le dos de la main, suivant le dessin de ses veines.

— Robin, j'éprouve comme une appréhension à l'égard des Heechees.

— C'est tout à fait normal. Tu es même très raisonnable. Pour ma part, j'en crève de trouille.

C'était vrai. Je tremblais vraiment en y pensant. Dans le coin de l'écran, la petite lumière jaune s'est remise à clignoter.

— Robin, je crois que quelqu'un veut te parler.

— Ça peut attendre. Pour l'instant, je parle avec la femme que j'aime.

— Merci, Robin. Si tu as autant peur que moi des Heechees, pourquoi fonces-tu comme ça?

— Est-ce que j'ai vraiment le choix, chérie? Le délai de réponse est de cinquante jours. Ce que nous savons est déjà de l'histoire ancienne qui remonte à vingt-cinq jours. Si je leur disais maintenant de tout laisser tomber pour rentrer, ils ne le sauraient pas avant vingt-cinq autres jours.

— Oui, bien sûr. Mais à supposer que tu puisses vraiment les arrêter, le ferais-tu?

Je n'ai pas répondu. J'éprouvais un sentiment bizarre. Oui, j'étais vaguement effrayé, ce qui ne me ressemblait pas du tout.

— Et si les Heechees ne nous aiment pas? a demandé Essie.

Très bonne question! Je n'avais jamais cessé de me la poser depuis l'instant où j'avais mis le pied dans un vaisseau de prospection de la Grande Porte pour me lancer vers le large. Oui, que se passerait-il si nous venions à rencontrer les Heechees et qu'ils ne nous aiment pas? Et s'ils nous écrasaient comme des mouches, s'ils nous torturaient, nous réduisaient en esclavage ou se livraient à des expériences sur nous? Et s'ils nous ignoraient tout simplement?

Le regard rivé à la petite lumière jaune qui continuait de clignoter, j'ai essayé de rassurer Essie :

— Il y a peu de risques qu'ils nous fassent du mal...

— Robin, n'essaie pas de m'endormir!

Elle était très nerveuse, et moi aussi. Le monitoring avait dû enregistrer quelque chose car l'infirmière de jour fit une nouvelle apparition. Elle hésita une seconde sur le seuil avant de repartir.

— Essie, les enjeux sont trop importants. Tu te souviens, l'année dernière, à Calcutta?

Nous nous étions rendus ensemble à l'un des séminaires auxquels elle devait participer et nous étions repartis avant parce que le spectacle abject de cette ville peuplée de deux cents millions de pauvres nous était insupportable.

Elle me regardait, en fronçant les sourcils.

— La famine, oui, je sais. La famine a toujours existé, Robin.

— Pas à ce degré! Et elle ira plus loin encore si rien n'arrive pour la contrecarrer! Le monde est en train de craquer. Albert m'a dit...

Je me suis interrompu. En fait, je n'avais pas vraiment envie de lui rapporter ce qu'Albert m'avait appris. La Sibérie était d'ores et déjà en rupture de production alimentaire. C'était un territoire fragile. La surexploitation, peu à peu, l'avait fait ressembler au désert de Gobi. Le sol arable du Midwest américain n'était plus que de quelques malheureux centimètres, et les mines alimentaires commençaient à répondre difficilement à la demande. Selon Albert, nous en avions peut-être pour dix ans encore.

La lumière était passée au jaune et clignotait frénétiquement mais je n'avais pas l'intention de m'interrompre pour l'instant.

— Essie, si nous pouvons relancer l'Usine alimentaire, nous serons en mesure de fournir de la nourriture ACHO à tous ceux qui en ont besoin et ce sera la fin de la famine. La fin absolue. Mais ce ne sera en fait qu'un commencement. Car si nous pouvons apprendre à construire des vaisseaux Heechees et à les faire aller là où nous le voulons, alors, nous pourrons coloniser de nouvelles planètes. Des tas de nouvelles planètes. Plus que ça : grâce à la technologie Heechee, nous pourrons transformer tous les astéroïdes du système solaire en autant de Grandes Portes. Construire des cités spatiales. Terraformer les planètes. Nous pourrons construire un paradis pour recevoir un million de fois la population de la Terre, et ce pour les quelques millions d'années à venir!

Je me tus en me rendant compte brusquement que je

137

me mettais à bafouiller. J'étais à la fois délirant et triste, abattu et... brusquement excité. Et l'expression d'Essie m'apprit qu'elle aussi éprouvait une émotion étrange.

— Ce sont de très bonnes raisons, Robin, commença-t-elle, mais elle n'alla pas plus loin.

La lumière d'appel, sur l'écran, était maintenant rouge rubis et brillait à la manière d'un pulsar. Puis elle s'éteignit brutalement et le visage tourmenté d'Albert Einstein apparut. Sans que je l'y aie autorisé, ce qui ne s'était jamais produit auparavant.

— Robin! C'est une nouvelle période de fièvre!

Je me suis levé avec un frisson.

— Mais ce n'est pas le moment, ai-je dit stupidement.

— Pourtant, Robin, c'est assez étrange mais elle a atteint une pointe il y a... une centaine de secondes. Et je crois que... (Il hocha la tête comme s'il prêtait l'oreille à quelque commentaire inaudible.) Oui, elle diminue rapidement...

En vérité, le malaise s'estompait. Jamais auparavant la fièvre n'avait ressemblé à ça et jamais elle n'avait été aussi brève. Vraisemblablement, quelqu'un se livrait à une expérience dans la Chambre des rêves.

— Albert, expédie un message en priorité à l'Usine alimentaire : « Cessez immédiatement, je dis bien *immédiatement*, d'utiliser la couche pour quelque raison que ce soit. Démontez-la si possible sans dommages irréversibles. Vous répondrez personnellement de tous les frais et indemnités pouvant résulter du non-respect de cette directive. » Compris?

— C'est déjà parti, Robin, annonça Albert, et son image disparut.

Essie et moi, nous nous sommes regardés durant un long moment.

— Mais tu ne leur as pas dit d'abandonner et de revenir, a-t-elle dit enfin.

— Ça ne change rien à quoi que ce soit, dis-je en haussant les épaules.

— Non, bien entendu. Et tu m'as fourni quelques

excellentes raisons, Robin. Mais sont-elles vraiment tes raisons personnelles ?

Je n'ai rien répondu.

Essie savait pour quelles raisons je poursuivais l'exploration de l'espace Heechee sans me soucier de l'argent, de la fièvre, des risques. Elle savait que mes raisons avaient un nom, et ce nom était Gelle-Klara Moynlin.

Et quelquefois, je n'étais pas vraiment certain qu'elle eût tort.

Le Paradis Heechee

Lorsqu'elle se déplaçait à l'intérieur du vaisseau, Lurvy n'arrivait pas à détourner le regard de la matière grise et floconneuse qui apparaissait derrière l'écran de vision. Elle n'y discernait rien, et cela ne ressemblait à rien qu'elle ait pu voir depuis des mois et des mois.

Ils étaient seuls et ils voyageaient à une vitesse plus rapide que celle de la lumière en direction du Paradis Heechee. L'univers était vide autour d'eux, à l'exception de ce moutonnement gris et ondoyant. L'univers, c'était eux. Jamais ils ne s'étaient sentis aussi solitaires, même durant leur interminable ascension vers l'Usine. Il y avait des étoiles. Les planètes du système solaire. Mais dans l'espace tau, dans cet espace fou où les vaisseaux Heechees empruntaient des tunnels à travers l'univers réel ou bien le contournaient, il n'y avait rien. Et ce rien, Lurvy ne l'avait connu que lors de ses missions à partir de la Grande Porte, et les souvenirs qu'elle en gardait n'avaient pour elle rien de plaisant.

Le vaisseau était le plus grand qu'elle eût connu. Les astronefs les plus importants dont disposait la Grande Porte pouvaient contenir cinq personnes au maximum. Celui-ci pouvait emporter plus de vingt membres d'équipage. Il comportait huit compartiments distincts. Wan leur avait expliqué que trois d'entre eux étaient destinés à la cargaison et qu'ils se remplissaient automatiquement dès que le vaisseau était amarré à l'Usine alimentaire. Deux autres ressemblaient à des appartements qui n'auraient pas été prévus pour des êtres humains. Les « couchettes » que l'on déroulait à partir des parois étaient vraiment des couchettes, mais bien trop exiguës pour des humains adultes. Wan désigna l'une des deux chambres restantes comme étant la sienne et il invita Janine à la partager. Lurvy s'y opposa et il renonça, l'air maussade. On décida la ségrégation : les garçons dans une chambre, les filles dans l'autre. La dernière pièce était la plus importante. Elle était située au centre mathématique du vaisseau. Elle avait la forme d'un cylindre conique aux deux extrémités. Il n'y avait ni sol ni plafond, seulement trois sièges fixés devant les commandes. La surface étant courbe, les sièges étaient inclinés l'un vers l'autre. Leur forme rudimentaire était familière à Lurvy qui, autrefois, les avait utilisés durant des mois. Deux plaques de métal qui se rejoignaient en V.

— A la Grande Porte, nous mettions des sangles dessus, dit-elle.

— Des « sangles » ? demanda Wan et, lorsqu'on lui eut expliqué de quoi il s'agissait, il s'exclama : Mais c'est une bonne idée ! Je ferai ça pour le prochain voyage. Je peux toujours prendre du tissu chez les Anciens.

Comme dans tous les vaisseaux Heechees, les commandes étaient presque automatiques. Il y avait une dizaine de volants moletés disposés en ligne, et à chacun correspondaient des voyants lumineux de couleurs diverses. Quand on tournait les volants (ce que l'on ne faisait jamais durant le voyage, puisqu'il avait été prouvé que c'était un suicide), les lumières variaient en intensité et en couleur pour former des bandes de spectre qui représentaient les réglages de trajectoire. Wan lui-même était incapable de les lire, encore moins Lurvy et les autres. Mais depuis le séjour de Lurvy à la Grande Porte, et grâce au sacrifice de quelques prospecteurs, les grands cerveaux artificiels avaient accumulé les données. Par exemple, certaines couleurs signifiaient la possibilité d'une découverte intéressante. D'autres correspondaient à la durée du voyage telle qu'elle avait été déterminée par le guide de trajectoire.

D'autres encore — et elles étaient nombreuses — étaient classées comme « non absolu » parce que tous les vaisseaux qui étaient entrés en phase ultra-luminique avec ces réglages y étaient restés. Ils s'étaient perdus quelque part. En tout cas, ils n'avaient jamais regagné la Grande Porte. Parce qu'elle en avait pris l'habitude et que telles étaient les instructions, Lurvy entreprit de photographier toutes les fluctuations des voyants et des écrans, même lorsqu'ils ne montraient vraiment rien de significatif. Une heure après leur départ de l'Usine alimentaire, les constellations visibles s'étaient rapprochées pour se fondre bientôt en un point unique de brillance. Ils venaient d'atteindre la vitesse de la lumière. Et le point lui-même finit par disparaître. L'écran prit l'aspect d'une vitre boueuse battue par la pluie et demeura ainsi.

Pour Wan, le vaisseau était un peu comme un car de ramassage scolaire, un véhicule familier qu'il connaissait depuis qu'il avait eu l'âge de presser le téton de largage. Paul ne s'était jamais trouvé à bord d'un vaisseau Heechee et, pendant plusieurs jours, il se montra apathique. Pour Janine, par contre, c'était une expérience nouvelle et excitante qu'elle vivait dans sa quatorzième année. Et pour Lurvy, c'était encore autre chose. Ce vaisseau était trop grand et différent de ceux avec lesquels elle avait gagné ses bracelets de Sortie — et un peu plus encore —, différent et donc effrayant. Elle ne pouvait lutter contre ce sentiment. Se convaincre que ce voyage n'était tout au plus qu'un simple transport par navette. En tant que pilote de la Grande Porte, perdue à tâtons dans l'inconnu, elle avait appris la peur. Elle se propulsait dans cet espace vital qui lui semblait si vaste (près de cent cinquante m³!), avec inquiétude. Il n'y avait pas seulement l'écran boueux qui retenait son attention, mais aussi le losange doré et scintillant, plus haut qu'un homme, dont on pensait qu'il devait contenir le système de propulsion ultra-luminique. Si on tentait de l'ouvrir, il explosait totalement. Il y avait aussi la spirale cristalline qui, de temps en temps (et nul n'avait jamais su pourquoi), devenait

chaude et s'emplissait de minuscules taches lumineuses au début et au terme de chaque voyage ainsi qu'à
un autre moment très important.

Et c'était ce moment que guettait Lurvy. Quand, très
exactement vingt-quatre jours, cinq heures et cinquan-
te-six minutes après leur départ de l'Usine alimentaire,
le serpentin s'illumina, elle ne put retenir un soupir de
soulagement.

— Qu'est-ce que ça veut dire ? s'écria Wan avec un
air suspicieux.

— Ça signifie que nous sommes maintenant à mi-
chemin, dit Lurvy en relevant l'heure sur son carnet.
C'est le point de retournement. C'est toujours ce que
l'on guette dans un vaisseau Heechee. Si tu n'as perdu
qu'un quart de tes réserves vitales en atteignant le
retournement, tu es certain de ne pas mourir de faim
pendant le retour.

Il fit la tête.

— Tu n'as pas confiance en moi, Lurvy ? Nous ne
mourrons pas de faim.

— D'accord, mais ça fait du bien d'en être certain,
dit-elle en souriant.

Son sourire ne dura qu'une seconde, car elle venait
de penser à ce qui les attendait au terme du voyage.

Ils continuèrent du mieux possible, c'est-à-dire en se
portant mutuellement sur les nerfs une bonne centaine
de fois par jour. Paul apprit les échecs à Wan pour
l'empêcher de trop penser à Janine. Et Wan, patiemment — mais le plus souvent impatiemment — leur
répéta tout ce qu'il pouvait leur dire sur le Paradis
Heechee et ses occupants.

Ils dormaient autant qu'ils le pouvaient. Dans son
filet, à côté de Paul, Wan sentait sa jeune sève bouillir
en lui jusqu'à déborder. Il s'agitait nerveusement au
rythme des imprévisibles et infimes poussées du vaisseau. Il aurait tant aimé être seul pour se livrer à ces
choses qui semblaient prohibées quand on ne se trouvait pas seul. Ou bien avec Janine, et elle seule, pour
faire ces choses bien plus agréables encore qu'Hen-

rietta et Petit Jim lui avaient décrites. Il avait si souvent demandé à Henrietta quel était le rôle de la femelle dans cette conjugaison. Elle lui répondait toujours, mais presque jamais de façon utile.

Et, presque toujours, elle terminait en larmoyant sur la façon dont son mari l'avait trahie avec cette roulure de Doris.

Mais Wan ignorait même ce qui, physiquement, séparait la femme de l'homme. Les images et les mots ne suffisaient pas. Vers la fin du voyage, la curiosité fut plus forte que l'acculturation et il supplia tour à tour Janine et Lurvy de le laisser voir par lui-même. Même sans toucher.

Le diagnostic de Janine tomba. Sans colère, et même avec un sourire :

— Espèce de petit dégoûtant ! Sois patient, tu auras bien ta chance un jour.

Mais Lurvy ne se montra pas amusée le moins du monde. Dès que Wan eut battu en retraite, humilié et offensé, elle eut une longue conversation avec sa sœur. Dans la limite de la patience de Janine.

— Lurvy, ma chérie, déclara enfin sa petite sœur, *je sais.* Je sais parfaitement que je n'ai que quinze ans — ou presque — et que Wan n'est guère plus âgé. Je sais aussi que je ne tiens pas à être enceinte à quatre années d'un docteur pendant que se déroulent des événements dont nous ne pouvons rien prévoir — je sais tout ça. Mais toi, tu crois que je suis seulement ta sale petite morveuse de sœur. D'accord. Mais je suis ta sale petite morveuse *maligne* de sœur. Quand ce que tu dis est intéressant, j'écoute. Alors, fous-moi la paix, ma chérie.

Avec un sourire satisfait, elle s'élança derrière Wan, puis s'arrêta et revint embrasser Lurvy.

— Toi et P'pa, lui dit-elle, vous me rendez vraiment cinglée. Mais je vous aime bien tous les deux — et Paul aussi.

Lurvy savait bien que ce n'était pas absolument la faute de Wan. Tous, ils sentaient extrêmement fort. Leurs sécrétions, leur sudation contenaient assez de phéromones pour faire bander un moine, a fortiori un jeune garçon puceau et particulièrement émotif. Non, ce n'était pas de la faute de Wan, c'était même exactement le contraire. Sans son insistance, jamais ils n'auraient embarqué autant d'eau à bord, et ils auraient senti encore plus fort. Au moins, ils avaient droit à des bains à l'éponge. En fait, quand on y réfléchissait sérieusement, ils avaient quitté l'Usine alimentaire un peu trop impulsivement. Payter ne s'était pas trompé.

Avec un certain étonnement, Lurvy prit conscience que le vieux lui manquait. Dans ce vaisseau, ils étaient totalement coupés de toute communication. Que faisait le vieux Payter ? Est-ce qu'il tenait le coup ? Il avait bien fallu qu'ils prennent l'unité de bio-test avec eux : ils étaient quatre et elle serait plus nécessaire qu'à un homme seul. Ce qui n'était pas l'exacte vérité, par ailleurs, puisque, jusqu'à ce qu'ils établissent le contact radio avec Vera à partir du Paradis Heechee, l'unité ne serait qu'une masse de métal aussi brillante qu'inerte. Qui savait ce qui pouvait arriver à son père pendant ce temps ?

Le plus curieux, c'est que Lurvy aimait le vieil homme et qu'elle pensait qu'il l'aimait en retour. S'il le lui avait montré, il ne l'avait jamais dit. C'était avant tout son argent et son ambition qui leur avaient permis de participer au vol vers l'Usine alimentaire, parce qu'il avait acheté chacune de leurs parts en grattant les fonds de tiroirs, sinon son ambition. Et c'était avec son argent qu'elle avait pu entrer à la Grande Porte. Quand cela avait mal tourné, il ne le lui avait même pas reproché. Du moins pas directement, pas vraiment.

Au bout de six semaines de séjour, Lurvy commençait à se faire au vaisseau de Wan. Elle s'y sentait même à l'aise, si elle oubliait les odeurs, les moments d'irritation et autres soucis. Aussi longtemps, du moins, qu'elle évitait de penser aux voyages qui lui avaient valu ses cinq bracelets de Sortie. Ils ne lui avaient pas laissé grand souvenir.

Le premier voyage de Lurvy avait été un raté. Quatorze mois pour émerger au large d'une planète qui avait été totalement calcinée par l'explosion d'une nova. Sans doute y avait-il eu quelque chose là, autre-fois. Mais quand Lurvy atteignit son but, il n'y avait plus rien et Lurvy, folle de solitude, se parlait à elle-même dans son petit vaisseau monoplace. Elle avait été définitivement guérie des vols en solitaire et, pour sa deuxième mission, elle partit dans un Trois. Ce ne fut pas mieux. Rien ne fut mieux. Elle finit par acquérir une certaine célébrité à la Grande Porte. Elle était un objet de curiosité : elle détenait le record du nombre de Sorties pour le plus faible résultat. Elle appréciait cet honneur. Mais le dernier voyage fut le pire.

Ce fut une catastrophe.

Avant qu'ils n'atteignent leur destination, elle s'était éveillée d'un sommeil agité pour découvrir l'horreur. La femme qui était devenue son amie flottait près d'elle, ensanglantée. Sa deuxième compagne était morte, elle aussi, et dérivait un peu plus loin. Quant aux deux hommes qui composaient le reste de l'équi-page, ils étaient engagés dans un atroce combat à mains nues, déchaînés, hurlants.

Les règlements de la Grande Porte prévoyaient que tous les bénéfices provenant d'un voyage devaient être divisés à parts égales entre les survivants. Et Stratos Kristianides avait décidé d'être le seul survi-vant.

Mais, en fait, il n'y était pas parvenu. Il avait perdu le combat contre Hector Possanbee, qui était l'amant de Lurvy. Et tous deux étaient arrivés au but pour, une fois encore, ne rien trouver. Une géante rouge délétère qui formait une binaire avec une pitoyable naine de classe M. Et ils n'avaient pas le moindre espoir d'at-teindre l'unique planète qu'ils avaient pu repérer — une espèce de Jupiter en plus énorme, recouverte de méthane — sans y laisser leur vie.

Après cela, Lurvy était retournée sur Terre la queue entre les jambes pour ainsi dire, et sans la moindre ressource en perspective. Payter lui avait donné sa chance et elle ne pensait pas qu'il le ferait une seconde fois. Les quelques centaines de milliers de dollars qu'il avait dépensés pour qu'elle accède à la Grande Porte avaient fait une sérieuse brèche dans les économies accumulées en soixante ou soixante-dix ans d'existence, elle ne savait pas au juste. Elle s'était montrée indigne de sa confiance. Et pas seulement de la sienne. Mais elle devait bien admettre, parce qu'il se refusait à la détester, parce qu'il était toujours aussi bon, qu'il aimait vraiment et profondément sa fille. Tout comme il aimait Paul, si gentil et insipide, et Janine, si jeune et si stupide. Oui, à sa manière, Payter les aimait tous.

Mais il n'était guère payé en retour, se dit Lurvy.

Pensive, elle effleura du doigt ses bracelets de Sortie et songea qu'elle les avait payés au prix fort. Lorsqu'elle pensait à son père, elle ne parvenait pas à refréner le cours de ses pensées. Elle se sentait inquiète et redoutait les heures qui allaient suivre.

Pour passer le temps, elle faisait l'amour avec Paul. Du moins quand ils parvenaient à se convaincre mutuellement qu'ils pouvaient laisser les jeunes sans surveillance pendant plus d'un quart d'heure. Pour Lurvy, cela ne rappelait en rien Hector, l'homme qui avait survécu avec elle à la dernière mission de la Grande Porte et qui lui avait demandé de l'épouser. Il lui avait aussi demandé de partir une fois encore avec lui et de bâtir ensemble une nouvelle existence. Hector était petit mais fort, actif, nerveux, toujours alerte, toujours en forme. Au lit, c'était une véritable dynamo. Et il savait se montrer doux et patient lorsqu'elle était irritable, effrayée ou mal à l'aise. Oui, elle avait eu une bonne centaine de raisons d'épouser Hector. Et une seule, en vérité, pour y renoncer. En s'extrayant de son sommeil atroce, elle avait ouvert les yeux sur le combat d'Hector et de Stratos et elle avait vu Stratos mourir.

Plus tard, Hector avait voulu lui expliquer que Stratos avait perdu l'esprit, qu'il avait tenté de les assassiner tous. Mais elle n'avait aucune certitude. Quand le massacre avait commencé, elle dormait et, pour elle, il n'y avait qu'une évidence : l'un ou l'autre des deux hommes avait voulu supprimer tous les autres.

Mais jamais elle ne saurait vraiment lequel des deux.

Ils étaient à une journée de la Grande Porte quand il se déclara. Il semblait avoir choisi l'un des moments les plus tristes, les plus sinistres de leur morne voyage de retour.

Il la prit dans ses bras et lui dit :

— Dorema, nous sommes si bien ensemble. Toi et moi, rien que nous deux et personne d'autre. Tu sais, je crois effectivement que je n'aurais pas pu supporter les autres. Et la prochaine fois, je suis certain que nous aurons plus de chance. Alors, tu ne veux pas qu'on se marie ?...

Elle blottit son menton au creux de son épaule. Elle sentait ses muscles, fermes et tièdes. Il avait la peau couleur cacao.

— Chéri, il faut que je réfléchisse.

La main qui avait tué Stratos s'était refermée sur sa nuque avec tendresse.

C'est avec soulagement que Lurvy vit le terme de leur voyage vers le Paradis Heechee. Tout excitée, Janine surgit dans son espace privé : la grande spirale était constellée d'étincelles dorées, le vaisseau embardait comme s'il hésitait sur la direction à prendre, les flocules grisâtres avaient disparu de l'écran et il y avait des étoiles. Pas seulement des étoiles, d'ailleurs : un objet était visible. Gris, avec des taches d'un bleu brillant. Il avait la forme d'un citron et tournait lentement. Lurvy était incapable d'apprécier ses dimensions, jusqu'à l'instant où elle discerna quelques incidents à sa surface. De minuscules excroissances réparties au hasard, les plus infimes, reconnut-elle, étant des vaisseaux du type Grande Porte, des Un, des Trois, et même un Cinq. En vérité, le citron spatial devait mesurer plus d'un kilomètre! Wan, avec un sourire d'orgueil, s'installa dans le siège central de pilotage (qu'ils avaient rembourré avec des tissus divers) et s'empara des leviers de commande de l'atterrisseur. Lurvy avait trouvé ce seul moyen pour l'occuper. Et puis, Wan avait exécuté cette manœuvre durant toute sa vie. Avec la virtuosité brutale d'un vieux pilote, il s'escrima aux commandes, lança le vaisseau en une spirale descendante qui coïncidait avec la lente rotation du citron gris aux yeux bleus, s'aligna sur l'un des puits, s'amarra et verrouilla, puis leva la tête pour recueillir les applaudissements de l'assemblée. Ils étaient arrivés dans le Paradis Heechee.

Par rapport à l'Usine, qui avait déjà la taille d'un beau gratte-ciel, le citron était un monde. Sans doute, comme la Grande Porte, avait-il été un astéroïde à l'origine. Mais il avait été tellement travaillé et sculpté qu'il ne subsistait rien d'apparent de sa structure première. C'était une véritable montagne en rotation dont la masse devait être de plusieurs km³. Oui, un monde à explorer ! Et tant de choses à apprendre !

Mais aussi tant de choses à redouter. Tant de choses qui rôdaient, qui veillaient dans des salles immémoriales... Lurvy se rendit compte qu'elle s'agrippait au bras de son époux et que Paul le lui rendait bien. Elle lutta pour observer objectivement la scène.

Elle avait devant elle un couloir dont les parois étaient veinées de lumière écarlate, tandis que le plafond avait l'aspect familier du métal Heechee, bleu et lisse. Sur le sol — car cela semblait bel et bien un sol, qui exerçait une pesanteur (guère plus d'un dixième de celle de la Terre) —, des choses en forme de diamant paraissaient contenir des plantes et une espèce de terreau.

Wan s'arrêta devant un buisson qui lui arrivait à hauteur de la taille. Des choses duveteuses apparaissaient entre les feuilles couleur émeraude. Il haussa les épaules et déclara d'un ton vaniteux :

— Les baies. Si vous voulez, nous pouvons nous arrêter pour en manger quelques-unes.

— Non, pas maintenant, dit Lurvy.

A quelques pas de là, ils rencontrèrent un autre diamant à l'intérieur duquel poussaient des vrilles d'un vert tendre et des pousses qui rappelaient des choux-fleurs.

— Qu'est-ce que c'est que ça ? s'exclama Lurvy.

Wan s'arrêta et la regarda, interloqué à l'évidence. Pour lui, cette question était stupide.

— On ne peut pas les manger ! glapit-il d'un ton méprisant. C'est les baies qu'il faut goûter. Elles sont très bonnes.

Ils s'arrêtèrent là. Juste à l'endroit où se rejoignaient deux couloirs rouges, l'un d'eux devenant bleu. Et ils se mirent en devoir de peler les baies brun-vert et de grignoter la pulpe juteuse, d'abord en hésitant, puis avec plaisir, tandis que Wan leur expliquait la topographie du Paradis Heechee. Ils étaient dans le secteur rouge, qui était le meilleur. Il y avait de la nourriture, ici, et de bons endroits pour dormir. Et c'était là que se trouvait le vaisseau et jamais les Anciens n'y venaient. Mais est-ce qu'ils ne se risquaient pas quelquefois hors de leurs lieux habituels pour trouver des baies ? Oui, bien sûr. Mais jamais ici, et la voix de Wan grimpa d'une octave comme il faisait cette affirmation. Non, jamais cela ne s'était produit. Là-bas, c'était le secteur bleu. Sa voix devint à la fois plus faible et moins aiguë. Là-bas, dans le bleu, on rencontrait souvent les Anciens. Et dans le bleu, tout était mort. Mort. Seulement, il y avait justement la salle des Hommes Morts. Elle se trouvait en plein dans le bleu et c'était bien la seule raison qu'il avait d'aller là-bas. Lurvy, regardant dans la direction que Wan leur indiquait, sentit passer en elle le frisson des âges anciens. C'était comme Stonehenge, Gizeh ou Angkor Vat. Les plafonds eux-mêmes y semblaient moins lumineux, les plants étaient clairsemés, étiolés. Le vert, poursuivit Wan, était très bien, mais il ne fonctionnait pas correctement. L'arrosage, par exemple. Les plants mouraient souvent. Quant au secteur doré...

En parlant des couloirs d'or, il perdit un peu de son enthousiasme. C'était là que vivaient les Anciens. S'il n'avait pas eu besoin de vêtements, parfois, et de livres, jamais il ne se serait risqué dans les couloirs dorés, même avec les objurgations des Hommes Morts. Non, il ne tenait vraiment pas à voir les Anciens.

Paul s'éclairçit la gorge avant de déclarer :

— Pourtant, Wan, je pense que c'est ce que nous devons faire.

— Mais pourquoi ? Il n'y a rien d'intéressant !

Lurvy posa la main sur son bras.

— Que se passe-t-il, Wan ? demanda-t-elle avec douceur en épiant son visage.

Car les sentiments profonds de Wan se lisaient toujours sur ses traits. Il n'avait jamais eu à les dissimuler.

— On dirait qu'il a peur, remarqua enfin Paul.

— Je n'ai pas peur ! protesta Wan. Vous ne comprenez pas cet endroit ! Les dorés n'ont aucun intérêt !

— Wan, mon cher Wan, insista Lurvy, il faut bien que nous tentions d'en apprendre un peu plus sur les Heechees. J'ignore si je peux t'expliquer ce que cela représente pour nous, mais, au moins, cela nous rapporterait de l'argent, comprends-tu ? *Beaucoup* d'argent.

— Il ne sait pas ce que signifie l'argent, dit Paul d'un ton excédé. Wan, écoute-moi bien. Nous allons faire ce que j'ai dit. Explique-nous seulement comment, à nous quatre, nous pouvons explorer les couloirs dorés en toute sécurité.

— Pas à nous quatre ! Non. Une personne seulement à la fois. *Moi !*

A présent, il était évident qu'il était furieux.

A l'égard de Paul, il éprouvait des sentiments mêlés, pour la plupart défavorables. Lorsque Paul lui parlait, il formulait ses phrases avec trop de rigueur, trop de condescendance. Comme s'il considérait que Wan n'était pas suffisamment malin pour comprendre ce qu'il disait. Et lorsqu'il réussissait à se retrouver avec Janine, il était certain que Paul n'était jamais très loin. Si Paul était un échantillon représentatif de mâle humain, Wan n'éprouvait guère de fierté à lui ressembler.

— Je suis allé très souvent dans les couloirs dorés, proclama-t-il. Je voulais des livres, des baies. Et puis, je voulais les voir faire toutes ces choses stupides. Ils sont tellement drôles!... Mais pas complètement idiots, non... Moi, il ne m'arrive rien, là-bas. Il faut être seul, peut-être, à la rigueur. Mais si nous y allons tous ensemble, ils nous repéreront.

— Et alors? demanda Lurvy.

Il eut un haussement d'épaules roide. En fait, il ne connaissait pas vraiment la réponse. Tout ce qu'il savait c'est que jadis son père avait eu peur, vraiment peur.

— Ils ne sont pas intéressants, répéta-t-il en se contredisant superbement.

Janine se passa la langue sur les lèvres, puis jeta les peaux de fruits au bas du buisson avant de soupirer :

— Vous êtes vraiment irrationnel, Wan. Ces Anciens, d'où viennent-ils?

— Ils sont toujours dans les dorés. Mais quelquefois aussi dans les couloirs bleus, ou les verts...

— Bon, alors s'ils aiment bien ces baies, et si tu connais un endroit particulier où ils ont l'habitude de venir les cueillir, pourquoi n'y installons-nous pas une caméra? Nous pourrons les voir. Et ils ne risqueront pas de nous découvrir.

— Bien sûr! cria Wan d'un ton triomphant. C'est vrai, Lurvy, pas besoin d'aller là-bas! Janine a raison, seulement... (Il hésita.) Janine, c'est quoi, une caméra?

A chaque intersection, tandis qu'ils progressaient, Lurvy devait faire un effort sérieux et elle ne pouvait s'empêcher d'explorer du regard les profondeurs des couloirs. Mais ils ne virent rien, n'entendirent rien. Tout était aussi silencieux et immobile que l'Usine alimentaire lorsqu'ils y avaient débarqué la première fois, et aussi étrange. Sans doute plus étrange encore. Il y avait ces dessins de lumière sur toutes les parois, ces choses qui poussaient et, par-dessus tout, la pensée terrifiante que des Heechees étaient là, vivants, quelque part. Dès qu'ils eurent dissimulé une caméra près d'un buisson de baies, en un endroit où le bleu, le doré et le vert se rencontraient, Wan les entraîna au loin vers la salle des Hommes Morts. C'était la priorité absolue : reprendre contact par radio avec le reste du monde. Même si le reste du monde n'était représenté que par le vieux Payter, qui devait ronger son frein dans l'Usine alimentaire, solitaire, abandonné. S'ils n'y parvenaient pas, selon Lurvy, ils n'avaient plus la moindre raison de se trouver ici. Ils devaient regagner le vaisseau et mettre immédiatement le cap sur la Terre car, à quoi bon explorer s'ils n'avaient aucun moyen de relater leurs découvertes ?

Wan, dont le courage grandissait en proportion directe de la distance qui le séparait des Anciens, les précéda dans un labyrinthe de couloirs verts, les fit accéder à un niveau bleu jusqu'à ce qu'ils se heurtent à une immense porte, tout aussi bleue.

— Voyons si ça fonctionne correctement, dit-il d'un ton important en posant les pieds sur une bordure de métal, un peu en avant du seuil.

La porte hésita, soupira puis, dans un craquement, s'ouvrit devant eux. L'air satisfait, Wan les précéda.

Le lieu où ils pénétrèrent, même s'il était étrange, semblait cependant humain. Il avait même une *odeur* humaine, sans doute parce que Wan y avait passé de longs moments de sa brève existence. Lurvy se tourna vers Paul pour prendre une mini-caméra qu'elle fixa sur son épaule. La bande se mit à défiler avec un léger sifflement. L'œil de la caméra, tout comme eux, explora lentement la pièce octogonale avec ses trois sièges Heechees en forme de fourche, dont deux étaient brisés, et la paroi tachée avec ses instruments de commande version Heechee : des rangées de points lumineux et colorés. Très loin derrière la paroi, ils percevaient des cliquetis, des bourdonnements. Wan tendit la main.

— C'est là-dedans que vivent les Hommes Morts, si on peut dire qu'ils vivent.

Il eut un petit rire.

Lurvy braqua la caméra sur les sièges et sur les poignées moletées, puis sur un objet griffu, surmonté d'un dôme, près de la paroi. Il était très haut, monté sur des cylindres souples qui lui permettaient de rouler.

— Wan, qu'est-ce que c'est ?

— C'est avec ça que les Hommes Morts m'attrapent, de temps en temps, marmonna-t-il. Mais ils ne s'en servent pas souvent. C'est très vieux. Quand ça se casse, ça prend tellement longtemps pour se réparer...

Paul scruta la machine avec méfiance, puis s'en détourna et demanda :

— Wan, mets-nous en contact avec tes amis.

— Bien sûr. Ce n'est pas très difficile, dit Wan en se rengorgeant. Regardez bien et vous comprendrez.

Il s'assit avec désinvolture dans l'un des sièges cassés et se pencha sur les commandes en fronçant les sourcils.

— Je vais vous faire entendre Petit Jim, décida-t-il en pianotant sur les commandes. (Les lumières palpitèrent et Wan dit :) Réveille-toi, Petit Jim. Il y a là quelqu'un qui voudrait faire ta connaissance.

Silence.

Wan, le front plissé, regarda par-dessus son épaule et insista :

— Petit Jim ! Parle-moi. Tout de suite !

Puis il fit la moue et, sans prévenir, cracha sur la paroi. Lurvy comprit alors l'origine des taches mais ne fit aucun commentaire.

Une voix lasse se fit alors entendre :

— Hello, Wan.

— C'est mieux comme ça ! s'exclama Wan d'une voix aiguë en regardant fièrement les autres. Et maintenant, Petit Jim, dis quelque chose d'intéressant à mes amis ou bien je te crache dessus encore une fois !

— J'aimerais que tu te montres un peu plus respectueux, dit la voix avec un soupir. Mais, bon... ma foi... voyons voir. Sur la neuvième planète de l'étoile Saiph, il existe une ancienne civilisation. Ceux qui sont au pouvoir appartiennent à la classe des vidangeurs de merde. Ils exercent leur pouvoir en ôtant les excréments des seules demeures de ceux qui se montrent honnêtes, habiles, industrieux et qui acquittent ponctuellement leurs impôts. Durant leur fête la plus importante, qui est celle de saint Gautama, la fille la plus jeune de chaque foyer se baigne dans l'huile de tournesol, prend une noisette entre les dents et, rituellement...

— Petit Jim, interrompit Wan. Est-ce que cette histoire est exacte ?

Une pause.

— Elle l'est, métaphoriquement parlant, dit enfin Petit Jim d'un ton maussade.

— Tu es vraiment stupide, et j'en ai honte devant mes amis. Ecoute-moi bien. Il y a là Dorema Herter-Hall. Tu l'appelleras Lurvy. Et sa sœur, Janine Herter. Et Paul. Veux-tu leur dire bonjour ?

Une très longue pause.

— Y a-t-il d'autres êtres humains ici ? demanda enfin la voix d'un ton dubitatif.

— Je viens de te dire qui ils sont !

Un nouveau silence. Puis :

— Au revoir, Wan, fit tristement la voix.

Et Petit Jim refusa de se faire entendre de nouveau, même lorsque Wan le lui ordonna en hurlant, même lorsqu'il se mit à cracher furieusement contre la paroi.

— Grands dieux ! grommela Paul. Et il est toujours comme ça ?

— Non, pas toujours. Mais quelquefois c'est pire. Est-ce que vous voulez que j'en essaie d'autres ?

— Sont-ils mieux ?

— Eh bien, ma foi, non, reconnut Wan. Petit Jim est le meilleur.

Paul ferma les yeux avec une expression accablée et ne les rouvrit que pour foudroyer Lurvy du regard.

— C'est d'une foutue simplicité, grinça-t-il. Absolument merveilleux. Tu sais ce que je commence à penser ? Que ton père avait raison. Nous aurions dû rester dans l'Usine.

Lurvy prit une brève inspiration.

— Mais nous n'y sommes pas restés, remarqua-t-elle.

Nous sommes là. Donnons-nous encore quarante-huit heures. Et nous prendrons une décision.

Bien avant que le délai se soit écoulé, ils avaient pris leur décision. Ils resteraient. Au moins pour un temps. Le Paradis Heechee contenait vraiment trop de choses pour qu'ils l'abandonnent comme ça.

Leur décision fut principalement influencée par le fait qu'ils réussirent à contacter Payter par radio ultra-luminique. Ils n'avaient pas songé un instant à demander à Wan s'il pouvait appeler l'Usine à partir du Paradis Heechee. Pour Wan, la liaison avait toujours été unilatérale. Non, elle était certainement impossible dans l'autre sens. Mais il n'avait jamais songé à essayer étant donné que personne ne risquait de lui répondre. Lurvy réquisitionna Janine pour l'aider à transborder quelques vivres et objets utiles. Elle s'efforçait de lutter contre la tristesse et un sentiment d'échec de plus en plus pesant. Lorsqu'elles revinrent du vaisseau, les deux femmes retrouvèrent un Wan jubilant et un Paul fier comme un paon. Ils avaient réussi à entrer en contact avec Payter.

— Comment va-t-il ? demanda aussitôt Lurvy.

— Ton père ? Mais... très bien, fit Paul. Oui... à la réflexion, il avait l'air plutôt grincheux. La fièvre de la cabine, tu sais ce que c'est... En tout cas, il y a un million de messages pour nous. Il les a groupés en impulsion synchro et je les ai enregistrés, mais il va nous falloir une semaine au moins pour tout décrypter.

Il fouilla dans les affaires rapportées du vaisseau et trouva les outils qu'il avait demandés.

Il essayait de monter un émetteur graphique digital qu'il comptait utiliser sur les circuits audio de l'émetteur ultra-luminique.

Il examina l'appareil d'enregistrement graphique et commenta :

— Nous ne pourrons émettre que des schémas simples. Mais si nous restons quelque temps ici, j'arriverai peut-être à bricoler un système émetteur d'impulsions. En attendant, on peut toujours se faire entendre et... Ah! à propos : le vieux vous embrasse toutes les deux.

— Je crois que nous ne sommes pas sortis de là, fit Janine.

— Et moi je crois que nous ferions bien de continuer à débarquer des choses, dit Lurvy en approuvant. Wan? Où pouvons-nous dormir?

Tandis que Paul travaillait sur les communications, elles se laissèrent guider par Wan dans les corridors rouges et explorèrent quelques chambres où il leur serait possible de s'installer. Les couchettes étaient plus larges que celles du vaisseau et, en fait, Paul pourrait parfaitement y dormir s'il acceptait de plier les genoux. Ce qui tenait lieu de salle de bains n'était pas vraiment d'un design humain. Ou bien il datait de quelques millénaires. Les lieux eux-mêmes n'étaient que de simples fentes dans le sol métallique qui évoquaient un peu les toilettes à la turque. Il était cependant possible de se baigner. La chose ressemblait à la fois à un tub de douche et à une baignoire sabot. Il y avait une sorte de pommeau de douche et, derrière, de l'eau jaillissait en cascade de la paroi. Dès que l'on s'installait, elle devenait tiède. Moyennant quoi, ils sentirent tous un peu moins mauvais. Wan, en particulier, qui se baignait sans cesse, se déshabillant parfois alors qu'il n'était pas encore sec du bain précédent. Petit Jim lui avait dit que le bain était une coutume des peuples civilisés. Et il avait constaté que Janine y sacrifiait régulièrement. Quant à Lurvy, en observant sa sœur, elle se rappelait à quel point il avait été difficile de l'obliger à se baigner pendant le long voyage depuis la Terre. Mais elle ne faisait aucun commentaire.

En tant que pilote, et donc commandant, Lurvy restait à la tête de l'expédition. Elle désigna Paul pour maintenir le contact avec son père, Wan l'aiderait comme intermédiaire auprès des Hommes Morts. Janine, assistée de Wan et de Lurvy elle-même, serait chargée des besognes domestiques, par exemple de la lessive dans la salle d'eau. Wan, qui avait reçu mission de circuler dans tous les secteurs accessibles du Paradis Heechee pour enregistrer des images qui seraient transmises à Payter, puis à la Terre, pouvait se faire accompagner par la première personne disponible. En général, c'était Janine. Et le tour des rôles permettait rarement de leur adjoindre un chaperon.

Ce qui ne suscitait aucune réaction particulière de Janine. Elle était loin d'avoir épuisé l'excitation de ses premiers rapports d'affection avec Wan et elle ne ressentait pas la moindre hâte de passer au stade suivant. Sauf lorsqu'ils se touchaient, parfois, ou bien lorsqu'elle surprenait son regard. Ou le renflement révélateur sous son kilt râpé. Et même en ces instants, elle se satisfaisait de ses rêveries, de ses fantasmes. Ils lui permettaient d'attendre le stade suivant, du moins pour l'heure. Elle attendait de grandir encore un peu, et elle jouait avec les Hommes Morts, grignotait les baies à la pulpe verte et vaquait à ses devoirs ménagers.

Les nouvelles instructions de Lurvy n'avaient guère soulevé d'objections dans la mesure où les tâches correspondaient plus ou moins aux vœux de chacun, ce qui lui permettait de transpirer sur les instructions et les conseils transmis par la Terre et relayés par Payter.

La communication était loin d'être parfaite. Lurvy n'avait jamais vraiment apprécié Vera-Vaisseau, jusqu'au moment où elle avait dû s'en passer. Désormais, elle ne pouvait plus demander les messages en priorité ou obtenir qu'ils soient classés par thèmes. Elle ne disposait plus d'aucun ordinateur, si ce n'est celui qu'elle avait dans la tête et qui était surchargé. Les messages arrivaient n'importe comment, en se bousculant et, quand elle envoyait la réponse ou un rapport précis destiné à être relayé sur Terre, elle n'était absolument pas certaine que cela arriverait à destination.

Les Hommes Morts semblaient surtout des mémoires de lecture, interactives mais limitées. Et, en tentant de les utiliser pour entrer en communication avec l'Usine alimentaire, ils n'avaient fait que détériorer un peu plus leurs circuits, dans la mesure où ils n'avaient pas été conçus pour cette tâche. (Mais pour quoi au juste avaient-ils été conçus ? Et par qui ?) Wan paradait et mentait. Il jouait au spécialiste... jusqu'au moment où il leur avoua piteusement que les Hommes Morts ne faisaient plus ce qu'ils étaient censés faire. Quelquefois, il appelait Petit Jim et c'était avec Henrietta qu'il était en communication, ou bien avec un ex-professeur de littérature anglaise du nom de Willard. Une fois même, il entendit une voix qui lui était inconnue, qui marmonnait et chuchotait, perdue dans le labyrinthe de la folie.

Henrietta, toujours geignarde, lui répétait :

— Va dans les couloirs dorés.

Et la voix de ténor de Petit Jim prédisait :

— Ils te tueront ! Ils n'aiment pas les exilés !

C'était effrayant. D'autant plus que Wan leur avait assuré que Petit Jim s'était toujours montré le plus raisonnable des Hommes Morts. Quant à Lurvy, ce qui la rendait perplexe, c'était de ne pas être plus terrifiée que ça. Sans doute avait-elle fini par s'habituer à la peur au fil des alertes qui s'étaient succédé depuis le début de la mission. Et puis, ses circuits étaient totalement brouillés.

Quant aux messages !... En une seule impulsion en clair de cinq minutes, Paul avait enregistré quatorze heures de messages. Des ordres du Réseau : « Adressez rapport sur réglage commandes du vaisseau-navette. Essayez d'obtenir échantillons tissus Heechees/Anciens. Stockez, congelez baies, feuilles, racines. Procédez avec extrême prudence. »

Une demi-douzaine de messages de son père : il se sentait seul, malade, il ne recevait aucun soin médical puisqu'ils avaient emporté l'unité bio-test, il était submergé d'ordres péremptoires de la Terre.

Puis venaient les messages d'information de la Terre : On avait reçu, analysé et interprété leurs premiers rapports et les suggestions de programmes à suivre qui en résultaient étaient incalculables. Ils devaient interroger Henrietta à propos des références qu'elle faisait à des phénomènes cosmologiques. Vera-Vaisseau s'emmêlait dans les données, Vera-Réseau était dans l'impossibilité de communiquer en temps réel et le vieux Payter n'avait pas de connaissances suffisantes en astrophysique pour poser les questions les plus pertinentes. Donc, le choix leur revenait. C'était à eux de questionner les Hommes Morts sur les souvenirs qu'ils avaient de la Grande Porte et des missions qu'ils avaient accomplies — en supposant, bien sûr, que ces souvenirs leur reviennent. Ils devaient également essayer de savoir comment des prospecteurs vivants avaient pu devenir des programmes. Ils devaient aussi... Ils devaient tout faire, tout apprendre. Et tout en même temps. Et presque rien n'était possible. Des échantillons de tissus Heechees : mais comment donc ! Ainsi, lorsque Lurvy rencontrait un message clair, personnel et non comminatoire, elle l'écoutait avec ravissement.

Il y avait aussi quelques surprises. Après les lettres des chers correspondants de Janine et la demande sempiternelle pour toute information concernant Trish Bover, Lurvy eut droit à un message de Robinette Broadhead à son intention.

« Dorema, je sais que vous êtes dans le pétrin. Toute cette mission était à la fois importante et risquée dès le départ. Maintenant, elle l'est un million de fois plus. Tout ce que j'attends de vous, c'est que vous fassiez de votre mieux. Je n'ai pas le pouvoir de m'opposer aux ordres de la Corporation de la Grande Porte. Je ne peux pas modifier les objectifs qui vous ont été désignés. Mais je tiens à ce que vous sachiez que je suis avec vous. Trouvez tout ce que vous pourrez. Essayez de ne pas vous faire coincer. Et moi, de mon côté, je ferai tout ce qui est possible pour que vous soyez pleinement et justement récompensée comme vous l'espérez. Je vous en donne ma parole, Lurvy. »

C'était un bien curieux message, bizarrement émouvant. Et Lurvy fut très surprise de voir que Broadhead connaissait même son surnom. Ils n'avaient jamais été vraiment intimes. Lorsqu'ils avaient postulé pour la Grande Porte, avec sa famille, ils avaient rencontré plusieurs fois Broadhead. Mais leurs rapports avaient été de monarque à suppliant, sans relations personnelles ou amicales. Et Broadhead, elle s'en souvenait, ne lui avait pas particulièrement plu. Il était du genre sincère et plutôt amical — le multimillionnaire de grand style, parfaitement à l'aise dans sa peau mais à cheval sur le moindre dollar dépensé, sur le moindre développement d'un projet. Elle n'aimait guère l'idée d'être entre les mains d'un magnat capricieux. Pour être juste, pourtant, elle l'avait abordé, à chacune de leurs rencontres, avec un préjugé. Elle avait entendu parler de Robinette Broadhead bien avant qu'il ait à jouer le moindre rôle dans son existence. Durant son premier séjour à la Grande Porte, elle avait fait une Sortie dans un vaisseau Trois avec une femme plus âgée qu'elle et qui, autrefois, avait fait équipe avec Gelle-Klara Moynlin. C'était elle qui, autrefois, avait raconté à Lurvy l'histoire de la dernière mission de Broadhead, celle qui avait fait de lui un multimillionnaire. Un doute planait sur cette histoire. Neuf personnes étaient mortes dans cette mission et Broadhead avait été le seul survivant. Klara Moynlin avait disparu en même temps que les autres. Et Broadhead, avait dit la femme à Lurvy, avait été l'amant de Klara. Sans doute les sentiments de Lurvy étaient-ils influencés par le fait que, elle aussi, avait pris part à une mission dont la plupart des membres avaient péri. Mais les choses étaient ainsi.

Le détail curieux, à propos de la mission Broadhead, c'est que l'on ne pouvait pas vraiment dire que les autres avaient péri. Cette Klara Moynlin était restée prisonnière d'un trou noir avec ses compagnons. Ils s'y trouvaient sans doute encore, et peut-être même étaient-ils vivants, prisonniers d'un temps ralenti. En fait, ils n'avaient peut-être vieilli que de quelques heures durant toutes ces années...

Quel était le vrai sens caché du message de Broadhead? Est-ce qu'il comptait sur elle pour essayer de découvrir le moyen de pénétrer à l'intérieur de la prison de Gelle-Klara Moynlin? Le connaissait-il lui-même ? Lurvy n'avait pas la moindre hypothèse mais, pour la première fois, elle pensait à leur employeur comme à un être humain. C'était une pensée émouvante. Pas vraiment rassurante mais Lurvy avait quand même le vague sentiment d'être un peu moins seule. Lorsqu'elle apporta ses derniers enregistrements à Paul, dans la salle des Hommes Morts, pour qu'il les retranscrive à haute vitesse et les transmette quand cela serait possible, elle ne put s'empêcher de le prendre entre ses bras, un instant. Paul en resta très surpris.

Quand Janine rejoignit la salle des Hommes Morts après un tour d'exploration en compagnie de Wan, quelque chose l'incita à se mouvoir en silence. Elle regarda sans avoir été entendue et vit sa sœur et son beau-frère. Ils s'étaient confortablement installés contre la paroi et écoutaient distraitement le bavardage débile des Hommes Morts tout en discutant tranquillement.

Portant un index à ses lèvres, elle entraîna précipitamment Wan un peu plus loin.

— Je crois qu'ils veulent rester seuls, lui dit-elle. Et puis, je me sens fatiguée. On va se reposer un peu.

Wan eut un haussement d'épaules. Ils trouvèrent un endroit qui leur convenait, à l'intersection de deux couloirs, une dizaine de mètres plus loin. Wan s'installa auprès de Janine, l'air pensif.

— Est-ce qu'ils sont en train de s'accoupler ? demanda-t-il.

— Wan ! Tu ne penses qu'à ça tout le temps !

Mais elle était troublée, et elle ne réagit pas lorsqu'il se rapprocha d'elle, ni même quand sa main frôla sa poitrine.

— Laisse tomber, dit-elle sans conviction.

Il retira sa main.

— Tu as l'air très inquiète, Janine, dit-il d'un ton maussade.

— Fiche-moi la paix.

Il ne s'écarta que de quelques millimètres et ce fut

elle qui se rapprocha de lui. Elle était plutôt heureuse du désir qu'il éprouvait pour elle et se sentait assez sereine à l'idée que, lorsqu'il se passerait quelque chose, tôt ou tard, ce serait elle qui l'aurait voulu. Après deux mois, elle en était venue à aimer Wan, elle tenait à lui. Quant au reste, ça pouvait attendre. Pour l'heure, sa présence lui suffisait. Même lorsqu'il se montrait revêche.

— Tu ne joues pas correctement, fit-il.

— Je ne joue pas correctement à quoi, pour l'amour de Dieu ?

— Tu devrais parler à Petit Jim. Il t'apprendrait de bien meilleures stratégies pour la reproduction. Il m'a tout expliqué sur le rôle du mâle et je suis certain que je peux m'en sortir avec succès. Bien sûr, dans ton cas c'est différent. Fondamentalement, le meilleur choix que tu aurais à faire serait de me laisser copuler avec toi.

— Oui, tu m'as déjà dit ça. Tu sais ce que je pense, Wan ? Tu parles trop.

Durant un moment, il demeura silencieux et perplexe. Il lui était difficile de repousser une telle accusation. Il ignorait même vraiment pourquoi cela pouvait constituer une accusation. Durant la plus grande partie de son existence, le seul mode d'interaction dont il avait disposé avait été le langage. Il repassa en esprit tout ce que lui avait enseigné Petit Jim et son expression s'éclaircit.

— Je vois... Tu veux que je t'embrasse d'abord.

— Non, je ne veux pas que tu m'embrasses d'abord ! Et ôte ton genou de ma vessie.

Il s'écarta à regret.

— Janine, le contact est essentiel à l' « amour ». C'est aussi vrai pour nous que pour les espèces les plus inférieures. Les chiens se reniflent, les singes se font la toilette, les reptiles s'enroulent l'un autour de l'autre. Petit Jim dit que même les jeunes pousses de rosier restent tout près du plant. Mais il ne croit pas que ce soit vraiment une manifestation sexuelle. Mais tu dois faire attention, Janine. Dans la compétition pour la reproduction, tu risques de perdre.

Elle ne put s'empêcher de pouffer de rire.

— La compétition pour la reproduction ? C'est ce que dit cette bonne vieille morte d'Henrietta ?

Mais tout à coup, devant son air vexé, elle eut pitié. Elle se redressa et déclara avec une certaine tendresse :

— Est-ce que tu sais que tu as des idées complètement faussées ? Tu ne comprends donc pas que la dernière chose que je souhaite c'est de me retrouver engrossée dans cet endroit ? A supposer que nous en arrivions à ton cher accouplement !

— *Engrossée ?*

— Enceinte. En cloque. Gagnante du gros lot dans ta compétition. Wan, ajouta-t-elle en lui caressant la tête, tu n'as pas la moindre idée de ce qui se passe. Je te parie que nous en arriverons à nous accoupler, un jour ou l'autre, et peut-être même que nous nous marierons, en tout cas nous serons ensemble toi et moi et on gagnera aussi cette bonne vieille compétition. Mais pour l'instant, tu n'es qu'un sale gosse, et moi aussi. Tu ne veux pas te reproduire. Tu veux seulement faire l'amour.

— Eh bien... oui, c'est vrai, mais Petit Jim...

— Est-ce que tu vas t'arrêter de me parler toujours de Petit Jim ?

Elle se leva et le regarda en silence un instant. Puis elle reprit d'un ton affectueux :

— Ecoute. Je vais retourner vers les Hommes Morts. Pourquoi ne vas-tu pas lire un bouquin pour te calmer un peu ?

— Idiote ! Je n'ai pas de livre, ici. Je n'ai même pas de lecteur.

— Oh ! pour l'amour de Dieu ! Va où tu veux et décompresse ! Tu te sentiras mieux.

Il la regarda, puis ses yeux s'abaissèrent sur son kilt fraîchement lavé. Cette fois, Janine ne surprit aucune proéminence mais une tache humide qui s'élargissait rapidement.

— Je ne crois pas que ce sera nécessaire, dit Wan.

Lorsqu'ils revinrent, Paul et Lurvy n'étaient plus blottis l'un contre l'autre, mais Janine sentit qu'ils étaient maintenant plus paisibles. Quant à Lurvy, ce qu'elle devina de Wan et de sa sœur était moins tangible. Elle les considéra d'un air pensif, se demandant ce qu'ils avaient bien pu faire, puis décida qu'ils ne l'avaient pas fait. Paul, lui, était surtout intéressé par ce qu'ils venaient juste de découvrir.

— Hé, les gamins, écoutez-ça !

Il composa le numéro d'Henrietta, attendit que la voix triste murmure un vague bonjour et demanda alors :

— Qui êtes-vous ?

La voix se fit plus assurée.

— Je suis une unité logicielle. Lorsque j'étais vivante, j'étais Mme Arnold Meacham, de la mission Orbite Soixante-quatorze, 19e jour. J'étais licenciée ès sciences et titulaire de chaire à Tulane, j'avais un doctorat en physique de l'université de Pennsylvanie et j'étais spécialiste en astrophysique. Après vingt-deux jours, nous avons abordé un artefact et avons été capturés par ses occupants. Au moment de ma mort, j'avais trente-huit ans, j'étais de deux ans plus jeune que... (la voix hésita)... que Doris Filgren, notre pilote qui... (une autre hésitation) qui avait sans doute une liaison avec mon mari et...

La voix se perdit sans doute dans des sanglots et Paul coupa le contact.

— Ça ne va pas plus loin, dit-il, mais c'est quand même quelque chose. Notre chère vieille idiote de Vera est quand même arrivée à établir une connexion avec le réel pour Henrietta. Et pas seulement pour elle. Wan, est-ce que tu veux connaître le nom de ta mère ?

Le garçon leva sur lui des yeux immenses.

— Le nom de ma mère ? demanda-t-il d'une voix aiguë.

— Ou de n'importe qui. Celui de Petit Jim, par exemple. C'était un pilote aérien. Il venait de Vénus. Il est passé par la Grande Porte et s'est retrouvé ici. Il s'appelait de son vrai nom James Cornwell. Willard était un professeur d'anglais. Il avait détourné de l'argent sur les bourses allouées à ses étudiants pour payer son passage sur la Grande Porte. Bien sûr, il n'en a pas retiré beaucoup puisque son premier voyage l'a amené ici. Les ordinateurs du réseau ont écrit un programme pour Vera et c'est sur lui qu'elle a travaillé constamment... Wan, que se passe-t-il ?

Wan passa nerveusement la langue sur ses lèvres.

— Le nom de ma mère ? répéta-t-il.

— Oh !... désolé, Wan ! dit Paul.

Il ne s'était pas attendu à une réaction émotionnelle de la part du garçon.

— Elle s'appelait Elfega Zamorra, dit-il. Mais elle ne semble pas se trouver parmi les Hommes Morts. J'ignore pourquoi, Wan... Quant à ton père... eh bien, c'est bizarre. Ton père, ton véritable père, est mort avant que ta mère n'arrive ici. L'homme dont tu parles devait être quelqu'un d'autre, mais je ne pourrais te dire qui... Tu as une idée ? (Wan haussa les épaules.) Ce que je veux dire c'est... comment pourrais-tu expliquer que ta mère et... disons ton beau-père, n'aient pas été stockés en même temps que les autres ?

Wan leva les mains. Lurvy s'approcha alors et le prit par les épaules.

— Wan, je sais que c'est un choc pour toi. Je suis certaine que nous allons en apprendre plus. (Elle lui montra le fouillis d'enregistreurs, de décodeurs et de processeurs qui avait envahi la pièce autrefois vide.) Tout ce que nous découvrons est transmis à la Terre.

Il la regarda poliment, mais sans avoir l'air de la comprendre vraiment, tandis qu'elle essayait de lui décrire l'immense complexe de traitement de l'information qui était à leur disposition sur la Terre, et qui analysait, collectait, comparait et interprétait la moindre bribe d'information en provenance du Paradis Heechee ou de l'Usine alimentaire — sans compter ce qui émanait de n'importe où. Janine finit par intervenir.

— Laisse-le! Il a suffisamment compris jusque-là.

Elle se pencha brusquement sur les rations alimentaires sous emballage gris-vert et demanda d'un ton désinvolte :

— Est-ce que quelqu'un peut me dire pourquoi ce truc est en train de sonner?

Paul écouta un instant, puis se précipita vers sa batterie de gadgets. Le moniteur asservi à leurs caméras portatives émettait un *Dzzing! Dzzing!* discret mais net. Tout en jurant à voix basse, Paul le régla afin qu'ils puissent tous voir.

L'image venait de la caméra qu'ils avaient placée près du buisson de baies. Le système d'alarme avait été réglé pour se déclencher au plus infime mouvement.

Un visage les regardait, menaçant.

Lurvy eut un frisson de terreur.

— Un Heechee! lâcha-t-elle dans un souffle.

Mais cette face qui fixait la caméra avec irritation pouvait-elle vraiment abriter un cerveau capable de coloniser une galaxie entière? Il y en avait quatre ou cinq autres, identiques, à l'arrière-plan. Toutes sans menton. Les sourcils se distinguaient à peine de la chevelure frisée. Les poils, en fait, étaient plus abondants sur le visage que sur le crâne. Quant au crâne, l'arête occipitale en moins, c'était celui d'un gorille. L'un dans l'autre, l'être n'était pas très éloigné de la reconstitution proposée par le cerveau de bord d'après la description de Wan, mais en plus animal. Pourtant, ces êtres qu'ils contemplaient n'étaient pas des animaux. Lorsque le visage se détourna, Lurvy put voir que les autres, rassemblés autour des baies, portaient des vêtements. Et ces vêtements témoignaient d'une certaine recherche. Des pièces de couleur avaient été cousues sur les tuniques et, sur la peau nue, Lurvy reconnut des tatouages. L'un des mâles portait même un collier de pierres aux arêtes vives.

— Je suppose, dit-elle d'une voix frémissante, que les

Heechees eux-mêmes peuvent dégénérer avec le temps. Et pas mal de temps a passé...

L'image se mit à danser.

— Ah, merde ! lança Paul. Il est tellement dégénéré qu'il a cueilli la caméra. Wan ! Crois-tu qu'ils sachent que nous sommes là ?

Le garçon haussa les épaules d'un air morose.

— Bien sûr. Ils l'ont toujours su. Mais ça leur est complètement indifférent.

Lurvy retint son souffle.

— Wan, que veux-tu dire ? Comment sais-tu qu'ils ne nous poursuivront pas ?

L'image se stabilisa. L'Ancien qui avait pris la caméra la tendait à présent à un autre.

— Je vous l'avais dit, fit Wan. Ils ne viennent presque jamais dans cette partie bleue. Ni même dans la rouge. Et ils n'ont aucune raison d'aller dans les couloirs verts. Rien ne marche. On ne peut pas avoir d'aliments ni de lecteurs. Non, ils restent presque toujours dans les dorés. Sauf quand ils ont mangé toutes les baies et qu'ils en veulent encore.

Le moniteur fit entendre un miaulement et l'image se remit à tourbillonner. Elle se stabilisa momentanément sur l'une des femelles, occupée à se sucer un doigt. Elle regarda la caméra et tendit la main d'un geste violent. Cette fois, l'image disparut.

— Paul ! Qu'est-ce qu'ils ont fait ? demanda Lurvy.

— Je suppose qu'ils l'ont cassée. (Il essayait de retrouver l'image en manipulant les commandes, mais sans succès.) La question est : que faisons-nous, maintenant ? Est-ce que ça ne suffit pas comme ça ? Est-ce que nous ne devrions pas songer à rentrer ?

Quant à songer à rentrer, Lurvy n'arrêtait pas. Comme tous les autres. Mais ils avaient beau interroger Wan, il persistait à leur répondre avec obstination qu'ils n'avaient vraiment rien à redouter. Jamais il n'avait eu le moindre ennui avec les Anciens dans les corridors tramés de rouge. Jamais il ne les avait rencontrés dans les verts — mais en vérité il n'y allait pas souvent, ce qui était plus sûr. Il les avait rarement vus dans les bleus. Et, oui, bien entendu que les Anciens savaient qu'il y avait des êtres humains ici. Les Hommes Morts lui avaient affirmé que les Anciens possédaient des machines qui écoutaient pour eux, qui veillaient dans tous les secteurs — quand elles n'étaient pas en panne, bien sûr. Mais ils étaient à peu près indifférents.

— Si on ne va pas dans les couloirs dorés, affirmait Wan, ils ne nous ennuieront pas. Sauf s'ils sortent, bien sûr.

— Wan, fit Paul d'un ton grinçant, tu ne peux pas savoir à quel point tu me redonnes confiance.

Mais ils comprirent très vite que c'était la seule façon qu'il avait de leur dire que les chances étaient plutôt de leur côté.

— Je vais très souvent dans les dorés, leur dit-il. Rien que pour m'amuser. Et aussi pour les livres. Et ils ne m'ont jamais attrapé, vous savez.

— Et si les Heechees venaient eux aussi pour s'amuser ou pour les livres ? demanda Paul.

— Les livres ! Mais qu'est-ce qu'ils en feraient ? Ils viennent pour les baies, je crois. Ils viennent aussi quelquefois avec les machines. Petit Jim dit qu'elles servent à réparer les choses cassées. Mais pas toujours. Et puis, les machines ne travaillent pas très bien, ni très souvent. Et on peut les entendre arriver de très loin !

Ils restèrent tous silencieux durant un moment en se regardant. Puis, Lurvy déclara :

— Voici ce que je pense. Donnons-nous une semaine de plus. Je ne crois pas que ça diminue de beaucoup nos chances. Et nous avons... combien, Paul ? Cinq caméras disponibles ? Nous allons les mettre en poste et les asservir au moniteur. Si nous nous y prenons bien, nous arriverons peut-être à éviter que les Heechees les trouvent. Nous allons explorer tous les couloirs rouges, parce qu'ils sont sûrs, et les bleus et les verts autant que nous le pourrons. Nous prendrons des échantillons, des clichés... Et, oui, je voudrais bien

170

jeter un coup d'œil sur ces machines d'entretien. Quand nous aurons accompli un maximum de ce programme, nous verrons combien de temps il nous reste et nous déciderons s'il faut ou non aller dans les couloirs dorés.

— Mais pas plus d'une semaine. A partir de maintenant, insista Paul.

Il voulait simplement se persuader d'avoir compris.

— Pas plus d'une semaine, répéta Lurvy.

Et Janine et Wan acquiescèrent.

Ce qui ne les empêcha pas de se retrouver dans les couloirs dorés quarante-huit heures après.

Ils avaient décidé de remplacer la caméra cassée et, ensemble, ils reprirent le chemin jusqu'au carrefour où se trouvait le buisson, entièrement pillé de ses fruits mûrs.

Wan et Janine arrivèrent les premiers, la main dans la main. Janine se précipita sur ce qui restait de la caméra.

— Ils l'ont complètement écrasée! s'exclama-t-elle, impressionnée. Wan, tu ne nous avais pas dit qu'ils étaient aussi forts. Regarde : c'est du sang?

Paul prit ce qu'elle lui tendait et se pencha en fronçant les sourcils sur le bord noir de la croûte.

— On dirait qu'ils ont tenté d'ouvrir la caméra. Je ne pense pas que j'y arriverais à main nue. Il a dû se couper.

— Oui, c'est vrai, commenta Wan d'un ton absent, ils sont très forts.

Mais il ne regardait pas la caméra. Son regard était fixé sur l'extrémité du couloir doré. Il avait le nez levé et guettait le moindre bruit.

— Tu me rends nerveuse, lui dit Lurvy. Tu entends quelque chose?

Il eut un haussement d'épaules irrité.

— Je peux les sentir avant de les entendre mais... Non, je ne sens rien. Ils ne sont pas à proximité. Et moi, je n'ai pas peur! Je viens souvent ici, pour prendre des livres ou pour les regarder faire leurs trucs bizarres.

— Ça, j'en suis sûre, dit Janine en prenant la vieille caméra cassée des mains de Paul tandis qu'il cherchait où placer la nouvelle.

Les endroits possibles n'abondaient pas. Le décor Heechee était particulièrement dénudé.

Wan se rebiffa.

— Je suis allé jusqu'au bout de ce corridor. Là-bas... Vous pouvez voir! Et l'endroit où l'on trouve les livres est encore plus loin. Vous voyez?... Il y en a aussi dans le corridor.

Lurvy regardait, mais elle ne comprenait pas vraiment ce qu'il voulait dire. Elle distinguait bien à quelques dizaines de mètres un amas de débris brillants, mais pas le moindre livre. Paul était occupé à dévider du ruban adhésif pour tenter d'installer la caméra aussi haut que possible.

— Tu parles toujours de tes livres, dit-il. Mais je les ai vus. *Moby Dick... Les Aventures de Don Quichotte...* Qu'est-ce que les Heechees pourraient bien faire de ça?...

Wan prit un air indigné.

— Tu es stupide, Paul. Ceux-là, ce sont ceux que les Hommes Morts m'ont donnés. Les *vrais livres* sont là-bas.

Janine lui adressa un regard curieux, puis s'avança de quelques pas dans le couloir.

— Ce ne sont pas des livres, lança-t-elle par-dessus l'épaule.

— Mais bien sûr que si! Je vous ai dit que ce sont des livres!

— Non. Impossible. Venez voir.

Lurvy ouvrit la bouche pour rappeler sa sœur, puis elle hésita et finit par la suivre. Le corridor était désert et Wan ne semblait pas plus agité que d'ordinaire. Elle n'était plus qu'à mi-distance de l'amas de choses scintillantes lorsqu'elle identifia leur nature et se précipita pour rejoindre Janine qui en avait pris une entre ses mains.

— Wan, j'ai déjà vu ça. Ce sont des éventails à prière Heechees. Sur Terre, il y en a des centaines.

— Non, non! protesta-t-il d'un ton furieux. Pourquoi m'accuser de mentir?

— Mais je ne t'accuse pas de mentir, Wan.

Elle déroula la chose. Ce n'était qu'un rouleau de plastique qui se dévidait facilement entre ses doigts. Cependant, dès qu'elle le lâchait, il se refermait. C'était le plus commun de tous les artefacts Heechees. On en avait trouvé des milliers dans les tunnels de Vénus et les prospecteurs de la Grande Porte en avaient ramené des cargaisons à chaque mission. Mais personne n'avait jamais trouvé quel usage les Heechees avaient pu en faire, personne n'avait jamais su si le nom qu'on leur avait donné était approprié.

— Ce sont des « éventails à prière », Wan.

— Non, non!

Tout en glapissant de colère, il lui arracha l'éventail et s'avança dans la chambre.

— Ça ne sert pas à prier. Ça se lit. Comme ça.

Il commença à engager le rouleau dans l'une des fixations en forme de tulipe, s'interrompit et le retira.

— Non, celui-là n'est pas bon.

Il se remit à fouiller dans le tas d'éventails.

— Attendez... Oui... Celui-ci non plus n'est pas bon mais au moins vous pourrez le reconnaître.

Il le mit en place dans la tulipe. Il y eut quelques trilles électroniques très brefs, puis la tulipe disparut en même temps que le rouleau. Un nuage coloré, en forme de citron, les enveloppa et prit l'apparence d'un livre ouvert. Ils virent une page couverte de lignes verticales d'idéogrammes. Une voix ténue — mais une voix humaine! — se mit alors à réciter un texte sur un rythme de staccato, en un langage particulièrement tonal.

Lurvy ne comprenait aucun des mots mais les deux années qu'elle avait passées à la Grande Porte l'avaient rendue très cosmopolite d'esprit.

— Je... oui, je crois que c'est du japonais! s'exclamat-elle. Et le texte... on dirait que c'est un haïku! Wan, peux-tu me dire ce que les Heechees faisaient avec des livres en japonais ?

— Ce ne sont pas vraiment les livres des Anciens, Lurvy, déclara-t-il d'un ton important. Ce ne sont que des copies d'autres livres. Les bons livres sont tous comme ça. Petit Jim dit que tous les livres et tous les enregistrements des Hommes Morts, de tous les Hommes Morts, même de ceux qui ne sont plus ici, sont là-dedans. Je les lis tout le temps...

— Mon Dieu, fit Lurvy, combien de fois je les ai eus en main sans même savoir à quoi ils servaient ?

Paul hocha la tête d'un air préoccupé. Il tendit la main et ôta l'éventail de la tulipe. Il vint sans peine. L'image disparut et la voix s'interrompit net au milieu d'une syllabe. Paul fit tourner le rouleau entre ses doigts un instant avant de dire :

— Ça me dépasse. Il n'y a pas un scientifique au monde qui n'ait eu un de ces objets en main. Comment se fait-il qu'ils n'aient pas pu imaginer ce qu'ils pouvaient être ?

Wan haussa les épaules. Il n'était plus du tout en colère. Pour l'instant, il savourait son triomphe : il venait de leur montrer à tous qu'il connaissait tellement plus de choses qu'eux.

— Parce qu'ils sont peut-être stupides, eux aussi ! railla-t-il. (Puis il ajouta, d'un ton magnanime :) Ou alors ils avaient ceux que personne ne peut comprendre — sauf les Anciens eux-mêmes, quand ils se donnent la peine de les lire...

— Est-ce que tu en aurais un, Wan ? demanda Lurvy.

— Ceux-là, je ne m'en occupe jamais, fit Wan avec un nouveau haussement d'épaules irrité. Mais, si vous ne me croyez pas... (Il se mit à chercher parmi les éventails entassés, son expression indiquant clairement qu'ils gaspillaient leur temps.) Oui. Je crois que c'est un des livres sans valeur...

Il glissa l'éventail dans la tulipe et l'hologramme qui se déploya était brillant et déconcertant. Il leur parut aussi difficile à déchiffrer que les jeux de couleurs sur les tableaux de contrôle des vaisseaux Heechees. Plus difficile même. Des lignes oscillantes formaient des figures étranges qui s'interpénétraient pour jaillir soudain en gerbes multicolores avant de former d'autres schémas. Si c'était là un langage écrit, il ne ressemblait à aucun mode d'expression occidental ou cunéiforme. Il ne ressemblait à rien. Tous les langages de la Terre avaient des caractéristiques communes, à commencer par le fait qu'ils étaient pour la plupart représentés par des symboles tracés sur une surface plane. Mais ce qu'ils voyaient avait été prévu pour être perçu en trois dimensions. Et les images étaient accompagnées d'un sifflement de moustique qui arrivait en saccades, un peu comme un signal télémétrique accroché accidentellement par une radio portative. L'effet était totalement agaçant.

— Je savais que ça ne vous plairait pas, dit Wan d'un ton méprisant.

— Arrête ça, fit Lurvy. (Et elle poursuivit d'un ton énergique :) Il faut que nous en emmenions autant que nous le pourrons. Paul, enlève ta chemise. Prends tout ce que tu peux. Emmène-les dans la salle des Hommes Morts. Prends cette vieille caméra aussi et donne-la à l'unité de bio-test pour voir si on peut tirer quelque chose de ce sang Heechee.

— Qu'est-ce que tu comptes faire ? demanda Paul.

Il avait déjà ôté sa chemise et rassemblait les « livres » en une pile scintillante.

— On te suit, Paul. Va devant. Wan ? Est-ce que tu peux nous dire quels sont ceux qui ne t'intéressent pas ?

— Bien sûr, Lurvy. Ils sont beaucoup plus vieux, et même un peu abîmés, parfois... tu vois ?

— Très bien. Vous deux, enlevez vos vêtements. Juste assez pour faire un sac. Allez. Ce n'est pas le moment d'être pudique, ajouta-t-elle en se débarrassant de sa combinaison.

Elle ne garda que sa culotte et son soutien-gorge et se hâta de confectionner une sorte de sac en nouant les bras et les jambes de la combinaison. Elle espérait bien y mettre cinquante ou soixante éventails. En comptant ce que Wan et Janine pouvaient emporter, ils auraient réussi à prendre au moins la moitié de la pile. Ce qui serait suffisant. Inutile d'être trop vorace. Et il y en avait encore beaucoup dans l'Usine alimentaire, se dit-elle. Avec un risque : Wan avait sans doute emporté là-bas les « livres » qu'il jugeait intéressants.

— Wan, est-ce qu'il y a des lecteurs dans l'Usine ?

— Bien sûr. Pourquoi est-ce que j'aurais emmené tous ces livres ?

Il fouillait dans les éventails, l'air irrité, marmonnant à chaque fois qu'il en tendait quelques-uns à Janine ou Lurvy.

— J'ai froid, se plaignit-il.

— Nous avons tous froid. (Lurvy considéra sa sœur d'un œil sévère.) J'aimerais que tu portes un soutien-gorge, Janine.

— Si tu crois que je m'attendais à me déshabiller. Wan a raison. Moi aussi, j'ai froid.

— Nous n'en aurons pas pour longtemps. Wan, dépêche-toi. Janine, il faut essayer de prendre tous les livres Heechees aussi vite que possible !

La combinaison de Lurvy était presque pleine et Wan commençait à entasser des éventails dans la sienne, drapé dans sa dignité et son simple kilt. Oui, se dit Lurvy, il pouvait en mettre encore une bonne dizaine dans son kilt. Après tout, il portait un caleçon dessous. En fait, ils se débrouillaient plutôt bien. Paul en avait déjà emporté trente ou quarante. Dans sa combinaison, elle pouvait en prendre près de quatre-vingts. Et puis, ils pourraient toujours revenir.

Mais Lurvy pensait qu'elle préférerait ne pas revenir. C'était assez comme ça. Quoi qu'il puisse leur advenir désormais dans le Paradis Heechee, ils avaient déjà acquis un butin qui n'avait pas de prix : ils avaient appris que les éventails à prière étaient en réalité des livres ! C'était la moitié de la bataille gagnée. Avec une telle information, les scientifiques seraient désormais en mesure de trouver le secret qui permettait de les déchiffrer. Et s'ils n'y parvenaient pas, il y avait les lecteurs de l'Usine alimentaire. Au pire, ils pourraient toujours lire les éventails un par un devant un quelconque périphérique de Vera, coder l'image et le son et transmettre le tout à la Terre. Ils parviendraient même peut-être à démonter un des lecteurs pour le ramener avec eux... Oui, parce qu'ils allaient repartir, se dit Lurvy avec une certitude nouvelle. S'ils ne trouvaient pas un moyen de faire bouger l'Usine, ils l'abandonneraient. Personne ne pourrait le leur reprocher. Ils en avaient fait suffisamment. Si la mission devait être poursuivie, elle le serait par d'autres, mais entre-temps... Entre-temps, ils auraient ramené sur Terre la découverte la plus importante faite par des êtres humains depuis l'astéroïde de la Grande Porte ! Et ils seraient récompensés en conséquence, cela ne faisait pas le moindre doute. Lurvy avait d'ailleurs la parole de Robinette Broadhead lui-même. Pour la première fois depuis qu'ils avaient quitté la Lune dans le feu d'artifice chimique des fusées de lancement, elle se prit à songer à elle-même non pas comme une personne luttant pied à pied pour arracher un prix, mais comme quelqu'un qui avait gagné, tout simplement. Et elle se dit que son père allait être tellement heureux...

— Ça suffit, fit-elle brusquement. Maintenant, il faut ramener tout ça jusqu'au vaisseau.

Elle aida Janine à fermer le sac qui débordait.

Péniblement, Janine hissa les ballots jusqu'à ses petits seins. De sa main libre, elle s'empara encore de quelques éventails.

— A t'entendre, dit-elle, on croirait que nous allons rentrer chez nous.

— Ça se pourrait, dit Lurvy en souriant. Evidemment, il faudra qu'on en discute. Wan ? Que se passe-t-il ?

Il les avait précédées sur le seuil. La tête penchée vers le corridor, il semblait paralysé.

— Nous avons attendu trop longtemps, chuchota-t-il. Les Anciens sont près du buisson.

— Oh, *non !* fit Lurvy.

Mais c'était vrai. Lurvy risqua un coup d'œil et les vit, plantés devant la caméra que Paul venait de fixer sur la paroi. L'un des Anciens tendit le bras et l'arracha sans le moindre effort.

— Wan ? Existe-t-il un autre parcours ?

— Oui, par les couloirs dorés. Seulement... (Il leva le nez, flairant les odeurs.) Oui, je crois qu'il y en a aussi, par là-bas. Je le sens et... oui, je les entends aussi !

Et Lurvy, elle aussi, distinguait des grognements et des sifflements qui provenaient des profondeurs du couloir.

— Nous n'avons pas le choix, fit-elle. Ils ne sont que deux, là-bas. Nous allons revenir par le même itinéraire. Nous les prendrons par surprise et nous réussirons bien à passer. Allez !

Elle empoigna son chargement d'éventails et se précipita devant eux. Les Heechees étaient certainement forts, mais Wan avait dit qu'ils étaient également très lents. Avec un peu de chance...

Mais ils n'eurent pas la moindre chance. Dès qu'ils furent à découvert, Lurvy s'aperçut qu'il y avait non pas deux, mais une bonne demi-douzaine d'Heechees qui arrivaient depuis les autres corridors et qui, maintenant, les entouraient.

— Paul ! hurla-t-elle à l'adresse de la caméra. Nous sommes pris ! Retourne au vaisseau et si nous ne revenons pas...

Elle ne put en dire plus, car les Heechees étaient déjà sur eux et ils étaient vraiment très forts !

Ils furent emmenés à travers une demi-douzaine de niveaux, un Heechee à chaque bras. Leurs ravisseurs étaient absolument indifférents à leurs cris et à leurs gestes. Ils pépiaient et sifflotaient sans leur accorder un regard. Wan, quant à lui, demeurait silencieux. Il n'offrait pas la moindre résistance. Ils montèrent encore, jusqu'à atteindre une vaste salle ouverte, fusiforme, où se trouvaient déjà une dizaine d'Anciens, groupés devant une machine énorme. Les Heechees pratiquaient-ils le sacrifice ? Ou bien se livraient-ils à des expériences sur leurs prisonniers ? Allaient-ils finir en Hommes Morts, à divaguer et à radoter leurs obsessions pour le prochain groupe de visiteurs ? Toutes ces questions, se dit Lurvy, étaient d'un intérêt évident, mais il était tout aussi évident qu'elle n'avait aucune réponse à leur apporter. Mais elle n'avait pas encore peur, cependant. Ses sentiments n'avaient pas encore pris le fil des événements. Tout récemment encore, elle avait cru triompher. Il lui faudrait quelque temps pour admettre la défaite.

Les Anciens échangeaient des pépiements tout en gesticulant à l'adresse des prisonniers, des corridors, de la grande machine silencieuse qui évoquait un peu un tank sans armes. C'était comme un cauchemar. Lurvy ne comprenait plus rien, quoique la situation fût suffisamment claire. Les jacassements se poursuivirent durant quelques minutes, puis on les poussa à l'intérieur d'une alcôve où ils eurent la surprise de découvrir des objets plutôt familiers. Lurvy entreprit de les répertorier dès que la porte fut fermée. Des vêtements, un échiquier, des rations alimentaires depuis longtemps desséchées, une chaussure dans laquelle elle trouva un rouleau de billets brésiliens — peut-être plus de 250000 dollars, calcula-t-elle. Ils n'étaient certainement pas les premiers prisonniers à passer dans cette alcôve ! Mais elle ne découvrit rien qui pût ressembler à une arme. Elle se tourna vers Wan. Il était pâle et tremblant.

— Que va-t-il se passer ? lui demanda-t-elle.

Il hocha la tête à la façon d'un Ancien. C'était sa seule réponse.

— Mon père... commença-t-il. (Il déglutit avant de continuer :) Ils ont capturé mon père, une fois. Et... Oui, ils l'ont laissé repartir, c'est vrai. Mais je ne pense pas que ce soit toujours la règle parce que mon père m'avait dit de ne jamais me laisser prendre...

— Paul s'en est sorti, dit Janine. Peut-être... peut-être qu'il pourra nous faire envoyer du secours...

Elle se tut. Elle n'attendait pas de réponse. Le moindre espoir confinait au rêve, dans la mesure où il faudrait quatre années à un vaisseau comme le leur pour atteindre l'Usine alimentaire. Si jamais des secours arrivaient, ce ne serait pas avant très longtemps. Elle se mit à fouiller dans les vêtements.

— En tout cas, nous pouvons au moins essayer de nous habiller. Allez, Wan. Trouve-toi quelque chose.

Lurvy l'imita. Elle s'interrompit en croyant entendre un rire étouffé. Elle regarda sa sœur :

— Qu'y a-t-il de si drôle ?

Janine passa un pull qui était un peu grand pour elle et dit :

— Je pensais aux ordres que nous avons reçus. Essayer d'obtenir des échantillons de tissus Heechees... Eh bien, j'ai l'impression que c'est tout le contraire qui s'est passé. Et ils ne se sont pas contentés d'échantillons...

Schwarze Peter

Dès que la sonnerie du courrier de l'ordinateur de bord se fit entendre, Payter se redressa, totalement éveillé. C'était un des rares avantages de l'âge que de dormir peu et s'éveiller en une seconde. Il se leva, se rinça la bouche, alla uriner, se lava les mains et prit deux sachets alimentaires avant de gagner le terminal.

— Envoie le courrier, grommela-t-il en mordant dans quelque chose qui pouvait être un pain de seigle moisi mais qui, au départ, avait été un roulé à la confiture.

Lorsqu'il prit connaissance du courrier, sa bonne humeur diminua. C'était surtout d'interminables ordres de mission. Il y avait aussi six lettres pour Janine, une pour Paul, une pour Dorema et, pour lui, une pétition adressée à *Schwarze Peter* et signée par huit cent trente écoliers de Dortmund qui l'imploraient de revenir sur Terre pour être leur Bürgmeister.

— Crétine! lança-t-il à l'ordinateur. Et tu me réveilles pour cette merde?

Vera ne répondit pas, simplement parce qu'il ne lui laissa pas le temps de fouiller dans ses vieux circuits pour retrouver son nom. Déjà, il recommençait à se plaindre:

— On n'oserait même pas nourrir des cochons avec ça! Occupe-toi de ça immédiatement!

La pauvre Vera n'insista pas pour tenter d'interpréter la première question et s'occupa patiemment de la deuxième.

— Le système de recyclage est en dessous du niveau de masse optimal, monsieur Herter. De plus, mes circuits de traitement ont été surchargés depuis quelque temps. De nombreux programmes ont été mis en attente.

— La question de l'alimentation ne peut plus attendre, gronda-t-il, ou sinon je vais crever et ça sera fini.

D'un air sinistre, il lui demanda de passer à la lecture des ordres de mission tout en essayant de se forcer à absorber la fin de son breakfast. Les ordres défilèrent sur l'écran pendant dix minutes. Ils avaient vraiment des idées merveilleuses, sur Terre ! Avec une centaine de personnes de plus, il se dit qu'ils auraient peut-être pu envisager d'accomplir... disons un centième des missions qu'on leur assignait. Il laissa passer la fin sans même y jeter un coup d'œil. Il se rasa soigneusement et peigna ses quelques cheveux. Pourquoi le système de recyclage était-il démuni au point de ne plus pouvoir fonctionner correctement ? Parce que ses filles et les deux autres n'étaient plus là pour assurer le renouvellement des matières, c'était exactement ça ! Et aussi parce que Wan avait volé toute l'eau du système. Oui, volé ! Il n'y avait pas d'autre mot. Et ils avaient également embarqué l'unité de bio-test et il ne disposait plus que de l'échantillonneur des toilettes pour contrôler son état de santé. Qu'est-ce qu'il pouvait faire s'il avait de la fièvre ? Ou de l'arythmie cardiaque ? En plus, ils ne lui avaient laissé qu'une seule caméra qu'il était obligé de trimballer partout avec lui. Et qu'est-ce qu'ils avaient pris encore ?...

Non : ils étaient partis. Et *Schwarze Peter*, pour la première fois de sa vie, était absolument seul.

Non seulement il était seul, mais il n'y pouvait rien. Si sa famille devait revenir, ce ne serait que lorsqu'elle le jugerait bon, pas avant. Et jusque-là, il n'était qu'une simple unité en réserve, un programme en attente, une sentinelle abandonnée. On avait beau lui donner un millier de choses à faire, il savait bien que l'action se passait ailleurs.

Durant sa longue existence, Payter avait appris la patience, mais il n'avait jamais appris à y prendre plaisir. Etre obligé d'attendre là, c'était à devenir fou ! Ses questions et ses suggestions étaient raisonnables, mais la Terre mettait cinquante jours à lui répondre ! Et il devrait attendre presque aussi longtemps les rapports envoyés par sa famille et cette espèce de jeune voyou qui les accompagnait... Pour autant qu'ils jugent bon de lui faire un rapport. Attendre, ce n'était pas si pénible quand on avait la vie devant soi. Mais lui, combien lui restait-il à vivre ? Supposons qu'il ait une attaque. Ou un cancer. Supposons que l'une des interactions complexes qui permettaient à son cœur de battre, à son sang de circuler, à ses intestins de fonctionner, à son cerveau de penser tombe en panne, comme ça, tout d'un coup ! Que se passerait-il alors ?

Et ça pouvait arriver n'importe quand. Parce que Payter était vieux. Il avait si souvent menti à propos de son âge qu'il n'en était plus certain. Ses enfants eux-mêmes l'ignoraient. Quand il leur parlait de la jeunesse de son grand-père, c'était surtout la sienne que cela concernait. Mais l'âge en lui-même importait peu. La Médication Totale pouvait vous défendre d'à peu près tout. Elle pouvait guérir ou remplacer aussi longtemps qu'il ne s'agissait pas du cerveau, et le cerveau de Payter était dans un état parfait. La preuve : est-ce qu'il n'avait pas multiplié les astuces et les ruses pour le conduire jusqu'ici ?

Mais « ici », précisément, il n'y avait plus de Médication Totale, et l'âge, ici, était très important.

Il n'était plus un gamin ! Mais il l'avait été autrefois. Et déjà il avait eu la certitude qu'un jour il posséderait ce qu'il possédait maintenant : le moyen d'assouvir ses moindres désirs. Bürgmeister de Dortmund ? Mais ce n'était rien ! Le jeune Payter, le plus petit, le plus malingre des Jeunesses hitlériennes, qui était devenu le chef de son unité, s'était promis autrefois d'arriver à bien mieux que cela. Il avait toujours su que ce serait quelque chose comme ça, qu'un gigantesque problème futuristique se poserait un jour à l'humanité et que seul il serait capable de l'empoigner, de le maîtriser, comme une arme, une hache, une faucille, pour punir le monde, pour le moissonner ou bien pour le refaire. Et il en était là! Le moment était arrivé et que faisait-il? Il attendait. Dans les histoires de son enfance, celles de Juve, de Gail, de Dominik et de ce Français, Verne, ça ne se passait jamais comme ça. Les gens ne s'y laissaient pas faire comme ça, sans réagir.

Pourtant, après tout, que devait-il donc faire?

En attendant que la réponse à cette question vienne d'elle-même, il s'en tenait à la routine quotidienne. Il mangeait quatre fois dans la journée, alternant une fois sur deux avec les aliments ACHO et dictant méthodiquement à Vera ce qu'il éprouvait quant au goût et à la consistance. Il lui ordonna de dresser les plans d'une nouvelle unité mobile de bio-test à partir des éléments et des restes de pièces sensorielles disponibles. Dès que Vera trouva le temps d'avancer dans le design, il commença la construction de l'unité. Il maniait les poids durant dix minutes chaque matin et consacrait une demi-heure, chaque après-midi, à ses exercices de flexion et de torsion. Il arpentait méthodiquement les moindres passages de l'Usine alimentaire, braquant sa caméra dans tous les recoins. Il rédigeait de longues lettres de récriminations adressées à ses patrons sur Terre, mettant l'accent sur l'intérêt qu'il y avait à suspendre la mission pour reprendre le chemin de la Terre dès qu'il aurait pu rappeler sa famille. Il lui advint même d'en transmettre une ou deux. En code, il adressait des directives péremptoires et violentes à son avocat de Stuttgart pour défendre sa position et exiger une révision du contrat. Mais, surtout, il échafaudait des plans. En particulier à propos de la *Träumeplatz*.

Cette chambre des rêves, avec son potentiel effrayant, était souvent au centre de ses pensées. Dans ses moments de dépression, il se disait que la Terre méritait qu'il répare la couche et qu'il rappelle Wan pour leur envoyer à nouveau la fièvre. Mais quand il se sentait plein d'énergie et de détermination, il restait là, à contempler le couvercle qui pendait contre l'une des projections ornementales de la paroi. Les joints et les attaches ne quittaient jamais la grande poche de sa combinaison, et il se disait qu'il serait tellement facile de découper le tout à la torche, de l'entasser dans le vaisseau avec le système de communication des Hommes Morts et tout ce qu'il pourrait trouver de valable. Il n'aurait plus qu'à lancer les fusées et à se laisser porter lentement sur la spirale qui le ramènerait vers la Terre et vers... Vers quoi, au juste ? Mais grands dieux : vers tout ! Tout ! La gloire ! La fortune ! Le pouvoir ! Tout ce qui lui revenait, oui. De plein droit. Tout ce dont il pourrait jouir s'il en avait le temps.

Cela le rendit malade d'y penser. Car l'horloge tournait. Et chaque minute qui passait le rapprochait du terme de sa vie. Chaque seconde était une seconde volée aux moments de splendeur, de luxe et de bonheur qu'il avait mérités. Il dut faire un effort pour demeurer en place, assis sur le seuil de son privé. Son regard était rivé sur les commandes du vaisseau.

— La nourriture ne s'est pas améliorée, Vera ! proféra-t-il d'un ton accusateur.

Troublée, la machine ne répondit pas.

— Vera ! Il faut que tu fasses quelque chose pour la nourriture !

Pendant plusieurs secondes encore, le cerveau resta muet. Puis :

— Un instant, s'il vous plaît... monsieur Herter...

Rien que ça suffisait à le rendre malade. En fait, se dit-il, il se sentait vraiment malade. Il adressa un regard hostile au plat qu'il s'était forcé à ingurgiter. Ça devait être une sorte de schnitzel, du moins dans les capacités limitées de reconversion de Vera, ça devait s'en rapprocher, mais le goût rappelait le whisky, ou la choucroute, ou plutôt les deux. Il le prit et le posa sur le sol.

— Je ne me sens pas bien, annonça-t-il.

Une pause, puis :

— Un instant, s'il vous plaît... monsieur Herter...

Cette pauvre idiote de Vera était à la limite de sa capacité. Elle était occupée à traiter une impulsion de messages en provenance de la Terre alors qu'elle était lancée dans une conversation ultra-luminique avec les Hommes Morts, et ce tout en décodant et en transmettant ses propres données télémétriques. Elle n'avait pas un instant à consacrer à son malaise. Et celui-ci, pourtant, était maintenant évident. Payter sentit monter la salive sous sa langue. Il eut une brève crispation du diaphragme. Il atteignit les toilettes in extremis pour rendre tout ce qu'il avait absorbé. C'était bien la dernière fois, se promit-il. Il ne supporterait pas une minute de plus que ces foutus composés organiques soient recyclés pour lui traverser le ventre encore une fois. Quand il fut certain de n'avoir plus rien à vomir, il alla jusqu'à la console et appuya sur les touches de priorité et ordonna :

— Toutes les fonctions en attente sauf celle-ci : contrôle immédiat de l'unité bio-test.

— Très bien, dit aussitôt Vera... monsieur Herter...

Il y eut un silence. L'unité sanitaire faisait ce qu'elle pouvait de ce que Payter avait laissé dans la cuvette.

— Vous souffrez d'un empoisonnement alimentaire... monsieur Herter...

— Vraiment ? Ça, je le sais déjà. Et que peut-on faire ?

Une nouvelle pause. Le problème tournait dans le cerveau limité de Vera.

— Si vous pouviez ajouter de l'eau dans le système, la fermentation et le recyclage seraient mieux contrôlés... Au moins cent litres. Le volume d'espace disponible s'est considérablement accru et il y a eu une déperdition d'eau importante par évaporation. Des réserves régulières ne sont plus disponibles depuis le départ des autres membres du groupe. Je vous conseillerais de remplir le système dès que possible avec toute l'eau disponible.

— Mais même des cochons n'en voudraient pas !

— Les solutés posent des problèmes, admit Vera. Je recommande donc que la moitié au moins de la quantité d'eau utilisée soit distillée au préalable. Le système devrait pouvoir traiter les solutés restants...

— Dieu du ciel ! Il faut que je construise un alambic avec rien ? Et que je devienne une espèce de porteur d'eau par la même occasion ? Et où en est l'unité bio-test pour que ça ne se reproduise pas ?

Vera rumina toutes ces questions durant un moment.

— Oui, je pense que ce serait là une solution appropriée. Si vous le souhaitez, je peux vous fournir des plans de construction. Et... monsieur Herter... vous devriez envisager de dépendre plus largement des aliments ACHO pour votre régime dans la mesure où vous n'avez noté aucune réaction contraire.

— En dehors du fait que tout a le même goût de biscuit de mer, grommela-t-il. Très bien. Fais les plans de construction immédiatement. Sur copie imprimée, en tenant compte des matériaux disponibles, compris ?

— Oui... monsieur Herter.

L'ordinateur retomba dans le silence, inventoriant les matériaux et les pièces en double, mettant au point des solutions de rechange dans les cas d'indisponibilité. Pour l'intelligence limitée de Vera, la tâche était formidablement ardue. Peter tira un gobelet d'eau, se rinça la bouche puis, l'air morose, il entreprit de déplier l'une des rations ACHO les moins répugnantes et en grignota un coin. Il guetta un spasme éventuel. Une fois encore, il était confronté à la possibilité de mourir ici, seul. L'autre solution, celle qu'il avait échafaudée lui-même — tout entasser et retourner seul vers la Terre — ne serait pas possible aussi longtemps qu'il n'aurait pas réussi à rajouter de l'eau dans le système et tout vérifié afin que rien ne puisse retomber en panne.

Et pourtant, chaque jour cette idée devenait plus tentante...

A vrai dire, cela équivaudrait à abandonner ses propres filles et son gendre. Mais reviendraient-ils jamais ? A supposer qu'ils ne reviennent pas ! A supposer que ce garçon sauvage appuie sur n'importe quelle touche, ou encore qu'ils tombent à court de carburant ?... N'importe quoi. Qu'ils meurent, par exemple. Est-ce qu'il devrait rester ici et pourrir sur place ? Quel bénéfice l'humanité pourrait-elle tirer de sa mort, puisqu'il faudrait tout recommencer avec une nouvelle équipe?... Quant à lui, *Schwarze Peter*... plus de récompense, finie la gloire, adieu la fortune... Et la vie...

Ou bien — l'idée lui vint brusquement — n'y avait-il pas une autre option?

Cette maudite Usine alimentaire, réglée pour continuer obstinément sur sa trajectoire... S'il pouvait découvrir les commandes qui permettaient de la diriger? S'il apprenait à les utiliser et parvenait à retourner sur Terre, non pas en trois ans ou plus, mais en quelques jours seulement? Bien sûr, sa famille serait condamnée. Ou peut-être pas! Peut-être que s'ils revenaient, si jamais il devaient revenir, ils rallieraient l'Usine elle-même, où qu'elle se trouve. Même en orbite autour de la Terre! Quelle solution merveilleuse ce serait à tous leurs problèmes!...

Il jeta le reste de la tablette alimentaire dans les sanitaires. Ce qui augmenterait le stock d'éléments organiques. « *Du bist verrückt, Peter!* » ricana-t-il pour lui-même. Dans son rêve, il y avait une faille qu'il ne pouvait ignorer : Il avait cherché sans cesse, dans le moindre recoin de l'Usine, sans trouver les commandes.

Le bruit de friture de l'imprimante le tira de ses pensées. Il prit les feuillets et les parcourut, les sourcils froncés. Quel travail! Au moins une vingtaine d'heures, se dit-il. Et ce n'était pas vraiment le temps qui comptait, mais le dur labeur que tout cela impliquait! Il lui faudrait sortir dans l'espace pour récupérer les tubes des entretoises destinées à maintenir en place les émetteurs auxiliaires. Il faudrait qu'il les découpe et les ramène. Ensuite seulement il pourrait commencer à les souder en spirale. Ce qui ne lui donnerait que la section de condensation de l'alambic! Il s'aperçut qu'un tremblement le gagnait.

Il atteignit à temps les sanitaires.

— Vera! Il me faut un traitement pour ça!

— Tout de suite... monsieur Herter. Oui. Dans la

trousse médicale, vous trouverez des tablettes marquées...

— Imbécile ! Ta trousse médicale est partie au diable vauvert !

— Oh ! Oui, monsieur Herter. Un instant. Oui. J'ai programmé des médicaments appropriés. Leur préparation ne demandera que vingt minutes.

— Dans vingt minutes, je serai peut-être mort !

Mais il n'avait pas d'autre moyen de s'en sortir. Il resta assis, immobile, durant vingt minutes, tandis que la pression montait en lui. Le malaise, la faim, la solitude, la fatigue, la rancune, la peur, la colère ! *La colère !* En fin de compte, tout fusionnait. La colère. La somme de tous les vecteurs. Quand Vera cracha enfin ses pilules, la colère l'avait envahi, submergeant toute autre émotion. Il avala rapidement le médicament et se retira dans son privé pour attendre le résultat.

En fait, cela semblait efficace. Le feu qui lui rongeait le ventre diminua lentement et, imperceptiblement, il sombra dans le sommeil.

Quand il s'éveilla, il se sentait mieux, tout au moins sur le plan physique. Il se lava, se brossa les dents, puis les cheveux, et à cet instant seulement remarqua les lumières de Noël qui s'étaient allumées sur la console de Vera. Sur l'écran, des lettres rouges étaient apparues :

REQUIERS D'URGENCE AUTORISATION
DE REPRENDRE MODE NORMAL

Il eut un rire étouffé. Il avait complètement oublié d'annuler la priorité. Quand il donna l'ordre à Vera de reprendre son travail, il y eut une soudaine explosion de sonneries et de lumières, l'imprimante déversa une cascade de feuillets et une voix résonna. Celle de sa fille aînée.

— Hello, P'pa. Désolés de n'avoir pu te contacter pour te dire que nous étions arrivés sains et saufs. Nous allons maintenant commencer l'exploration. Je te rappellerai plus tard.

Payter Herter aimait sa famille et la joie de savoir qu'ils étaient bien arrivés lui gonfla le cœur et lui soutint le moral des heures durant. Pour deux jours ou presque. Mais la joie ne prolifère pas dans une existence faite de soucis et d'irritations. Il put parler à Lurvy, deux fois. Durant trente secondes, pas plus, car c'était la limite de Vera. Vera était bien plus surchargée qu'il ne l'était. Pressée à fond, reconvertie, elle assurait la communication aller-retour entre le Paradis Heechee et la Terre, différait des ordres qui avaient priorité absolue quand intervenaient d'autres ordres de priorité encore plus absolue. Le lien vocal avec le Paradis Heechee était insuffisant pour le volume de communication qu'il devait assurer et elle ne pouvait autoriser que père et fille l'utilisent pour de simples bavardages.

Peter admit lui-même que c'était juste. Ils faisaient des découvertes tellement merveilleuses, là-bas ! Non, ce qui était injuste, c'est qu'il n'y participait pas. Ce qui était injuste, c'est que dans le flot des informations urgentes, essentielles, Vera trouvait le moyen de détourner un salmigondis d'instructions qui lui étaient destinées, à lui, Peter et dont aucune n'avait de sens. Certaines étaient même impossibles à exécuter. Redéployer les propulseurs. Inventorier le stock alimentaire ACHO. Envoyer par message retour analyse complète des paquets alimentaires de $2 \times 3 \times 12,5$ cm à emballage rouge et lavande. Ne pas adresser d'analyses superflues ! Adresser analyse métallurgique de la « chambre des rêves ». Ne pas tenter d'analyse physique de la « chambre des rêves ». Interroger les Hommes Morts sur propulsion Heechee. Ça, c'était facile à demander. C'était autre chose à faire ! Quand il parvenait à les entendre, les Hommes Morts divaguaient, ronchonnaient, radotaient, geignaient tout le temps. Et généralement, il lui était interdit d'utiliser le circuit vocal ultra-luminique. Certaines de ces instructions se contredisaient, et la plupart arrivaient dans le désordre le plus total, avec des attributions de priorité dépassées. Mais il y en avait aussi qui n'arrivaient pas du tout. Les circuits de stockage de la pauvre Vera approchaient de la saturation et elle essayait de se décharger sur Payter des données superflues en utilisant l'imprimante. Mais cela revenait au même problème, car les rouleaux imprimeurs étaient, tout comme Payter, alimentés par le système de recyclage et les éléments organiques étaient déjà épuisés. Payter fut donc obligé d'ouvrir des rations ACHO qu'il jeta dans les sanitaires, puis de se mettre au travail sur l'alambic.

Même si Vera avait eu du temps à lui consacrer, il n'aurait pas pu lui accorder une minute du sien. D'abord, il avait fallu enfiler la tenue d'A.E.V. Puis sortir sur la coque de l'Usine. Découper les tubes et les rassembler. Les ramener au vaisseau en se battant contre la poussée de l'Usine, furieux, baigné de sueur. Le seul répit qu'il s'accordait, c'était pour jeter un coup d'œil aux images qui arrivaient du Paradis Heechee. Vera les projetait une par une. Mais elles étaient aussitôt stockées et, quand Peter n'était pas là, il les ratait irrémédiablement. Même dans ces circonstances, songeait-il, c'était encore... Grands dieux! Les Hommes Morts, informes. Les corridors. Les Anciens — le cœur de Payter faillit s'arrêter devant l'image en gros plan d'un Ancien qui le regardait sur l'écran. Mais, la seconde d'après, l'image avait été remplacée par une autre et il dut s'attaquer à sa nouvelle tâche. Se construire un joug adapté à ses épaules. Souder du tissu plastique pour confectionner des sacs à eau (encore une autre ponction sur le système de recyclage). S'accroupir des heures durant près de l'unique source d'eau — qui fonctionnait encore à peine — à maintenir le disque flexible sur le tuyau pour recueillir un filet de liquide puant dans les sacs. Déverser une moitié dans l'alambic, une autre dans les réservoirs de recyclage. Dormir quand c'était possible. Manger quand il en trouvait le courage. S'occuper des messages en priorité quand ils arrivaient et quand il n'était pas trop épuisé par ses efforts physiques. Un nouveau message de Dortmund, signé cette fois par trois cents employés de la municipalité — cette idiote de Vera laissait passer ce genre d'ineptie! Une communication en code de son avocat qui exigea une demi-heure de traduction pour qu'il apprenne que : « J'essaie d'obtenir des termes plus favorables. Ne peux rien promettre. En attendant conseille de vous conformer strictement aux directives. » Quel salaud! Payter, en pestant, s'assit devant la console, bascula la touche de priorité et dicta sa réponse :

— Je me conforme strictement aux directives et j'en mourrai, et alors?

Il envoya le message en clair. Que Broadhead et la Corporation de la Grande Porte en fassent ce qu'ils voulaient!

Après tout, ce message n'était peut-être pas un mensonge.

Il avait été tellement débordé tous ces temps-ci qu'il en avait oublié ses douleurs et ses malaises. Il se nourrissait d'aliments ACHO mais revint en partie aux rations normales lorsque le système les produisit à nouveau. Même lorsque le goût était détestable — c'était parfois celui de la térébenthine ou du moisi — ça ne le rendait pas malade. Ce n'était pas l'idéal. Peter savait qu'il ne tenait que par l'adrénaline et le stress. Il devrait payer le prix un de ces jours. Il n'y avait pas moyen d'y échapper.

Quand, enfin, le convertisseur alimentaire se mit à fonctionner raisonnablement, c'est-à-dire quand il fut parvenu à exécuter certaines des commandes les plus péremptoires de Payter, il s'assit devant la console de Vera, à demi assoupi, et vit alors la merveille des merveilles. Il plissa le front sans comprendre. Qu'est-ce que cet idiot de gamin faisait avec un éventail à prières? Pourquoi, sur l'autre image, s'amusait-il à planter un de ces trucs dans ce qui ressemblait à un vase? A la troisième image qui se forma sur l'écran, Payter poussa un grand cri. Il voyait un livre — écrit en japonais ou en chinois, à première vue.

Il avait quitté le vaisseau et se trouvait déjà à mi-distance de la *Träumeplatz* avant que son esprit conscient

formule clairement ce que, quelque part en lui, il avait compris immédiatement. Les éventails à prières! Ils contenaient de l'information! Il ne s'arrêta pas pour s'interroger sur le fait que l'information était en langage terrestre, ou tout au moins y ressemblait particulièrement. Il avait saisi le fait essentiel et il fallait qu'il vérifie lui-même. Haletant, il entra dans la pièce et se mit à farfouiller fébrilement dans les éventails. Comment devait-il s'y prendre? Pourquoi n'avait-il donc pas attendu d'en voir plus pour être certain de ce qu'il devait faire? En tout cas, les vases, ou les chandeliers, quels qu'ils soient, étaient bien là. Il prit le premier éventail et le mit en place. Il ne se passa rien.

Il en essaya six autres, par la pointe d'abord, puis par la partie la plus large. En fait, il essaya tout jusqu'à ce qu'il lui vienne à l'idée que toutes les machines à lire n'étaient peut-être pas en état. Il en essaya une autre et, dès qu'il eut lâché l'éventail, la lumière jaillit. Il regardait soudain six danseuses masquées de noir, avec des guêpières, et il entendait une chanson qu'il n'avait pas entendue depuis bien des années.

Un pornovidéo! Non. Non, ce n'était pas ça. C'était bien plus ancien. Ça devait remonter aux premières années de la découverte de l'astéroïde de la Grande Porte. Sa deuxième femme était encore vivante, Janine n'était pas encore née et la chanson était à la mode. C'était cette bonne vieille télévision d'autrefois, avant l'incorporation des circuits piézoélectriques Heechees dans les systèmes de communication humains. L'enregistrement avait dû se trouver dans la vidéothèque d'un prospecteur de la Grande Porte, sans nul doute un des Hommes Morts, et il avait été transcrit sur un éventail.

Quelle blague!

Et puis, Payter comprit qu'il y avait des milliers d'éventails à prières, sur Terre, dans les tunnels de Vénus, sur la Grande Porte elle-même. Partout où les Heechees les avaient laissés. Quelle que fût la source de celui-ci, la plupart des autres avaient dû être faits par les Heechees eux-mêmes! Et Seigneur! rien que cela

valait plus que l'Usine alimentaire car c'était la clé de la connaissance Heechee ! Quelle prime les attendait !

Exultant, Payter essaya un autre éventail (un film ancien), un autre (une plaquette de poèmes, en anglais cette fois, d'un certain Eliot), un autre encore. Celui-là était particulièrement dégoûtant. Quelle horreur ! se dit Payter. Un prospecteur de la Grande Porte avait dû emporter avec lui sa collection de pornos. Si Wan tirait ses notions amoureuses de ça, pas étonnant qu'il fût aussi inepte ! Mais la colère de Payter fut très brève, car il avait tant de raisons de se réjouir. Il ôta l'éventail du lecteur et, dans le silence rétabli, il entendit la sonnerie lointaine de l'appel d'urgence de Vera.

La peur monta en lui avant même qu'il eût atteint le vaisseau, avant même qu'il eût entendu la voix angoissée de son gendre.

— Urgent superpriorité ! Pour Payter Herter et relais immédiat pour la Terre ! Lurvy, Janine et Wan ont été capturés par les Heechees et je crois qu'ils sont à ma poursuite !

L'avantage de cette situation nouvelle, le seul à vrai dire, c'était que Vera n'était plus débordée par les messages en provenance du Paradis Heechee et qu'elle pouvait traiter toutes les données en surcharge. Patiemment, Payter réussit à lui extraire toutes les images qui avaient été transmises avant l'enregistrement du message de Paul et il put voir l'arrivée des Heechees au bout du couloir, l'image brouillée de la lutte, quelques vues du plafond, quelque chose qui pouvait être la nuque de Wan — puis plus rien. Ou rien qui pût avoir quelque signification. Payter ne pouvait pas savoir que la caméra s'était retrouvée dans la poche d'un des Anciens, mais il comprit qu'il n'y avait plus rien à voir, si ce n'est quelques ombres vagues ou, brièvement, l'esquisse d'une trame.

Si l'esprit de Payter était clair, il était également vide. Il refusait de ressentir le vide qui s'était brusquement creusé dans sa vie, en un seul instant. Il programma soigneusement Vera pour qu'elle repasse tous

les messages audio qui avaient été échangés et sélectionne les plus significatifs. Mais elle ne lui fournit pas la moindre trace d'espoir. Non plus que l'image qui recommençait à se former sur l'écran, suivie par une autre, puis une autre encore. Une demi-douzaine d'entre elles n'avaient pas de sens : peut-être un poing appuyé contre l'objectif, peut-être une vue d'un sol nu. Et puis, dans un angle, sur la dernière image, quelque chose qui ressemblait à... à quoi ? A un *Sturmkampfwagen* (1) de son enfance ? Et puis, cela disparut et la caméra, une fois encore, se retrouva dans un endroit où elle ne pouvait rien voir et y resta l'espace de cinquante images.

Ce qu'elle ne montrait pas, et c'était le plus important, c'était l'une ou l'autre de ses filles. Non plus que Wan. Quant à Paul, le vieux Payter pouvait conclure qu'après son dernier message désespéré, il s'était enfui.

Dans quelque recoin de son esprit, apparut l'idée déplaisante qu'il était peut-être, et très probablement, l'unique survivant de la mission. Et, par conséquent, la prime qui leur revenait était désormais à lui seul.

Il accepta de considérer cette idée bien en face. Mais elle n'avait pas de sens. Il était maintenant désespérément seul, plus seul que jamais, aussi seul que Trish Bover, gelée sur une orbite éternelle qui n'aboutirait nulle part. Peut-être pourrait-il retourner sur Terre pour réclamer ce qui lui revenait. Peut-être ne mourrait-il pas. Mais comment ferait-il pour ne pas devenir fou ?

Il lui fallut longtemps pour trouver le sommeil. Il n'avait pas peur de s'endormir. Ce qu'il redoutait, c'était le moment du réveil, et quand le réveil vint, ce fut aussi pénible qu'il l'avait craint. Dans le premier moment, cela se présentait comme une journée semblable aux autres et ce ne fut qu'après un instant de tranquillité, passé à bâiller et à s'étirer, qu'il se rappela ce qui était arrivé.

_____
(1) Char d'assaut.

— Payter Herter, dit-il à voix haute, tu es seul dans ce maudit endroit et c'est ici que tu mourras, tout seul.

Il prit conscience qu'il se parlait à lui-même. Déjà.

Mû par l'habitude acquise durant toutes ces années, il se lava, se rinça la bouche, se brossa les cheveux et prit même quelques secondes supplémentaires pour couper les poils superflus autour de ses oreilles et dans le cou. De toute façon, ce qu'il faisait n'avait plus d'importance. Il sortit de son privé, ouvrit deux rations de nourriture ACHO qu'il grignota consciencieusement avant de demander à Vera s'il y avait des messages du Paradis Heechee.

— Non, mais... monsieur Herter... Un certain nombre d'ordres de manœuvres ont été adressés par le Réseau.

— Plus tard, fit-il, plus tard.

Il n'avait pas à s'en préoccuper. Ils allaient lui demander de faire des choses qu'il avait sans doute déjà faites. Ou de se lancer dans des besognes qu'il n'avait pas la moindre envie d'exécuter, peut-être pour l'obliger à sortir. Par exemple remettre les propulseurs en place, les essayer... Et l'Usine alimentaire, bien entendu, compenserait toute poussée par une poussée d'égale puissance dans le sens opposé et poursuivrait sa lente accélération vers Dieu, car Dieu seul savait... De toute façon, tout ce qui arriverait de la Terre dans les cinquante prochains jours serait totalement périmé par rapport à la réalité nouvelle.

Et, dans moins de cinquante jours... *Quoi*, dans moins de cinquante jours ?

— Tu parles comme si tu avais tout un choix d'options, Payter Herter ! grommela-t-il.

Mais c'était peut-être le cas, se dit-il. Il suffisait de les définir. Et en attendant, ce qu'il avait de mieux à faire, c'était de continuer. Comme il l'avait toujours fait.

Rester impeccable. S'acquitter normalement des tâches raisonnables. Maintenir ses habitudes si bien établies. Ainsi, il avait appris avec les années que le meilleur moment pour vider ses intestins se situait environ quarante-cinq minutes après un repas. L'heure était presque venue et la démarche s'imposait d'elle-même. A l'instant où il s'installait sur le siège, il perçut encore une fois une trépidation infime et il fronça les sourcils. Que les choses se produisent alors qu'il en ignorait la cause, c'était irritant, mais qu'elles viennent ainsi interrompre ce qu'il faisait avec une efficacité acquise par l'habitude... Bien sûr, il était difficile d'avoir personnellement et fondamentalement confiance dans le fonctionnement d'un sphincter qui avait été acheté à un donneur dans le besoin. Le problème était le même pour l'estomac. Mais Payter était heureux quand il fonctionnait correctement.

Toi, se dit-il, tu t'intéresses beaucoup trop à tes intestins, et c'est morbide.

C'est avec vigueur qu'il répliqua à cette accusation. En silence. Se parler à soi-même n'était pas si grave du moment qu'on le faisait en silence. Non, non, se dit-il, son intérêt était justifié. Il avait toujours l'exemple de l'unité bio-test. Durant trois ans et demi, elle avait contrôlé tous leurs déchets organiques. Forcément! Quel autre moyen avait-elle de vérifier leur état de santé? Et si une machine avait le droit de peser et d'analyser ses excréments, pourquoi ne l'aurait-il pas eu, lui qui en était le producteur?...

En souriant, il déclara à haute voix :

— *Du bist verrückt, Peter Herter!*

Satisfait, il s'essuya en hochant la tête, boucla sa combinaison et se dit qu'il avait parfaitement résumé sa situation. Oui, il était complètement fou.

Par rapport aux normes des gens ordinaires.

Mais, parmi les gens ordinaires, y avait-il jamais eu quelqu'un qui se fût trouvé dans sa situation?

Cela n'avait pas de sens de dire qu'il était fou. Que signifiaient les normes des gens ordinaires pour *Schwarze Peter*? Non, il ne pouvait être jugé que par rapport à des hommes extraordinaires. Une belle bande en vérité! Des drogués et des ivrognes. Des traîtres et des adultères. Tycho Brahé avait un nez en gutta-percha, ce qui ne l'avait déconsidéré aux yeux de personne. Le *Reichsführer* ne mangeait jamais de viande. Le grand Frédérick lui-même gaspillait bien des heures qu'il aurait dû consacrer à la conduite de l'empire à composer de la musique pour clochettes.

Payter s'approcha de la console de Vera et demanda :

— Qu'est-ce que c'était que ce choc, il y a quelques minutes ?

Vera compara la description à ses données télémétriques avant de répondre.

— Je n'en ai pas la certitude... monsieur Herter. Mais le moment d'inertie semble correspondre au départ ou à l'arrivée d'un des vaisseaux cargos observés.

Un instant, il demeura silencieux, les doigts crispés sur le bord du siège, devant la console.

— Imbécile ! Pourquoi ne m'a-t-on pas dit que c'était possible ?

— Je suis désolée... monsieur Herter. L'analyse donnant suggestion de cette possibilité vous a été transmise par l'imprimante. Sans doute vous a-t-elle échappé.

— Imbécile ! répéta-t-il, mais, cette fois, il n'était pas certain de s'adresser vraiment à l'ordinateur.

Mais oui, bien sûr, les vaisseaux ! Ils avaient toujours implicitement admis que la production de l'Usine devait être expédiée quelque part. De même que les vaisseaux revenant à vide devaient faire à nouveau le plein. Pourquoi ? Et pour où ?

Peu importait. Ce qui comptait avant tout c'est que, peut-être, ils ne revenaient pas toujours à vide.

Et qu'un vaisseau au moins était parti de l'Usine alimentaire et se trouvait à présent dans le Paradis Heechee. S'il revenait, ce serait avec qui, ou quoi à bord ?

Payter se frictionna le bras quand la douleur commença à sourdre. Douleur ou pas, il fallait qu'il s'occupe immédiatement de la question ! Il lui restait probablement plusieurs semaines avant le retour du vaisseau. Et il pouvait... il pouvait quoi ? Mais oui ! Il pouvait barrer le corridor. Déplacer des machines, des éléments de mobilier — n'importe quoi qui eût une certaine masse — pour barrer le passage à ce qui pourrait se trouver dans le vaisseau, à supposer qu'il revienne. Oui, ça l'arrêterait ou, au moins, ça le retarderait. Mais il devait s'y mettre immédiatement.

Il se mit en quête du matériel nécessaire à l'édification de sa barricade.

La faible accélération de l'Usine facilitait le déplacement des objets les plus massifs. Mais ce n'en était pas moins fatigant. Et il avait toujours aussi mal aux bras. Il traînait un objet de métal bleu pareil à une espèce de canot trapu quand il éprouva une sensation étrange. Elle semblait irradier en lui à partir des racines de ses dents. Au reste, c'était comme le début d'une rage de dents et la salive se mit à ruisseler sous sa langue.

Payter s'arrêta et s'efforça au calme, respirant lentement et profondément.

Cela n'y fit rien. Il avait su que ça n'y ferait rien. Quelques instants après, il sentit monter la douleur dans sa poitrine, tout doucement. C'était comme si quelqu'un lui appuyait la lame d'un patin à glace sur le sternum. Puis ce fut douleureux, oppressant, violent, comme si le patineur était juché sur lui, un patineur de plus de cent kilos !

Il était trop loin de Vera pour obtenir un médicament. Il devrait attendre que ça se passe. Si c'était une angine de poitrine, il y survivrait. Si c'était un arrêt cardiaque, il y resterait. C'était comme ça. Il resta assis patiemment, attendant de savoir ce qui se passait, et la colère grandissait en lui.

C'était tellement injuste que ça n'était pas possible !

Tout était injuste ! A cinq mille unités astronomiques de là, les habitants du monde vaquaient à leurs occupations, tranquillement, sereinement, sans se soucier de la seule personne qui allait tant leur apporter — qui leur avait déjà tant donné ! Et qui allait peut-être mourir, seule, dans la souffrance.

Etaient-ils donc incapables de montrer un peu de gratitude ? De respect, de reconnaissance ? Pouvaient-ils seulement faire preuve de la plus élémentaire décence ?

Il leur donnerait peut-être leur chance. S'ils réagissaient comme ils le devaient, il leur offrirait des cadeaux dont jamais ils n'auraient osé rêver. Mais s'ils se montraient méchants, désobéissants...

Alors, les cadeaux de *Schwarze Peter* feraient trembler le monde entier de terreur! D'une manière ou d'une autre, ils ne risqueraient pas de l'oublier... s'il survivait à ce qui lui arrivait maintenant.

Brasilia

Le plus important, c'était Essie. J'étais à son chevet chaque fois qu'elle sortait de la salle d'opération — quatorze fois en six semaines — et chaque fois sa voix était un peu plus faible et son visage un peu plus creusé. Tout le monde était après moi en même temps. Mon procès se passait mal à Brasilia, le feu dans les mines n'avait toujours pas été maîtrisé et les rapports pleuvaient de l'Usine alimentaire. Mais Essie passait avant tout. Harriet avait des ordres : où que je sois, même si je dormais, elle devait me mettre en communication avec Essie dès qu'elle me demandait.

— Oui, madame Broadhead, Robin va arriver. Mais non, vous ne le dérangez pas. Il vient juste de faire une petite sieste.

C'était ça ou bien : justement, il est entre deux rendez-vous, il revient de la mer de Tappan, enfin tous les arguments possibles pour ne pas décourager Essie de m'appeler à tout moment. J'entrais dans l'ombre de sa chambre, tout bronzé, souriant, me donnant l'air détendu, et je lui disais qu'elle avait une mine superbe. Ils avaient investi ma salle de billard pour la transformer en salle d'opération et Essie avait été installée dans la bibliothèque à côté après qu'on l'eut vidée de tous mes livres. Elle s'y trouvait bien. Du moins à ce qu'elle disait.

En fait, elle ne semblait pas en si mauvaise forme. Ils lui avaient mis des éclisses, greffé des os ainsi que deux ou trois kilos de tissu. Ils avaient même réussi à lui rendre une peau. C'était sans doute un transplant qui provenait de quelqu'un d'autre. Son visage était redevenu normal, si l'on exceptait un dernier petit bandage sur lequel elle rejetait constamment une mèche de cheveux.

— Alors, mon grand, comment ça se passe?
— Bien, bien. Juste un peu envie de baiser. Et toi?

A ce moment-là, j'enfouissais mon nez dans son cou.

— Moi, ça va, ça va, me disait Essie.

C'était comme ça : nous nous rassurions mutuellement. Et nous ne nous mentions pas une seconde, je vous le jure. Les docteurs me disaient que son état s'améliorait de jour en jour. Quant à moi... je ne savais pas vraiment où j'en étais. En tout cas, tous les matins j'étais une vraie pile vivante. Je vibrais d'énergie. Je dormais cinq heures par nuit et je n'étais pas le moins du monde fatigué. Jamais je ne m'étais senti dans une telle forme, à vrai dire.

Mais Essie maigrissait à vue d'œil. Les docteurs m'avaient dit ce qu'il fallait faire pour ça et j'avais transmis le message à Harriet afin qu'elle reprogramme la cuisine. Ce fut la fin brutale des salades et autres steaks grillés. Les breakfasts avec café et jus de fruit furent remplacés par les *tvoroznyikyi*, les gaufres à la crème et les grands bols de cacao. Pour le déjeuner : pilaf d'agneau. Pour le dîner : grouse rôtie à la crème.

— Robin chéri, tu es en train de me pourrir, disait-elle d'un ton accusateur.

— Non, seulement de te faire grossir. J'ai horreur des femmes maigres.

— Bon, très bien. Mais tout ça est un peu trop ethniquement orienté, non? Est-ce qu'il n'y a donc rien de nourrissant qui ne soit pas russe?

— Attends le dessert, dis-je en souriant. Gâteau aux fraises.

Et j'ajoutai pour moi-même : avec crème fouettée du Devonshire. Dans le cadre de la stratégie psychologique, l'infirmière m'avait incité à débuter par de petites portions servies dans de grandes assiettes. Essie n'en laissait pas une miette et, peu à peu, nous avions pu augmenter les portions. Elle mangeait donc un peu plus chaque jour. Elle continuait pourtant à perdre du poids. Mais un peu moins vite et, après six semaines, les docteurs voulurent bien admettre prudemment que son état s'était stabilisé. Ou peu s'en fallait.

Quand je lui fis part de ces bonnes nouvelles, elle était debout. Bien sûr, elle était encore rattachée à tout le circuit installé sous son lit, mais elle pouvait marcher, se déplacer dans la chambre.

— Ce serait presque temps, dit-elle en m'embrassant. Je pense que tu as vraiment passé suffisamment de temps comme ça à la maison.

— Mais ça me plaît.

— A moi aussi, Robin. Tu es toujours là. Mais maintenant que je vais un peu mieux, il faudrait que tu t'occupes des affaires qui te réclament.

— Pas nécessairement. Je m'en sors très bien avec les moyens de communication dont je dispose, tu sais. Mais ce serait mieux si nous pouvions aller quelque part tous les deux. Je ne pense pas que tu sois jamais allée à Brasilia. Peut-être que dans quelques semaines...

— Non. Pas dans quelques semaines. Pas avec moi. Si tu as besoin de partir, fais-le, Robin.

J'ai hésité un instant.

— Ma foi... Morton semble penser que ce serait nécessaire...

Elle a hoché la tête brièvement avant d'appeler :

— Harriet ? Monsieur Broadhead partira pour Brasilia demain matin. Fais toutes les réservations et le reste...

— Entendu, madame Broadhead, dit la voix d'Harriet depuis la console qui avait été installée au chevet d'Essie.

Son image s'effaça aussi vite qu'elle était apparue et Essie referma les bras sur moi.

— Je vais faire le nécessaire pour que l'on installe un dispositif de communication complet à Brasilia. Et je dirai à Harriet de te tenir constamment au courant de ma santé. Ça va comme ça ? Si j'ai besoin de toi, tu le sauras immédiatement.

— Eh bien... ai-je murmuré au creux de son oreille.

— Il n'y a pas de « eh bien »... C'est réglé et... Robin, je t'aime tellement, tu sais...

Albert me dit que chacun des messages radio que j'expédie est en fait une sorte de longue chaîne de photons, un javelot qui traverse l'espace. Une impulsion de trente secondes forme une colonne longue de neuf millions de kilomètres, chacun des photons qui la composent filant à la vitesse de la lumière, parfaitement synchronisé. Mais ce javelot immense qui fend l'espace met une éternité à parcourir 5 000 unités astronomiques. La fièvre qui avait provoqué l'accident de ma femme avait mis vingt-cinq jours à nous atteindre. Et celle provoquée par Janine, la plus légère, nous avait touchés avant qu'ils aient reçu l'ordre de cesser de jouer avec la couche des rêves. Quant à notre message félicitant les Herter-Hall pour leur arrivée à l'Usine alimentaire, il s'était croisé avec celui où ils nous informaient qu'ils partaient tous, à l'exception d'un seul, pour le Paradis Heechee. Maintenant, ils étaient là-bas. Et notre message leur disant ce qu'il convenait de faire avait été depuis longtemps relayé par l'Usine alimentaire. Pour une fois, deux événements s'étaient produits dans un délai suffisamment restreint pour qu'ils aient quelque signification réciproque.

Mais avant que nous apprenions quelle pouvait être cette signification, l'événement daterait déjà de vingt-cinq jours. Insupportable ! J'attendais beaucoup de choses de l'Usine alimentaire mais, sur le moment, je pensais avant tout à la radio ultra-luminique. Quelle chose étonnante ! Mais quand j'ai accusé Albert de s'être cassé le nez là-dessus, il a eu son bon sourire plein de modestie, il s'est tapoté l'oreille avec le tuyau de sa pipe et m'a dit simplement :

— Bien sûr, Robin, si tu entends par là la surprise que l'on éprouve lorsqu'une éventualité improbable se réalise. Mais cette éventualité a toujours existé. Souviens-toi. Les vaisseaux Heechees étaient capables d'atteindre sans erreur des cibles mouvantes. Cela suppose la possibilité de communications à des vitesses presque

instantanées si l'on tient compte des distances astronomiques, donc d'une radio ultra-luminique.

— Et pourquoi ne m'en as-tu pas parlé ?

Albert était pieds nus dans ses espadrilles. Du bout
de la semelle, il s'est gratté une cheville.

— Robin, ce n'était qu'une possibilité estimée à
moins de 0,5. Une condition suffisante mais pas nécessaire. Jusqu'à présent, nous manquions de preuves.

J'aurais pu continuer à bavarder avec Albert en
allant à Brasilia. Mais j'avais pris une ligne normale,
l'avion de la société n'étant pas assez rapide pour un
tel voyage. Et puis, j'aime avoir Albert en face de moi
quand je lui parle.

J'ai donc passé mon temps à converser avec Morton.
Et, bien sûr, avec Harriet qui avait reçu pour instruction de me donner des nouvelles d'Essie toutes les heures, sauf pendant mon sommeil.

Même à une vitesse hypersonique, il faut pas mal de
temps pour parcourir dix mille kilomètres et j'ai pu
abattre du travail. Morton réclamait un maximum de
mon temps, surtout pour me préparer à la rencontre
avec Bover.

— Robin, il faut le prendre très au sérieux, dit-il
d'un ton plaintif. Il est représenté par Anjelos, Carpen-
ter et Gutmann. Ce sont des gens très forts, avec des
programmes légistes très au point.

— Mieux que le tien ?

Il a hésité.

— Ma foi... j'espère que non, Robin.

— Dis-moi une chose, Morton. Si Bover n'a pas vraiment de quoi étayer sa plainte, pourquoi des gens
comme ceux-là s'occupent-ils de son cas ?

Je ne pouvais pas voir Morton, mais je savais qu'il
avait pris son attitude défensive, un air humble qui
disait aussi : « Vous autres, les non-juristes, vous ne
comprenez pas. »

— Il n'est pas aussi démuni que cela, Robin. Et jusque-là, ça ne s'est pas très bien passé pour nous. Cette
affaire prend des proportions que nous avions mal esti-
mées au départ. Et puis je suppose qu'ils comptaient

sur leurs relations pour renforcer les points faibles —
et je suppose aussi qu'ils s'attendent à en tirer un sacré
paquet d'honoraires. Tu aurais tout intérêt à renforcer
tes propres points faibles avant de tenter ta chance
avec Bover, Robin. Ton copain le sénateur Praggler fait
partie de la commission de tutelle, ce mois-ci. Va le
voir en premier.

— J'irai le voir, mais pas en premier.

J'ai coupé Morton. Nous tournions au-dessus de l'aé-
roport. La tour géante de l'Autorité de la Grande Porte
écrasait de son ombre la ridicule soucoupe plate de la
Chambre des Représentants. De l'autre côté du lac, les
toits de tôle de la Ville Libre scintillaient sous le soleil.
J'avais compté juste. Mon rendez-vous avec le veuf de
Trish Bover (ou son mari, selon l'opinion qu'on peut
avoir) était dans moins d'une heure et je ne tenais pas
vraiment à le faire attendre.

Ce ne fut pas le cas. J'étais attablé dans le patio
du Brasilia Palace quand il arriva. Grand. Maigre.
Il semblait nerveux, comme s'il était très pressé, ou
bien qu'il avait envie de se trouver loin de là, mais
lorsque je lui proposai de déjeuner avec moi, il consa-
cra dix minutes à la lecture du menu et il commanda à
peu près tout. Des cœurs de palmier frais en salade, de
petites crevettes fraîches venues du lac, tout jusqu'à un
splendide ananas de Rio.

Tandis qu'il mettait de la sauce sur ses cœurs de
palmier, je lui dis, en hôte parfait :

— C'est mon hôtel préféré à Brasilia. Il est vieux
mais agréable. Je suppose que vous avez déjà vu tout ce
qu'il y a à voir ?...

— J'ai vécu huit ans ici, monsieur Broadhead.

— Oh, je vois...

Je ne m'étais pas occupé un seul instant de savoir où
ce fils de pute avait pu vivre. Pour moi, ce n'était qu'un
nom et un tas d'embêtements. Je quittai le travelogue
pour passer à nos intérêts communs.

— J'ai reçu un rapport flash de l'Usine alimentaire
pendant le vol. Les Herter-Hall se débrouillent bien. Ils
font des découvertes splendides. Savez-vous que nous

avons identifié quatre des Hommes Morts comme étant des prospecteurs de la Grande Porte?

— Oui, j'ai vu quelque chose là-dessus à la PV, monsieur Broadhead. C'est passionnant.

— C'est plus que ça, Bover. Cela peut transformer le monde entier et nous rendre fabuleusement riches aussi.

Il hocha la tête tout en mâchant sa salade. Il n'arrêtait pas d'enfourner des fourchetées et je n'arrivais pas à le ralentir.

— Bon, et si nous en venions aux affaires? Je veux que vous laissiez tomber cette injonction.

Il a avalé lentement, pris une pleine fourchette de crevettes et ne s'est interrompu que pour dire :

— Je sais, monsieur Broadhead.

Une fois encore, il avait la bouche pleine. Lentement, j'ai bu une longue gorgée de vin allongé d'eau et, maîtrisant totalement mon attitude et le ton de ma voix, j'ai répondu :

— Monsieur Bover, je ne suis pas certain que vous compreniez les différents points. Je ne veux pas vous éliminer mais je ne peux pas croire que vous soyez vraiment en possession de tous les faits. Nous allons perdre tous les deux, si vous maintenez votre injonction.

Consciencieusement, prudemment, je lui détaillai toute l'affaire, ainsi que Morton me l'avait expliquée : l'intervention de la Corporation de la Grande Porte, le domaine éminent, le problème qu'il y avait à se soumettre à un ordre juridique quand les gens concernés ne pouvaient être informés qu'avec un délai d'un mois et demi et faire jusque-là ce qui avait été prévu, la nécessité d'un règlement à l'amiable...

— Ce que j'essaie de vous dire, fis-je pour terminer, c'est que cette affaire est énorme. En tout cas beaucoup trop grosse pour être divisée. Ils ne vont pas s'emmerder avec nous, Bover. Ils feront ce qu'ils veulent et ils nous exproprieront.

Il n'avait pas cessé de mâcher pour autant. Il m'écoutait, c'est tout. Quand il n'eut plus rien dans son assiette, il but une gorgée et dit enfin :

— Monsieur Broadhead, nous n'avons à discuter de rien.

— Mais bien sûr que si !

— Pas avant que nous le pensions l'un et l'autre, dit-il, et ce n'est pas le cas en ce qui me concerne. Vous faites une erreur sur certaines des choses dont vous parlez. Je n'ai plus d'injonction, mais un jugement.

— Que je peux faire annuler en moins de...

— Oui, vous le pouvez peut-être. Mais pas en moins de je ne sais quoi. La loi suivra son cours et cela prendra du temps. Je ne ferai aucune concession. Trish a payé pour tout ce qui peut sortir de cette histoire. Elle n'est plus là pour défendre ses droits et je crois que c'est à moi de le faire.

— Mais ça vous coûtera autant qu'à moi !

— C'est encore possible. Comme dit mon avocat. Il m'avait mis en garde contre cette entrevue.

— Alors pourquoi êtes-vous venu ?

Il contempla son assiette, puis son regard se porta sur les fontaines du patio. Trois prospecteurs de la Grande Porte étaient assis au bord d'un bassin en compagnie d'une hôtesse de la Varig qui avait un peu bu. Ils chantaient et lançaient des miettes de gâteau français aux poissons rouges. Ils avaient décroché le gros lot.

— Cela m'a fait un changement agréable, monsieur Broadhead, dit Bover.

Par la fenêtre de ma chambre, dans les hauteurs de la Tour du Palace, j'apercevais la couronne d'épines de la cathédrale qui brillait dans le soleil. Je préférais ça à mon cher programme juridique qui, sur le moniteur multiservices, commençait à m'échauffer.

— Robin, tu as peut-être nui à toute cette affaire. Je ne crois pas que tu comprennes vraiment les dimensions qu'elle a prises.

— C'est ce que j'ai dit à Bover précisément.

— Non, Robin. Il n'y a pas seulement Robin Broadhead Inc., pas seulement la Corporation de la Grande Porte. Le gouvernement s'en mêle. Et pas seulement les signataires de la Convention de la Grande Porte. Tout ça risque d'aller jusqu'à l'O.N.U.

— Morton, ça va ! Tu crois qu'ils iraient jusque-là ?

— Mais bien sûr ! Ils le peuvent ! Le domaine éminent, Robin. Et ton ami Bover ne nous facilite pas les choses non plus. Il a adressé une pétition pour que l'on nomme un conservateur afin qu'il gère tes parts personnelles et celles de la société afin d'administrer correctement la mission.

Le fils de pute ! Il savait cela pendant qu'il se goinfrait du déjeuner que je lui avais offert.

— Correctement ? répétai-je. J'ai fait quelque chose qui ne l'était pas ?

— Un petit résumé, Robin ? (Il s'est mis à compter sur ses doigts.) Un, tu as outrepassé ton autorité en accordant au groupe Herter-Hall une plus grande liberté d'action que celle qui avait été initialement prévue, ce qui, deux, a conduit l'expédition jusqu'au Paradis Heechee avec toutes les conséquences que cela comporte, et donc, trois, a créé une situation de péril grave à l'échelle nationale. Comprends ça. Un péril *humain* et grave.

— Tu dis n'importe quoi, Morton !

— Ce sont les termes qu'il a employés dans sa pétition. Mais oui, bien sûr, on pourrait toujours persuader quelqu'un que c'est vraiment n'importe quoi. Sinon aujourd'hui, du moins plus tard. Mais pour le moment, c'est à la Corporation de la Grande Porte d'agir ou pas.

— Ce qui signifie que je ferais mieux d'aller voir le sénateur.

Je me suis débarrassé de Morton et j'ai appelé Harriet pour qu'elle me trouve un rendez-vous.

— Je peux vous passer le programme secrétariat du sénateur, si vous voulez, m'a-t-elle dit en souriant.

Elle s'est estompée pour être remplacée par une jeune et jolie brune. L'animation était un peu rudimentaire, et même plutôt pauvre. Rien à voir avec les programmes qu'Essie me composait. Mais après tout, Praggler n'était que sénateur des Etats-Unis.

— Bonsoir, dit-elle. Le sénateur m'a demandé de vous informer qu'il se trouve à Rio de Janeiro ce soir pour le comité mais il serait heureux de vous voir dès demain matin, à l'heure qui vous conviendra. Voulez-vous dix heures ?

— Disons plutôt neuf.

Je me sentais soulagé. La défaillance de Praggler pour ce soir m'avait un peu inquiété. Mais je comprenais maintenant qu'il avait une bonne raison : les coins chauds d'Ipanema.

— Harriet ? Comment va Mme Broadhead ?

— Pas de changement, Robin, dit Harriet avec un sourire. Elle est éveillée et tout à fait disponible si vous désirez lui parler.

— Je te parie que c'est ce que je vais faire, si tu es prête à perdre ton mignon petit contact électronique.

Elle eut un hochement de tête et s'effaça. Harriet est vraiment un excellent programme. Elle ne comprend pas toujours clairement ce qu'on lui dit, mais elle est capable de prendre une décision au seul ton de ma voix. Quand l'image d'Essie apparut, je lui dis :

— S. Ya. Lavorovna, tu fais vraiment du beau travail.

— Ça c'est absolument certain, fit-elle en prenant la pose. (Elle se leva et tourna lentement.) Autant que mes docteurs, si tu veux bien le remarquer.

Il me fallut un moment. Et je reçus le choc. Plus de tubes ! Elle était libérée des machines ! Elle gardait seulement des moules de greffe sur le côté gauche.

— Mon Dieu, femme ! Que s'est-il passé ?

— Peut-être est-ce la guérison, dit-elle d'un ton serein. Bien que ce ne soit qu'une expérience. Les docteurs viennent seulement de partir. Je dois faire l'essai pendant six heures. Ensuite, j'aurai droit à un examen.

— Tu sais que tu as l'air d'être dans une forme merveilleuse ?

Nous nous sommes mis à bavarder. Elle m'a parlé de ses toubibs et je lui ai parlé de Brasilia. Pas une seconde je n'ai cessé de l'examiner. Dans mon cube PV, elle allait et venait, elle s'étirait langoureusement, profitant de sa liberté toute neuve. A tel point que j'ai fini par m'inquiéter.

— Tu es vraiment certaine que tu peux faire tout ça ?

— On m'a dit que je ferais aussi bien de renoncer pour l'instant à la danse et au ski nautique. Mais tous les plaisirs ne me sont pas interdits...

— Essie, ma belle lascive, n'est-ce pas une étincelle lubrique qui brille dans ton regard ? Vous vous sentez suffisamment bien pour cela ?

— Plutôt. Mais *bien*... Disons que je me sens comme après une nuit passée à boire avec toi. Pas très solide. Mais je ne pense pas qu'un amant délicat puisse me faire du mal...

— Je serai là demain matin.

— Non, tu ne seras pas là demain matin, fit-elle d'un ton inflexible. Tu ne reviendras que lorsque tu en auras terminé avec tes affaires à Brasilia et pas avant, mon grand, sinon ne compte plus sur ta partenaire de débauche, compris ?

Je lui dis bonsoir. J'étais ému et j'avais un peu chaud au visage.

Cela dura vingt-cinq minutes, jusqu'à ce que j'aie réussi à entrer en contact avec le docteur.

Elle n'avait que peu de temps à m'accorder. Elle revenait du Columbia Medical juste au moment où je l'appelai.

— Je suis désolée, monsieur Broadhead, mais je suis vraiment pressée. (Elle ôtait à toute allure sa veste de tailleur en tweed gris.) Dans dix minutes, je dois montrer à mes étudiants comment suturer les tissus nerveux.

— Docteur Liedermann, remarquai-je, brutalement douché, vous m'appelez Robin, d'habitude...

— Oui, c'est vrai... Robin. Ne vous en faites pas. Les nouvelles ne sont pas mauvaises.

Tout en me parlant, elle continuait à se déshabiller. Elle ne garda que son soutien-gorge puis enfila une blouse de chirurgien. Wilma Liedermann restait une belle femme à son âge mais je n'étais pas là pour me rincer l'œil.

— Elles ne sont pas bonnes non plus, n'est-ce pas ?

— Pas encore. Vous avez parlé à Essie, vous savez donc que nous faisons un petit essai sans les machines. Nous devons absolument savoir pendant combien de temps elle peut se débrouiller seule, et pour cela il faudra que nous attendions vingt-quatre heures. Du moins je le souhaite.

— Essie m'a parlé de six heures.

— Six heures pour les lectures, vingt-quatre pour que nous ayons tout. A moins qu'elle ne donne des signes de défaillance avant et que nous soyons obligés de la remettre sous les machines.

Elle me tournait le dos tout en parlant, penchée sur son lavabo. Elle revint vers l'écran de communication, les mains ruisselantes.

— Je ne veux pas que vous vous en fassiez, Robin. Ce n'est que de la routine. Elle a au moins une centaine de transplants et il faut que nous sachions s'ils ont pris. Nous ne serions pas allés jusque-là si je ne pensais pas que ses chances sont pour le moins raisonnables.

— *Raisonnables*... Je ne trouve pas ça très rassurant, Wilma !

— Elles sont mieux que raisonnables, Robin, mais ne me bousculez pas comme ça ! Et cessez de vous en faire. Vous recevez des bulletins réguliers et vous pouvez appeler mon programme quand vous le voulez pour en savoir plus. Même moi, en cas de besoin. Vous voulez des pronostics ? A deux contre un, tout marchera bien. A cent contre un, si quelque chose tourne mal, nous pourrons faire face. Et maintenant, excusez-moi, mais je dois transplanter un appareil génital complet à une jeune femme qui compte bien connaître encore le plaisir après.

212

— Je pense que je devrais aller là-bas, ai-je dit.

— Pourquoi? Vous ne pouvez rien faire sinon nous rendre le travail plus difficile. Robin, je vous promets de ne pas la laisser mourir avant votre retour.

Dans le lointain, j'entendis la sonnerie d'appel.

— Cette jolie musique est pour moi, Robin. Je vous rappellerai.

Il y a des moments où je me trouve au centre du monde : je sais que je peux entrer en contact avec chacun des programmes que ma femme m'a écrits, connaître tous les faits, commander les événements, recevoir toutes les explications dont je peux avoir besoin.

Et il y en a d'autres où je me retrouve devant une console, la tête pleine de questions brûlantes, et où je n'apprends rien parce que je ne sais pas quoi demander.

Et puis, il y a aussi ces moments où le temps passe à toute allure à force d'apprendre, d'agir, à force d'être. Les jours alors sont opaques et denses.

Et enfin, il y a ces autres moments où je flotte dans un repli d'eau calme, à l'écart du courant, tandis que le monde file.

Il y avait tant à faire et je n'en avais pas envie.

Albert étouffait sous les informations du Paradis Heechee et de l'Usine alimentaire. Je le laissai se purger. Mais les synoptiques pénétraient dans mon esprit sans créer de remous, sans soulever la moindre question. Quand Albert en eut fini avec ses rapports déductifs sur l'architecture et les interprétations des divagations des Hommes Morts, je l'éteignis. Tout cela était extrêmement intéressant mais, sans que je sache pourquoi, ça ne m'intéressait pas. Je demandai à Harriet de passer la routine à mon simulacre et de dire que l'on ne m'appelle qu'en cas d'urgence. Je m'étendis sur le matelas aquatique de trois mètres et je contemplai les formes bizarres de Brasilia en me disant que j'aurais tant aimé me trouver là-bas, dans l'Usine alimentaire, dans cette chambre des rêves, relié à quelqu'un que j'aimais.

Est-ce que ça ne serait pas formidable? Atteindre quelqu'un au loin, tout comme Wan avait atteint la Terre entière, ressentir ce que ressentent les autres, et leur faire ressentir ce qu'il y a en vous? Qu'y avait-il de plus merveilleux pour deux amants?

Cette pensée me fit appeler Morton. Je lui demandai d'étudier la possibilité de déposer un brevet pour cette utilisation particulière de la couche des rêves.

Bien sûr, si l'idée était romantique, ma première réaction ne l'était guère. Le plus difficile, c'est que je n'étais pas vraiment certain de savoir qui je voudrais atteindre ainsi. Ma femme chérie, que j'aimais tant et dont j'avais tant besoin en cet instant? Ou bien quelqu'un d'autre, qui se trouvait tellement plus loin de moi et qui était tellement plus difficile à atteindre?

Et l'après-midi brésilien s'est écoulé comme ça. Je me suis baigné dans la piscine, je me suis étendu dans le soleil déclinant et le soir est arrivé. J'ai pris un dîner solitaire et somptueux dans ma chambre, avec une bouteille de vin, puis j'ai appelé Albert pour lui demander ce que je désirais vraiment savoir.

— Albert? Où se trouve exactement Klara, en ce moment?

Il a marqué une pause tout en tapotant le fourneau de sa pipe, le front plissé.

— Gelle-Klara Moynlin, m'a-t-il dit enfin, est dans un trou noir.

— Oui. Et qu'est-ce que cela signifie?

— C'est difficile à exprimer, dit-il sur un ton d'excuse. Je veux dire en termes simples, et c'est également difficile à dire parce que je ne le sais pas vraiment. Je n'ai pas assez de données.

— Fais de ton mieux.

— Mais bien sûr, Robin. Je dirais qu'elle se trouve dans la section de l'engin d'exploration demeurée en orbite, juste sous l'horizon événementiel de la singularité que vous avez rencontrée et qui (il eut un geste désinvolte pour faire apparaître un tableau noir der-

214

rière lui) se trouve, elle, exactement au radiant de Schwarzschild(1).

Il se leva, fourra sa pipe dans la poche de côté de son immense pantalon de coton, prit un morceau de craie et écrivit :

$$\frac{2\,G\,M}{C^2}$$

— La lumière s'arrête à cette frontière. On peut considérer cela comme une sorte de front d'onde, la lumière ne pouvant aller plus loin. Au delà, il est impossible de voir dans le trou noir. Rien ne peut en sortir. Bien entendu, ces symboles représentent la gravité et la masse, et ce n'est pas à un vétéran des voyages ultra-luminiques que je vais expliquer ce que représente C^2, non(2) ?

» Si nous nous fions aux relevés que tu as rapportés, il semblerait que ce trou mesure soixante kilomètres de diamètre, ce qui nous donne une masse dix fois supérieure à celle du Soleil, peut-être. Suis-je en train de t'en dire plus que ce que tu veux savoir ?

Je m'agitai sur le matelas aquatique, mal à l'aise : je n'étais pas certain, en fait, de ce que je voulais demander.

— Peut-être veux-tu savoir si elle est morte ou non, Robby, dit Albert. Oh... non. Je ne le pense pas. Il y a beaucoup de radiations, et Dieu sait combien de forces en action. Mais elle n'a pas eu le temps de mourir. Tout dépend de sa vitesse angulaire. Elle ne sait peut-être même pas que tu es parti. La dilatation du temps, tu comprends... C'est une conséquence de...

(1) En 1917, quelques mois après la publication par Einstein de la théorie de la relativité généralisée, Schwarzschild donna la première description théorique d'un trou noir, un « pays plat » isolé de l'univers, qu'il imagine habité par des êtres théoriques possédant hauteur et largeur mais sans aucune épaisseur. (N.D.T.)
(2) Le carré de la vitesse de la lumière, bien sûr.

— Je comprends la dilatation du temps, Albert, ai-je dit.

Je comprenais, oui, parce que j'avais l'impression d'en subir les effets, d'une certaine façon.

— Est-ce qu'il y a un moyen de le savoir vraiment ?

— Robby, me cita-t-il solennellement, un trou noir n'a pas de cheveux. C'est ce que l'on appelle la loi de Carter-Werner-Robinson-Hawking. Cela veut dire que la seule information que l'on puisse obtenir d'un trou noir concerne sa masse, sa charge et son moment angulaire. Rien d'autre.

— A moins qu'on n'entre à l'intérieur. Ce qu'elle a fait.

— Eh bien, oui, Robby.

Il bourra lentement sa pipe, sans dire un mot. Puis tira les premières bouffées.

— Robin ?

— Oui, Albert ?

Il avait soudain l'air confus, aussi confus que peut l'être un programme holographique.

— Je n'ai pas été vraiment franc avec toi. Les trous noirs laissent échapper de l'information. Mais cela nous emmène dans la mécanique quantique. Et ça ne peut pas t'apporter grand bien, de toute manière. Du moins pas pour ce que tu espères.

Qu'un ordinateur s'occupe de ce que j'espère, ça ne me plaisait guère. Surtout que je n'en étais pas certain du tout.

— Dis-moi tout !

— Eh bien... nous n'en savons pas vraiment beaucoup. Cela remonte aux principes de base de Stephen Hawking. Il avait fait remarquer que, en un sens, on peut considérer qu'un trou noir a une « température », ce qui implique qu'il émet un certain type de radiation, que certaines particules peuvent s'en échapper. Mais cela ne concerne pas le type de trou noir qui t'intéresse, Robby...

— De quel type de trou noir s'échappent ces particules ?

— Eh bien, principalement des plus petits. Ceux

dont la masse est, disons, l'équivalent de celle du mont Everest. Les trous noirs submicroscopiques. Pas plus grands qu'une particule nucléaire. Ils sont très chauds, plus de cent milliards de degrés Kelvin, et plus encore. Plus ils sont petits, plus le tunnel quantique est accéléré, plus la température augmente — alors ils deviennent de plus en plus petits et chauds jusqu'à ce qu'ils explosent. Mais pas les grands trous noirs. Pour eux, c'est le contraire. Plus ils sont gros, plus ils attirent de particules, plus leur masse croît et plus il est difficile pour une particule de percer vers l'extérieur. Une singularité comme celle où se trouve Klara a sans doute une température inférieure à un million de degrés Kelvin, ce qui, Robin, est plutôt froid. Et elle se refroidit constamment.

— Et l'on ne s'évade pas d'un trou noir comme celui-ci.

— Pas que je sache, Robin. Cela répond-il à tes questions ?

— Pour l'instant, dis-je en l'effaçant.

Oui, ça répondait à toutes mes questions, sauf une : comment se faisait-il qu'il m'appelait « Robby », quand il me parlait de Klara ?

Essie savait écrire de bons programmes, mais il me semblait qu'ils commençaient à en faire un peu trop. J'en avais eu un qui, de temps en temps, m'appelait par mes noms d'enfant. Mais c'était un programme psychiatrique. Je me suis promis de demander à Essie de redresser un peu sa programmation parce que je n'avais vraiment pas besoin des services de Sigfrid Von Shrink. Du moins pour le moment.

Le bureau temporaire du sénateur Praggler ne se trouvait pas dans la tour de la Grande Porte mais au vingt-sixième étage de l'immeuble des législateurs. L'hospitalité offerte par le Congrès brésilien à l'un de ses collègues était d'autant plus flatteuse que le bureau était situé à deux étages du sommet de la tour. Je m'étais levé avec l'aube, mais je trouvai le moyen d'arriver avec deux minutes de retard. Je m'étais un peu perdu dans les rues, et sur les autoroutes aériennes, depuis que je m'étais extrait du parking. J'étais encore dans une espèce de stase temporelle.

Mais Praggler m'en éjecta rapidement. Il était rayonnant, gonflé d'énergie.

— Robin! Ça, ce sont des nouvelles de premier ordre! Merveilleuses! jubila-t-il en me poussant vers son bureau avant de commander le café. Dieu du ciel! Qu'est-ce que nous avons été idiots!

Durant un instant, je me dis que Bover avait dû retirer sa plainte. Ce qui montre à quel point j'étais encore stupide. Il parlait du tout dernier message relayé par l'Usine alimentaire. Les livres Heechees que nous cherchions depuis si longtemps étaient en réalité ces éventails à prières que nous trouvions depuis des dizaines d'années.

— Je pensais que vous étiez déjà au courant, s'excusa-t-il après m'avoir donné les explications nécessaires.

— J'étais allé faire un tour.

J'avoue que c'était assez déconcertant que ce soit lui qui m'apprenne une chose aussi colossale concernant mon propre projet. Mais je me repris assez vite.

— Il me semble, sénateur, que c'est là une raison majeure pour annuler cette injonction.

Il sourit.

— J'aurais dû me dire que ce serait votre première idée. Pour n'importe quoi, vous réagiriez comme ça. Est-ce que vous pouvez m'expliquer ce qui vous fait penser cela?

— Eh bien, ça me paraît évident. Quel est le but principal de l'expédition? En apprendre plus sur les Heechees. Et voilà que nous découvrons que toute la connaissance nécessaire est là, à portée de la main, partout.

Il fronça les sourcils.

— Mais nous ne savons pas comment déchiffrer ces satanés machins.

— Nous y arriverons. Maintenant que nous savons ce qu'ils sont, nous trouverons un moyen de les faire marcher. Nous avons eu la révélation. Tout ce qu'il nous faut, c'est la technique. Il faut que nous...

Je m'interrompis au milieu de ma phrase. J'avais été sur le point de dire que ce serait une bonne idée de commencer par acheter tous les éventails du marché, mais c'était une idée trop bonne pour la donner comme ça, même à un ami.

— Il faut que nous obtenions des résultats très vite, repris-je. Ce qui compte, c'est que l'expédition Herter-Hall n'est plus notre seul problème et l'argument de l'intérêt national pèse beaucoup moins lourd dans la balance.

Il prit la tasse de café que lui tendait sa secrétaire, la vraie, qui ne ressemblait vraiment pas au programme, et haussa les épaules :

— Ça, c'est un argument, oui. J'en ferai part au comité.

— J'espérais mieux de vous, sénateur.

— Si vous entendez par là que vous comptiez que nous laisserions tomber toute cette affaire, non, Robin, je n'ai pas l'autorité pour cela. Je peux à la rigueur retourner à Washington et rameuter tout le Sénat, et c'est peut-être ce que je vais faire. Mais c'est l'extrême limite.

— Et que fera le comité ? Il va appuyer la plainte de Bover ?

Il hésita.

— Je crois que c'est pis encore. Je pense qu'il a l'intention de vous exproprier l'un et l'autre. L'affaire reviendra alors à la Corporation de la Grande Porte, ce qui signifie qu'elle y restera jusqu'à ce que les signataires du traité décident de son sort. Bien sûr, à plus ou moins long terme, vous serez indemnisé...

Je reposai bruyamment ma tasse dans la soucoupe.

— Je n'en ai rien à fiche de ces indemnités ! Vous croyez que j'ai fait tout ça pour le fric ?

Praggler est un ami qui m'est cher. Je crois qu'il m'aime bien, et je crois même qu'il a confiance en moi mais, cette fois, son expression n'avait rien d'amical.

— Parfois, Robin, je me demande justement pourquoi vous avez monté tout ça.

Durant un instant, il me regarda avec des yeux vides. Je savais qu'il savait, à propos de Klara et de moi, et je savais aussi qu'il avait été notre hôte à Essie et à moi.

— Je suis désolé pour votre femme, dit-il enfin. J'espère qu'elle se remettra vite.

Je me suis arrêté dans le bureau pour appeler Harriet en code et lui demander de donner comme instruction à tous nos gens de commencer à acheter tous les éventails à prières qui pouvaient leur tomber sous la main. Elle avait à peu près un million de messages pour moi mais je n'en ai accepté qu'un seul : Essie avait passé une nuit calme et les docteurs allaient l'examiner dans une heure. Pour le reste, je n'avais pas le temps. Il fallait que je me rende d'urgence quelque part.

Ce n'est pas facile de trouver un taxi devant l'immeuble du Congrès brésilien. Les portiers connaissent les ordres et ils savent qui a priorité. Il me fallut aller sur la route pour en arrêter un. Quand je donnai l'adresse au chauffeur, il me la fit répéter deux fois, puis il me demanda de l'écrire. Ce n'était pas à cause de mon mauvais portugais. Simplement, il n'avait vraiment pas envie d'aller dans la Ville Libre.

Nous avons passé l'ancienne cathédrale, puis la gigantesque tour de la Grande Porte avant d'atteindre les boulevards congestionnés et, enfin, le « planalto », sur deux kilomètres. C'était l'espace vert, le cordon sanitaire, mis en place par les Brésiliens autour de leur capitale. Plus loin, immédiatement plus loin, c'étaient les baraquements.

Dès que nous sommes entrés dans la Ville Libre, j'ai remonté la vitre. J'ai été élevé dans les mines alimentaires et j'ai grandi avec la puanteur vingt-quatre heures sur vingt-quatre. Mais ici, c'était spécial. Il n'y avait pas seulement l'odeur de pétrole mais aussi les relents de pourriture et de W.-C. en plein air. Le remugle de deux millions de personnes qui vivaient sans eau courante. Au départ, la ville des baraquements n'avait existé que parce qu'il fallait bien abriter tous les ouvriers qui participaient à l'édification de la splendide cité de rêve que devait être Brasilia. On avait supposé qu'ils disparaîtraient dès que la dernière pierre serait posée. Mais les villes de chantier ne s'effacent pas comme ça. En fait, elles ne s'effacent jamais. Elles deviennent des institutions avec le temps.

Le taxi avançait péniblement au pas dans les ruelles étroites. Cela dura un bon kilomètre et le chauffeur n'arrêtait pas de marmonner tandis que les gens et les chèvres s'écoulaient lentement devant nous et que des gamins nous escortaient en piaillant. Il réussit pourtant à me déposer à l'adresse que je lui avais donnée et il alla s'enquérir du Senhor Hanson Bover. Mais j'aperçus presque aussitôt Bover, assis sur des blocs de mâchefer qui constituaient une sorte d'escalier improvisé devant une vieille maison mobile rouillée. Dès que je lui eus réglé sa course, le chauffeur battit en retraite en proférant des jurons et sans doute un peu plus vite qu'à l'aller.

Je m'approchai. Bover ne se leva pas, il ne fit pas un geste. Il restait là à me regarder tout en grignotant une pâtisserie.

Par rapport aux normes du *barrio*, on pouvait dire qu'il habitait une villa. Ces vieilles maisons mobiles ont deux à trois pièces. Bover avait même un petit carré de verdure à côté de son espèce d'escalier. Je remarquai qu'il avait un début de calvitie, que la peau de son crâne était très bronzée, qu'il portait des shorts en jean crasseux et un T-shirt avec une inscription en portugais que je ne pouvais pas déchiffrer, mais tout aussi crasseux.

Il avala une bouchée et me dévisagea.

— Je vous aurais bien offert le déjeuner, Broadhead, mais je viens juste de finir.

— Je n'ai pas faim. Je suis venu vous proposer un marché, Bover. Je suis prêt à vous donner cinquante pour cent de mes intérêts dans l'expédition, plus un million de dollars cash si vous laissez tomber votre procès.

Il se tapota doucement le crâne. Il me vint brusquement à l'idée qu'il était bizarre qu'il soit aussi bronzé.

Je ne me souvenais pas d'avoir remarqué ça la veille. Et puis je pris conscience que je n'avais pas remarqué non plus qu'il commençait à être chauve. Oui, il portait une moumoute pour notre déjeuner. Il s'était déguisé pour affronter la haute société. Mais ça ne changeait rien pour moi. Je n'aimais pas ses manières, non plus que l'assistance qui commençait à se former autour de nous.

— Est-ce que nous pourrions discuter de tout cela à l'intérieur ? ai-je demandé.

Il n'a pas répondu. Il s'est contenté d'enfourner la dernière bouchée de pâtisserie qu'il a mâchonnée longuement en me regardant.

Tout à coup, j'en ai eu assez. Je suis entré dans la maison sans m'occuper de lui.

La première chose qui m'a frappé, c'était la puanteur. Elle était pire qu'au-dehors, mille fois pire. Trois murs étaient occupés par des cages entassées, avec des lapins à l'intérieur. Oui, cette odeur venait du fumier de lapin, des kilos de fumier de lapin... Et il y avait aussi un bébé aux langes souillés dans les bras d'une jeune femme squelettique. Non, en fait, c'était une petite fille. Elle ne devait pas avoir plus de quinze ans. Elle m'adressait des regards inquiets sans cesser de bercer le bébé mouillé.

Ah ! Il était splendide, la mari inconsolé, adorateur de son épouse disparue ! Je ne pus m'empêcher d'éclater de rire.

Je n'avais pas eu une très bonne idée en décidant d'entrer dans la maison. Bover m'avait suivi, il avait fermé la porte et l'odeur était difficilement supportable. Et il n'était plus impassible, à présent, mais furieux.

— Je vois que vous désapprouvez mon cadre de vie.

J'eus un haussement d'épaules.

— Non. Et je ne suis pas venu ici pour parler de votre vie sexuelle.

— Et vous n'en avez pas le droit. Vous ne comprendriez pas, d'ailleurs.

J'essayai de garder le fil de la conversation.

— Bover, l'offre que je vous ai faite est supérieure à tout ce que vous pourrez obtenir d'un jugement, et elle dépasse tout ce que vous étiez en droit d'espérer. Acceptez-la, voulez-vous ? Et je pourrai continuer ce que j'ai à faire.

Cette fois, il ne me répondit pas directement. Il dit quelque chose en portugais à la fille qui se leva en silence, prit le bébé et lui enveloppa les fesses dans un lange avant de sortir en refermant la porte sur elle.

— Trish est partie depuis huit ans, monsieur Broadhead, dit Bover comme s'il ne m'avait pas entendu. Je l'aime toujours. Mais je n'ai qu'une vie et je sais que j'ai peu de chances de pouvoir la partager à nouveau avec Trish.

— Si nous arrivons à piloter les vaisseaux Heechees, nous pourrons partir à sa recherche et la retrouver.

Je n'insistai pas. Il me regardait maintenant avec une hostilité ouverte, comme s'il pensait que j'essayais de le manœuvrer.

— Un million de dollars, Bover, et ce soir même vous pouvez quitter cet endroit. Pour toujours. Avec votre jeune femme et le bébé. Et même vos lapins. Vous aurez la Médication Totale. Pensez à l'avenir du bébé.

— Broadhead, je vous ai dit que vous ne pouviez pas comprendre.

J'essayai de me contrôler.

— D'accord, Bover. Aidez-moi à comprendre, alors. Dites-moi ce que je ne sais pas.

Il prit sur la chaise les vêtements du bébé souillés et les épingles abandonnées par la fille. Durant un instant, je crus qu'il avait décidé de sacrifier aux règles de l'hospitalité. Mais c'est lui qui s'assit sur la chaise.

— Broadhead, déclara-t-il, depuis huit ans je vis de l'aide sociale brésilienne. Si ne n'avais pas élevé de lapins, nous n'aurions pas eu de viande. Et si je ne vendais pas leurs peaux, je ne pourrais même pas me payer un ticket de bus pour aller déjeuner avec vous ou voir mon avocat. Ça n'est pas avec votre million de dollars que vous allez acheter tout ça, et encore moins Trish.

J'essayais toujours de me dominer, mais la puanteur devenait vraiment insupportable, tout autant que l'attitude de Bover. Je changeai de stratégie.

— Bover, est-ce que vous avez de la sympathie pour vos voisins ? Vous n'avez pas envie qu'on leur vienne en aide ? Ecoutez-moi : nous pouvons mettre définitivement un terme à toute cette misère avec la technologie des Heechees. Nous pourrons nourrir tout le monde ! Et leur donner des logements décents !

— Vous savez aussi bien que moi, dit-il très calmement, que les premiers bénéfices que nous pourrons retirer de la technologie Heechee — comme de n'importe quelle autre d'ailleurs — ne seront pas pour les gens du *barrio*. Ils serviront à enrichir ceux qui sont déjà riches. Je ne dis pas que cela ne se fera pas un jour, mais quand ? A temps pour que cela fasse une différence pour mes voisins ?

— Oui ! Si je peux faire accélérer les choses, je le ferai !

Il opina avec solennité.

— Vous dites que telle est votre intention. Quant à moi, je sais bien que c'est ce que je ferais, si j'en avais le pouvoir. Mais pourquoi devrais-je vous croire ?

— Parce que je vous donne ma parole, pauvre con ! Pourquoi croyez-vous donc que je sois tellement pressé ?

Il se laissa aller en arrière et me dévisagea.

— Là, oui... je crois le savoir. Et ça ne concerne en rien mes voisins ou moi. Mes hommes de loi ont pas mal enquêté sur vous, Broadhead, et je sais tout sur cette fille de la Grande Porte.

C'était plus fort que moi. J'ai éclaté.

— Alors, si vous en savez autant que ça, vous savez aussi que je veux la sortir de là ! Ecoutez-moi, Bover : ça n'est pas vous et votre petite pute qui allez m'en empêcher !

Le sommet de son crâne était rouge, tout à coup.

— Et qu'en pense votre chère femme ? lança-t-il d'un ton mauvais.

— Pourquoi vous ne lui posez pas la question vous-même ? A supposer qu'elle ait encore assez longtemps à vivre pour que vous l'emmerdiez avec ça. Je m'en vais, Bover. Allez vous faire foutre. Comment faire pour avoir un taxi ?

Il se contenta de me sourire. Avec férocité.

Je sortis. La fille attendait sur les marches de mâchefer. Je m'éloignai sans me retourner.

En arrivant à l'hôtel, j'avais compris pourquoi Bover souriait comme ça. Il m'avait suffi d'attendre un bus pendant deux heures tout près de latrines en plein air. Quant au trajet jusqu'à l'hôtel... Je n'avais pas connu mieux depuis la Grande Porte. Le hall de l'hôtel était envahi par des groupes de gens qui m'observèrent d'une façon bizarre. Bien sûr, ils savaient tous qui j'étais. Tous le monde connaissait les Herter-Hall et j'étais apparu à la PV presque aussi souvent qu'eux. Et, pour l'instant, j'étais en nage, je devais avoir l'air furieux et plutôt inquiétant.

Je claquai la porte de ma chambre. La console de communication était un véritable feu d'artifice. Mais le plus urgent était de gagner la salle de bains. J'ai laissé la porte ouverte et j'ai appelé :

— Harriet ! Garde tous les messages en attente pour une minute et passe-moi Morton. En liaison unilatérale. Je ne veux pas de réponse. J'ai seulement un ordre à lui donner.

Le visage de Morton apparut dans un coin de l'écran. Il avait l'air survolté mais attentif.

— Morton, je viens juste de quitter Bover. Je lui ai raconté tout ce que j'ai pu imaginer mais ça n'a rien changé. Je veux que tu prennes contact avec des détectives privés. Je veux qu'on fouille dans sa vie comme si on reprenait tout à zéro. Ce fils de pute a sûrement fait une ou deux conneries. Je veux le faire chanter. Même si c'est pour une amende de parking vieille de dix ans, je demanderai l'extradition ! Occupe-toi de ça immédiatement.

Morton a hoché la tête en silence mais il ne s'est pas effacé. Ce qui signifiait qu'il exécutait ce que je venais de lui ordonner, mais qu'il voulait également me dire quelque chose si je consentais à le laisser parler.

Et juste au-dessus, j'avais droit au bon visage d'Harriet, qui respectait scrupuleusement la minute de silence que je lui avais imposée. J'ai quitté la salle de bains pour regagner la chambre.

— D'accord, Harriet, allons-y. Par ordre d'urgence, et un message à la fois.

— Oui, Robin, mais... (Elle hésita pour effectuer quelques rapides évaluations.) Il y a deux priorités : Tout d'abord, Albert Einstein désire vous entretenir de la capture du groupe Herter-Hall. Par les Heechees vraisemblablement.

— La capture des... Mais bon sang, pourquoi n'as-tu pas...

Je me suis interrompu net : il était évident qu'Harriet n'avait pu m'apprendre la nouvelle puisque j'avais été intouchable durant la plus grande partie de l'après-midi. Mais elle continuait déjà, sans me laisser le temps d'exprimer mes excuses :

— Je crois cependant que vous préférerez entendre le dernier rapport du Dr Liedermann, Robin. Je l'ai appelée et elle attend de vous parler.

Pour moi, d'un seul coup, tout s'est arrêté.

— Allons-y, ai-je dit.

Mais je savais déjà que ça n'était certainement pas quelque chose de bon si Wilma Liedermann voulait me faire son rapport en personne.

Dès qu'elle apparut, je demandai :

— Que se passe-t-il ?

Elle était en robe du soir, avec une orchidée sur l'épaule. Je ne l'avais pas vue ainsi habillée depuis notre mariage.

— Pas de panique, Robin. Essie fait seulement une petite rechute. On l'a remise sous assistance.

— *Quoi ?*

226

— Ça n'est pas aussi grave que ça en a l'air. Elle est éveillée, elle a tous ses esprits, elle ne souffre pas et son état est stationnaire. Elle pourrait rester comme ça pendant des siècles...

— Arrivons-en au *mais* !

— Mais elle fait un rejet de la greffe du rein et les tissus alentour n'ont pas l'air de se régénérer. Elle a besoin de tout un tas de nouveaux transplants. Elle a fait un début d'urémie il y a deux heures et elle est en dialyse totale. Mais ce n'est pas le plus grave. Elle a reçu des bouts et des morceaux qui venaient de tous les côtés et son système d'auto-immunité est complètement bousillé. Il va falloir tâtonner pour arriver à une compatibilité tissulaire, et nous serons malgré tout obligés de la bourrer d'immunodépresseurs pendant très longtemps.

— Merde ! Mais on est en plein obscurantisme !

Wilma acquiesça.

— D'habitude, nous sommes capables d'arriver à une compatibilité à cent pour cent, Robin. Mais pas pour Essie. Pas dans son cas. D'abord, elle est d'un type sanguin très rare, vous savez. Elle est russe et dans cette partie du globe...

— Vous n'avez qu'à faire venir des greffes de Leningrad, bon Dieu !

— Je m'apprêtais à vous dire que nous avons cherché dans toutes les banques de tissu du monde. Et nous pouvons nous approcher assez près de cent pour cent. Vraiment. Mais, dans son état actuel, il existe des risques.

Je l'observai un instant, en essayant de deviner ce qui se cachait derrière le ton de sa voix.

— Vous voulez dire qu'il va falloir tout recommencer ? (Elle hocha lentement la tête.) Et qu'elle risque de... de *mourir* ? Je ne vous crois pas ! Nom de Dieu ! A quoi sert la Médication totale ?

— Robin... Vous savez qu'elle est déjà morte une fois et que nous avons dû la réanimer. Il y a une limite au delà de laquelle elle peut ne pas survivre au choc.

— Alors qu'est-ce que vous en avez à foutre de cette

opération? Vous m'avez dit que son état était stationnaire!

Wilma regarda un instant ses mains croisées, puis ses yeux se fixèrent sur moi, bien en face.

— Robin, c'est elle le patient, pas vous.

— Qu'est-ce que vous voulez dire par là?

— Que sa décision ne regarde qu'elle. Et elle a déjà décidé que jamais elle ne supporterait de dépendre des machines d'assistance. Nous allons la réopérer dès demain matin.

Je suis resté là, à fixer le cube holo bien après que l'image de Wilma Liedermann se fut effacée. Tandis que mon programme-secrétaire attendait en silence mes instructions.

— Euh... Harriet, ai-je enfin réussi à dire. Je voudrais rentrer cette nuit.

— Oui, Robin. J'ai déjà fait la réservation. Il n'y a pas de vol direct cette nuit, mais vous pouvez prendre la correspondance à Caracas, ce qui vous amènera à New York aux environs de cinq heures du matin. L'opération n'est pas prévue avant huit heures.

— Merci.

Elle retourna au silence. Dans le coin inférieur droit du cube, le visage minuscule de Morton attendait toujours, l'air stupide et vindicatif à la fois. Il n'avait pas dit un mot mais il émettait régulièrement des raclements de gorge ou des petites toux pour me faire savoir qu'il était toujours là.

— Morton, est-ce que je ne t'ai pas demandé de ficher le camp?

— Impossible, Robin, Pas tant que je reste avec un dilemme insoluble. Tu as donné des ordres à propos de M. Bover...

— Tu parles! Si je n'arrive pas à l'avoir comme ça, je le ferai peut-être tuer.

— Tu n'as plus à t'en faire pour cela. Il y a un message de ses avocats. Il a décidé d'accepter ton offre.

Je l'ai regardé, ahuri, la bouche grande ouverte, paralysé.

— Moi non plus je ne comprends pas, Robin, pas

plus que ses avocats. Ils sont complètement déboussolés. Mais il y a aussi un message personnel pour toi, si cela peut éclairer la chose...

— Que dit-il?

— Je cite : « Peut-être comprend-il après tout. » Fin de citation.

Dans une vie passablement bouleversée et qui devient longue, j'ai connu pas mal de journées bouleversées. Mais celle-ci était d'un genre spécial. Je me suis fait couler un bain très chaud et j'y suis resté une heure et demie à essayer de faire le vide dans mon esprit. Et cet effort ne m'a pas ramené le calme que j'espérais. Il me restait trois heures avant le vol pour Caracas. Je ne savais pas quoi faire en attendant. Ce qui ne voulait pas dire que je n'avais rien à faire. Harriet essayait de capter mon attention à chaque seconde. Morton voulait établir les bases du contrat avec Bover, Albert souhaitait discuter avec moi de la bio-analyse des excréments Heechees que quelqu'un avait trouvés. Tout le monde voulait me parler de tout. Et moi, je ne voulais parler à personne. J'étais enfermé dans mon temps dilaté et je regardais le monde qui filait autour de moi. Mais non, il ne filait pas : il rampait. Et je ne savais vraiment pas quoi faire contre cela. C'était gentil de la part de Bover de penser que je comprenais aussi bien. Je me demandais comment on pourrait bien m'expliquer ce que je comprenais.

Au bout d'un moment, j'eus retrouvé suffisamment d'énergie pour permettre à Harriet de me passer les messages qui nécessitaient une décision de ma part. Je pris toutes les décisions qui me paraissaient nécessaires, après quoi je m'installai devant un bol de lait et de céréales tout en écoutant un bulletin d'information. Il était surtout question de la capture des Herter-Hall et Albert pouvait certainement m'en apprendre plus que les journalistes de la PV.

Et je me souvins à cet instant précis qu'Albert voulait me parler et cette seule pensée me rasséréna un peu. J'avais de nouveau une raison de vivre, un but. Et surtout quelqu'un sur qui passer mes nerfs.

— Pauvre idiot! lui dis-je dès que son bon visage apparut. Les bandes magnétiques sont vieilles de plus d'un siècle. Comment se fait-il que tu sois incapable de les lire?

Son regard était serein sous ses sourcils en broussaille.

— Ferais-tu allusion aux prétendus « éventails à prière », Robin? Bien sûr que nous avons tenté de les lire, et de nombreuses fois. Nous soupçonnions même la possibilité d'une synergie et nous avons utilisé simultanément différents champs magnétiques, stables ou oscillants avec des variations diverses. Nous sommes allés jusqu'à essayer des rayonnements de micro-ondes simultanés mais, apparemment, nous n'avions pas choisi ceux qui convenaient...

J'étais encore obnubilé, mais pas au point de saisir au vol l'implication.

— Parce qu'il en existe *qui conviennent*?...

— Bien sûr, Robin, dit-il avec un bon sourire. Dès que nous avons reçu un tracé correct des Herter-Hall, nous l'avons reproduit. Le rayonnement de micro-ondes dans lequel baigne l'Usine alimentaire, un flux de quelques micro-watts d'une micro-onde d'un million d'angströms à polarisation elliptique. Et c'est comme ça que nous avons obtenu le signal.

— Nom de Dieu, mais c'est merveilleux, Albert! Et ça vous a donné quoi?

— Eh bien... (Il tendit la main pour prendre sa pipe.) En fait, pas grand-chose, jusqu'à présent. c'est un stockage holographique avec asservissement chronologique. Ce qui veut dire que nous n'obtenons qu'une espèce de pluie de symboles. Et, bien sûr, nous ne sommes pas à même de lire le moindre symbole. C'est en langage Heechee, comprends-tu. Pour l'heure, si je puis dire, c'est de la cryptographie en ce qui nous concerne. Il nous faudrait une Pierre de Rosette.

— Et ça prendra combien de temps?

230

Il haussa les épaules, leva les mains, et me fit un sourire malicieux.

Pendant un moment, je réfléchis, puis je lui dis :

— Bon, faisons comme ça. Autre chose, Albert. Je veux que tu lises à mon programme juridique tout cela... Les fréquences de micro-ondes, les schématiques, tout... Il y a certainement un brevet possible là-dedans et je le veux.

— Mais bien sûr, Robin. Euh... Veux-tu que je te parle des Hommes Morts ?

— Qu'y a-t-il à propos des Hommes Morts ?

— Eh bien, ils ne sont pas tous humains. Vois-tu, Robin, il y a de petits esprits bien bizarres dans ces circuits de stockage. Je pense qu'ils pourraient bien être ce que nous appelons les Anciens.

Un frisson me traversa la nuque.

— Des Heechees ?

— Non, non, Robin ! Ils sont presque humains. Ou plutôt non. Leur pratique de nos langues est plutôt maladroite, surtout en ce qui concerne les plus anciens. Je suis sûr que tu n'as pas la moindre idée de la facture d'ordinateur que tu vas recevoir rien que pour le classement et l'analyse.

— Mon Dieu ! Quand Essie va entendre ça, elle va être bouleversée, elle...

Je me tus brusquement. J'avais presque oublié Essie, pour un moment.

— Eh bien... c'est intéressant, Albert. Que dire de plus ?

A vrai dire, je l'ignorais. Et même, cela m'était indifférent. J'avais brûlé ma dernière dose d'adrénaline. J'étais à court.

J'ai laissé Albert me débiter le reste de son bulletin sans réagir. Trois membres de la famille Herter-Hall avaient été capturés. Les Heechees les avaient emmenés jusque dans une pièce en forme de fuseau où se trouvait une sorte de vieille machine. Les caméras continuaient de transmettre des images qui n'avaient rien de particulièrement excitant. Les Hommes Morts s'étaient mis à dérailler totalement. On ignorait où se trouvait Paul Hall, mais sans doute était-il encore libre et vivant. La radio des Hommes Morts était toujours vaguement en liaison avec l'Usine alimentaire, mais on ne pouvait vraiment pas savoir pour combien de temps encore — à supposer que l'on puisse apprendre quelque chose par ce moyen. La chimie organique des Heechees était assez surprenante, mais pas aussi différente de la nôtre qu'on aurait pu le supposer.

J'ai laissé Albert aller jusqu'au bout, mais je ne lui ai pas demandé de m'en dire plus. Je suis repassé à la piézovision. Deux comédiens débitaient à toute allure des histoires apparemment drôles. Mais c'était en portugais. Aucune importance. J'avais encore une heure à tuer. Je pouvais toujours profiter du spectacle de la jolie Carioca avec une salade de fruits dans les cheveux et un costume minimum que les deux rigolos effeuillaient à chacun de leurs passages dans une cascade de rires.

Le signal d'Harriet apparut. Il était rouge.

Avant même que j'aie réagi, l'image de la PV.

Une voix d'homme fit une déclaration en portugais, d'un ton grave. Je ne saisis pas un traître mot, mais l'image qui apparut aussitôt me fit très rapidement comprendre.

C'était l'Usine alimentaire. Une vue prise par les Herter-Hall lors de leur approche. Dans la brève déclaration qui avait précédé, j'avais cru entendre deux mots : « Payter Herter. »

J'avais parfaitement entendu.

L'image demeura sur l'écran et la voix qui se fit entendre était bien celle du vieux Payter, le ton était ferme et coléreux à la fois.

— Ce message est destiné à être retransmis par toutes les radios. Ceci est un ultimatum qui expirera dans deux heures. Dans deux heures, je m'installerai sur la couche et je provoquerai une minute de fièvre en utilisant les... euh... projections nécessaires. Je vous recommande à tous de prendre vos précautions en conséquence. Si vous ne le faites pas, vous seuls serez responsables, pas moi.

Il s'interrompit un instant, puis reprit :

— N'oubliez pas : vous avez deux heures à partir de l'instant où je déclencherai le compte à rebours. Pas plus. Peu après, je vous parlerai une fois encore pour vous expliquer quelles sont les raisons de mon acte et ce que je revendique de plein droit afin que cela ne se reproduise pas régulièrement et souvent. Deux heures. A partir de... maintenant.

La voix de Payter Herter se tut.

Le présentateur réapparut, l'air terrifié, pour bredouiller quelque chose. Je ne comprenais toujours pas mais ça n'avait aucune importance.

Le message de Payter Herter était parfaitement clair. Il avait réussi à remettre la couche des rêves en état et il allait l'utiliser. Non pas par ignorance, comme Wan. Ni pour une expérience rapide, comme sa fille, Janine. Non, il allait s'en servir comme d'une arme. Un revolver qu'il braquait sur toutes les têtes de la planète, sur l'humanité entière.

Et ma première pensée fut : Plus question de marché avec Bover. La Grande Porte va prendre toute l'affaire en main, et personne ne peut leur en vouloir.

Le Plus Vieux

Lentement, le Plus Vieux bougea, un organe à la fois.

D'abord, ce furent les récepteurs piézophoniques externes. Appelons-les des « oreilles ». Ils étaient toujours à l'écoute, en ce sens que tous les sons leur parvenaient. Les minuscules fragments de cristaux dont elles étaient faites réagissaient aux vibrations de l'air et, lorsque les ondes sonores correspondaient au nom que ses enfants donnaient au Plus Vieux, elles franchissaient un seuil et venaient activer ce qui correspondait à son système nerveux périphérique.

A ce stade, le Plus Vieux n'était pas encore éveillé mais il savait qu'il le serait bientôt. Ses véritables oreilles, ses orcilles intérieures, celles qui analysaient et interprétaient les sons, sortirent du sommeil. Ses circuits cognitifs trièrent les signaux reçus. Le Plus Vieux entendit les voix de ses enfants et comprit ce qu'ils disaient. Mais de façon lointaine et inattentive, comme un humain ensommeillé distingue le bourdonnement d'une mouche. Il n'avait pas encore « ouvert les yeux ».

C'est durant cette phase qu'il convenait de prendre une décision. Si l'interruption semblait justifiée, le Plus Vieux éveillait d'autres circuits. Sinon, il ne faisait rien. Un humain qui sommeille peut s'éveiller suffisamment pour écraser un moustique. Quand le Plus Vieux était réveillé pour des raisons triviales, il lui était possible en quelque sorte d'« écraser » ses enfants. Aussi ne l'éveillaient-ils pas à la légère. S'il prenait la décision de s'éveiller un peu plus, soit pour agir soit pour punir les responsables de l'interruption de son sommeil, le Plus Vieux activait ses principaux organes optiques externes et, en même temps qu'eux, une véritable légion de systèmes de traitement de l'information et de mémoires à court terme. Dès lors, il était pleinement éveillé, comme un homme regardant le plafond au sortir d'une sieste.

Les horloges internes du Plus Vieux lui apprirent que, cette fois, sa sieste avait été plutôt brève. Moins de dix années. A moins qu'ils n'aient vraiment une très bonne raison de l'avoir réveillé, ses enfants risquaient d'être traités comme des moustiques.

Le Plus Vieux avait maintenant conscience de tout son environnement. Sa télémétrie interne recevait des rapports de situation de ses plus lointains capteurs qui avaient traversé la masse de dix millions de tonnes à l'intérieur de laquelle il vivait avec ses enfants.

Une centaine d'entrées retransmirent la mémoire à court terme : les mots qui l'avaient éveillé, l'image des trois captifs que ses enfants lui avaient amenés, une panne dans le dispositif de réparation au niveau des sections de 4700 angströms, une activité inhabituelle au sein des intelligences stockées, des températures, des inventaires, les moments de poussée. Le stockage à long terme, bien que dormant, était accessible en permanence.

Le plus sage de ses enfants se tenait à son côté. Des gouttelettes de sueur brillaient dans sa chevelure rare, ainsi que sur ses joues et ses lèvres. Le Plus Vieux prit conscience qu'il voyait un chef nouveau, plus jeune et plus petit de taille que celui qu'il avait vu dix ans auparavant, mais il portait le collier de rouleaux de lecture qui symbolisaient son rôle. Pour l'inviter à parler, le Plus Vieux dirigea sur lui ses principaux capteurs optiques.

— Nous avons capturé des intrus et nous vous les avons amenés, dit le jeune chef, et il ajouta en tremblant : Avons-nous bien fait ?

Le Plus Vieux porta son attention sur les prisonniers. L'un d'eux, vit-il, n'était pas un intrus mais le rejeton dont il avait permis la naissance quinze années auparavant. Il semblait presque avoir atteint sa maturité, à présent. Les deux autres, par contre, étaient des étrangers, tous deux femelles. Une occasion se présentait donc qu'il convenait d'examiner. Lorsque les autres intrus étaient venus, il n'avait pas profité de la situation qui lui permettait de renouveler le stock d'élevage avant qu'il ne soit trop tard pour les spécimens disponibles. Et ensuite, il n'y avait plus eu d'autres intrus.

Il avait laissé passer sa chance et, sur la base des terrifiantes expériences du passé, il ne l'aurait pas dû. Le Plus Vieux avait conscience que, au cours de ces milliers d'années écoulées, son jugement n'avait pas toujours été juste, et ses opinions n'étaient plus aussi nettes. Il diminuait. Il était enclin à l'erreur. Il ne savait pas quel châtiment personnel il pourrait encourir pour ses erreurs et il ne voulait pas l'apprendre.

Il prit des décisions. Il chercha dans sa mémoire à long terme des précédents et des hypothèses et se retrouva avec un nombre satisfaisant de possibilités. Il activa ses éléments de mobilité et de manipulation. Son corps massif se souleva sur ses rologones et se déplaça. Il passa près du jeune chef, en direction de la chambre où l'on avait enfermé les captifs. Il perçut les exclamations étonnées de ses enfants. Ils étaient stupéfaits de le voir se déplacer. Les plus jeunes, ceux qui jamais encore ne l'avaient vu bouger, étaient terrifiés.

— Vous avez bien fait, dit enfin le Plus Vieux, et il y eut des soupirs de soulagement.

A cause de sa taille, il ne pouvait pas pénétrer dans la chambre, mais à l'aide de ses longs palpeurs de métal doux, il parvint à toucher les captifs. Il resta indifférent à leurs cris et à leurs gestes frénétiques. Pour l'heure, seule leur condition physique l'intéressait. Elle était très satisfaisante : deux d'entre eux, dont le mâle, étaient jeunes, très jeunes et devraient pouvoir servir durant plusieurs années. Quel que fût l'usage auquel il les destinait. Tous semblaient en parfaite santé.

Quant à communiquer avec eux, il y avait ce problème terrible que posaient leurs cris et leurs imprécations dans l'un de ces déplaisants langages qu'employaient déjà leurs prédécesseurs. Le Plus Vieux ne

comprenait rien mais, en fait, ce n'était pas un véritable problème puisqu'il pourrait toujours converser
avec eux par le truchement des intellects de leurs prédécesseurs qu'il avait stockés. Ses propres enfants eux-
mêmes, avec les siècles, avaient évolué vers un langage
qui lui deviendrait incompréhensible. Mais, là encore,
il avait pris la précaution d'en stocker un ou deux toutes les dix générations pour ne les utiliser que comme
traducteurs. En vérité, les enfants du Plus Vieux ne
semblaient guère utiles à autre chose. Oui, ce genre de
problème pouvait être résolu. Et la situation posée
était favorable. Les spécimens étaient en bonne condition. Ils étaient à l'évidence doués d'intelligence, ils
utilisaient des outils et avaient même une forme de
technologie. Il pourrait les employer selon les besoins.

— Nourrissez-les, veillez sur eux. Attendez mes instructions, ordonna le Plus Vieux à ses enfants groupés
derrière lui.

Puis il coupa ses récepteurs externes afin de réfléchir
à la manière dont il pouvait employer ces intrus pour
aider à l'avancement des devoirs qui étaient au centre
de sa si longue existence.

Sa personnalité étant stockée dans une machine, le
Plus Vieux avait une espérance de vie particulièrement
longue — de plusieurs milliers d'années peut-être —
mais pas assez longue pourtant pour mener à bien ses
plans. Il était parvenu à allonger sa durée de vie en
l'entrecoupant de périodes d'attente où il ne vieillissait
pratiquement pas. Ainsi passait-il la plus grande partie
de son temps immobile, éteint. Il ne se reposait pas,
alors, il ne rêvait pas non plus. Il se mettait en réserve,
tout simplement, pendant que ses enfants suivaient le
cours de leurs existences, obéissaient à sa volonté et
que les événements astrophysiques de l'extérieur progressaient avec lenteur.

De temps à autre, il s'éveillait à l'appel de ses horloges internes afin de contrôler, de vérifier, de corriger.
Et parfois, c'était ses enfants qui le tiraient de son
sommeil. Car ils avaient reçu pour instruction de le
faire dès que la nécessité s'en manifestait. Et, selon ses

critères, c'était très souvent. Mais pour les autres, ce n'était pas tellement fréquent.

Il fut un temps où le Plus Vieux avait été une créature de chair et de sang, tout aussi animale que ses enfants ou que les captifs qu'ils lui avaient amenés. Mais ce temps avait été certainement très court. Entre le moment où il avait été expulsé des entrailles douloureuses de sa mère et cet autre moment, terrible, où il s'était retrouvé impuissant tandis que d'étranges aiguilles instillaient le sommeil dans ses veines et que des lames tournoyantes pénétraient son crâne pour le trépaner, il s'était écoulé la durée d'une sieste. Il se souvenait de tout dans cette vie si brève et dans cette pseudo-vie qui avait suivi. Il lui suffisait de savoir où chercher dans toutes les mémoires stockées. Et il ne s'en rappelait pas toujours bien. Il y en avait trop.

Le Plus Vieux ne concevait pas clairement de combien de mémoires il disposait, ni combien de temps s'était écoulé, d'une manière ou d'une autre. Pas plus que la situation des choses. Cet endroit où il vivait avec ses enfants était « Ici ». Et cet autre endroit qui occupait si largement ses pensées était « Là ». Tout le reste de l'univers se résumait simplement à « Ailleurs ». Et il ne s'inquiétait nullement de situer les différents points les uns par rapport aux autres. D'où venaient les intrus ? De quelque part ailleurs. Peu importait de savoir d'où exactement. Où se trouvait la source alimentaire que le garçon visitait ? Dans quelque autre ailleurs. D'où étaient venus ces êtres dans les âges immenses, avant même sa naissance ? Cela n'avait pas d'importance. L'Ici central existait depuis très, très longtemps, plus longtemps qu'on ne pouvait le concevoir, plus longtemps qu'il pouvait lui-même l'imaginer, lui, le Plus Vieux. Ici avait traversé l'espace depuis sa construction et son lancement. Ici avait vu bien des morts et bien des naissances — près de cinq millions — mais pourtant, il n'y avait jamais eu plus de quelques centaines d'êtres vivants et rarement quelques dizaines. Ici avait connu des changements constants et lents depuis le début. Ceux qui étaient nés plus récemment étaient plus larges, plus gras, moins résistants et de plus en plus vulnérables avec le temps. Les adultes étaient plus grands, plus lents, et ils avaient moins de poils. Ici avait aussi connu des changements rapides. C'est en de telles occasions que les enfants pouvaient raisonnablement réveiller le Plus Vieux.

Parfois, les changements étaient politiques, car Ici avait connu un millier de systèmes sociaux différents, l'un après l'autre. Il y avait eu des périodes d'une ou deux générations, quelquefois de plusieurs siècles, où la culture en place était hédoniste, dominée par les sens, ou bien d'une rigueur puritaine. Il y avait eu des despotes et des divinités vivantes, et des phases où nul n'émergeait de l'ensemble de la société. Il n'y avait jamais eu de république démocratique comme celles que la Terre avait essayées : Ici n'était pas suffisamment vaste pour avoir un gouvernement représentatif. Une fois, et une fois seulement, Ici avait connu une société à hiérarchie raciale qui s'était effondrée lorsque les inférieurs à fourrure brune s'étaient soulevés contre les fourrures chocolat et les avaient balayées une fois pour toutes. Il y avait eu bien des idéologies, et une collection de morales diverses, mais une seule religion — tout au moins durant les derniers millénaires. Il ne pouvait y avoir place que pour une seule religion dont le dieu vivant reposait au milieu de ses enfants durant tout le cours de leur existence et ne s'éveillait que pour châtier ou récompenser.

Ici avait connu un âge, durant plusieurs éons, où il n'y avait pas vraiment d'êtres vivants mais des semi-consciences confuses qui étaient confrontées à des problèmes conçus pour développer leur intelligence. Ce système avait marché. Très lentement. Il avait fallu cent mille ans avant que le premier être appréhende le concept de l'écriture et presque un demi-million d'années encore avant qu'un seul s'impose qui fût suffisamment intelligent pour se voir confier de véritables travaux. Cet honneur était échu au Plus Vieux lui-même. Il ne l'avait pas accueilli avec plaisir. Nul autre ne lui avait succédé depuis.

Et cela, il le savait, était un échec. Quelque part, il s'était trompé. Mais en quoi ?

Il avait certainement fait de son mieux ! Il avait toujours supervisé les moindres actes de ses enfants, minutieusement, patiemment, et tout particulièrement dans les premiers siècles de l'après-vie, quand son corps avait été mis dans la machine. Quand ils commettaient des fautes, il les punissait. Quand ils agissaient bien, il les félicitait. Et il veillait à satisfaire leurs besoins.

Mais peut-être était-ce en cela qu'il s'était trompé.

Il s'était éveillé une fois, longtemps, longtemps auparavant, avec une atroce sensation de « souffrance » dans la carapace de métal qui l'entourait. Ce n'était pas la souffrance telle que peut la ressentir la chair vivante mais le rapport, transmis par ses capteurs, d'un dommage physique inacceptable. Et en cela, c'était tout aussi inquiétant. Ses enfants étaient rassemblés autour de lui, terrifiés. Ils criaient tous à l'unisson en lui montrant le corps déchiré d'une jeune femelle.

— Elle était devenue folle ! hurlaient-ils en tremblant. Elle a essayé de te détruire !

Le Plus Vieux avait rapidement vérifié l'état de ses circuits et constaté que les dommages étaient infimes. La fille avait utilisé une sorte d'explosif. Il n'avait perdu que quelques effecteurs et des réseaux de contrôle, rien qui ne pût être réparé. Il avait demandé pourquoi la fille avait fait cela. Ses enfants étaient sous le coup de la terreur et leurs réponses furent longues à venir, mais elles vinrent à la fin.

— Elle voulait que nous te détruisions. Elle disait que tu nous faisais du mal et qu'il ne fallait pas que nous continuions à grandir avec toi. Nous te demandons pardon ! Nous savons que nous avons mal fait en ne la tuant pas plus tôt !

— Vous avez mal fait, avait déclaré le Plus Vieux avec sagesse, mais telle n'était pas la raison. Si une telle personne se manifeste à nouveau parmi vous, vous devrez me réveiller aussitôt. Si nécessaire, il faudrait l'enfermer. Mais pas la tuer.

Et puis — était-ce quelques siècles plus tard ? Cela lui

avait paru aussi bref qu'un clin d'œil — et puis, il y avait eu cette fois où ils ne l'avaient pas réveillé à temps. Durant une dizaine de générations, ils n'avaient pas observé les lois et la balance de reproduction en avait été déséquilibrée. Lorsqu'ils avaient pris le risque d'affronter son déplaisir en le réveillant, ils ne formaient plus qu'une population de quatre individus. Ils avaient deviné le danger. Les plans avaient été bien près de leur terme car, sur les quatre, il n'y avait qu'une seule femelle et encore était-elle bien près de ne plus pouvoir porter d'enfant. Il avait alors consacré douze années de sa vie à l'enseignement, à la discipline, aux soucis, en se réveillant selon un cycle de quelques mois. Les talents biologiques contenus dans ses mémoires les plus profondes lui avaient permis de s'assurer que les deux enfants que la femelle porterait seraient également des femelles. En stockant le sperme de ses enfants mâles terrifiés, il avait pu maintenir une certaine diversité dans la banque de gènes. Mais la catastrophe n'avait été évitée que de justesse et certaines choses étaient à jamais perdues. Jamais un nouveau candidat-assassin ne s'était manifesté pour tenter de le frapper. Et il avait tant attendu, pourtant! Non, personne n'était plus jamais apparu qui lui ressemblât.

Le Plus Vieux devait admettre qu'il n'espérait plus vraiment que ses enfants lui donneraient un autre luimême un jour. A supposer que cela fût possible, ce serait déjà arrivé. Il y avait eu suffisamment de temps pour cela. Dix mille générations s'étaient succédé en un quart de million d'années.

Quand le Plus Vieux se remit en mouvement, tous ses enfants sursautèrent. Ils savaient qu'il allait agir, mais ils ignoraient encore ce qu'il allait faire.

— Il faut remplacer les mécanismes de réparation dans les corridors de 4700 angströms, leur dit-il. Il faut trois artificiers.

Les soixante-dix adultes émirent un vague murmure de soulagement. Les punitions étaient toujours annoncées en premier. Si le Plus Vieux avait commencé par donner ses ordres, il n'y aurait pas de punition. Cette fois, les trois artificiers désignés par le chef étaient cependant moins soulagés car, pour eux, cela signifiait de longues journées de travail difficile pour monter de nouvelles machines pour les corridors verts et ramener les anciennes en réparation. Mais, en même temps, ils avaient une excuse pour se trouver hors de la redoutable présence du Plus Vieux et ils la saisirent au vol.

— L'intrus mâle et la plus vieille femelle doivent être enfermés ensemble, dit ensuite le Plus Vieux.

S'ils devaient se reproduire, mieux valait commencer tout de suite, et avec la femelle la plus vieille.

— Y en a-t-il parmi vous qui aient eu quelque expérience du rapporteur ?

Trois de ses enfants furent poussés en avant.

— L'un de vous éduquera la femelle, reprit le Plus Vieux. Y en a-t-il qui aient eu quelque expérience dans la préparation des intrus pour le stockage ?

— J'ai préparé les deux derniers, dit le chef. Et trois personnes qui m'ont assisté sont également vivantes.

— Veille à ce que leurs talents soient entretenus, ordonna le Plus Vieux. Si l'un d'entre vous venait à mourir, il devrait être préparé par les autres et il faudrait apprendre à de nouvelles personnes.

L'occasion était favorable. Si les talents avaient été perdus — et l'existence de ces créatures était si brève que bien des talents avaient été perdus, en fait, pendant qu'il était désactivé — il aurait été nécessaire d'obliger certains d'entre eux à pratiquer une opération de chirurgie cérébrale sur les autres afin d'être prêts au cas où il déciderait que ces nouveaux intrus devraient également être stockés.

Poursuivant dans l'ordre des priorités, le Plus Vieux donna d'autres instructions. Les plants morts ou affaiblis devaient être remplacés. Tous les secteurs autorisés d'Ici seraient visités au moins une fois par mois. Et, dans la mesure où le nombre des enfants et des adolescents était réduit à onze, il faudrait que cinq bébés naissent chaque année, et ce, pendant les dix années à venir.

Le Plus Vieux coupa ses récepteurs externes, reprit place aux terminaux centraux de communication et se brancha sur ses mémoires à long terme. Ses enfants se dispersaient dans tout le fuseau central au fur et à mesure que le chef donnait à chacun ses instructions. Six d'entre eux partaient déterrer de nouveaux buissons à baies et des vignes aériennes, d'autres allaient s'occuper des captifs ou des besognes domestiques, et plusieurs couples étaient assignés à la reproduction. Tout autre plan était pour eux annulé. Le Plus Vieux se fit la réflexion que, cette fois, il était plutôt satisfait du comportement de ses enfants, et il ne se demanda pas si la réciproque était vraie.

Il avait d'autres sujets de préoccupation.

Même lorsque ses capteurs externes étaient réduits à l'activité minimale, le Plus Vieux ne se reposait pas vraiment. Il assimilait les nouveaux facteurs recueillis dans son magasin de référence. Il y avait du changement. Le changement était un danger. Mais il représentait aussi des possibilités si on savait l'aborder. Le changement pouvait être utilisé pour parvenir à ses buts et non pour interférer dans ce qu'il avait à accomplir. Il avait donné les solutions immédiates et tactiques. A présent, il devait se consacrer à l'ultime et au stratégique.

Il plongea dans la mémoire profonde. Certains des souvenirs qui s'y trouvaient se rapportaient à des événements si lointains dans l'espace et dans le temps qu'ils l'effrayaient lui-même. (Comment avait-il pu faire preuve de tant d'audace !) D'autres étaient très proches, et ils n'étaient pas effrayants. Par exemple, il y avait ces intelligences d'intrus qui avaient été stockées et que le garçon appelait les « Hommes Morts ». Il n'y avait rien d'effrayant en eux. Mais le Plus Vieux les trouvait tellement irritants.

Lorsque les premiers intrus s'étaient fourvoyés Ici, le Plus Vieux avait eu un moment de terreur. Qui étaient-ils, ces exilés qui arrivaient, épuisés, dans leurs minuscules vaisseaux ? Ils n'avaient pas la moindre explication de leur origine. Etaient-ils donc ces seigneurs qu'il tentait de servir de son mieux ? Venus pour lui faire reproche de sa présomption ?

Très vite, il sut qu'il n'en était rien. Etaient-ils alors une autre race de servants des seigneurs qui pourraient lui enseigner d'autres façons de servir ? Non, ils n'étaient pas cela non plus. Les intrus étaient des vagabonds. Ils étaient arrivés Ici par hasard, dans de vieux vaisseaux abandonnés dont ils ne savaient pas vraiment se servir. Et lorsqu'ils atteignaient Ici et que leurs directeurs de trajectoire étaient neutralisés, comme prévu, ils étaient frappés de terreur.

Il était apparu qu'ils n'étaient même pas intéressants. Le Plus Vieux leur avait consacré bien des jours de son existence quand ils avaient fait leur apparition. Il y en avait d'abord eu un, puis un deuxième aventurier solitaire avait suivi, et ensuite un groupe de trois. En tout, ils avaient été près de vingt, venus dans deux vaisseaux, sans compter l'enfant qui était né Ici. Et aucun d'entre eux ne méritait qu'il s'en occupe. Il avait fait sacrifier les premiers par ses enfants immédiatement, pour que leur intelligence soit stockée dans une machine, ce qui, pour lui, était plus pratique. Il avait plus tard donné l'ordre que les suivants soient épargnés, qu'on leur permette même de circuler librement, car il lui était apparu qu'ils pouvaient être plus intéressants en tant que vie indépendante dans les secteurs inutilisés d'Ici. Il leur avait fourni tout ce dont ils pouvaient avoir besoin, selon lui. Il avait même donné l'immortalité à certains d'entre eux, exactement comme elle lui avait été donnée à lui et à moins d'un sur cent mille de ses enfants. Ç'avait été un pur gaspillage. Vivants et livrés à leurs caprices, ou stockés pour l'éternité, ils causaient plus de mal que de bien. Avec eux, ils avaient amené des maladies dont certains de ses enfants étaient morts. Puis, à leur tour, ils avaient pris les maladies des enfants et quelques-uns en étaient morts. Et puis, ils ne se stockaient pas bien. Ils avaient été correctement programmés dans ses mémoires à long terme selon les mêmes techniques qui avaient été utilisées pour lui, sous la direction de la machine, des milliers de siècles auparavant, avant d'être enseignées à ses enfants. Mais ils se comportaient de façon médiocre. Leur perception du temps était déficiente. Leurs réponses, lorsqu'on les interrogeait, étaient aléatoires. Certains niveaux de leur mémoire avaient disparu. Quelques-uns refusaient toute lecture. La faute n'était certainement pas aux techniques employées. Les intrus avaient été déficients dès le départ.

Lorsque le Plus Vieux avait été fait immortel après sa mort charnelle, il s'était retrouvé tel qu'en lui-même. Tous les talents, toute la connaissance qu'il avait pu acquérir durant sa vie avaient été reproduits et stockés par la machine. De même pour ceux de ses enfants, qu'il choisissait à intervalles réguliers. De même pour ses ancêtres, si loin dans le passé de son existence qui, pour immense qu'elle fût, semblait réduite en comparaison. De même pour ces autres mémoires stockées qu'il répugnait à consulter.

Mais pas pour les intrus. Il y avait quelque chose qui n'allait pas dans leur chimie. Ils étaient imparfaitement enregistrés et leurs souvenirs étaient erratiques. Il lui était arrivé de penser qu'il valait mieux tous les effacer. Il avait rejeté les petites sphères de stockage et leurs systèmes de lecture à la périphérie la plus lointaine d'Ici et jamais ses enfants ne s'en approchaient. Finalement, c'était par souci d'économie qu'il avait décidé de les garder. Il pourrait avoir besoin d'eux.

Et le moment était peut-être venu.

Avec un sentiment de répulsion, pareil à celui qu'un homme éprouve lorsqu'il doit récupérer un bijou perdu dans la boue de l'égout, le Plus Vieux établit les connexions qui le reliaient aux esprits des intrus.

Et il recula de stupeur.

Trois des enfants, qui conduisaient Janine au rapporteur, virent que les effecteurs du Plus Vieux tremblaient et que ses objectifs extérieurs venaient de s'ouvrir. Ils trébuchèrent puis s'arrêtèrent, attendant avec crainte ce qui allait se passer.

Il ne se passa rien. Les effecteurs se détendirent à nouveau. Les objectifs des capteurs optiques se mirent au repos. Après un instant, les enfants retrouvèrent leur calme et traînèrent Janine jusqu'à la couche de métal.

Mais, dans sa carapace de métal, le Plus Vieux avait reçu le plus grand choc qu'il eût jamais reçu depuis bien des réveils. Quelque chose interférait dans les mémoires stockées ! Ils n'étaient pas simplement fous. Fous, ils l'avaient toujours été. Non, c'était pire : ils étaient par certains côtés moins fous, ou du moins plus lucides, comme si quelque chose avait essayé de les reprogrammer. Ils avaient maintenant des entrées qu'il ne leur avait jamais données, des mémoires qu'il ignorait et dont le stockage n'avait pas été effectué à partir de leurs existences passées. Ces mémoires étaient neuves. Elles correspondaient à une connaissance organisée sur une échelle qui faisait paraître la sienne minuscule. Des astronefs et des machines. Des êtres vivants et intelligents par milliards. Des machines intelligentes qui semblaient lentes et presque stupides selon ses standards mais qui possédaient des réserves incroyables. Pas étonnant qu'il eût réagi physiquement, comme un homme arraché à sa rêverie.

Les intrus stockés avaient, d'une façon ou d'une autre, réussi à établir le contact avec la civilisation dont ils provenaient.

Il était facile au Plus Vieux de savoir de quelle façon. Entre Ici et la réserve alimentaire, en utilisant le réseau de communications depuis si longtemps abandonné. Déchiffrage et traitement à la réserve par une machine pitoyablement rudimentaire. Transmission sur des journées-lumière vers les planètes de l'étoile la plus proche en utilisant les pauvres impulsions électromagnétiques de la radio à vitesse-lumière. Méprisable ! Sauf si l'on en venait à considérer l'importance de l'information qui avait ainsi pu être transmise dans un sens comme dans l'autre. Le Plus Vieux se trouvait dans la situation d'un ingénieur en hydraulique, pétrifié au bas d'un barrage hydro-électrique par le spectacle d'un mince filet d'eau jaillissant à des centaines de mètres dans les airs par un trou minuscule, presque invisible. La quantité était infime, certes, mais qu'elle puisse s'écouler par un si petit orifice révélait la présence d'une masse énorme de l'autre côté du barrage.

Et la fuite fonctionnait dans les deux sens.

Le Plus Vieux dut admettre qu'il s'était montré négligent. En interrogeant les intrus stockés pour savoir ce qu'ils avaient appris, il leur avait laissé apprendre trop de choses à son propos. Et à propos d'Ici. De la technologie qui gouvernait Ici.

A propos du but auquel sa vie était vouée, et à propos des seigneurs qu'il devait servir tout au long de cette vie.

Au moins, la fuite avait été ténue et les transmissions brouillées par les imperfections des intelligences stockées. Aucun niveau de ce stockage n'était inaccessible au Plus Vieux. Il ouvrit toutes les mémoires et les déchiffra toutes. Il ne leur « parla » pas. Il laissa simplement leurs esprits affluer dans le sien. Les Hommes Morts ne pouvaient lui résister, pas plus qu'une grenouille sur la table de dissection ne peut se soustraire au scalpel du chirurgien.

Quand ce fut achevé, il se retira pour méditer.

Ses plans étaient-ils menacés ?

Il activa ses circuits de sondage internes et une projection tridimensionnelle de la galaxie apparut dans son « esprit ». Elle n'existait pas réellement. Aucune personne dans l'univers n'aurait pu la voir. Lui-même ne la « voyait » pas, il en avait simplement conscience. C'était une sorte de trompe-l'œil, une illusion d'optique qui n'était pas optique. Et sur cette illusion, très loin, un objet apparut, dans un halo de lumière. Il y avait de nombreux siècles que le Plus Vieux n'avait pas observé cet objet. Le moment était venu de le regarder à nouveau.

Le Plus Vieux s'avança et activa des stocks de mémoires qui sommeillaient depuis longtemps.

Ce n'était pas une expérience facile. C'était plus ou moins l'équivalent d'une séance sur le divan du psychanalyste pour un être humain, car le Plus Vieux mettait à nu des pensées, des souvenirs, des remords, des chagrins et des doutes que son esprit « conscient » — les circuits de raisonnement et de résolution — avait depuis longtemps décidé de tenir à l'écart. Mais ces mémoires n'avaient pas été effacées. Elles n'étaient pas affaiblies. Elles recelaient toujours la « honte », la « peur ». Faisait-il ce qui convenait ? Osait-il agir de sa propre responsabilité ? Les anciens arguments tournaient en rond dans son esprit tout comme ils avaient tourné, déjà, deux cent mille ans auparavant, sans que la solution soit plus proche. Il n'était pas possible au Plus Vieux de se réfugier dans la dépression ou l'hystérie. Ses circuits ne le lui auraient pas permis.

Mais il lui était possible, cependant, d'éprouver de la terreur.

Après une période qui se prolongea, il sortit de son introspection. Il avait toujours peur. Mais il était décidé. Il devait agir.

Quand le Plus Vieux s'éveilla de nouveau, les enfants se dispersèrent, terrifiés.

Ses effecteurs avant tremblèrent, se redressèrent et pointèrent vers une jeune femelle qui passait à portée. Toute autre aurait fait l'affaire.

— Viens avec moi, ordonna le Plus Vieux.

Elle le suivit en sanglotant. Son compagnon lui emboîta le pas tandis qu'elle se dirigeait avec le Plus Vieux vers un couloir doré. Mais on ne l'avait pas autorisé à la suivre et il s'arrêta et les regarda s'éloigner avec tristesse. Il y avait dix minutes, ils étaient occupés à s'accoupler, obéissant avec plaisir aux ordres. Maintenant, il n'était pas certain de jamais la revoir.

La vitesse de déplacement du Plus Vieux n'était qu'à peine plus importante que celle d'une marche rapide mais cette faible différence obligeait la jeune femelle à trottiner derrière lui en haletant et en pleurant.

Il glissait à présent devant des machines anciennes dont l'usage s'était perdu même dans ses plus lointains souvenirs — des dresseurs de murs, des atterrisseurs vastes comme des immeubles, une petite chose bizarre avec six hélices, pareille à un hélicoptère, qui avait été utilisée autrefois — mais la mémoire du Plus Vieux ne remontait pas aussi loin — pour semer les anges du Paradis Heechee.

Les écheveaux dorés devinrent d'un argent rayonnant et les argentés d'un blanc pur. Un passage que jamais aucun des enfants n'avait emprunté s'ouvrit devant eux. A l'approche du Plus Vieux, une lourde porte se fendit et s'écarta. La femelle était à bout de souffle quand ils pénétrèrent dans ce lieu où jamais elle n'était venue et dont elle avait jusque-là ignoré l'existence, où les écheveaux palpitaient dans les parois de dizaines de couleurs diverses, où des formes étranges clignotaient tout autour de la grande salle plongée dans la pénombre.

Mais le moment n'était pas encore venu de se reposer.

— Va là-bas, lui dit le Plus Vieux. Règle ces volants. Regarde et fais comme moi.

Des tableaux de commande étaient disposés sur deux parois opposées, trop éloignés pour qu'un seul opérateur pût suffire. Devant chacun d'eux, un siège incliné était arrimé au sol. La femelle s'y installa et le trouva très inconfortable. Devant elle, il y avait un véritable amas de volants crantés. Dix étaient placés en ligne et toutes les couleurs de l'arc-en-ciel brillaient doucement entre eux. Le Plus Vieux dédaigna le siège, tendit un effecteur vers le volant le plus proche et le tourna lentement. Les lumières vacillèrent puis se mirent à clignoter. Le vert devint plus vif, passa au jaune, à l'orange pâle avec, au centre, trois lignes ocre.

— Fais la même chose! dit le Plus Vieux.

La jeune femelle essaya de lui obéir. Le volant lui parut terriblement dur à tourner, comme s'il n'avait pas été utilisé depuis fort longtemps. (Ce qui était vrai.) Les couleurs tournoyaient et se confondaient et il lui fallut une éternité pour reproduire la configuration du Plus Vieux. Il ne lui fit aucun reproche et ne la stimula à aucun moment. Il attendait simplement. Il savait qu'elle faisait de son mieux. Quand les dix volants montrèrent enfin la disposition de couleurs qu'il lui avait indiquée, les larmes avaient séché, mais la sueur lui brûlait les yeux et perlait en gouttes dans les poils rares de sa jeune barbe.

Les couleurs n'étaient pas parfaitement ajustées. Entre les deux tableaux de commande double, dont la superposition assurait la sécurité, la rosace d'écrans qui aurait dû leur montrer maintenant les coordonnées de trajectoire restait vide. Cela n'avait rien de surprenant. Ce qui eût été surprenant, c'est que tous les contrôles marchent à la perfection après huit cent mille ans d'attente.

Mais ils finirent par marcher.

Le Plus Vieux toucha quelque chose sous son propre tableau et aussitôt, merveilleusement, les lumières acquirent une existence qui leur était propre. Leur éclat se fit un instant plus sourd, puis plus vif à nouveau. Les réglages d'accord automatiques venaient d'entrer en fonction et les deux schémas lumineux étaient devenus identiques. La rosace d'écrans s'emplit de lignes et de points lumineux. Il y avait de la peur dans le regard de la jeune femelle. Elle ignorait totalement que ce qu'elle voyait était un paysage stellaire. Car elle n'avait jamais vu d'étoile, elle n'en avait jamais entendu parler.

Mais elle ressentit très bien ce qui advint immédiatement après.

Comme chacun le ressentit dans Ici. Les captifs dans leurs cellules, la centaine d'enfants éparpillés dans toute la structure, la jeune femelle et le Plus Vieux lui-même. Tous éprouvèrent une nausée quand l'éternelle gravité cessa brusquement pour être remplacée par l'apesanteur ponctuée de brèves poussées de pseudo-accélération.

Après avoir tourné lentement durant sept cent cinquante mille années autour du lointain soleil de la Terre, l'artefact se plaça sur une orbite nouvelle et commença à s'éloigner.

S. Ya. Lavorovna

A cinq heures quinze du matin, très précisément, une douce clarté verte apparut dans le moniteur de chevet de S. Ya. Lavorovna-Broadhead. Elle n'était pas assez intense pour la déranger dans son sommeil profond, mais elle avait été à demi éveillée.

— Très bien, dit-elle. Inutile de poursuivre ce programme. Je ne dors plus, à présent. Donne-moi seulement un petit instant.

— *Da, gospozha*, fit sa secrétaire, mais la clarté verte ne disparut pas.

Si S. Ya. ne donnait pas d'autres signes d'éveil, sa secrétaire émettrait un bourdonnement discret dans une minute sans se préoccuper de ce qui lui avait été ordonné. C'était ce qu'on lui avait dit de faire lorsque le programme avait été écrit.

Cette fois, ce fut inutile. Essie s'était réveillée avec des pensées claires. Elle devait être encore une fois opérée ce matin et Robin ne serait pas là. L'avertissement du vieux Payter Herter leur avait donné suffisamment de temps pour se préparer à son invasion des esprits. Ils n'avaient subi aucun dommage. Aucun dommage réel. Parce qu'ils avaient retardé et reporté les opérations en toute hâte. Et, dans l'intervalle, les déplacements de Robin avaient été inextricablement perturbés.

Elle avait pitié de lui. Pire encore, elle avait peur. Mais ce n'était pas comme s'il n'avait pas essayé. Après tout, c'était une consolation qu'elle acceptat. Oui, cela la réconfortait de se dire qu'il avait essayé.

— Ai-je le droit de manger? demanda-t-elle.

— Non, *gospozha* Broadhead. Rien, pas même un verre d'eau. Voulez-vous entendre les messages ?

— Peut-être... Mais lesquels ?

S'ils présentaient quelque intérêt, se dit-elle, elle les accepterait. Tout était bon qui pouvait lui faire oublier la chirurgie et le supplice des cathéters et des tubes qui la clouaient dans son lit.

— Il y a un message vocal de votre mari, *gospozha*, mais si vous préférez, je peux le joindre en direct. S'il se trouve encore où je l'ai localisé.

— Oui, essaie.

En attendant, elle s'assit au bord de son lit. Elle se dit que, plus probablement, son époux devait être dans une salle de transit et qu'on allait l'appeler aux communications. Lentement, avec précaution, elle se leva en prenant soin de ne pas choquer les tubes qui l'entouraient. Elle ne se sentait pas mal, juste un peu faible. Et elle avait peur aussi. Et soif. Elle tremblait même un peu. Mais... non, elle ne ressentait pas la moindre douleur. Ç'aurait peut-être été plus sérieux, se dit-elle, si elle avait plus souffert, et ç'aurait peut-être même été mieux ainsi. Tous ces longs mois d'ennui ne lui avaient apporté que de l'irritation. Il y avait trop d'Anna Karénine en elle pour supporter de *souffrir.* Comme le monde était devenu médiocre ! Sa vie ne tenait qu'à un fil et tout ce qu'elle éprouvait n'était qu'un certain inconfort de la partie intime de son individu.

— *Gospozha* Broadhead ?

— Oui ?

Le programme passa en visuel. Sa secrétaire prit un air d'excuse.

— Pour l'instant, on ne peut joindre votre mari. Il a quitté Dallas à destination de Mexico. Tous les circuits de communication de l'appareil sont pour l'heure réservés à la navigation.

— Mexico ? Dallas ? (Le pauvre ! Pour la retrouver, il serait capable de faire sans arrêt le tour de la Terre !) Bien, en ce cas, donne-moi son message enregistré.

— *Da, gospozha.*

Le visage de sa secrétaire disparut en même temps que la clarté verte et la voix de son mari résonna dans le silence.

— Chérie, j'ai quelques ennuis dans mes correspondances. J'ai pris un charter jusqu'à Merida. Je devais avoir le vol de Miami, mais je l'ai raté. J'espère prendre la correspondance pour Dallas et... En tout cas, j'arrive.

Un instant de silence. A son ton, elle le savait agité, ce qui n'avait rien de surprenant. Elle pouvait presque le voir, cherchant quelque chose de gentil et d'encourageant à lui dire. Mais il ne trouvait que des paroles décousues. Il lui parlait de la grande nouvelle à propos des éventails à prière. A propos des Heechees qui n'étaient que des Heechees et... n'importe quoi, en fait, se dit-elle. Pauvre être! Il essayait d'avoir le moral parce qu'il lui parlait. Mais Essie écoutait le son de son cœur et pas vraiment ses paroles. Il s'interrompit enfin et dit :

— Bon sang, Essie! J'aimerais tant être là. Mais j'arrive. Aussi vite que je le peux, tu sais. Entre-temps... ne fais pas d'imprudences, chérie. Et si tu as un moment avant que... que Wilma commence... j'ai dit à Albert de te retransmettre l'essentiel. Tu sais, c'est un bon programme, ce vieil Albert... (Un long silence.) Je t'aime.

Il n'était plus là.

S. Ya. se laissa de nouveau aller sur son lit qui bourdonnait doucement en se demandant ce qu'elle allait faire de ses prochaines heures, qui seraient peut-être les dernières de son existence. Son époux lui manquait, et plus particulièrement maintenant qu'il lui apparaissait, sous bien des aspects, comme plutôt stupide.

« Ce vieil Albert! Un bon programme! » Cet idiot faisait de l'anthropomorphisme avec les programmes! Albert Einstein était — elle ne trouvait pas d'autre terme — un *chouette* programme! Et ç'avait été l'idée de Robin de donner à l'unité de bio-test l'apparence d'un gentil petit animal domestique. Et même un nom! *Squiffy.* Pourquoi ne pas baptiser les aspirateurs, les carabines ? Complètement idiot... Mais, de la part de quelqu'un que l'on aimait, cela ne faisait que renforcer l'affection.

Pourtant, les machines étaient des machines. A l'institut d'Akademogorsk, la jeune S. Ya. Lavorovna avait appris en long et en large que l'intelligence mécanique ne pouvait rien avoir de « personnel ». On construisait les machines en passant de la caisse enregistreuse à la calculatrice et en les gavant de données. On leur remplissait tout un magasin de réponses appropriées aux stimuli et on leur fournissait une échelle de convenances hiérarchiques. Et c'était tout. Il est certain que, de temps en temps, on pouvait être surpris par les résultats d'un programme que l'on avait soi-même écrit. Bien sûr : c'était normal. Telle était la nature de l'exercice. Mais rien en cela n'impliquait l'existence d'un libre arbitre de la machine, ni même d'une identité personnelle.

Et il était tout aussi touchant de le voir plaisanter avec ses programmes. C'était un homme touchant. Et il la touchait dans ses points les plus vulnérables parce que, de bien des façons, il ressemblait au seul autre homme qui eût compté dans sa vie : son père.

Lorsque Semya Yagrodna était encore une toute petite fille, son père avait été le centre du monde. C'était un homme grand et mince. Il était âgé et jouait de la mandoline et de l'ukulélé. Il enseignait la biologie au lycée. Il était ravi d'avoir une enfant si curieuse, si brillante. Il aurait été plus heureux encore si elle avait été attirée par les sciences pures plutôt que par la technologie et la physique. Mais il ne l'adorait pas moins telle qu'elle était. Quand il avait été dans une impasse où il ne pouvait plus lui enseigner les mathématiques parce qu'elle le surpassait, il s'était mis à lui apprendre le monde.

— Il faut que tu saches ce que tu vas avoir à affronter, lui disait-il. Ici. Dès maintenant. Même lorsque j'étais un petit garçon, du temps de Staline, quand les mouvements féminins proposaient des filles pour commander des groupes de mitrailleuses ou pour conduire des tracteurs, c'était comme ça. Et c'est toujours comme ça, Semka. C'est un fait admis que les mathématiques sont pour les jeunes et que les filles arrivent à égaler les garçons à moins de quinze ans, peut-être, ou au plus jusqu'à vingt ans. Et puis, quand les garçons deviennent des Lobatchevski et des Fermat, les filles s'arrêtent. Pourquoi ? Pour avoir des enfants. Pour se marier. Et Dieu seul sait pour quoi encore. Mais il ne faut pas que ce soit comme ça pour toi, ma petite colombe. Apprends ! Lis ! Etudie ! Comprends ! Tous les jours, autant d'heures que possible ! Et je t'aiderai par tous les moyens possibles !

Et il le fit. Et de huit à dix-huit ans, la jeune Semya Yagrodna Lavorovna fit le trajet de l'école à la maison. Chaque jour, elle posait d'abord son sac à leur appartement, en prenait un autre et courait vers la vieille maison jaune de Nevsky Prospekt où vivait son tuteur. Si elle n'avait jamais laissé tomber les mathématiques, c'était bien grâce à son père. Elle n'avait jamais appris à danser, ni à se maquiller et se parfumer, et encore moins à accepter des rendez-vous. Pas jusqu'à son arrivée à Akademogorsk, du moins, et ça aussi c'était grâce à son père. A chaque fois que le monde avait essayé de la faire entrer dans son rôle de femme, il l'avait défendue comme un tigre. Mais à la maison, bien sûr, il y avait la cuisine et la couture à faire, les chaises en bois de rose à cirer et son père ne faisait rien de tout ça. Non, par son physique il ne ressemblait en rien à Robin Broadhead... mais par bien d'autres traits, il était presque exactement comme lui !

Ils se connaissaient depuis moins d'un an quand Robin lui avait demandé de l'épouser. Il lui avait fallu encore une année pour dire oui. Elle avait parlé de cette liaison à tous ceux qui l'entouraient, à tous ceux qu'elle rencontrait. Sa compagne de chambre. Le doyen du département. Son ex-amoureux qui avait épousé la fille d'à côté. Tous, ils lui avaient dit : « Ne t'approche pas de celui-là, S. Ya. » A première vue, c'était un conseil qui semblait raisonnable, car qui était-il ? Un millionnaire qui pleurait une femme qu'il avait tragiquement perdue, toujours accablé par les remords après des années de psychanalyse intensive. La description parfaite des conditions d'une superbe catastrophe conjugale ! Pourtant... d'un autre côté...

Pourtant, il la touchait. Ils étaient allés à La Nouvelle-Orléans pour le mardi gras. Il faisait un froid piquant et ils avaient passé la plupart du temps dans le Café du Monde, sans même sortir pour aller voir la parade. Ou bien alors ils ne quittaient pas leur hôtel, bien à l'abri des giboulées et de la foule. Ils faisaient l'amour et n'émergeaient que le matin pour dévorer des pains au sucre arrosés de café au lait et à la chicorée. Robin se faisait une règle d'être galant.

— Ferons-nous une croisière sur le fleuve aujourd'hui ? Et si nous visitions une galerie d'art ? Nous pourrions aller danser dans un night-club, ce soir ?

Mais elle savait très bien qu'il n'avait pas la moindre envie de tout ça. Cet homme qui avait le double de son âge et qui voulait l'épouser restait assis, les mains refermées sur sa tasse de café, comme s'il allait employer sa journée à se réchauffer. C'est alors qu'elle s'était décidée.

— Je pense que nous ferions mieux de nous marier, après tout, avait-elle dit simplement.

Et ils s'étaient mariés. Pas le jour même, mais dès que ç'avait été possible. S. Ya. ne l'avait jamais regretté. Non, ce n'était pas un acte qu'elle pouvait regretter. Après quelques semaines, elle ne s'était même plus posé la question de savoir quel avenir les attendait. Il n'était ni jaloux ni méchant. S'il était très souvent pris par son travail, elle ne pouvait le lui reprocher. C'était pareil pour elle.

Il n'y avait que la question de cette femme, cette Gelle-Klara Moynlin, cet amour perdu.

Elle pouvait être morte. Et peut-être cela valait-il mieux, de toute façon, car elle était à jamais hors de portée du monde des humains. C'était ainsi à cause des lois fondamentales de la physique... Mais, parfois... Parfois, Essie en était certaine, son mari ne semblait pas vraiment le croire.

Et elle se demandait dans ces moments : s'il existait un choix à faire entre nous deux, que déciderait Robin ?

Et si, après tout, il apparaissait que les lois de la physique pouvaient souffrir une ou deux exceptions ?

Par exemple, il y avait les vaisseaux Heechees. Comment leur appliquer les lois de la physique ? Comme tout le monde, pendant très longtemps S. Ya. avait été intriguée par le problème que posaient les Heechees. Elle n'était encore qu'une petite écolière quand on avait découvert l'astéroïde de la Grande Porte. Toutes les semaines, les découvertes faisaient les grands titres de l'information. Certaines de ses camarades de cours avaient sauté le pas et s'étaient spécialisées dans la théorie des systèmes de contrôle Heechees. Deux d'entre elles étaient à la Grande Porte. Et trois autres, au moins, étaient parties pour une Sortie et n'étaient jamais revenues.

Les vaisseaux Heechees n'étaient pas incontrôlables. En fait, ils pouvaient être contrôlés avec précision. On connaissait le mécanisme superficiel du processus. Chaque vaisseau possédait cinq verniers de poussée principale et cinq auxiliaires. Ils localisaient des coordonnées spatiales (comment ?) et, une fois sa trajectoire réglée, le vaisseau partait. Mais comment ? La question se posait encore une fois. Puis il retournait tout droit à son point de départ, du moins en général, s'il ne tombait pas à court de carburant ou s'il ne lui arrivait pas un accident. C'était un prodige de cybernétique qu'aucune entreprise humaine, selon S. Ya. n'aurait pu reproduire. Le vrai problème était que, jusqu'à cette heure, aucun être humain n'avait été capable de lire les contrôles.

Mais dans l'heure qui allait suivre ? Et dans celle d'après ? Avec toutes ces informations qui se déversaient en permanence de l'Usine alimentaire et du Paradis Heechee, avec ces Hommes Morts qui parlaient, avec au moins le premier pilote humain à demi compétent : le garçon, Wan — avec tout cela, et surtout le torrent de connaissances qui allait jaillir des éventails à prières...

Combien de temps s'écoulerait avant que tous les mystères soient résolus ? Pas si longtemps que ça, peut-être.

S. Ya. aurait aimé faire partie de tout ça, comme ses camarades de cours. Comme son mari. Elle le souhaitait d'autant plus qu'elle n'avait pas la moindre idée du rôle qu'il préférerait jouer. Mais elle entretenait toujours un soupçon. Si jamais Robin parvenait à contrôler un vaisseau Heechee, elle croyait savoir quelle destination il choisirait entre toutes celles qui étaient possibles dans l'univers.

— Il me reste combien de temps ? demanda Semya Yagrodna Lavorovna-Broadhead à sa secrétaire.

— Il est maintenant cinq heures vingt-deux. Le Dr Liedermann devrait arriver à six heures quarante-cinq. On vous préparera alors pour l'opération, prévue pour huit heures exactement. Il vous reste un peu plus d'une heure et quart. Peut-être préféreriez-vous vous reposer ?

S. Ya. eut un petit rire étouffé. Les conseils de ses programmes l'amusaient toujours. Mais elle n'avait pas envie de répondre quoi que ce soit.

— Les menus d'aujourd'hui et de demain sont-ils prêts ? demanda-t-elle.

— *Nyet, gospozha.*

Elle en fut à la fois soulagée et désappointée. Au moins, Robin n'avait pas prévu de plats trop nourrissants aujourd'hui — ou bien ses recommandations avaient-elles été annulées en perspective de l'opération ?

— Choisis quelque chose, ordonna-t-elle.

Le programme était tout à fait capable d'arranger des menus. C'était uniquement à cause de Robin que tous deux se mêlaient de ce genre de routine domestique. Mais Robin était Robin et, à certains moments, il faisait de la cuisine un hobby, il s'amusait à hacher les oignons en tranches aussi fines que possible pour une salade, ou à touiller un ragoût des heures durant. Quelquefois, c'était abominable, d'autres fois, mangeable. Mais Essie ne faisait pas une très bonne critique car ce qu'elle mangeait ne la passionnait pas particulièrement. Et aussi parce qu'elle était très heureuse de ne pas se préoccuper de ce genre de problème. Dans ce domaine, à vrai dire, Robin arrivait à surpasser son père.

— Non, attends, ajouta-t-elle soudain comme si une pensée lui venait brusquement. Quand Robin arrivera, il sera affamé. Sers-lui un petit snack. Tu sais, ces pains avec le café Nouvelle-Orléans. Comme au Café du Monde...

— Da, gospozha.

Petite sournoise, se dit Essie en souriant. Il lui restait une heure et douze minutes.

Un peu de repos ne lui ferait pas de mal.

Mais, d'un autre côté, elle n'avait absolument pas sommeil.

Elle se dit qu'elle pourrait interroger encore une fois son programme médical. Mais elle n'avait pas envie d'entendre à nouveau la liste des interventions qui l'attendaient. Tous ces gros morceaux que l'on allait prélever sur le corps de quelqu'un d'autre pour la sauver ! Un rein, oui, d'accord. On pouvait toujours en vendre un et vivre normalement. Durant ses études, Essie avait eu des amies qui avaient fait cela et elle s'était souvent dit qu'il lui aurait suffi d'être un peu plus pauvre pour en arriver à une telle solution. Mais les quelques connaissances en anatomie qu'elle avait acquises sur les genoux de son père lui permettaient de penser que la ou les personnes qui lui avaient fourni tous les tissus qu'on allait lui greffer ne vivraient plus normalement. Et elle en éprouvait un sentiment désagréable.

Presque aussi désagréable que la pensée qui lui revenait régulièrement : même avec la Médication Totale, elle risquait de ne pas survivre à cette nouvelle invasion de son organisme par les bistouris et les scalpels de Wilma Liedermann.

Une heure et onze minutes.

Elle s'assit une fois encore. Qu'elle dût vivre ou non, elle était une femme dévouée tout comme elle avait été une fille dévouée, et si Robin désirait qu'elle s'intéresse aux Heechees et aux éventails à prières, elle s'y intéresserait.

Elle se tourna vers le terminal et demanda :

— Je voudrais le programme Albert Einstein.

Soixante milliards de gigabits

En disant : « Je voudrais le programme Albert Einstein », Essie Broadhead déclenchait un grand nombre d'événements. Pour la plupart, ils étaient imperceptibles aux sens ordinaires. Ils n'avaient pas lieu dans le monde physique macroscopique mais dans un univers essentiellement composé de charges et de trajectoires à l'échelle de l'électron. Les unités individuelles étaient minuscules, mais le total ne l'était pas, qui rassemblait quelque soixante milliards de gigabits d'information.

A Akademogorsk, les professeurs de la jeune S. Ya. l'avaient familiarisée avec les logiciels d'ordinateur à base d'optique ionique et de bulles magnétiques qui étaient alors devenus courants. Elle avait su faire accomplir des choses merveilleuses à ses ordinateurs. Ils pouvaient lui donner des nombres primaires de plusieurs millions de chiffres, ou bien calculer l'effet des marées sur une flaque de boue sur un millier d'années.

Il suffisait qu'un enfant écrive « maison » ou « papa », et ils dressaient des plans d'architecture ou proposaient un mannequin homme pour tailleur. Ils pouvaient mettre la maison en rotation, lui ajouter une marquise, la revêtir de stuc ou bien de lierre. Ils pouvaient ajouter une barbe au mannequin, une perruque, l'habiller pour le yachting ou le golf, pour une réunion de conseil d'administration ou un cocktail. Pour Semka, à dix-neuf ans, c'étaient là de merveilleux programmes. Elle avait été passionnée. Mais, depuis, elle avait grandi. Ces programmes d'autrefois n'étaient que de fragiles et timides caricatures par rapport à ceux qu'elle écrivait maintenant, pour sa secrétaire, pour

« Albert Einstein » et pour ses nombreux clients. Car elle avait à présent l'avantage des circuits empruntés à la technologie Heechee et d'une mémoire vive dont la capacité était de 6×10^{19} bits.

Bien entendu, Albert ne se servait pas constamment de soixante milliards de gigabits. En premier lieu, ils n'étaient pas tous disponibles. Et même les banques disponibles étaient occupées par des dizaines de milliers de programmes tout aussi subtils et complexes qu'Albert et par des dizaines de millions d'autres, plus rudimentaires. Le programme appelé « Albert Einstein » se faufilait entre ces millions d'autres programmes sans interférence. Des feux de circulation le détournaient des circuits occupés. Des panneaux indicateurs le guidaient vers les annexes et les archives nécessaires à ses fonctions. Son trajet n'était jamais en ligne droite. C'était un arbre dont les branches partaient d'autant de points de décision qu'un éclair fait de zigzags, de bifurcations et de demi-tours. En fait, ce n'était pas à proprement parler un « trajet ». Albert ne se déplaçait jamais. Il ne se trouvait jamais en un lieu spécifique à partir duquel il eût bougé. On peut même mettre en doute le fait qu'Albert « existait » en fin de compte. Car il n'avait pas d'existence continue. Quand Robin Broadhead en avait fini avec lui et l'éteignait, il cessait d'être et ses unités annexes passaient à d'autres tâches. Lorsqu'il était rallumé, il se recréait aussitôt à partir des circuits disponibles selon le programme écrit par S. Ya. Il n'était pas plus réel qu'une équation, et pas moins que Dieu.

— Je voudrais... avait dit S. Ya. Lavorovna-Broadhead.

Avant même que sa voix ait exprimé la première voyelle, la porte à activation sonore du récepteur du moniteur avait activé son programme-secrétaire. La secrétaire n'apparut pas. Elle lut la première trace du nom :

« ... le programme Albert... »

... la compara à sa banque d'ordres, fit une évaluation statistique de la suite et forma une instruction.

Mais elle n'avait pas fait que cela. Avant de former l'instruction, elle avait reconnu la voix de S. Ya. et confirmé qu'il s'agissait d'une personne autorisée — en fait, la personne qui l'avait écrite. Elle chercha dans sa banque les messages non encore transmis, en trouva plusieurs et évalua leur urgence. Elle explora rapidement les mesures télémétriques d'Essie afin d'estimer sa condition physique, retrouva la mémoire de l'intervention chirurgicale imminente, et compara ces données aux messages et à l'instruction reçus, décida que les messages n'avaient pas besoin d'être transmis immédiatement et qu'ils pouvaient en fait être détournés vers les suppléants d'Essie. Tout cela ne prit que très peu de temps et n'occupa qu'une fraction infime de l'ensemble du programme-secrétaire. Par exemple, elle n'avait pas besoin de se rappeler son apparence ni le son de sa voix. Elle ne s'en occupa donc pas.

Son instruction eut pour résultat de réveiller « Albert Einstein ».

Dans un premier temps, il ne sut pas qu'il était Albert Einstein. En lisant son programme, il découvrit plusieurs choses à son propos. D'abord, qu'il était un programme interactif de recherche d'informations. A partir de là, il chercha et trouva des adresses pour les principales catégories d'informations qu'il était censé donner.

Deuxièmement, qu'il était heuristique et normatif, ce qui l'obligeait à respecter les règles qui déterminaient sa décision sous forme de portes OUI et NON. Troisièmement, qu'il était la propriété de Robin — Robinette, Rob, Robby, Bob, Bobby — Stetley Broadhead et que son interaction avec lui était fondée sur le fait qu'il le « connaissait ». Ce qui conduisit le programme Albert à accéder aux archives Robinette Broadhead pour passer leur contenu en revue — ce qui était jusque-là, et de loin, la partie la plus longue de sa tâche. Lorsque ce fut achevé, il découvrit son nom et les détails de son apparence. Il produisit plusieurs séries de choix de costumes arbitraires — pull-over, sweater ou sweat-shirt gris taché; pantoufles ou tennis fatiguées avec un orteil dehors; socquettes ou pieds nus — et apparut dans le cube du moniteur avec l'image du véritable Albert Einstein : pipe en main, le regard à la fois tendre, curieux et malicieux, avant même que le dernier écho de l'instruction se fût éteint.

— ...stein.

Il avait eu largement le temps pour tout. Pour prononcer son nom, il avait fallu à Essie près de quatre dixièmes de seconde.

Elle s'était exprimée en anglais et il la salua donc dans la même langue.

— Bon... (Vérification rapide de l'heure locale.) jour... (Vérification rapide de la tenue et de l'humeur d'Essie.), madame Broadhead.

Si S. Ya. avait été habillée pour le bureau, il l'aurait appelée « Lavorovna ».

Essie l'observa pendant plusieurs secondes, ce qui, pour Albert, était un temps infini. Mais il ne le gaspilla pas. Il était un programme à temps partagé et les secteurs de sa capacité qui n'étaient pas en phase d'activité à telle picoseconde étaient aussitôt divergés vers d'autres tâches. Quelle que fût l'instruction préliminaire. Tandis qu'Albert attendait, certaines des parties qui le composaient s'absentèrent pour aider d'autres programmes à établir des prévisions météo pour un bateau de pêche sportive qui quittait Long Island, pour apprendre la conjugaison française à une petite fille, pour animer une poupée érotique à l'usage d'un vieil ermite richissime et estimer les cours de l'or tels qu'ils étaient donnés par la Bourse de Pékin. Les tâches se présentaient en permanence. Lorsque leur cours, rarement, s'interrompait, il restait les problèmes de moindre urgence : l'analyse de la trajectoire de certaines particules, le réajustement de certaines orbites d'astéroïdes, l'état d'un million de chéquiers... Soixante milliards de gigabits pouvaient venir à bout de n'importe quoi en un clin d'œil.

Albert n'était pas comparable aux autres programmes de Robin — le juridique, le docteur, la secrétaire, le psychanalyste — pas plus qu'aux suppléants qui tenaient lieu de Robin Broadhead quand Robin était trop occupé ou, plus simplement, quand il n'avait pas envie de se manifester. Albert avait de nombreuses mémoires qu'il partageait en commun avec eux. Ils avaient tous mutuellement accès aux mémoires des uns et des autres. Chacun avait un univers d'action spécifique et chacun était voué à des objectifs spécifiques, mais ils ne pouvaient fonctionner correctement sans une connaissance mutuelle.

A part cela, ils étaient tous la propriété personnelle de Robin Broadhead et totalement inféodés à sa moindre volonté. Albert était sophistiqué au point de pouvoir relever des indices contextuels et de déduire des impératifs. Dans ses réponses, il n'était pas limité par ce que Robin lui disait. A partir de l'ensemble des déclarations de Robin, il était capable de lire des questions plus profondes à chacun des autres programmes. Albert ne pouvait pas trahir une confidence de Robin, pas plus qu'il ne pouvait éviter de reconnaître ce qui était confidentiel. En général.

Il y avait des exceptions. La personne qui avait écrit le programme d'Albert avait pu, par exemple, écrire un programme prioritaire. Et c'est ce qu'elle avait fait.

— Robin t'a demandé de me préparer des résumés, dit Essie à la chose intelligente qu'elle avait créée. Donne-les-moi.

Tandis que son programme acquiesçait, se grattait l'oreille avec le tuyau de sa pipe et commençait à parler, Essie l'observait d'un regard à la fois critique et admiratif. Oui, c'était réellement un bon programme, se disait-elle avec une certaine fierté. En fait, Albert était un personnage plutôt séduisant pour un ensemble d'impulsions électroniques stockées sur des disquettes souples faites de cristaux bichalcogènes qui avaient à peu près la structure d'une serviette humide.

Essie remit en place ses tuyaux et ses tubes et se cala sur ses oreillers pour écouter ce qu'Albert avait à lui dire. Tout était excessivement intéressant, passionnant. Même pour elle, même à cet instant, alors que dans moins — dans moins de quoi ? — une heure dix, elle allait être lavée, rasée et ouverte pour de nouvelles explorations de sa personne intime. Elle n'avait demandé à Albert, pour l'instant, que quelques montages de conversations antérieures et elle savait donc que de nombreuses unités avaient été divergées sur d'autres problèmes. Mais cependant, remarqua-t-elle avec une totale impartialité, ce qui subsistait était particulièrement efficace. La transition de l'Albert interactif attendant sa question à l'Albert mémoriel s'entretenant avec son époux se fit harmonieusement, sans le moindre à-coup. A moins qu'un esprit chagrin ne tînt compte de détails mineurs tels que la pipe éteinte puis soudain allumée ou bien encore les socquettes brusquement descendues sur les chevilles. Satisfaite, Essie porta toute son attention sur ce qui se passait. Il ne s'agissait pas seulement d'une conversation, comprit-elle. Il y en avait trois au moins. A Brasilia, Robin avait dû passer pas mal de temps à converser avec son programme scientifique et, tandis qu'elle enregistrait les dernières nouvelles, particulièrement excitantes, en provenance du Paradis Heechee, elle se souriait à elle-même. Elle découvrait que Robin n'avait pas utilisé son appartement à Brasilia à d'autres fins et elle s'amusait follement d'en éprouver une certaine satisfaction. Elle n'aurait pas pu lui en vouloir, pourtant, de se trouver une compagnie pour plusieurs nuits. Même une compagnie féminine. Dans les circonstances présentes, se disait-elle, avec une partenaire hors jeu, c'était une attitude normale. Elle aurait certainement fait la même chose. (En fait, non, pas *certainement*. Elle conservait une dose de pudibonderie suffisante pour entretenir un doute à cet égard...)

Mais elle devait bien admettre que cela lui était agréable et elle dirigea toute son attention sur les choses fascinantes qu'Albert avait à lui apprendre. Il se passait tant d'événements! Tant de faits nouveaux à absorber!

D'abord, les Heechees. Les Heechees du Paradis Heechee n'étaient pas des Heechees! Ou, du moins, les Anciens n'étaient pas des Heechees. Les bio-tests sur l'A.D.N. l'avaient prouvé, déclarait Albert à Robin avec une assurance absolue, ponctuant son discours de grands mouvements de pipe. Ce que le bio-test avait donné n'était pas une réponse, en fait, mais un puzzle, une chimie organique qui n'était pas vraiment humaine, mais pas suffisamment inhumaine non plus pour avoir évolué sur quelque planète d'un autre système.

— Et puis, ajoutait Albert en tirant sur sa pipe, il reste la question des sièges Heechees. Ils ne sont pas adaptés aux êtres humains. Mais pas aux Anciens non plus. Alors, qui les a conçus et pour qui ? Cela, hélas, nous l'ignorons encore, Robin...

Une brève saute d'image : les socquettes avaient disparu, la pipe était à nouveau bourrée et Albert parlait des éventails à prière. Oui, il n'avait pas résolu l'énigme qu'ils posaient, disait-il d'un ton humble. Le champ de la littérature était vaste mais il l'avait entièrement exploré. On avait essayé toutes les applications de la technologie et de l'énergie. Pourtant, ils demeuraient muets.

Albert craqua une allumette pour rallumer une énième fois sa pipe et déclara : « On pourrait imaginer que tous les éventails laissés par les Heechees ont subi un brouillage, peut-être pour nous faire le coup du supplice de Tantale. Mais je ne le crois pas. *Raffiniert ist der Herr Hietschie, aber boshaft ist er nicht*(1). »

En dépit de tout, Essie partit d'un grand éclat de rire. *Der Herr Hietschie...* Vraiment ! Avait-elle prévu ce sens de la comédie en écrivant le programme d'Albert ? Elle songea un instant à l'interrompre pour lui ordonner l'affichage des sections d'instructions en cause mais, déjà, c'était un autre enregistrement et un Albert un peu moins échevelé qui parlait d'astrophysique. A ce point de la conversation, Essie ferma presque ses oreilles. Elle était très rapidement saturée par les cosmologies bizarres. L'univers était-il ouvert ou fermé ? Ça ne

(1) Ce qui peut être traduit par : « M. Heechee est malin mais il n'est pas méchant. » (*N.D.T.*)

la passionnait pas vraiment. Quelle quantité de masse pouvait-on considérer comme « manquante », dans la mesure où l'on n'en trouvait pas assez pour justifier les effets gravitationnels connus ? Très bien, se dit Essie, elle est manquante. Elle n'avait pas la moindre envie de savoir où cette fameuse masse était passée. Certains déliraient à propos de tempêtes cosmiques et de pions indécelables. Quelqu'un d'autre — un certain Klube — soulevait la notion d'une masse créée à partir de rien. Ce qui l'intéressait encore moins. Mais, lorsque la conversation se porta sur les trous noirs, elle se mit à écouter attentivement. Non pas que le sujet la concernât vraiment. Mais il s'agissait de Robin.

Et tout en écoutant Albert, elle se fit la réflexion que c'était plutôt mesquin de sa part. Robin n'avait jamais eu ce genre de secret pour elle. Dès qu'ils s'étaient connus, il lui avait parlé du grand amour de sa vie, de cette femme appelée Gelle-Klara Moynlin qu'il avait laissée à l'intérieur d'un trou noir. En vérité, il lui avait dit bien plus qu'elle ne voulait en savoir.

— Stop ! dit-elle à Albert.

Instantanément, le personnage tridimensionnel s'interrompit au milieu d'une syllabe, la regardant poliment, attendant de nouveaux ordres.

— Albert, dit-elle lentement, pourquoi m'as-tu dit que Robin étudiait le problème des trous noirs ?

Ledit personnage toussota dans le cube holo.

— Eh bien, madame Broadhead... cet enregistrement vous était personnellement destiné. Je l'ai préparé spécialement.

— *Pas cette fois, Albert.* Tu as spontanément proposé cette information auparavant. Pourquoi ?

Albert prit une expression moins tendue et déclara d'un ton humble :

— Cette directive ne venait pas de mon programme, *gospozha.*

— C'est bien ce que je pensais ! Tu as été en interaction avec le programme psychanalytique !

— Oui, *gospozha*, comme vous m'avez programmé pour le faire.

270

— Et quel était donc le but de cette intervention du programme de Sigfrid von Shrink ?

— Je ne saurais le dire avec certitude... (Il ajouta en hâte :) mais je puis peut-être me permettre une supposition. Peut-être Sigfrid estime-t-il que votre époux devrait être plus ouvert à votre égard.

— Ce programme n'est pas chargé de ma santé mentale !

— Non, *gospozha*, pas de la vôtre, mais de celle de votre époux. *Gospozha*, si vous désirez en savoir plus à ce propos, puis-je vous suggérer de consulter cet autre programme, pas moi.

— Je peux faire mieux ! dit-elle d'un ton véhément.

Elle le pouvait vraiment. Il lui suffisait de trois mots : *Daite gorod Polymath* — et Albert, Harriet, Sigfrid von Shrink, les trois programmes de Robin seraient soumis à son programme personnel, Polymath, celui-là même qu'elle avait utilisé pour écrire tous les autres, le programme prioritaire qui contenait toutes les instructions que chacun des autres détenait.

Et qu'ils essaient donc de ruser avec elle ! Qu'ils essaient donc de lui cacher ce qu'ils avaient dans leurs mémoires ! Et qu'ils...

— Mon Dieu ! fit Essie à haute voix. Je suis en train de me préparer à donner une leçon à mes propres programmes !

— *Gospozha* ?

Elle retint son souffle. Elle eut une sorte de rire, ou de sanglot.

— Non, dit-elle, annule. Il n'y a pas de faute dans ta programmation, Albert. Pas plus que dans celle de Shrink. Si Shrink considère que Robin doit libérer ses tensions internes, je n'ai pas à le savoir et je ne peux pas m'y opposer. Du moins pour l'instant, ajouta-t-elle afin de se montrer juste.

Ce qu'il y avait de curieux chez Essie Lavorovna-Broadhead, c'est qu'elle avait un sens aigu de la « justice », même lorsqu'elle s'appliquait à ses propres constructions. Un programme comme Albert Einstein était vaste, complexe, puissant et subtil. A elle seule, jamais S. Ya. Lavorovna ne serait parvenue à écrire un tel programme. Pour cela, elle avait eu besoin de Polymath. Un programme tel qu'Albert Einstein apprenait, se développait et redéfinissait au fur et à mesure les tâches qui lui avaient été assignées. Nul, pas même son auteur, ne pouvait dire pourquoi il donnait tel bit d'information et pas tel autre. On pouvait seulement considérer qu'il fonctionnait et le juger par la façon dont il menait à bien les ordres qui lui étaient donnés. Il était injuste de lui en vouloir et Essie ne savait pas se montrer injuste.

Mais, tandis qu'elle s'agitait nerveusement sur ses oreillers (plus que vingt-deux minutes!), il lui vint à l'idée que le monde n'était pas vraiment juste à son égard. Et même franchement injuste! Non, ce n'était pas juste que toutes ces merveilles sorties d'un conte de fées pleuvent sur le monde — pas en ce moment. Ce n'était pas juste que toutes ces questions et ces dangers apparaissent alors qu'elle ne serait peut-être plus vivante quand on leur trouverait une solution. Pourrait-on traiter avec Payter Herter? Les autres membres de la mission seraient-ils sauvés? Les leçons des éventails à prière et celles des explorateurs du Paradis Heechee permettraient-elles de réaliser tout ce que Robin promettait? Rendre les hommes heureux? Permettre à l'humanité d'aller plus loin dans l'univers? Tant de questions! Et elle serait peut-être morte avant que le soleil ne soit couché, sans jamais connaître les réponses! Non, ce n'était pas juste. Et le plus injuste c'était que si jamais elle devait mourir durant cette opération, elle ne saurait jamais vraiment ce que Robin aurait choisi, à supposer que l'on pût jamais retrouver son amour perdu.

Le temps passait, se dit-elle. Albert attendait patiemment dans le cube. Il tirait de temps en temps sur sa pipe, ou bien glissait la main sous son vieux sweater pour se gratter — en fait pour lui rappeler qu'il était toujours en attente.

L'âme de cybernéticienne économe qui ne dormait jamais vraiment au fond d'Essie s'indignait de cette situation et exigeait l'interruption du programme au nom du gaspillage du temps d'emploi! Mais elle hésitait. Il y avait d'autres questions à poser.

L'infirmière se montra sur le seuil.

— Bonjour, madame Broadhead, dit-elle en la voyant éveillée.

— C'est l'heure? demanda Essie.

Sa voix, tout à coup, était moins assurée.

— Non, il reste encore quelques minutes. Vous pouvez rester avec votre machine, si vous le souhaitez.

Elle secoua la tête.

— Ça ne sert à rien.

Elle coupa le programme. Elle n'avait pas vraiment réfléchi. Pas une seconde il ne lui était apparu que les questions qu'elle n'avait pas encore posées pouvaient être lourdes de conséquences.

Et quand Albert Einstein était coupé, il ne se désintégrait pas immédiatement de lui-même.

« On ne dit jamais tout sur tout », avait dit Henry James.

Pour Albert, « Henry James » n'était jamais qu'une adresse, derrière laquelle il n'avait jamais eu l'occasion d'aller chercher de l'information. Mais il comprenait le sens de cette loi. Il ne pouvait jamais dire tout sur tout, même à son maître. S'il essayait, il faillirait à sa programmation.

Mais quelles parts du tout fallait-il sélectionner?

Au plus bas niveau structurel, le programme d'Albert était à déclenchement périodique, il était fait de portes qui transmettaient les données selon une certaine mesure d' « importance » et rejetaient les autres. C'était assez simple. Mais le programme était redondant : certaines données passaient plusieurs portes, parfois des centaines. Et quand certaines portes disaient OUI et d'autres NON, que devait donc faire un programme? Il y avait toujours les algorithmes pour tester l'importance mais, à certains niveaux de complexité, les algorithmes en arrivaient à taxer les ressources de soixante milliards de gigabits — et même d'un univers de bits. Longtemps auparavant, Meyer et Stockmeyer avaient prouvé que, sans tenir compte des possibilités de l'ordinateur, il existait des problèmes qui ne pourraient être résolus durant le temps d'existence de l'univers.

Les problèmes d'Albert n'étaient pas à ce point immenses. Mais il ne pouvait trouver aucun algorithme pour décider à sa place, par exemple, s'il devait soulever les troublantes implications du Principe de Mach appliqué à l'histoire Heechee. Pire. Il était un programme privé. Il eût été intéressant pour lui de transmettre ses hypothèses sur le sujet à un programme de recherche scientifique pure. Mais cela, son programme de base ne l'autorisait pas.

Ainsi donc, Albert examina durant une milliseconde les options qui lui étaient offertes. La prochaine fois qu'il serait convoqué par Robin, devrait-il spontanément faire état de ce qu'il avait tu jusqu'à présent à propos de la terrifiante vérité potentielle qui se cachait derrière le Paradis Heechee ?

Durant ce long millième de seconde, il ne parvint à aucune conclusion particulière. Et toutes les parties de son programme étaient requises ailleurs.

Il décida de les libérer.

Une partie passa en mémoire morte, une autre aux problèmes permanents, et ainsi de suite jusqu'à ce qu'Albert Einstein ait été absorbé dans les 6×10^{19} bits comme de l'eau dans le sable, jusqu'à ce qu'il ne subsiste pas la moindre trace. Certains de ses circuits de routine en rejoignirent d'autres pour un jeu de stratégie dans lequel Key West était envahie à partir de Grand Cayman(1). D'autres assistèrent le programme du contrôle de trafic de Dallas-Fort Worth qui prendrait bientôt en charge la procédure d'atterrissage de l'avion de Robin Broadhead. Plus tard, beaucoup plus tard, d'autres circuits encore participèrent au contrôle des fonctions vitales d'Essie dès que le Dr Wilma Liedermann eût donné le premier coup de bistouri. Des

(1) Si Key West se trouve à l'extrême sud de l'archipel des Keys, à la pointe de la Floride, les îles Cayman se situent au sud de Cuba. (*N.D.T.*)

heures après, quelques circuits restants participèrent à la solution du mystère des éventails Heechees. Et les tout derniers, les plus simples, les plus rudimentaires, furent affectés à la supervision du programme chargé de préparer du café cajun et des beignets pour Robin et pour veiller à ce que la maison soit propre. Soixante milliards de bits peuvent venir à bout de tout ça. Ils peuvent même faire les vitres.

A mi-chemin

Aimer quelqu'un, c'est une grâce. L'épouser, c'est un contrat. Cette part de moi qui aimait Essie l'aimait de tout son cœur, s'enfonçait dans le chagrin et la peur quand elle faisait une rechute pour renaître à une joie inquiète aux premiers signes d'amélioration. Et les occasions ne m'avaient pas manqué d'éprouver toutes ces émotions. Avant mon retour, Essie était morte par deux fois en salle d'opération, et une troisième fois, douze jours plus tard, quand il avait fallu tout recommencer. Mais cette fois-là, ils l'avaient tuée volontairement. Ils avaient stoppé son cœur et ses poumons pour ne garder que son cerveau en vie. A chaque fois qu'ils l'avaient réanimée, j'avais été effrayé à la pensée qu'elle allait vivre — car cela signifiait qu'ils allaient la tuer encore une fois, et je ne pouvais supporter cette idée.

Mais, lentement, péniblement, elle se mit à prendre du poids et Wilma me dit un jour que le mouvement de marée s'était inversé, tout comme la spirale dorée se met à briller dans un vaisseau Heechee quand on est à mi-chemin et que l'on sait que l'on arrivera vivant au terme du voyage. Et durant tout ce temps, je ne m'étais pas éloigné de la maison parce que je voulais être certain d'être là quand Essie pourrait enfin me voir.

Et, durant tout ce temps, cette part de moi qui avait contracté mariage avec elle commençait à trouver ce lien pesant et souhaitait la liberté.

Comment expliquer cela ? C'était l'occasion rêvée pour culpabiliser, et la culpabilisation est un sentiment qui s'impose très régulièrement à moi — c'est du moins ce que me disait constamment mon vieux programme psychanalytique. Et quand je revis Essie, pareille à une momie, la joie et l'inquiétude me gonflèrent le cœur en même temps que le ressentiment et la culpabilité me clouaient la langue. J'aurais donné ma vie pour qu'elle retrouve la santé. Mais cela ne semblait pas à première vue une stratégie très pratique ou, du moins, je ne voyais pas comment conclure ce genre de marché. Et cette part de moi qui était faite d'hostilité et de culpabilité souhaitait dans le même temps retrouver sa liberté pour essayer de retrouver ma Klara que j'avais perdue, si tant est qu'il existât un moyen de la retrouver.

Mais Essie se remettait. Et plutôt vite. Les poches sous ses yeux ne furent bientôt plus que des traces. Les tubes furent ôtés de ses narines. Et elle avait une faim de loup. Elle prenait du poids à vue d'œil. Sa poitrine devenait plus grande, ses hanches plus larges.

Lorsque je rencontrai par hasard Wilma Liedermann sur le chemin de la chambre, je lui dis :

— Mes compliments au docteur.

— Oui, elle s'en tire bien, dit-elle d'un ton désabusé.

— Que se passe-t-il ? Pourquoi dites-vous ça comme ça, Wilma ?

— Pour rien, Robin. Il n'y a rien. Tous ses tests sont bons. Mais elle est tellement pressée !

— C'est plutôt bien, non ?

— Jusqu'à un certain point, Robin. Bon... écoutez, il faut que j'aille voir ma chère patiente. Elle sera debout sous peu, je pense, et peut-être rendue à la vie normale dans une semaine ou deux.

C'était une merveilleuse nouvelle ! Mais elle ne m'allait pas droit au cœur.

Je passai toutes les semaines qui suivirent avec l'impression que quelque chose était suspendu au-dessus de ma tête.

Parfois, c'était une menace : le vieux Payter Herter continuant de faire chanter le monde sans que nul ne pût faire quoi que ce soit pour lui résister, ou bien les Heechees devenant furieux devant notre invasion de leurs mondes les plus privés et les plus complexes.

Parfois la perspective de tous les trésors que nous pourrions retirer : des technologies nouvelles, des espoirs neufs et des merveilles inconnues à explorer, à exploiter. Et vous croyez que je faisais la distinction entre les menaces et les espoirs ? Pas du tout.

Espoirs ou menaces, j'avais tout aussi peur. Affreusement peur. Comme me le disait toujours ce vieux Sigfrid, je suis très doué, non seulement pour la culpabilité mais aussi pour l'angoisse.

Mais si l'on y pensait bien, j'avais quelques raisons bien réelles de m'angoisser. Il n'y avait pas seulement Essie. Quand on atteint un certain âge, il me semble que l'on a le droit d'espérer que certains domaines de notre existence soient stables. Lesquels, par exemple ? Eh bien, l'argent. J'avais l'habitude d'en avoir énormément depuis longtemps, et voilà que mon programme juridique venait de dire que je devais surveiller mes finances.

— Mais j'ai promis un million cash à Hanson Bover, dis-je à Morton. Et je compte bien le lui payer ! Vends des actions !

— *J'en ai déjà vendu*, Robin !

Non, il n'était pas en colère. Il n'avait pas été programmé pour l'être vraiment, mais il pouvait se montrer tout à fait pitoyable, comme en ce moment.

— Alors vends-en d'autres. Quelles sont les meilleures dont nous puissions nous débarrasser ?

— Il n'y en a pas de « meilleures », Robin. Les mines alimentaires ont chuté à cause du feu. Les fermes océaniques ne se sont pas relevées de la disparition des saumoneaux. D'ici à un mois ou deux...

— Ce n'est pas dans un mois ou deux que j'aurai besoin d'argent, mais maintenant ! Tu vends !

Lorsque j'eus renvoyé Morton et que j'appelai Bover pour savoir où il fallait lui verser son million, il parut réellement surpris.

— Après l'action engagée par la Corporation de la Grande Porte, j'ai pensé que notre accord ne tenait plus.

— Un marché est un marché, Bover. Nous pouvons

laisser la légalité de côté. Elle ne signifie plus grand-chose depuis que la Grande Porte a usé de son droit de préemption.

Il a pris aussitôt une attitude soupçonneuse. Qu'est-ce qui peut donc rendre les gens soupçonneux alors que je me démène pour être honnête et juste ?

— Pourquoi voudriez-vous passer à côté de la réalité ?

Il se frotta le crâne d'un geste nerveux. Je me demandai s'il avait encore pris un coup de soleil.

— Ce n'est pas que je le « veux », Bover, mais dans cette situation ça ne change rien. Si vous levez votre injonction, la Grande Porte lèvera la sienne contre moi.

Bover fronça les sourcils et, à cet instant, le visage de ma secrétaire apparut. On aurait dit l'apparition de l'Ange Gardien prêt à lui chuchoter à l'oreille, mais elle s'adressa à moi :

— Plus que soixante secondes avant l'expiration de l'ultimatum de M. Herter.

J'avais complètement oublié que le vieux Payter nous avait adressé un nouvel avertissement avec quatre heures de délai.

— Il vaut mieux nous préparer pour la prochaine rafale de Payter Herter, ai-je dit brièvement avant de raccrocher.

Peu m'importait qu'il ait oublié lui aussi. Tout ce que je voulais, c'était mettre un terme à la conversation. Il n'y avait pas vraiment à se préparer. Le vieux Payter avait eu l'attention — ou plutôt : la précaution — de nous prévenir chaque fois et de le faire régulièrement. Mais c'était évidemment plus important pour les pilotes de ligne et les automobilistes que pour ceux qui restaient chez eux, comme nous.

Il y avait Essie, également. Je suis allé la voir pour vérifier qu'elle n'était pas sous cathéter ou perfusion. Non, elle dormait. D'un sommeil normal, ses cheveux blond sombre épars sur l'oreiller. Elle ronflait doucement. C'est en regagnant le fauteuil devant la console que j'ai ressenti le premier contact de Payter sur mon esprit.

J'étais devenu une sorte de spécialiste des invasions de l'esprit. Cela n'était dû à aucun talent particulier. J'étais pareil en cela à la plupart des représentants de l'espèce humaine, depuis douze ans, depuis que ce gamin fou, ce Wan, avait entrepris ses voyages vers l'Usine alimentaire. Ses rêves avaient sans doute été les pires parce qu'il les avait partagés avec tous et parce qu'ils avaient duré si longtemps. Les rêves ont un pouvoir car ils constituent une forme de folie en liberté. Par contraste, le contact léger de Janine Herter, qui n'avait fait que nous effleurer, n'existait pas. Et l'attaque de deux minutes précises de Payter Herter n'était rien de plus qu'une espèce de feu de signalisation — on s'arrêtait, on attendait avec impatience que ça soit terminé, et on repartait. Tout ce que j'avais ressenti de lui était sans doute ce qu'il ressentait — le poids de l'âge, la faim ou la soif, et une fois, sans doute, l'appétit sexuel crépusculaire d'un très vieil homme abandonné à lui seul.

Je m'assis et je me souviens d'avoir pensé que cela ne devait vraiment être rien. Tout au plus, c'était comme un étourdissement, quand on se redresse après une fausse position. Ça disparaît très vite.

Mais ça ne disparut pas. Tout d'abord, j'eus le sentiment de voir avec deux paires d'yeux à la fois, de manière trouble, avant de ressentir la colère et le dépit du vieil homme. Non, il n'y avait pas de mots pour accompagner cela : ce n'était qu'une tonalité de pensée, comme si quelqu'un me murmurait à l'oreille quelque chose que je ne pouvais pas entendre.

Et cela continua. Et la vision devint de plus en plus trouble. Je me détachais de la réalité et j'abordais le délire. Dans cette deuxième vision, qui était soudain nette et claire, je découvrais des choses que jamais auparavant je n'avais vues. Des choses qui n'avaient rien de réel. Des fantasmes. Des femmes avec des becs d'oiseaux de proie. D'énormes monstres métalliques qui passaient en scintillant derrière mes paupières. Des rêves. Des créations de cauchemar.

Les deux minutes d'avertissement de Payter Herter

déraillaient complètement. Ce fils de pute s'était endormi dans son cocon.

Les vieilles gens sont insomniaques : que Dieu en soit remercié! Cela ne dura pas huit heures, pas plus d'une, en fait.

Mais ces soixante minutes furent particulièrement déplaisantes. Lorsque je sentis que ces rêves parasites quittaient mon esprit, en route vers nulle part, lorsque je fus certain qu'ils n'allaient pas revenir, je courus vers la chambre d'Essie. Elle était tout à fait éveillée, bien calée sur ses oreillers.

— Ça va, Robin, me dit-elle aussitôt. C'était un rêve intéressant, non? Ça me change un peu des miens.

— Je vais tuer ce vieux salaud.

Elle secoua la tête en me souriant.

— Pas très pratique.

Oui, c'est vrai, ça n'était pas très pratique. Mais dès que je me fus assuré de la santé d'Essie, j'appelai Albert Einstein.

— Je veux un conseil. Peut-on faire quelque chose pour arrêter Payter Herter?

Il se gratta le nez.

— Tu veux dire par une action directe, je suppose?... Non, Robin. Pas dans la mesure des moyens dont nous disposons actuellement.

— Ça n'est pas ce que je veux t'entendre dire! Il doit y avoir quelque chose de possible!

— Bien sûr, Robin, dit Albert lentement, mais je pense que tu ne t'adresses pas au programme compétent. Il se pourrait que des mesures indirectes soient efficaces. Pour autant que je sache, tu te trouves encore devant quelques problèmes juridiques non résolus. Si tu pouvais les résoudre, tu serais en mesure de satisfaire les exigences de Herter et par là de le neutraliser.

— Mais j'ai essayé ça! C'est le contraire, que je veux, bon sang! Si je parvenais à arrêter Herter, j'arriverais peut-être à obliger la Corporation à me redonner le contrôle des opérations. Mais pendant ce temps il torture tous les cerveaux de la planète et je voudrais que ça cesse! Est-ce que nous ne pourrions pas émettre une espèce d'interférence?

Albert suçota sa pipe durant un instant.

— Je ne le pense pas, Rob. Je n'ai guère d'éléments sous la main.

— Mais tu ne te rappelles donc pas ce qu'on ressent?

Il prit un ton patient :

— Robin... je ne ressens rien. Il est très important pour toi de ne pas oublier que je ne suis qu'un programme d'ordinateur. Et que je ne suis pas non plus le programme compétent pour discuter de la nature exacte des signaux émis par M. Herter. En fait, ton programme psychanalytique te serait d'un plus grand secours. Mais sur le plan analytique, justement, je sais ce qui s'est passé — je possède toutes les mesures de la radiation en cause. Expérimentalement, par contre, je n'ai rien. L'intelligence artificielle n'est pas du tout affectée. Les êtres humains, eux, ont tous éprouvé quelque chose. Je le sais par tous les rapports. Il est également prouvé que les mammifères au cerveau développé — les primates, les éléphants, les dauphins — ont été touchés. Et sans doute quelques autres mammifères, encore que les preuves soient plus floues. Mais je n'ai rien ressenti directement, Robin... Quant à émettre un faisceau d'interférence, oui, peut-être pourrions-nous le faire. Mais quel en serait l'effet, Robin? Ne perds pas de vue que ce signal d'interférence serait émis à partir d'un point rapproché, et non depuis vingt-cinq jours-lumière de distance. Si M. Herter nous amène quelques troubles, qu'en serait-il d'un signal aléatoire à courte distance?

— Ça ne serait pas agréable, je pense.

— C'est sûr, Robin. Peut-être plus grave que tu ne le penses, mais je ne peux me prononcer sans expérience préalable. Les sujets devraient être des humains et je ne peux construire une telle expérience.

Par-dessus mon épaule, Essie déclara avec fierté :

— Exactement, ça t'est impossible. Ne suis-je pas la mieux placée pour le savoir?

Elle s'était approchée en silence, pieds nus sur le tapis épais. Elle portait une robe noire et elle avait un turban dans les cheveux.

— Grands dieux, Essie ! Qu'est-ce que tu fais hors de ton lit ?

— Mon lit est devenu excessivement ennuyeux, dit-elle en me pinçant l'oreille. Surtout quand j'y suis seule. Tu as des projets pour ce soir, Robin ? Parce que, si tu m'invitais dans le tien, je ne refuserais pas.

Je dis :

— Mais... (puis :) Essie...

Ce que j'avais été sur le point de dire, c'était : « C'est encore trop tôt pour ça ! » ou bien : « Pas devant l'ordinateur, voyons ! »

Essie ne me laissa pas la moindre chance de décider. Elle se pencha et appuya sa joue contre la mienne, sans doute pour me faire sentir qu'elle était plus ronde et plus ferme.

— Robin, reprit-elle d'un air ravi, je suis bien mieux que tu peux le croire. Tu peux demander au docteur, si tu le veux. Elle te dira avec quelle rapidité j'ai guéri. (Elle tourna la tête pour me donner un baiser rapide et ajouta :) J'ai certaines choses à faire dans les prochaines heures. Continue de bavarder avec ton programme en attendant. Je suis certaine qu'Albert a des tas de choses intéressantes à t'apprendre. N'est-ce pas, Albert ?

— Mais bien sûr, madame Broadhead, répondit Albert en tirant sur sa pipe avec un air jovial.

— Bon. Alors, c'est d'accord.

Essie me tapota la joue et s'éloigna. Je la suivis du regard et je dois dire qu'elle avait vraiment l'air en pleine santé. La robe n'était pas trop collante mais elle était très bien taillée et elle épousait les formes de son corps à merveille. Il me semblait incroyable, tout à coup, que même le bandage eût disparu de son côté gauche.

Derrière moi, mon honorable programme scientifique toussota. Je me retournai et il tirait toujours sur sa pipe avec un regard malicieux.

— Ton épouse a l'air très en forme, Robin, dit-il en hochant la tête.

— Quelquefois, Albert, je me demande jusqu'à quel point tu es anthropomorphe. Bien. Quelles sont ces choses si intéressantes que tu as à me raconter?

— Ce que tu veux entendre, Robin. Dois-je poursuivre sur Payter Herter? Il existe quelques autres possibilités, par exemple le système de destruction. C'est-à-dire que, sans tenir compte des complications légales, il nous serait possible de donner l'ordre à l'ordinateur du vaisseau, que l'on appelle « Vera », de déclencher l'explosion des réservoirs de carburant de l'engin orbital.

— Destruction! Mais c'est le plus grand trésor sur lequel on ait jamais mis la main!

— Bien sûr, Robin, et ce serait sans doute pire encore. Les chances de détruire l'installation de M. Herter par une explosion extérieure sont relativement réduites. Cela n'aboutirait sans doute qu'à provoquer sa colère. Ou alors il serait pour toujours condamné à rester là-bas et faire ce qu'il veut jusqu'à son dernier jour.

— Laisse tomber, Albert! Est-ce que tu n'as vraiment rien d'*agréable* à me dire?

Il se permit un sourire.

— Mais si, Robin. Nous avons découvert notre Pierre de Rosette.

Il se dispersa soudain en une gerbe de flocules colorés qui rétrécit rapidement et disparut pour être remplacée par une forme lumineuse et fusiforme, couleur lavande.

— Ceci, dit la voix d'Albert, est l'image du début d'un livre.

— Mais il n'y a rien!

— Je n'ai pas encore commencé, Robin.

C'était plus haut que moi, et deux fois moins large que haut. Et cela se mit en mouvement. La couleur s'estompa jusqu'à ce que je voie très clairement au travers de la forme, et puis un, deux, trois points lumineux apparurent, d'un rouge intense. Ils se mirent à tourner en spirale tandis qu'un son se faisait entendre, un pépiement aux résonances tristes qui évoquait des signaux de télémétrie ou le cri du ouistiti. Puis l'image se figea, le son s'interrompit et la voix d'Albert déclara :

— Je me suis arrêté là, Robin. Il est probable que ce son correspond à un langage mais, jusqu'à présent, nous n'avons pu en tirer la moindre unité sémantique. Néanmoins, le « texte » est clair. Il y a cent trente-sept de ces points lumineux. Maintenant, regarde : je vais te montrer quelques secondes de plus.

La spirale composée de 137 minuscules étoiles se dédoubla. Une seconde spirale se détacha de la première et s'éleva en flottant vers le haut du fuseau où elle s'immobilisa. Le pépiement reprit et la spirale originelle se dilata tandis que chaque point lumineux se mettait à tracer une spirale propre. Lorsque cette phase se fut achevée, il y avait une grande spirale, composée de 137 spirales plus petites, chacune étant composée de 137 points de lumière. Puis l'ensemble passa du rouge à l'orange et se figea à nouveau.

— Veux-tu essayer d'interpréter cela, Robin ? demanda Albert.

— Eh bien, je ne peux pas compter jusque-là. Mais ça me semble faire 137 fois 137, non ?

— Bien sûr, Robin. 137 au carré, ce qui nous donne 18 769 points au total. Maintenant, regarde bien.

De courtes lignes vertes découpèrent la spirale en dix segments. L'un de ces segments se détacha, tomba vers le bas du fuseau et redevint rouge.

— Ce n'est pas exactement le dixième du nombre, Robin, commenta Albert. En comptant bien, tu trouverais 1 840 points au bas du fuseau. Je reprends.

Une fois encore, la figure centrale changea de couleur, passant au jaune.

— Regarde la forme du haut, Robin.

Je regardai attentivement et vis que le premier point lumineux était maintenant orange et le troisième jaune. Puis la figure centrale pivota sur son axe vertical

et se transforma en une colonne de spirales tridimensionnelle.

— Nous avons maintenant dans cette figure un total
de 137 points au carré, dit la voix d'Albert. A partir de
là, ça devient plutôt fastidieux. Je passe le reste très
vite.

Le spectacle s'accéléra. Des schémas de points s'en-
volaient, se regroupaient et s'isolaient, les couleurs passaient du jaune à l'avocat, de l'avocat au vert, du vert à
l'aigue-marine, de l'aigue-marine au bleu. Elles parcou-
rurent ainsi presque deux fois le spectre.

— Maintenant, dit Albert, tu vois ce que nous obtenons ? Trois nombres, Robin. 137 au centre. 1 840 en
bas. Et en haut, 137 puissance dix-huit, ce qui est à peu
près l'équivalent de 10 à la puissance trente-huit pour
le haut. C'est-à-dire trois nombres non dimensionnels :
la constante de structure fine d'Eddington, le rapport
du proton à l'électron et le nombre de particules de
l'univers. Robin, tu viens d'avoir droit à une brève
leçon sur la théorie des particules par un professeur
Heechee !

— Mon Dieu !

Rayonnant, Albert fit sa réapparition.

— Oui, c'est exactement ça, Robin.

— Mais Albert ! Est-ce que tu veux dire que tu peux
lire tous les éventails à prière ?

Il perdit sa gaieté.

— Non, seulement les plus simples. En fait, celui-ci
est le plus facile. Mais à partir de maintenant, la route
est tracée. Nous lisons tous les éventails les uns après
les autres et nous les enregistrons. Nous cherchons
quels peuvent être les rapports entre eux. Nous partons
d'hypothèses sémantiques pour les tester par rapport à
tous les contextes concevables. Non, nous y arriverons,
Robin. Mais ça va nous prendre du temps.

— Je ne veux pas que cela prenne du temps !

— Bien sûr, Robin, mais il faut d'abord retrouver les
éventails, les lire, les enregistrer, les coder pour les
tests comparatifs et ensuite...

— Ça ne m'intéresse pas, Albert. Il n'y a qu'à faire tout ça. Qu'y a-t-il ?

Son expression avait brusquement changé.

— Robin, dit-il d'un ton d'excuse, c'est une question de fonds. Cela représente un temps de connexion important.

— Continue ! Aussi longtemps que ce sera nécessaire. Je dirai à Morton de vendre de nouvelles actions. Quoi d'autre ?

— Une bonne nouvelle, Robin.

Il sourit et son visage se réduisit à des proportions minuscules dans un coin du cube. Des couleurs jaillirent au centre et fusionnèrent jusqu'à former bientôt l'image d'un tableau de commande Heechee montrant la disposition des couleurs de cinq panneaux sur dix. Les autres restaient éteints.

— Tu sais ce que c'est, Robin ? L'image composite de tous les vols qui ont abouti au Paradis Heechee. Toutes les dispositions de couleurs sont les mêmes pour chacune des sept missions. Les autres varient mais on peut émettre l'hypothèse raisonnable qu'elles ne participent pas directement à la détermination de la trajectoire.

— Albert... Qu'es-tu en train de me dire ? (Il m'avait pris par surprise. Je me rendis compte que je tremblais.) Est-ce que tu entends par là que si nous réglons les vaisseaux sur cette position, nous pourrions atteindre le Paradis Heechee ?

— Quatre-vingt-quinze chances sur cent, Robin. Et j'ai déjà relevé trois vaisseaux, deux à la Grande Porte et un sur la Lune, qui peuvent accepter ce réglage.

J'ai mis un sweater et je suis allé jusqu'au bord de l'eau. Je ne voulais plus rien entendre.

Apparemment, le système d'arrosage s'était déchaîné. J'ai ôté mes chaussures et j'ai éprouvé avec plaisir le contact mou et humide de la pelouse sous mes pieds nus. J'ai regardé des gamins qui pêchaient la perche à la cuiller sur le bord de la Nyack et je me suis dit : Ça, c'est tout ce que j'ai gagné en risquant ma peau

288

pour la Grande Porte. C'est ce que j'ai payé avec la vie de Klara.

Et je me suis dit encore : Tu veux vraiment risquer tout ça et ta vie une fois encore ?

Mais la question n'était pas de savoir si je « voulais » vraiment. Si l'un ou l'autre de ces vaisseaux pouvait atteindre le Paradis Heechee, et si je pouvais me payer ou même voler le ticket, je partirais.

Et puis la raison l'emporta. Je pris conscience que je ne pouvais pas. Non, pas à mon âge. Pas dans la situation où je me trouvais vis-à-vis de la Corporation de la Grande Porte. Et, surtout parce que le temps me manquait. L'astéroïde de la Grande Porte orbite à angle droit par rapport au plan de l'écliptique, ou à peu près. Le trajet depuis la Terre représente une entreprise plutôt fastidieuse. Vingt mois sinon plus par les courbes de Hohmann sous une accélération supérieure à six. Avant six mois, ces vaisseaux auraient fait le voyage jusqu'au Paradis et seraient revenus.

S'ils devaient revenir, bien sûr.

En me disant cela, j'ai éprouvé une impression de soulagement mais aussi un sentiment de perte, de vide.

Jamais Sigfrid von Shrink ne m'a dit comment je pourrais me débarrasser de l'ambivalence (ou de la culpabilité). Mais il m'a appris à m'en accommoder. Sa recette, en fait, c'est qu'il faut que les choses se passent. Tôt ou tard, à ce qu'il dit, l'une et l'autre disparaîtront d'elles-mêmes. Au moins, il ne faut pas se laisser paralyser. Alors j'ai laissé l'ambivalence se consumer et retomber en cendres tandis que je flânais au bord de l'eau, respirant l'air humide et pétillant, contemplant avec orgueil cette maison qui était la mienne et où, là-bas, dans une des ailes, ma femme adorée et trop longtemps platonique dormait et, je l'espérais, se reposait et retrouvait la santé. En tout cas, elle n'était pas souvent seule. Déjà, deux taxicarts avaient amené des visiteurs débarqués de la station de métro. Des femmes. Et maintenant, un troisième arrivait et c'était un homme qui en descendait, cette fois. Tandis que le taxicart faisait le tour du cercle et repartait, le visiteur regarda autour de lui d'un air plutôt décontenancé. Je doutais qu'il fût là pour Essie. D'un autre côté, je ne voyais pas ce que je pouvais avoir à faire avec lui, dès l'instant qu'Harriet pouvait le prendre en charge. Je fus donc d'autant plus surpris en voyant pivoter le diffuseur-canon à l'angle du toit. Il était pointé droit sur moi et j'entendis la voix d'Harriet.

— Robin? Il y a ici un certain M. Haagenbusch. Je pense que vous devriez le voir.

Ça n'était pas du tout dans le style d'Harriet. Mais, généralement, elle ne se trompait pas. J'ai donc traversé la pelouse, je me suis essuyé les pieds avant de franchir la porte-fenêtre et j'ai invité le visiteur à me suivre dans mon bureau. Il était passablement vieux, chauve, avec des favoris blancs soigneusement taillés. Son accent américain était particulièrement étudié — un accent que n'ont jamais les gens nés aux Etats-Unis.

— Je vous remercie beaucoup d'accepter de me rencontrer, monsieur Broadhead, dit-il en me tendant une carte.

Herr Doktor Advokat Wm. J. Haagenbusch

— Je suis l'avocat de Payter Herter. Je suis arrivé de Francfort ce matin. Je voudrais vous proposer un marché.

Ça c'est bizarre! me suis-je dit. Venir en personne pour ça! Mais si Harriet voulait que je voie ce vieux chnoque, c'était probablement parce qu'elle s'était entretenue avec mon programme juridique.

— Quel genre de marché? ai-je dit simplement.

Il attendait visiblement que je l'invite à s'asseoir.

C'est ce que j'ai fait. Je le soupçonnais aussi d'attendre que je fasse venir du café ou du cognac mais je n'en avais pas envie pour le moment.

Il a ôté ses gants noirs, examiné ses ongles impeccables et m'a dit :

— Mon client exige une somme de deux cent cinquante millions de dollars versée sur un compte spé-

290

cial, plus l'immunité contre toute forme de poursuite ultérieure. Son message codé m'est parvenu hier.

J'ai éclaté de rire.

— Nom de Dieu, Haagenbusch ! Pourquoi venez-vous me dire ça ? Je n'ai jamais eu autant d'argent !

— Non, jamais, acquiesça-t-il. Si l'on excepte votre investissement dans le consortium Herter-Hall et quelques actions dans les fermes marines, il ne vous reste que quelques demeures et des biens personnels. Je pense que vous pourriez en tirer disons six ou sept millions, sans compter l'investissement Herter-Hall. Mais Dieu sait ce qu'il peut représenter maintenant, avec tout ce qui se passe.

Je me suis assis et je l'ai regardé.

— Apparemment, vous savez que je n'ai plus mes actions dans le tourisme. Vous avez donc fait des recherches sur moi. Mais vous avez oublié les mines alimentaires.

— Non, je ne crois pas, monsieur Broadhead. Je crois savoir que votre stock d'actions a été vendu cet après-midi même.

C'était plutôt déplaisant d'apprendre comme ça qu'il en savait plus que moi sur l'état de mes finances. Ainsi, Morton avait été obligé de vendre aussi les mines alimentaires ! Mais je n'avais pas le temps de réfléchir aux implications de cette situation. Haagenbusch reprenait déjà, en se grattant un favori :

— Monsieur Broadhead, la situation devant laquelle nous nous trouvons est la suivante. J'ai avisé mon client qu'un contrat obtenu sous la contrainte n'est pas exécutoire. Il ne peut donc plus espérer parvenir à ses objectifs par un quelconque accord avec la Corporation de la Grande Porte, ni même avec votre consortium. Il m'a donc adressé de nouvelles instructions : m'assurer du paiement immédiat de la somme que j'ai mentionnée, la déposer sur un compte bancaire secret et à son nom et la lui verser quand il sera de retour, si jamais il revient.

— La Grande Porte n'aime pas le chantage. Mais il se peut aussi qu'ils n'aient pas le choix.

— Bien sûr qu'ils ne l'ont pas. Mais le défaut du plan de M. Herter, voyez-vous, c'est qu'il est irréalisable. Je suis certain que la Grande Porte paiera. Comme je suis certain que toutes mes communications seront enregistrées et que l'on espionnera mon bureau en permanence et que les départements de la Justice de toutes les nations concernées par le traité de la Grande Porte se prépareront instantanément à engager des poursuites contre M. Herter et ce dès son retour. Je ne veux pas être cité comme complice, monsieur Broadhead. Je sais parfaitement ce qui se passera. Ils trouveront l'argent et le reprendront. Et ils annuleront le précédent contrat de M. Herter pour refus d'obéissance et... eh bien, ils le jetteront en prison. Dans le meilleur des cas.

— Vous êtes dans une situation difficile, monsieur Haagenbusch, ai-je dit.

Il a eu un rire triste. Il n'y avait pas la moindre trace d'amusement dans son regard. Pendant un instant, il a trituré ses favoris, et puis, il s'est laissé aller :

— Vous ne pouvez pas savoir ! Tous les jours, tous les jours d'interminables messages en code ! Demandez ceci, garantissez-moi cela. Je vous tiens pour personnellement responsable de telle ou telle chose ! Et la réponse que j'envoie met vingt-cinq jours à lui parvenir, et pendant ce temps il m'a expédié cinquante journées complètes d'ordres, de contrordres. Il n'arrête pas de penser et de me menacer, et de me tarabuster ! Non, c'est un homme malade, et il n'est plus très jeune. Sincèrement, je ne crois pas qu'il vivra assez longtemps pour tirer profit de son chantage. Mais c'est une possibilité...

— Pourquoi ne le laissez-vous pas tomber ?

— Je le ferais si je le pouvais ! Mais dans ce cas, que se passera-t-il ? Il n'a plus personne de son côté. Que fera-t-il, monsieur Broadhead ? Et puis... (Il haussa les épaules.) C'est un très vieil ami, voyez-vous. Il était à l'école avec mon père. Non. Je ne peux pas laisser tomber. Mais je ne peux pas non plus faire ce qu'il me demande. Mais peut-être le pouvez-vous. Je ne parle pas de lui verser un quart de milliard de dollars, non... parce que, c'est vrai, vous n'avez jamais eu autant d'argent. Mais vous pourriez faire de lui un partenaire à part égale. Je pense qu'il pourrait... Non, je pense qu'il doit accepter cela.

— Mais j'ai déjà...

Je me suis interrompu net. Haagenbusch ne savait pas que j'avais déjà offert mes parts à Bover, et ce n'était pas à moi de le lui dire.

— Et pourquoi ne résilierais-je pas le contrat moi aussi ?

Il a haussé les épaules.

— Vous le pourriez. Mais je pense que vous ne le feriez pas. Pour lui, vous êtes un symbole, monsieur Broadhead, et je crois qu'il aura confiance en vous. Voyez-vous, je crois que je sais ce qu'il désire retirer de toute cette affaire. Il veut vivre comme vous le restant de ses jours. (Il s'est levé et a ajouté :) Je ne compte pas que vous acceptiez cette proposition sur l'heure, bien entendu. Il me reste peut-être vingt-quatre heures avant de transmettre la réponse à M. Herter. Réfléchissez, s'il vous plaît. Nous en reparlerons demain.

Nous nous sommes serré la main. J'ai demandé à Harriet de lui appeler un taxicart et j'ai attendu sur le seuil jusqu'à ce qu'il s'envole dans le ciel du soir.

En rentrant, j'ai vu Essie. Elle se tenait près de la fenêtre, contemplant les lumières sur la mer de Tappan. J'ai compris brusquement quelles avaient été ses visites de la journée. D'abord, sa coiffeuse. Sa longue crinière fauve tombait comme un Niagara brillant jusqu'à sa taille et, quand elle s'est retournée et m'a souri, j'ai retrouvé inchangée l'Essie qui était partie pour l'Arizona, il y avait tant et tant de semaines.

— Tu as passé du temps avec ce petit homme, a-t-elle remarqué. Tu dois avoir faim, non ?

Je n'ai rien répondu. Elle m'a observé durant un instant puis elle s'est mise à rire. Je suppose que toutes les questions que j'avais dans l'esprit se lisaient clairement sur mon visage, puisqu'elle y a répondu d'elle-même.

— Un, le dîner est servi. Quelque chose de léger, que nous pourrons manger n'importe quand. Deux, il est servi dans notre chambre s'il te plaît de m'y rejoindre. Et... trois, oui, Robin, j'ai l'assurance de Wilma que tout va bien. Je me porte infiniment mieux que tu ne le penses, Robin chéri.

— Je dois dire qu'il serait difficile d'avoir l'air plus en forme.

J'avais dû sourire, car ses sourcils si clairs, si parfaits s'étaient froncés en une expression faussement sévère.

— Le spectacle d'une femme qui a envie de faire l'amour t'amuserait-il?

— Oh, non! Non, ce n'est pas ça du tout! (J'ai refermé mes bras sur elle.) Mais je me demandais, il y a seulement un instant, comment il était possible que quelqu'un ait envie de vivre comme moi. Maintenant, je sais.

Eh bien, nous avons fait l'amour. D'abord lentement, timidement, et puis ensuite, quand j'eus la preuve qu'Essie ne risquait pas la moindre défaillance, nous l'avons fait avec exubérance, avec violence. Ensuite, nous avons dévoré la plus grande partie du dîner froid qui nous attendait, nous nous sommes reposés tranquillement, et nous avons recommencé. Plus tard, nous nous sommes un peu assoupis. Nous nous caressions quand Essie m'a murmuré dans la nuque :

— Assez impressionnant comme performance, pour un vieux bouc. Ça ne serait même pas si mal pour un gamin de dix-sept ans.

Je me suis étiré, j'ai bâillé et j'ai frotté mon dos d'abord contre son ventre, puis contre ses seins.

— Tu n'as pas mis longtemps à te remettre.

Elle n'a pas répondu. Elle s'est contentée de fourrer le nez dans mon cou. Et puis, j'ai reçu le signal de ce radar invisible, inaudible, qui me dit la vérité. Mais je suis resté immobile un instant encore avant de me redresser.

— Essie, ma chérie, pourquoi ne me le dis-tu pas?

Elle avait posé la tête sur mon bras, le visage tourné vers ma poitrine.

— Pourquoi je ne te dis pas quoi ? a-t-elle demandé d'un air innocent.

— Allons, Essie... Tu veux que je sorte Wilma du lit pour qu'elle me le dise elle-même ?

Elle a bâillé à son tour et elle s'est assise à côté de moi. Mais elle avait fait semblant de bâiller. Elle m'a regardé avec des yeux bien éveillés.

— Wilma est plus conservatrice que moi. (Elle a haussé les épaules.) Il existe des substances qui accélèrent la guérison, tous les corticostéroïdes et le reste... Et elle ne voulait pas m'en donner. Parce qu'il existe un léger risque d'effets à long terme. Sur plusieurs années. Mais la Médication Totale pourra les traiter, j'en suis certaine. J'ai insisté et ça l'a rendue furieuse.

— Des effets à long terme ! Tu veux dire quoi par là ? La leucémie ?

— Oui... peut-être. Mais ce n'est pas très probable. En tout cas, pas tout de suite.

Je me suis levé pour m'asseoir un peu plus loin, sur le bord du lit afin de mieux la voir.

— Pourquoi, Essie ? *Pourquoi ?*

Avant de me retourner mon regard, elle a passé lentement la main dans ses cheveux et les a rejetés en arrière.

— Parce que j'étais pressée. Parce que, après tout, tu as droit à une femme en bonne santé. Parce que c'est pénible de pisser dans un cathéter et encore moins esthétique. Parce que c'était à moi de prendre cette décision et que je l'ai prise. (Elle a rejeté les couvertures et s'est étendue sur le dos.) Regarde-moi bien, Robin. Plus une cicatrice ! Et là-dedans, là, sous ma peau, je suis totalement fonctionnelle. Je peux manger, digérer, excréter, faire l'amour, concevoir des enfants si nous le voulons. Pas le printemps prochain ou l'année prochaine, mais maintenant.

Et c'était vrai. Je pouvais le voir de mes yeux. Il n'y avait pas une seule marque sur son corps si pâle. Si ce n'est... oui, la tache plus claire d'un implant de peau neuve sous son sein gauche. Mais encore fallait-il bien regarder. A part cela, non, il était vraiment impossible de deviner que, quelques semaines auparavant, elle était encore mutilée, meurtrie, et morte en fait.

J'avais froid, à présent. Je me suis levé pour aller prendre la robe de chambre d'Essie ainsi que la mienne. Il restait encore un peu de café chaud.

— J'en prendrai aussi, a dit Essie tandis que je m'en versais une tasse.

— Est-ce que tu ne devrais pas te reposer?

— Quand je serai fatiguée, tu seras le premier à le savoir, parce que je m'endormirai. Il y a longtemps que ça n'avait plus été comme ça, Robin. Je suis heureuse.

Elle prit la tasse que je lui tendais, but une gorgée sans me quitter du regard.

— Mais toi, tu ne l'es pas, a-t-elle ajouté.

— Mais si, je le suis. (Oui, je l'étais vraiment, mais dans un sursaut d'honnêteté j'ai ajouté :) Quelquefois, je ne comprends plus, Essie. Comment se fait-il que je ressente une espèce de sentiment de culpabilité alors même que tu me prouves ton amour?

Elle a reposé sa tasse et s'est étendue à nouveau avant de répondre.

— Tu veux bien m'en parler, Robin chéri?

— C'est ce que je viens de faire.

Et j'ai ajouté :

— Je suppose que je ferais mieux d'appeler Sigfrid von Shrink et de tout lui dire.

— Il est toujours disponible.

— Hmm... Mais avec lui, je ne suis pas sorti d'affaire. Et puis, ce n'est pas le programme auquel j'ai envie de parler. Il se passe tant de choses! Et tout se passe sans moi. J'ai l'impression d'être laissé-pour-compte.

— Oui, je sais ce que tu ressens. Tu as envie de faire quelque chose contre ça, n'est-ce pas? Pour qu'on ne te tienne plus à l'écart?

— Eh bien... peut-être. Pour Payter Herter, par exemple. Il y a une idée qui me travaille depuis quelque temps. J'aimerais en parler à Albert Einstein.

Elle a hoché la tête.

— Très bien, pourquoi pas? (Elle s'est brusquement assise au bord du lit.) Passe-moi mes pantoufles, s'il te plaît. Nous allons faire cela tout de suite.

— Tout de suite? Mais il est tard. Tu ne devrais pas...

Elle prit sa voix la plus douce.

— Robin, moi aussi j'ai discuté avec Sigfrid von Shrink. C'est un bon programme, même si ce n'est pas moi qui l'ai écrit. Il dit que tu es quelqu'un de bien, Robin. Très équilibré, généreux. Et j'en suis témoin, sans compter que tu es plutôt agréable à vivre et que tu es aussi un excellent amant. Viens, allons-y.

Elle a pris ma main et, tous les deux, nous sommes passés dans la grande pièce qui domine la mer de Tappan. Je me suis assis dans le confortable fauteuil double, devant la console.

— Pourtant, a repris Essie, Sigfrid dit que tu as un don particulier pour t'inventer des raisons pour ne pas faire certaines choses. Alors je vais t'aider à te secouer. *Daite gorod Polymath.*

Elle ne s'adressait pas à moi, mais à la console qui, immédiatement, s'illumina.

— Connexion avec les programmes Albert et Sigfrid. Accès à toutes les banques en mode interactif. Maintenant, Robin, écoute-moi! Nous allons développer ces questions que tu viens de soulever. Après tout, moi aussi cela m'intéresse.

Cette femme que je connais depuis tant d'années, cette S. Ya. Lavorovna que j'ai épousée, me surprend toujours quand je m'y attends le moins. Elle était là, assise à côté de moi, et elle me tenait la main pendant que je lui parlais de ces choses que j'aurais tant voulu ne pas vouloir faire. Ce n'était pas vraiment le fait d'aller jusqu'au Paradis Heechee et à l'Usine alimentaire pour arrêter ce vieux fléau de Payter Herter. C'était de savoir où j'irais ensuite.

Mais, très vite, il apparut que je n'irais nulle part.

— Albert, tu m'as dit que tu avais déterminé une

trajectoire pour le Paradis Heechee à partir des enregistrements de la Grande Porte. Est-ce que c'est possible également pour l'Usine alimentaire ?

Ils étaient tous les deux là, devant nous, dans le cube holographique. Albert tirait sur sa pipe et Sigfrid écoutait en silence, les mains croisées, l'air attentif. Il ne parlerait pas avant que je ne lui adresse la parole et ce n'était pas encore le moment.

— Je crains que non, dit Albert. Nous n'avons qu'un réglage de commandes pour l'Usine alimentaire, et c'est celui de Trish Bover, ce qui ne nous permet aucune certitude. Il y a peut-être une chance sur six qu'un vaisseau parvienne au but. Et puis après ? Il ne pourrait pas revenir. En tout cas, Trish Bover n'est pas revenue. (Il s'est calé plus confortablement dans son fauteuil.) Bien sûr, il existe certaines possibilités. (Il a jeté un coup d'œil en direction de Sifgrid.) On pourrait manipuler l'esprit d'Herter en lui suggérant de modifier ses plans.

— Et ça marcherait ?

Je m'adressais toujours à Albert. Il haussa les épaules et Sigfrid bougea sans dire un mot.

— Oh! ne fais pas l'enfant! me dit Essie. Sigfrid, réponds.

— *Gospozha* Lavorovna, dit-il en me regardant. Je ne le pense pas. Je pense que mon collègue n'a évoqué cette possibilité que pour me l'entendre réfuter. J'ai étudié les enregistrements des messages de Payter Herter. La symbolique est tout à fait évidente. Ces femmes angéliques avec des becs d'oiseaux de proie — qu'est-ce qu'un « nez busqué », *gospozha* ? Pensez à l'enfance de Payter, à ce qu'on lui racontait des méchants juifs dont il fallait « nettoyer » le monde. Il y a aussi la violence, les émotions punitives. Il est réellement malade, il a d'ailleurs souffert d'une première attaque coronarienne, et il n'est plus vraiment rationnel. On peut dire en fait qu'il a régressé au stade infantile. Aucune suggestion ne pourrait être efficace, ni aucun appel à la raison, *gospozha*. La seule possibilité serait, peut-être, l'analyse à long terme. Il est probable qu'il refuserait de s'y soumettre, l'ordinateur-vaisseau serait dans l'impossibilité de la mener à terme et, de toute façon, nous n'en avons pas le temps. Non, je ne peux pas vous aider, *gospozha*, pas sans une chance réelle de succès.

Longtemps, très longtemps auparavant, j'avais passé des centaines d'heures particulièrement déplaisantes à écouter la voix de Sigfrid, raisonnable à vous rendre fou furieux, et depuis jamais plus je n'avais voulu l'entendre à nouveau. Pourtant, après tout, ça n'était pas aussi affreux que cela.

Près de moi, je sentis bouger Essie.

— Polymath, dit-elle, prépare-nous du café. (Elle se tourna vers moi.) Je crois que nous en avons pour un bout de temps.

— Je ne vois pas pourquoi. On dirait que je me trouve devant un trou barré(1).

— Si c'est le cas, dit Essie d'un ton câlin, nous pouvons nous passer du café et retourner au lit. Mais tout cela me plaît, Robin.

Pourquoi pas ? Bizarrement, je n'avais pas plus sommeil qu'Essie, apparemment. À dire vrai, nous étions tous les deux parfaitement en forme et très calmes, et jamais mes idées n'avaient été plus claires.

— Albert, demandai-je, la lecture des livres Heechees a-t-elle progressé ?

— Pas vraiment, Robin. Nous avons d'autres ouvrages mathématiques comme celui que je t'ai montré, mais toujours pas de langage véritable... Mais, oui, Robin ?

J'avais claqué des doigts. Cette pensée qui courait dans ma tête depuis des heures venait enfin d'émerger.

— Les nombres « bigre », Albert. Ceux que le livre Heechee nous a montrés. Ce sont les mêmes que les Hommes Morts appellent des nombres « bigre ».

— Bien sûr, Robin. Ce sont les constantes non dimensionnelles de base de l'univers, ou tout au moins de cet univers-ci. Cependant, il reste la question du Principe de Mach qui suggère...

(1) Allusion à une phase de golf. (*N.D.T.*)

— Pas maintenant, Albert! Où les Hommes Morts les ont-ils pêchés, selon toi?

Il ne me répondit pas immédiatement. Il plissa le front, tapota sa pipe et jeta un bref coup d'œil à Sigfrid.

— Je me risquerais à dire que les Hommes Morts ont disposé d'une interface avec la machine intelligente Heechee. Et il ne fait aucun doute que l'échange a été bilatéral.

— C'est exactement ce que je pensais, Albert! Et selon toi, qu'est-ce que les Hommes Morts pourraient savoir d'autre?

— Très difficile à dire. Leur stockage est très incomplet, vois-tu. Au mieux, la connexion est très difficile et elle est actuellement totalement interrompue.

Je me redressai pour demander:

— Et si nous pouvions à nouveau entrer en communication avec eux? Si quelqu'un parvenait à gagner le Paradis Heechee pour leur parler?

Albert eut une quinte de toux.

Le vieux programme redressait la tête.

— Robin, dit-il, plusieurs membres de la mission Herter-Hall, plus le garçon, Wan, ne sont pas parvenus à obtenir des réponses claires de leur part. Même nos intelligences artificielles ne sont parvenues qu'à des résultats partiels, quoique cela s'explique avant tout par le fait qu'il était nécessaire que nous passions par l'interface de l'ordinateur-vaisseau, Vera. Ils sont mal stockés, Robin. Ils sont irrationnels, obsessionnels, et le plus souvent incohérents.

Derrière moi, Essie venait de réapparaître avec un plateau de café et de tasses — j'avais à peine entendu la sonnerie de la cuisine.

— Robin, me dit-elle, demande-lui.

Je renonçai à faire semblant de n'avoir pas compris.

— Merde! Bon, d'accord, Sigfrid. Cette partie du travail te concerne. Comment pouvons-nous les amener à nous parler?

Il sourit et, enfin, décroisa ses mains.

— Robin, cela me fait plaisir de pouvoir à nouveau

te parler. J'aimerais te féliciter pour les progrès considérables que tu as accomplis depuis...

— Réponds, Sigfrid !

— Bien sûr, Robin. Il y a *une* possibilité. Le stockage de cette prospectrice de la Grande Porte, Henrietta, me semble assez complet, si l'on excepte son obsession à propos de l'infidélité de son mari. Je considère que si l'on écrivait un programme à partir de ce que nous savons de la personnalité de son époux et que nous disposions d'une interface...

— Tu veux dire lui fabriquer un faux mari ?

— Pour l'essentiel, oui, Robin, c'est bien ça... Il n'aurait pas à être tout à fait conforme. Les Hommes Morts sont généralement très mal stockés et les réponses inappropriées pourront passer inaperçues. Bien entendu, un tel programme serait plutôt...

— Bon, laissons ça de côté, Sigfrid. Pourrais-tu écrire un programme de ce genre ?

— Oui. Oui, avec l'aide de ta femme, certainement.

— Et comment entrerons-nous en contact avec Henrietta ?

Il regarda Albert.

— Là, je crois que mon collègue peut être de quelque utilité.

— Bien sûr, Robin, déclara Albert d'un ton jovial en se grattant un pied du bout d'une de ses tennis. Un : écriture du programme, avec ses annexes. Deux : lecture à un processeur PMAL-2 mobile avec une mémoire à accès rapide d'un gigabit et toutes les unités auxiliaires. Trois : expédition vers le Paradis Heechee dans un Cinq. Ensuite, interface avec Henrietta et nous commençons l'interrogatoire. Je dirais que les probabilités de réussite sont de l'ordre de neuf sur dix.

— Mais pourquoi expédier tout ce matériel ?

— Robin, dit Albert d'un ton patient, c'est à cause du facteur C. La vitesse de la lumière. Puisque nous n'avons pas de radio ultra-luminique, il nous faut bien expédier la machine sur les lieux.

— Mais l'ordinateur Herter-Hall dispose d'une radio ultra-luminique.

— Cet ordinateur est trop bête, Robin. Et trop lent aussi. Et je ne t'ai pas dit le pire. Ce matériel est très volumineux, vois-tu. Il remplirait presque un Cinq. Ce qui implique qu'il arrivera tout nu et sans défense au Paradis Heechee. Alors que nous ignorons qui peut l'attendre.

Essie était assise à côté de moi, très belle, très attentive, une tasse de café à la main. J'en pris une gorgée dans un réflexe automatique avant de répondre.

— Tu as dit « presque », Albert. Est-ce que cela signifie que nous pourrions prévoir un pilote ?

— Je crains que non, Robin. Le volume disponible ne représente guère que cent cinquante kilos.

— C'est le double de mon poids !

Je ressentis brusquement la tension d'Essie. Oui, nous avions atteint le point crucial. Jamais, depuis des semaines, je n'avais eu les idées aussi claires, jamais je ne me m'étais senti aussi sûr de moi. La paralysie de l'inaction s'effaçait de seconde en seconde. J'étais maintenant tout à fait conscient de ce que je disais et de ce que cela impliquait pour Essie — et je n'avais pas la moindre envie de me taire.

— C'est exact, Robin, dit Albert. Mais veux-tu vraiment arriver mort là-bas ? Il y a de la nourriture, de l'eau et de l'air. Les réserves pour un voyage aller-retour, y compris la régénération, dépassent trois cents kilos et il n'y a pas...

— Arrête, Albert. Tu sais aussi bien que moi qu'il n'est pas question d'un voyage aller-retour. Il est question de... combien ? Vingt-deux jours. C'est le temps de vol qui a été enregistré pour Henrietta. Et c'est tout ce dont j'ai besoin. Des réserves pour vingt-deux jours, c'est tout. Quand je serai arrivé au Paradis Heechee, le reste n'aura plus d'importance.

Sigfrid restait silencieux, mais il avait l'air très intéressé. Albert, quant à lui, semblait ennuyé.

— Ma foi, Robin, dit-il, c'est juste. Mais c'est un risque important. Nous n'avons pas la moindre marge d'erreur.

Je secouai la tête. Ce que j'avais dans l'idée le dépassait. De toute façon, je savais qu'il ne voudrait pas aller jusque-là.

— Tu m'as dit qu'il y a sur la Lune un Cinq qui peut accepter cette trajectoire. Est-ce qu'il existe aussi un... comment dis-tu ? Un PMAL disponible également ?

— Non, Robin, dit-il. (Il ajouta avec tristesse :) Néanmoins, il y en a actuellement un à Kourou, paré à être expédié sur Vénus.

— Merci, Albert.

J'avais presque grondé cela. Il fallait vraiment lui arracher les mots de la bouche. Je me rassis pour réfléchir à ce qui avait été dit.

Je n'étais pas le seul à avoir participé intensément à cette conversation. Essie reposa lentement sa tasse.

— Polymath, dit-elle. Connexion et accès au programme Morton, en interaction. Vas-y, Robin. Fais ce que tu dois faire.

Dans le cube holo, il y eut le bruit d'une porte que l'on ouvrait et Morton entra, serra les mains d'Albert et de Sigfrid tout en me regardant par-dessus l'épaule. En même temps, il accédait à l'information et je pus voir à son expression que ce qu'il apprenait ne lui plaisait guère. Aucune importance.

— Morton ! Il y a un processeur d'information PMAL-2 à la base de lancement de Guyane. Achète-le pour moi.

Il se tourna vers moi.

— Robin, dit-il d'un ton buté, je doute que tu réalises à quelle vitesse tu dévores ton capital ! Ce programme te coûte mille dollars la minute à lui seul. Je vais être obligé de vendre des parts...

— Vends !

— Il n'y a pas que ça, Robin. Si ton intention est de partir pour le Paradis Heechee avec cet ordinateur — renonces-y ! N'y pense plus ! D'abord, l'injonction de Bover te l'interdit. Ensuite, à supposer que tu y arrives, tu serais poursuivi pour outrage à la cour et en dommages et intérêts...

— Ce n'est pas ce que je t'ai demandé, Morton. Suppose que je fasse lever l'injonction de Bover. Est-ce qu'ils pourraient encore m'arrêter ?

— Oui ! Mais... (son ton se radoucit quelque peu) il se pourrait aussi qu'ils ne le fassent pas, bien qu'ils le puissent. Du moins pas à temps. Néanmoins, en tant que conseiller juridique, je dois te dire...

— Tu n'as rien à me dire, Morton. Achète cet ordinateur. Albert et Sigfrid, vous le programmerez dans le sens dont nous avons discuté. Et maintenant, vous trois, vous me débarrassez ce cube. Je veux Harriet. Harriet ? Il faut me trouver un vol Kourou-Lune le plus tôt possible. Et dans le même vaisseau que l'ordinateur que Morton achète pour moi. Et pendant que tu fais cela, essaie donc de me trouver Hanson Bover. Je veux lui parler.

Elle acquiesça et disparut. Je me tournai vers Essie. Elle souriait mais ses yeux étaient humides.

— Tu veux que je te dise ? Sigfrid ne m'a pas appelé « Rob » ou « Bobby » une seule fois, lui dis-je.

Elle referma ses bras sur moi et me serra très fort.

— C'est peut-être parce qu'il pense que l'on ne doit plus te traiter comme un enfant. Et moi non plus, Robin. Crois-tu que je voulais guérir aussi vite uniquement pour faire l'amour ? C'est aussi parce que je ne voulais pas que tu te croies obligé de rester prisonnier ici. Et aussi pour que je sois capable de m'en tirer toute seule au cas où tu aurais été obligé de partir.

A Cayenne, il faisait un noir d'encre et il pleuvait des cordes. Bover m'attendait après la douane, à demi assoupi dans un fauteuil de mousse, près du terminal bagages. Je le remerciai d'être venu mais il haussa les épaules.

— Il ne nous reste que deux heures. Allons-y.

Harriet avait affrété un hélicoptère charter pour nous. Comme nous montions dans le ciel, au-dessus des palmiers, le soleil s'est levé sur l'Atlantique. A notre arrivée à Kourou, il faisait grand jour. Le module lunaire attendait près de sa tour-support. Comparé aux géants qui partaient de Californie ou de Kennedy, il semblait petit, mais le Centre spatial de Guyane est presque sur l'équateur et les chances de tir y sont six fois supérieures, ce qui explique la taille réduite des fusées. L'ordinateur avait été démonté et son chargement à bord était presque achevé. Bover et moi, nous n'avons pas perdu une seconde. Un grand bruit. Une grande secousse et le goût aigre du breakfast que jamais je n'aurais dû prendre dans l'avion. Et nous étions partis.

Il faut compter trois jours pour le voyage jusqu'à la Lune. Je consacrais la plus grande partie de mon temps au sommeil quand je ne bavardais pas avec Bover. Jamais depuis dix ans je n'avais été aussi longtemps coupé de mon dispositif de communication et je me dis que cela promettait d'être interminable. Mais le temps passa sans que je m'en aperçoive. Je me réveillai aux premiers signaux de reprise d'accélération pour contempler une Lune couleur de cuivre qui montait vers nous. Et nous étions arrivés.

Jamais encore je n'avais mis le pied sur la Lune, ce qui était plutôt surprenant si l'on songeait aux lieux lointains que j'avais atteints. Je ne savais pas à quoi je devais m'attendre. Et tout me surprit : l'impression de légèreté, d'agilité, de ne peser guère plus qu'une poupée gonflable. Ma voix de ténor nasillarde dans cette atmosphère à vingt-cinq pour cent d'hélium. Sur la Lune, on ne respirait plus le mélange Heechee. Dans la roche lunaire, les excavatrices Heechee faisaient l'effet d'une bombe et, avec tout le soleil disponible, elles ne coûtaient rien et l'on pouvait continuer de creuser. Le seul problème était de les remplir d'air respirable et, pour cela, on avait remplacé l'azote — plus cher à fabriquer — par l'hélium.

Le grand fuseau Heechee se trouve à proximité de la base de fusées — en fait, plus logiquement, c'est le contraire : la base a été installée près de Fra Mauro parce que c'est là que les Heechees ont creusé, il y a un million d'années. Tout est dans le sous-sol, même les docks d'amarrage des vaisseaux, abrités par une rainure. Deux astronautes américains appelés Shepard et Mitchell avaient passé tout un week-end à moins de deux cents kilomètres de là sans rien remarquer. A présent, plus d'un millier de personnes vivaient dans le fuseau souterrain et les nouveaux tunnels allaient dans toutes les directions. Quant à la surface lunaire, c'était une véritable éruption d'antennes à micro-ondes, de récepteurs solaires et de canalisations diverses.

J'ai repéré très vite le premier homme disponible.

— Hé, vous ! Quel est votre nom ?

Il s'est approché sans se presser en mâchonnant un cigare éteint.

— Qu'est-ce qu'on peut faire pour vous ?

— Il y a une cargaison dans la navette qui vient de se poser. Je veux qu'elle soit transférée dans le Cinq qui est dans les docks. Il va vous falloir une dizaine de gars pour la main-d'œuvre et sans doute aussi du matériel de halage. Et ça doit être fait très vite.

— Mmm... Et vous avez les autorisations ?

— Je vous les montrerai quand je vous paierai. Et je paie mille dollars par homme, plus dix mille dollars de prime pour vous si c'est fait dans les trois heures.

— Bon, voyons la cargaison.

On commençait juste à la décharger. Il l'a examinée attentivement, s'est gratté, a réfléchi encore un peu. Mais il n'était pas totalement muet. Syllabe après syllabe, il m'est apparu évident que son nom était A. T. Walthers Jr. et qu'il était né dans les tunnels de Vénus. Ses insignes de Sortie m'avaient déjà appris qu'il avait tenté sa chance dans la Grande Porte et, du fait qu'il faisait le sale boulot sur la Lune, je déduisais que sa chance avait plutôt mal tourné. Un peu comme la mienne, dans les premiers temps, avant que tout ne change. Dans quel sens... ça, c'est difficile à dire.

— On peut y arriver, Broadhead, a-t-il dit finalement. Mais il nous reste moins de trois heures. Ce clown de Herter va nous faire son petit numéro dans une heure et demie. Il faut que tout soit emballé avant.

— Tant mieux. Où sont les bureaux de la Grande Porte, ici ?

— A l'extrémité nord du fuseau. Ils ferment dans moins d'une demi-heure.

Tant mieux, me suis-je dit à nouveau, mais pas à haute voix.

En traînant Bover derrière moi, j'ai enfilé en bondissant le tunnel qui accédait à l'immense caverne où se trouvaient tous les services administratifs. Nous avons terminé dans le bureau de la Directrice des Missions.

— Vous allez avoir besoin d'un circuit ouvert avec la Terre pour l'identification, lui ai-je annoncé. Je suis Robin Broadhead et voici mon empreinte. Lui, c'est Hanson Bover. Bover, si vous permettez...

Il a appuyé le pouce sur la plaque, à côté du mien.

— Maintenant, dites ce que vous avez à dire.

— Moi, Allen Bover, déclare retirer plainte et injonction à l'encontre de Robin Broadhead, de la Corporation de la Grande Porte, et cætera.

— Je vous remercie. Maintenant, madame la Directrice, en attendant que vous fassiez les vérifications nécessaires, je vous donne une copie écrite et signée de ce que Bover vient de déclarer pour vos archives, plus un plan de mission. Mon contrat avec la Corporation de la Grande Porte, dont vos machines peuvent vous donner copie, m'autorise à disposer de toutes les facilités de la Grande Porte dans le cadre de l'expédition Herter-Hall. Dans ce but, j'ai besoin du Cinq qui se trouve actuellement dans vos docks. Ce plan de mission vous apprendra que j'ai l'intention de rallier le Paradis Heechee, puis, de là, l'Usine alimentaire afin d'empêcher Payter Herter d'infliger de nouveaux dommages à la Terre, de me porter au secours du groupe Herter-Hall et de ramener l'information de valeur à la Grande Porte. Et j'aimerais partir dans l'heure qui vient.

Eh bien, durant une minute, on aurait dit que cela allait marcher. La Directrice des Missions a regardé les empreintes de nos deux pouces sur la plaque d'enregistrement, elle a pris la bobine d'enregistrement de mon plan, l'a soupesée longuement en silence, sans me quitter des yeux, la bouche ouverte. J'entendais dans le lointain le sifflement du gaz volatile qu'ils utilisaient pour le chauffage : le cycle de Carnot, des lentilles de

Fresnel aux réflecteurs en forme d'artichaut qui parsemaient la surface. Je n'entendais rien d'autre, en fait.

Finalement, la Directrice a émis un soupir et demandé :

— Sénateur Praggler, vous avez entendu ?

Et la voix de Praggler grommela, quelque part derrière son bureau.

— Vous parlez que j'ai entendu, Milly ! Dites à Broadhead que ça ne peut pas marcher. Pas question qu'il ait ce vaisseau.

C'étaient les trois jours de transit qui m'avaient trahi. Les identités des passagers étaient automatiquement transmises par radio et l'administration lunaire avait été au courant de mon arrivée avant même notre départ de la Guyane française. C'était pure chance que Praggler se soit trouvé là pour m'accueillir. De toute façon, ils auraient eu tout le temps de demander des instructions au quartier général de Brasilia. Pendant un moment, j'entretins l'espoir de pouvoir discuter avec Praggler. Impossible. Je passai une demi-heure à hurler sans rien y faire.

— Il n'y a rien qui cloche dans ce plan de mission, Robin, admit-il. C'est avec vous que ça cloche. Vous n'avez plus la libre disposition des facilités de la Grande Porte parce qu'elle a exercé hier son droit de préemption contre vous, alors que vous étiez encore en orbite. Mais même si ce n'était pas le cas, je ne vous laisserais pas partir. Vous êtes trop personnellement impliqué dans cette affaire. Et j'ajouterai que vous êtes trop vieux pour ça.

— Je suis un pilote de la Grande Porte parfaitement expérimenté !

— Vous êtes surtout un emmerdeur très expérimenté, Robin ! Et peut-être un petit peu cinglé, aussi. Qu'est-ce que vous croyez qu'un homme seul peut faire dans le Paradis Heechee ? Non, vous l'ignorez. Mais nous allons nous servir de votre plan. Nous vous paierons même des droits, si nous parvenons à l'accomplir. Mais nous allons nous y prendre de la bonne manière, en partant de la Grande Porte avec trois vaisseaux remplis de jeunes soldats en pleine forme et armés jusqu'aux dents.

— Sénateur, laissez-moi partir ! Si vous envoyez cet ordinateur à la Grande Porte, ça va prendre des mois, des années !

— Pas si nous l'expédions dans le Cinq. Six jours, pas plus. Et il pourra repartir en convoi. Mais sans vous, Robin. Mais néanmoins, ajouta-t-il d'un ton raisonnable, nous vous paierons très certainement le prix de l'ordinateur *et* du programme. Ne vous occupez plus de cela, Robin. Laissez les autres prendre les risques. C'est en ami que je vous parle.

Oui, d'accord, il était mon ami. Lui et moi, nous le savions.

Mais il l'était sans doute beaucoup moins après que je lui eus dit où il pouvait se mettre son amitié. Finalement, ce fut Bover qui me poussa dehors. J'eus une dernière vision du sénateur, assis devant le bureau, le visage pourpre et déformé par la fureur, les yeux humides comme s'il allait éclater en sanglots.

— Pas de chance, monsieur Broadhead, dit Bover d'un ton compatissant.

J'ouvris la bouche pour parler, et je me retins à temps. Ça n'aurait servi à rien.

— Je vais vous prendre le billet de retour pour Kourou.

Il sourit. Je vis qu'il avait de superbes dents artificielles toutes neuves. L'argent avait déjà servi à quelque chose.

— Monsieur Broadhead, vous avez fait de moi un homme riche. Je peux me payer mon billet. Et puis, je ne suis jamais venu ici et je n'y reviendrai sans doute pas, alors je crois que je vais rester un peu.

— C'est comme vous voulez.

— Et vous, monsieur Broadhead ? Vous avez des plans ?

— Non, aucun.

Et il ne m'en venait aucun à l'esprit.

J'étais au bout de mon programme. On ne peut pas

imaginer à quel point je me sentais vide. Je m'étais préparé pour un nouveau voyage-mystère Heechee — pas aussi mystérieux que ceux que j'avais faits à partir de la Grande Porte, certes, mais dont la perspective restait assez effrayante. Et ce tournant que j'avais pris dans ma vie avec Essie, je l'avais si longtemps différé parce qu'il me faisait peur. Et tout ça pour rien.

Avec tristesse, je contemplai le long tunnel vide qui conduisait aux docks.

— Je pourrais essayer de passer en force, dis-je.

— Monsieur Broadhead ! C'est, c'est...

— Ne vous en faites pas, Bover. Je n'essaierai pas. Surtout parce que je sais qu'il y a déjà tout un stock d'armes dans ce Cinq — et je doute qu'ils me laissent me servir.

Il me regarda bien en face. Je lus le doute dans son regard.

— Eh bien, en ce cas... peut-être... peut-être que vous pourriez passer vous aussi quelques jours ici...

Et son expression changea brusquement.

J'eus à peine le temps de m'en apercevoir. J'éprouvais la même chose que lui et cela requérait toute mon attention. Le vieux Payter était revenu dans la Chambre des rêves. Et c'était pire que jamais. Ce que je ressentais — comme tous les êtres vivants sur la Lune et sur Terre — ce n'était pas seulement ses rêves, ses fantasmes. C'était de la souffrance. Du désespoir. De la folie. Une atroce pression sur les tempes, une douleur brûlante dans les bras et la poitrine. Ma gorge devint sèche, puis aigre et je vomis.

Jamais encore l'Usine alimentaire ne nous avait infligé ça.

Mais jamais personne n'était mort sur la couche des rêves.

Et ça ne s'arrêta pas au bout d'une minute, ni même de dix. Mes poumons aspiraient l'air par spasmes. J'étouffais comme Bover, comme tous ceux qui se trouvaient dans le faisceau d'émission, et la douleur persistait et se répandait pour éclater plus violemment encore. Et la terreur, la fureur et la misère absolue de cet homme qui se sentait mourir m'avaient envahi et j'en haïssais chaque seconde.

Mais je savais ce que c'était.

Je savais ce que c'était et je savais aussi ce que je pouvais faire. Ou, du moins, ce que mon corps pouvait faire, si seulement je parvenais à reprendre suffisamment le contrôle de mon esprit pour l'obliger à le faire. Je luttai pour faire un pas, puis deux. Et je me mis à courir dans ce grand couloir vide, laissant Bover recroquevillé sur le sol, passant devant les gardes titubants, inconscients. Je doute qu'ils m'aient vu. Et je plongeai dans l'écoutille étroite de l'atterrisseur, je m'effondrai à l'intérieur, tremblant, meurtri et je réussis à rabattre le couvercle sur ma tête et à le verrouiller.

J'y étais. J'avais retrouvé le minuscule réduit affreusement familier. J'étais cerné par un entassement de formes en plastique. Au moins, Walthers avait fait son travail. J'étais dans l'impossibilité de le payer mais je crois bien que s'il s'était montré à la dernière seconde, je lui aurais lancé un million par l'écoutille.

A un moment, Payter Herter mourut. Mais sa mort ne mit pas un terme à la torture. Elle commença seulement à diminuer lentement. Jamais je n'aurais deviné que c'était cela que l'on pouvait éprouver dans l'esprit d'un homme qui était mort, tandis qu'il sentait son cœur s'arrêter, ses intestins se relâcher et que la certitude de sa mort s'imposait à son cerveau. Cela dura plus longtemps que je ne l'aurais cru possible. Cela dura tout le temps qu'il me fallut pour faire décoller l'atterrisseur et lancer les petites fusées à hydrogène qui m'amèneraient jusqu'à une altitude à partir de laquelle je pourrais passer en propulsion Heechee. Je tournai et secouai les volants de trajectoire jusqu'à ce qu'ils forment cette disposition qu'Albert m'avait fait apprendre par cœur.

J'ai pressé le téton de départ. J'étais en route.

Une embardée, une nausée : il entamait son accélération. Les étoiles, que je pouvais à peine distinguer en me penchant par-dessus une unité de stockage de mémoire, commencèrent à se rapprocher. Maintenant, personne ne pouvait plus m'arrêter. Pas même moi.

Selon toutes les données rassemblées par Albert, le voyage devait durer vingt-deux jours très exactement. Ce n'est pas long — sauf si vous êtes coincé dans un vaisseau chargé au delà de sa capacité. J'avais de la place, plus ou moins. Je pouvais m'étirer, par exemple. Et me lever aussi. Je pouvais m'allonger, quand le vague mouvement du vaisseau me permettait de situer le « bas » et si j'acceptais de dormir sur des pièces métalliques diverses. Ce que je ne pouvais pas faire, en revanche, durant ces vingt-deux jours, c'était parcourir plus d'un mètre dans n'importe quelle direction — pas pour manger, dormir, me laver ou déféquer. Pour rien.

J'avais tout le temps nécessaire pour me rappeler à quel point un voyage dans un vaisseau Heechee pouvait être terrifiant.

Et j'avais aussi tout le temps nécessaire pour apprendre. Albert avait pris soin d'enregistrer toutes les informations que je n'avais pas eu l'idée de lui demander et les bandes étaient à ma disposition. Elles n'étaient ni très intéressantes ni très sophistiquées. Le PMAL-2 était centré sur la mémoire : tout dans le cerveau, pas grand-chose en lecture. Il n'y avait pas de cube holographique, bien sûr, rien qu'un double écran stéréo qui me faisait loucher, et un écran plat grand comme la paume de ma main quand je ne supportais plus l'autre.

Je ne m'en servis pas au début. Je restais étendu, à dormir autant que je le pouvais. Pour une part parce que je me remettais lentement du trauma de la mort de Payter, aussi effrayante que la mienne propre, et pour l'autre parce que je me livrais à une expérience à l'intérieur de ma tête. Je me laissais aller à éprouver de la peur (j'en avais toutes les raisons !) et je me culpabilisais. Je sais que je nourris plus particulièrement certaines formes de culpabilité : les obligations auxquelles je n'ai pas satisfait, les devoirs inaccomplis. J'avais de quoi réfléchir, en commençant par Payter (qui serait certainement encore en vie si je ne l'avais pas accepté

312

pour cette expédition) et en finissant, ou plutôt en n'en finissant pas, avec Klara, gelée dans son trou noir. Je dis « en n'en finissant pas » parce que j'avais d'autres sujets. Cette distraction s'épuisa très vite. Je découvris avec surprise que la culpabilité n'était pas aussi écrasante que cela, dès lors que je m'y soumettais.

Ainsi passa le premier jour.

C'était le moment de passer aux enregistrements. Une caricature rigide, mal animée du programme que je connaissais et aimais me donna des cours sur le Principe de Mach, les nombres bigre et des aspects encore plus curieux de l'astrophysique spéculative dont je n'aurais jamais osé rêver. Je n'écoutais pas vraiment mais je me laissais porter par la voix, et ce fut la fin du deuxième jour.

De la même source, j'appris tout ce qui avait été stocké sur les Hommes Morts. J'en avais déjà entendu la plus grande partie. Je l'écoutai à nouveau. Je n'avais rien de mieux à faire. Et le troisième jour se passa comme ça.

Il y avait des résumés sur le Paradis Heechee, l'origine des Anciens, sur les stratégies possibles pour Henrietta et sur les risques de capture par les Anciens.

Ainsi passa le troisième jour, puis le quatrième, le cinquième.

Je commençais à me demander ce que je pourrais trouver pour les dix-sept jours qui restaient. Je repassais les enregistrements une deuxième fois. Ce fut le sixième jour, puis le huitième, le dixième, le onzième...

Le onzième jour, je déconnectai l'ordinateur avec un sourire de joie anticipée.

J'étais à mi-chemin. C'était le jour du retournement.

J'attendis, dans mes sangles, le seul événement de ce maudit voyage : l'éruption scintillante des étincelles dans la spire de cristal. Je ne savais pas exactement à quel instant il allait se produire, cet événement. Probablement pas durant la première heure. (Il ne se produisit pas.) Peut-être même pas dans la troisième ou la quatrième... (Toujours pas.)

Il ne se produisit pas plus dans la cinquième heure,

ni dans la sixième ni dans aucune. Il ne se produisit pas durant tout le onzième jour.

Pas plus que durant le douzième. Ou le treizième.

Ou le quatorzième.

Et quand je consultai l'ordinateur pour qu'il me donne les valeurs arithmétiques que je n'avais pas envie de calculer, il m'apprit ce que je ne voulais pas savoir.

Il était trop tard.

Même si le retournement intervenait à partir de maintenant, même dans la minute qui suivait, je n'aurais jamais suffisamment d'eau, de nourriture et d'air pour terminer ce voyage.

On peut toujours économiser. Je me mis à m'humecter les lèvres au lieu de boire. Je dormis autant que possible et je respirai lentement, comme j'avais appris à le faire.

Et le retournement se produisit enfin. Au dix-neuvième jour. Huit jours plus tard.

J'interrogeai l'ordinateur et les données tombèrent, nettes et glacées.

Le retournement était intervenu trop tard. Dans dix-neuf jours, le vaisseau atteindrait le Paradis Heechee, mais il n'y aurait plus personne de vivant à son bord. Je serais mort depuis six jours au moins.

La longue nuit des rêves

Quand elle devint capable de parler aux Anciens, ils commencèrent à lui apparaître un peu plus comme des individus. Et ils n'étaient ni anciens ni vieux. Ou, du moins, les trois qui la gardaient souvent, qui la nourrissaient et l'emmenaient régulièrement à la longue nuit des rêves ne l'étaient pas. Ils avaient appris à l'appeler Janine ou du moins quelque chose d'approximatif. Leurs propres noms étaient compliqués mais il y avait une abréviation pour chacun — Tar, ou Tor, ou Hooay. Et ils répondaient quand elle les appelait, quand elle avait besoin d'eux ou qu'elle voulait simplement s'amuser. Ils étaient aussi joueurs que des jeunes chiots et aussi avides de plaire. Quand elle sortait du cocon bleu et brillant, épuisée, déchirée après avoir connu une autre vie, ou une autre mort, il y en avait toujours un près d'elle pour murmurer, roucouler à son oreille et la caresser.

Mais cela n'y faisait rien! Comment aurait-on pu la consoler après ce qu'elle avait connu dans les rêves, tous ces rêves qui se succédaient.

Les jours se ressemblaient. Quelques heures d'un sommeil pénible. Un instant pour manger. Une partie de chat avec Tor ou Hooay. Parfois un petit tour dans le Paradis, toujours sous bonne garde. Et, inévitablement, Tar, Hooay ou un autre la prenait doucement par la main et la conduisait jusqu'au cocon, la mettait à l'intérieur et, des heures durant, parfois même pour ce qui semblait une vie entière, Janine était quelqu'un d'autre. Quelqu'un de tellement étrange! Elle pouvait être mâle. Femelle. Jeune. Vieille. Infirme. Folle. Toutes les vies étaient différentes mais aucune n'était vraiment humaine. La plupart ne l'étaient pas du tout, spécialement les vies du début, les plus anciennes.

Les vies qu'elle « rêvait » et qui étaient les plus proches dans le temps étaient les moins différentes de la sienne. C'étaient les vies de créatures qui différaient à peine de Tor, Tar ou Hooay. Habituellement, elles n'avaient rien d'effrayant, même si toutes se terminaient avec la mort. Elle vivait des moments chaotiques, aléatoires, pris dans la mémoire stockée de leurs vies brèves et heureuses ou bien ternes et médiocres. En comprenant le langage de ses ravisseurs, elle découvrit que ces vies qu'elle revivait avaient été spécialement choisies pour être stockées. Selon quels critères ? Chacune représentait une leçon particulière. Tous ces rêves étaient censés lui enseigner des expériences et elle apprenait, bien sûr. Elle apprenait à parler aux vivants, à comprendre peu à peu leur existence sombre, leur besoin obsessionnel d'obéir. C'étaient des esclaves ! Ou bien des animaux familiers ? Quand ils exécutaient ce que le Plus Vieux leur ordonnait, ils obéissaient, donc ils étaient bons. Quand, rarement, ils n'obéissaient pas, ils étaient punis.

Elle voyait Wan de temps en temps, et parfois sa sœur. Dès le début, on les avait séparés d'elle.

Elle avait mis un certain temps à comprendre pourquoi et, en elle-même, elle rit de ce bon tour, de ce secret ironique qu'elle ne pouvait pas faire partager à Tor, qui aimait tant rire. Lurvy et Wan apprenaient eux aussi et cela ne semblait pas plus agréable pour eux.

A la fin du sixième « rêve », elle fut capable de parler aux Anciens. Ses lèvres et sa gorge ne pouvaient restituer vraiment leurs gazouillis, leurs voyelles murmurées, mais elle arrivait à se faire comprendre. Plus important encore : elle pouvait obéir à leurs ordres, ce qui lui épargnait des ennuis. Quand elle devait regagner sa cellule, on ne la poussait plus, et quand elle devait se baigner, ils n'avaient plus à lui ôter eux-mêmes ses vêtements. Après la dixième leçon, ils se montrèrent presque amicaux. A la quinzième (et Lurvy et Wan également), elle en savait autant qu'eux sur le Paradis Heechee, y compris le fait que les Anciens n'étaient pas et n'avaient jamais été des Heechees.

Pas même le Plus Vieux.

Et qui était donc le Plus Vieux? Ses leçons ne le lui avaient pas appris. Du mieux qu'ils purent, Hooay et Tar lui expliquèrent que le Plus Vieux était Dieu. Mais ce n'était pas une réponse satisfaisante. Ce dieu ressemblait beaucoup trop à ses adorateurs pour avoir construit le Paradis Heechee, même en partie, pas plus que son propre corps. Non. Le Paradis avait été conçu par les Heechees dans un but connu d'eux seuls et le Plus Vieux n'était pas un Heechee.

La grande machine qu'était le Plus Vieux était redevenue immobile, inerte, comme morte, ne révélant qu'une vie larvaire. Chaque fois que Janine traversait le fuseau, elle le voyait, pareil à une statue. Parfois, une lueur pâle, vaguement colorée, apparaissait en tremblotant autour de certains senseurs externes, comme s'il était sur le point de se réveiller ou les observait, les yeux mi-clos. Quand cela se produisait, Hooay et Tar pressaient le pas. Il n'était plus question de jouer ni de plaisanter. Mais, la plupart du temps, le Plus Vieux était absolument immobile. Elle croisa Wan tout près de lui, une fois, en allant au cocon alors qu'il en partait, et Hooay les laissa échanger quelques mots durant un instant.

— Il me fait peur, dit Janine.

— Si tu veux, je peux le détruire pour toi, se vanta le garçon tout en regardant nerveusement par-dessus son épaule.

Mais il s'était exprimé en anglais et prit garde de ne rien dire aux Anciens. Pourtant, le ton de sa voix dut inquiéter Hooay car il s'empressa d'écarter Janine.

Elle était maintenant presque fière de ses gardiens, tout comme on peut l'être d'un grand chien de traîneau plein d'affection qui, en plus, saurait parler. Il lui avait fallu un certain temps pour admettre que Tar était une jeune femelle. Il était difficile de les distinguer. Ils avaient tous le même toupet de poils sur le visage et les mêmes arcades sourcilières aux lobes frontaux, marques caractéristiques du primate mâle adulte. Mais, oui, ils étaient devenus pour elle des individus et non plus des « gardiens ». Le plus robuste et le plus sombre des deux mâles était appelé « Tor », mais ce n'était qu'une syllabe prise dans un nom plus complexe et plus long dans lequel Janine n'avait su discerner que le mot « sombre ». Mais cela ne se rapportait pas à sa couleur. Car il était plus clair que certains de ses compagnons. Cela avait sans doute un rapport avec une aventure de son enfance, dans un secteur du Paradis si étrange et si rarement visité que les éternelles parois de métal Heechee ne diffusaient qu'une pauvre lumière. Tor taillait sa barbe de telle manière qu'elle ressemblait à deux trompes inversées, de part et d'autre de sa mâchoire. C'était Tor qui plaisantait le plus souvent et qui essayait de la faire participer à ses plaisanteries. Il lui disait que si son mâle, Wan, se montrait aussi stérile avec elle qu'avec Lurvy, il demanderait au Plus Vieux l'autorisation de la féconder lui-même. Mais cela n'effrayait pas le moins du monde Janine, qui gardait son secret quant à la stérilité de Lurvy. Elle n'était pas dégoûtée non plus à cette idée : Tor était une espèce de gentil satyre et elle pensait qu'elle avait compris la plaisanterie. Et elle ne se considérait plus comme une gamine. A chaque rêve, elle prenait de l'âge. Elle avait vécu des rapports sexuels que jamais encore elle n'avait connus. Parfois en tant que femme, parfois non. Elle avait vécu la souffrance, souvent, et la mort, toujours. Hooay, dans un de ses moments graves, lui avait expliqué qu'il était impossible de faire l'enregistrement d'une personne vivante. Et il était devenu de plus en plus grave en lui décrivant la façon dont le cerveau était ouvert et son contenu transféré dans la machine pour y être enregistré. Tandis qu'il lui disait tout cela, elle s'était sentie vieillir un peu plus encore.

Comme elle avançait dans les rêves, ceux-ci devenaient plus étrangers, plus lointains.

— Tu vas dans des âges très anciens, lui dit Tor.

Il la conduisit une fois encore au cocon.

— Mais celui-là... c'est le Plus Vieux. Et sans doute le dernier. Peut-être.

Elle s'arrêta près de la couche scintillante.

— C'est encore une plaisanterie, Tor, ou bien une énigme que tu me poses ?

— Non. (Il tira sur la pointe de ses deux barbes.) Janine, tu n'aimeras pas ce rêve.

— Merci.

Il plissa ses bons yeux tristes en un sourire.

— Mais c'est le dernier que je peux te donner, Janine. Peut-être... peut-être que le Plus Vieux pourra te donner son rêve à lui. On dit qu'il l'a fait parfois, mais j'ignore quand. Et personne n'en a le souvenir.

Elle sentit sa gorge se serrer.

— Cela fait peur, dit-elle.

— Moi aussi, j'ai eu peur quand cela m'est arrivé, Janine, dit-il avec douceur, mais rappelle-toi que ce n'est qu'un rêve, pour toi.

Et il referma le cocon sur elle, et Janine lutta un instant contre le sommeil pour succomber comme toujours... et elle fut quelqu'un d'autre.

Il était une fois une créature. C'était une femelle mais, si l'on en croit Descartes, elle était consciente de son existence et, donc, elle était « elle ».

Et elle n'avait pas de nom. Mais on la distinguait parmi les siens à la longue balafre qui allait d'une oreille à son nez. Elle avait failli être tuée par le coup de sabot d'un animal prédateur agonisant. L'œil avait guéri mais la paupière était restée déformée et on aurait pu lui donner le surnom de « Bigleuse ».

Bigleuse avait une maison. Pas très élaborée. Ce n'était guère plus qu'un nid de branchages au milieu d'un bouquet de plantes semblables au papyrus, partiellement abrité par un amas de terre. Mais Bigleuse et les siens revenaient à leurs nids chaque jour et, en cela, ils étaient très différents des autres êtres vivants qui leur ressemblaient. Ils différaient également des autres par le fait qu'ils se servaient d'objets, et non d'autres parties de leur corps, pour certains travaux.

Bigleuse n'était pas belle. Elle ne mesurait pas plus d'un mètre. Elle n'avait pas de sourcils — sa chevelure lui arrivait jusqu'aux arcades sourcilières — et seuls son nez et ses pommettes étaient glabres — et elle n'avait pas vraiment de menton. Ses mains possédaient des doigts, mais elles étaient habituellement fermées et leur dos était couvert de callosités et de cicatrices, et les doigts ne se séparaient pas aisément, guère mieux que ses doigts de pied. Ses doigts de pied lui étaient presque aussi utiles pour se saisir des choses et c'était d'eux dont elle se servait pour étriper les créatures assez infortunées pour terminer étranglées par ses bras. Bigleuse était enceinte mais elle n'en avait pas conscience. Elle était pleinement mature et féconde et c'était la cinquième saison des pluies. Dans sa treizième année, elle avait déjà porté neuf ou dix enfants et ne l'avait su qu'en s'apercevant qu'elle ne courait plus aussi vite, que la grosseur de son ventre l'empêchait d'éventrer les prédateurs aussi facilement qu'avant, et que ses mamelles étaient à nouveau gonflées de lait. Sur les cinquante membres de la communauté, quatre au moins étaient encore des enfants. Parmi les mâles, plus d'une dizaine pouvaient être les pères. Bigleuse avait conscience de la relation première mais pas de l'autre. Parmi les jeunes mâles qu'elle savait être ses fils, un au moins pouvait aussi bien être le père de son enfant. C'était là un concept qui n'aurait pas troublé Bigleuse, à supposer qu'il lui fût apparu. Les choses qu'elle faisait avec les mâles quand la chair de ses fesses maigres se mettait à gonfler et à rougir n'avaient, dans son esprit, aucun rapport avec l'enfantement. Non plus qu'avec le plaisir. C'était comme une démangeaison. Elle devait se gratter dès qu'elle la ressentait. Bigleuse ne pouvait définir le « plaisir », si ce n'est, peut-être, que comme l'absence de la douleur. Et même dans ces termes, elle n'en connut guère durant sa vie.

Quand l'atterrisseur Heechee descendit en grondant et en crachant des flammes entre les nuages, Bigleuse, avec tous les siens, courut se cacher. Personne ne vit le vaisseau se poser.

Un chalut remonte une étoile du fond de la mer, une pince l'enlève de la vase pour la mettre dans un aquarium, un biologiste l'épingle sur une planche pour disséquer son système nerveux — est-ce que l'étoile de mer sait ce qui lui arrive ?

La conscience de Bigleuse était supérieure à celle d'une étoile de mer. Mais elle avait aussi un peu plus d'expérience à sa disposition. Rien de ce qui lui était arrivé depuis qu'elle avait aperçu cette grande lumière dans le ciel n'avait de sens.

Elle ne sentit pas la pointe de la lance anesthésiante. Elle n'eut pas conscience qu'on l'emportait vers l'atterrisseur pour l'enfermer avec une vingtaine de ses pareils. Elle ne sentit pas la pression de l'accélération à l'instant du décollage, ni l'apesanteur tandis que le vaisseau était en transit. Elle ne sut rien jusqu'à ce qu'on lui permette de se réveiller et elle ne comprit pas ce qui lui arrivait.

Autour d'elle, il n'y avait plus rien de familier !

L'eau. L'eau que Bigleuse buvait ne venait plus de la rivière boueuse mais d'un abreuvoir dur et brillant. Quand elle se penchait pour boire, il n'y avait rien qui rôdait sous la surface, prêt à frapper.

Le soleil et le ciel. Il n'y avait pas de soleil ! Pas de nuages, et pas de pluie. Il n'y avait que de grandes parois solides, bleues et lumineuses, et un toit tout aussi bleu et lumineux au-dessus de leurs têtes.

La nourriture. Il n'y avait plus la moindre créature vivante à attraper et à démembrer. Il n'y avait que des morceaux plats et sans goût, durs, qu'il fallait mâcher. Ils emplissaient l'estomac et il y en avait toujours. Ils pouvaient en manger autant qu'ils voulaient, il y en avait toujours plus.

Ce qu'elle voyait, ce qu'elle entendait et sentait — c'était terrifiant ! Une odeur s'imposait à elle, qu'elle n'avait jamais sentie, une odeur pénétrante qui lui faisait peur. C'était l'odeur d'une créature vivante, mais elle ne vit jamais la créature. Et l'absence d'odeur normale était tout aussi inquiétante. Pas le moindre relent de daim. Ni d'antilope. De chat non plus. (Mais c'était mieux ainsi.) Ils n'arrivaient même plus à sentir leurs propres excréments, ou rarement car ils n'avaient plus de raison de se rassembler dans le nid et les endroits où ils se regroupaient pour dormir étaient régulièrement nettoyés à fond dès qu'ils se relevaient. L'enfant de Bigleuse était né. Les autres avaient grogné en entendant ses gémissements parce qu'ils voulaient dormir. Quand elle s'était éveillée pour le prendre, pour diminuer un peu la pression brûlante dans ses tétons, il avait disparu. Jamais plus elle ne devait le revoir.

Le nouveau-né de Bigleuse fut le premier à disparaître immédiatement après sa naissance. Mais il ne fut pas le dernier. Durant quinze ans, la petite famille d'australopithèques continua à manger, à copuler, à procréer et vieillit et devint de moins en moins nombreuse puisque les enfants lui étaient enlevés dès leur naissance.

Dans la nuit, une femelle s'accroupissait, poussait en geignant et un enfant naissait. Tous les autres se rendormaient et, à leur réveil, il n'y avait pas de bébé. Ils avaient été trente, puis vingt, puis dix. Puis Bigleuse se retrouva seule, la dernière. A vingt-neuf ans, c'était une très très vieille femelle. Elle savait qu'elle était vieille. Elle ignorait qu'elle allait mourir. Elle ne ressentait que cette douleur déchirante dans le ventre qui lui arrachait des sanglots et des plaintes. Elle ne sut pas qu'elle était morte. Elle savait seulement que la douleur avait cessé. Et puis, elle devint consciente d'une autre douleur. Ce n'était pas vraiment une douleur. L'engourdissement. L'étrangeté. Elle voyait, mais elle voyait de façon bizarrement plate, bizarrement vacillante, une rangée de couleurs bizarrement distordues. Elle n'était pas habituée à sa nouvelle vision et ne reconnut pas ce qu'elle voyait. Elle voulut bouger les yeux et ils ne bougèrent pas. Elle essaya de bouger la tête, les bras, les jambes, et elle ne le put pas parce qu'elle n'avait plus de tête, plus de bras, plus de jambes. Elle resta dans cet état pendant un temps considérable.

Bigleuse n'était pas une préparation, comme la fragile étoile de mer dont le système nerveux apparaît sous la lame du biologiste. Non, elle était une expérience.

Une expérience qui n'était pas un grand succès. L'essai qui avait été tenté pour préserver son identité en stockage-machine n'avait pas échoué pour les mêmes raisons que les précédents. Incompatibilité chimique avec les récepteurs, transfert d'information incomplet, mauvais codage. L'un après l'autre, les expérimentateurs avaient rencontré et résolu ces problèmes. Chaque expérience avait échoué ou n'avait été que partiellement réussie pour une raison à chaque fois différente. Dans l'être qui se reconnaissait comme étant « Bigleuse », l'identité à préserver était insuffisante. Ce n'était pas une biographie, pas même un journal. Ce n'était qu'une sorte de bulletin de recensement, illustré par la peur, troué par la douleur.

Mais elle n'était pas la seule expérience Heechee en cours.

Dans une autre section de l'immense machine qui orbitait autour du soleil de la Terre à une distance d'une demi-année-lumière, les bébés volés se développaient. L'existence qu'ils menaient était très différente de celle de Bigleuse. C'était une existence régie avec un soin automatique, faite de tests heuristiques et d'épreuves programmées. Les Heechees avaient abouti à la conclusion que les australopithèques, même s'ils étaient loin d'être véritablement intelligents, portaient en eux le germe d'une descendance supérieure. Ils décidèrent d'accélérer le processus.

L'expérience n'avait guère évolué en quinze années, entre le moment où la colonie avait été enlevée à son habitat africain et la mort de Bigleuse. Les Heechees ne s'étaient pas laissé décourager. En quinze ans, ils ne s'étaient pas attendus à un résultat notable. Leurs plans étaient à plus long terme. A très long terme.

Et ces plans exigeaient qu'ils partent ailleurs, tous,

bien longtemps avant que la première lueur d'intelligence apparaisse dans le regard d'un descendant de Bigleuse.

Ils avaient donc construit et programmé l'artefact pour qu'il dure indéfiniment. Ils avaient prévu un processeur pour l'alimentation ACHO à partir des matériaux cométaires disponibles. Ils l'avaient déjà utilisé pour d'autres installations, ailleurs, et il était également conçu pour fonctionner presque éternellement. Ils avaient mis au point des machines destinées à échantillonner régulièrement les capacités des descendants des australopithèques et à répéter, si nécessaire, la tentative de stockage d'identité sous machine aux fins de consultation ultérieure. A supposer que l'un des Heechees revienne un jour pour voir comment l'expérience avait évolué. Ce qui apparaissait comme très improbable en fonction de leurs autres plans.

Pourtant, leurs plans comportaient de nombreuses possibilités qui, toutes, se présentaient simultanément. Car l'objectif de leurs plans était pour eux d'une importance énorme. Il se pouvait qu'aucun d'entre eux ne revienne jamais mais il se trouverait *peut-être* quelqu'un pour revenir un jour.

Bigleuse ne pouvait ni agir ni communiquer de façon utile et les expérimentateurs Heechees décidèrent de faire l'économie des sections affectives du stockage et ne la gardèrent plus sur les rayons qu'en tant que livre de référence à l'usage de créatures à venir, quelles qu'elles soient.

Et ce livre, Janine avait été forcée de le consulter, et de revivre ce que Bigleuse avait vécu des centaines de milliers d'années auparavant.

Les Heechees laissèrent des indications et des informations destinées aux générations qui seraient à même de les comprendre. Comme d'habitude, ils laissèrent tout en ordre derrière eux. Puis ils partirent en laissant l'expérience suivre son cours, entre mille autres.

Durant huit cent mille années.

— Danine! gémit Hooay. Danine, tu es morte?

Elle vit son visage, d'abord de façon trouble, comme une grande lune floue avec deux comètes sombres.

Elle pleurait.

— Aide-moi à me lever, dit-elle entre deux sanglots. Remmène-moi là-bas.

Elle avait été violée, écartelée, transformée. Jamais plus son monde ne serait le même. Janine ignorait le mot « australopithèque », mais elle comprenait que l'existence qu'elle venait de partager avait été celle d'un animal. Pire encore, puisqu'il y avait eu quelque part en elle l'étincelle de l'invention de l'intelligence et, donc, le germe de la peur.

Janine était épuisée et elle se sentait plus âgée encore que le Plus Vieux. Elle venait d'avoir quinze ans mais elle n'était plus une enfant. Ses réserves avaient été vidées. Elle s'arrêta sur le seuil de la pièce aux parois inclinées qui avait été sa cellule depuis le début. Hooay lui demanda :

— Danine ? Il y a quelque chose qui ne va pas ?

Elle discerna l'inquiétude dans sa voix.

— J'ai une histoire à te raconter, dit-elle. Elle va te faire rire.

— On ne dirait pas que tu as envie de plaisanter, Danine.

— Pourtant, elle est bien bonne... Ecoute. Les Anciens ont enfermé Wan avec ma sœur pour qu'ils procréent. Mais c'est impossible pour ma sœur. Elle a subi une opération et elle ne pourra plus jamais avoir d'enfant.

— Ce n'est pas une bonne plaisanterie ! Personne ne ferait une chose pareille, Danine !

— Mais elle l'a fait, Hooay. (Et elle ajouta très vite :) Ne crains rien. Tu ne seras pas puni à cause de cela. Mais tu dois m'amener le garçon, à présent.

Il y avait des larmes dans ses bons yeux.

— Tu crois que je n'ai rien à craindre ? Je ferais peut-être mieux de réveiller le Plus Vieux pour lui dire ça...

Il se mit à pleurer, terrifié.

Janine essaya de le rassurer et de le consoler. Bientôt, d'autres Anciens les rejoignirent et Hooay leur apprit quel tour affreux on leur avait joué. Janine s'était étendue sur son matelas, essayant de ne pas entendre leur bavardage excité et geignard. Elle ne dormait pas quand Tor et Wan se présentèrent à la porte. Elle avait seulement fermé les yeux et, quand le garçon s'avança dans la pièce, elle se leva.

— Wan, dit-elle, je veux que tu mettes tes bras autour de moi.

Il la regarda d'un air maussade. Personne ne l'avait averti de ce qui se passait, et puis, lui aussi avait revécu l'existence de Bigleuse dans le cocon. Il avait une mine affreuse. D'abord, il ne s'était pas remis de la grippe, il ne s'était pas reposé et jamais il n'avait réussi à s'accoutumer aux changements énormes que les Herter-Hall avaient apportés dans son existence. Il avait les yeux cernés et des plis étaient apparus aux coins de ses lèvres. Il avait les pieds sales et ses vêtements étaient souillés et fripés.

— Tu as peur de tomber? demanda-t-il d'une voix glapissante.

— Je n'ai pas peur de tomber et ne crie pas comme ça.

Il eut un air interloqué, mais son ton se fit plus grave.

— Que se passe-t-il, alors?

— Oh!... Wan!

Elle secoua nerveusement la tête et s'avança vers lui. Elle n'eut pas à lui dire ce qu'il devait faire. Ses bras se refermèrent sur elle automatiquement. Il serra les mains contre son dos tandis qu'elle rencontrait ses lèvres, dures, sèches, serrées, et s'écartait de lui.

— Wan, est-ce que tu n'as pas oublié ce que nous essayons de faire?

— Mais non! Ça, c'est un « baiser ».

— Mais ça ne se passe pas comme ça, Wan. Attends. Je fais ça... et tu recommences.

Elle entrouvrit à peine les lèvres et sortit le bout de la langue. Elle se pencha à nouveau sur lui et lui titilla les lèvres.

— Tu ne crois pas que c'est mieux comme ça ? C'est...
c'est un peu comme si j'allais vomir.

Wan, soudain effrayé, essaya de s'écarter mais elle
resta tout contre lui.

— Non, dit-elle, je me sens seulement drôle. Mais je
ne vais pas être malade.

Il détournait le visage, l'air tendu, troublé. Mais il
contrôla soigneusement le timbre de sa voix pour lui
dire :

— Petit Jim dit que les gens font ça avant de copuler. Ou bien qu'on peut le faire pour voir si l'autre
personne est en chaleur.

— Wan ! *En chaleur !* Quelle horreur ! On dit :
« amoureuse ».

— Je crois qu' « amoureuse », c'est différent, fit-il
d'un air entêté. Mais le baiser et la copulation c'est un
peu pareil. Petit Jim dit que...

Elle posa les mains sur ses épaules.

— Mais Petit Jim n'est pas là.

— Non, mais Paul ne veut pas que...

— Paul n'est pas là non plus.

Elle essaya de lui caresser doucement le cou.

— Et Lurvy n'est pas là. Et de toute façon, ce qu'ils
pensent n'a pas d'importance.

Elle se dit que tout ce qui se passait était étrange. Ce
n'était pas vraiment comme si elle était sur le point de
vomir mais plutôt comme si des échanges de liquides
étaient en cours dans son ventre. C'était une sensation
qu'elle n'avait jamais encore éprouvée mais qui n'était
pas vraiment déplaisante.

— Laisse-moi enlever tes vêtements, Wan. Ensuite,
tu m'enlèveras les miens.

Ils essayèrent une fois encore le baiser et Janine dit :

— Je pense que nous ne devrions pas rester debout.

Quelques instants plus tard, ils étaient étendus et
elle ouvrit les yeux pour rencontrer son regard.

Il bougea un peu pour être en meilleure position et il
hésita.

— Mais si je fais ça, tu seras peut-être enceinte.

— Et si tu ne fais pas ça, je pense que je mourrai.

Lorsqu'elle s'éveilla, des heures après, Wan était déjà habillé, assis contre le mur doré. Janine eut un pincement au cœur. Il semblait avoir cinquante ans de plus. Les marques qui étaient apparues sur son visage d'adolescent semblaient avoir été creusées par de longues années d'ennui et de chagrin.

— Je t'aime, Wan, dit-elle.

Il se redressa et commença d'une voix suraiguë :

— Oh oui ! Et... (Puis il s'interrompit et prit un ton grave.) Oui, Janine. Et moi aussi je t'aime. Mais je ne sais pas ce qu'ils vont faire de nous.

— Ils ne te feront sans doute aucun mal, Wan.

Il prit un ton méprisant :

— Moi ? Mais c'est à propos de toi que je m'inquiète, Janine. J'ai vécu ici toute ma vie et cela devait se produire tôt ou tard. Mais toi... je suis très inquiet... (Et il ajouta d'un air sombre :) On dirait qu'ils font beaucoup de bruit, là-dehors. Je crois qu'il se passe quelque chose.

— Je ne pense pas qu'ils nous feront du mal, insista-t-elle. Je veux dire... Plus maintenant.

Elle pensait surtout au cocon, à la longue nuit des rêves. Les criaillements se rapprochaient. Elle s'habilla rapidement. Au-dehors, elle entendit la voix de Tor. Il appelait Hooay.

Rien ne pouvait leur indiquer ce qui s'était passé. Rien, pas même une goutte de sang. Mais quand Tor apparut, l'air agité et sombre, il s'arrêta immédiatement, les examina d'un air soupçonneux puis renifla.

— Danine, peut-être que je n'aurai pas à t'ensemencer, après tout, dit-il enfin. Mais Danine ! Houwan ! Il y a une chose affreuse ! Tar s'est endormi et la vieille femelle s'est enfuie !

Wan et Janine furent traînés au-dehors, puis à travers le fuseau où les Anciens étaient rassemblés, apparemment pris de panique. Trois d'entre eux étaient étendus sur le sol, là où ils avaient été abattus : Tar et deux autres gardes qui avaient failli à leur devoir en se laissant aller au sommeil, frappés de disgrâce, et qui attendaient maintenant le châtiment du Plus Vieux.

Le Plus Vieux était éveillé mais immobile sur son piédestal. Des couleurs ruisselaient en cascade autour de lui.

Pour les créatures de chair et de sang, les pensées du Plus Vieux étaient impénétrables. Il était fait de métal. Il était colossal. On ne pouvait pas plus l'affronter que le comprendre. Wan, pas plus que Janine, pas plus qu'aucun de ses cent enfants, ne pouvait percevoir la colère et la peur qui avaient envahi ses circuits mémoriels. La peur que ses plans ne soient en danger. La colère de constater que ses enfants n'avaient pas été capables d'exécuter ses ordres.

Les trois qui avaient trahi sa confiance devraient être punis pour l'exemple. Et il devrait également punir les cent autres — moins sévèrement, peut-être, afin que la race ne s'éteigne pas — pour n'avoir pas su obliger les trois premiers à faire leur devoir. Quant aux intrus... Il n'existait pas de châtiment assez grave pour eux ! Peut-être devrait-il les supprimer comme on le fait de tout organisme qui menace son hôte. Mais peut-être méritaient-ils pire que cela. Une punition dont il n'avait pas le pouvoir.

Mais de quoi avait-il encore le pouvoir ? Il fit l'effort de se redresser. Janine vit les ondulations de lumières clignoter avant de dessiner une disposition nouvelle. Le Plus Vieux s'érigea de toute sa hauteur et parla :

— La femelle doit être capturée et préservée. Ceci doit être exécuté immédiatement.

Il vacillait maladroitement. Les effecteurs de ses membres se déplaçaient au hasard. Il s'agenouilla de nouveau pour réfléchir aux options qui s'offraient à lui.

Il était âgé de près d'un demi-million d'années et le trouble qui avait envahi récemment son esprit, ainsi que le long trajet jusqu'à la salle de contrôle, avaient largement entamé ses forces.

Il avait besoin de « repos », c'est-à-dire d'un répit suffisant pour que ses systèmes autonomes puissent déterminer les dommages et les réparer. Mais peut-être n'aurait-il pas suffisamment de temps, désormais.

— Ne m'éveillez pas jusqu'à ce que cela soit fait,

dit-il, et ses lumières se remirent à clignoter au hasard, puis elles perdirent de leur éclat et, lentement, s'éteignirent.

Dans les bras de Wan qui faisait de son mieux pour la protéger tout en étant à demi tourné vers la masse du Plus Vieux, Janine tremblait de peur. Car elle savait sans que nul ne le lui ait appris que par « préservée », le Plus Vieux entendait « tuée ».

Mais, dans le même temps, elle était intriguée.

Les Anciens qui avaient été jugés coupables n'avaient pas sombré dans le sommeil par un heureux hasard. Janine savait reconnaître les effets d'un pistolet à sommeil. Et elle savait aussi que personne dans la famille n'en avait jamais eu.

Pour cette raison, elle ne fut pas vraiment surprise quand, une heure plus tard, alors qu'ils avaient regagné leur cellule, elle entendit un grognement étouffé au-dehors.

Et elle ne fut pas surprise de voir entrer sa sœur, brandissant une arme, avec derrière elle un Paul particulièrement loqueteux qui enjambait la forme inerte de Tar. Elle ne le fut pas plus, ou du moins pas tellement, en voyant qu'ils étaient accompagnés par un homme armé qui lui parut familier. Sans qu'elle fût certaine de le reconnaître pourtant. Elle n'était qu'une enfant quand elle l'avait rencontré. Mais c'était apparemment la même personne qu'elle avait vue dans les programmes PV retransmis par la Terre, l'homme qui lui avait envoyé tous ces gentils messages d'anniversaires et de fêtes : Robin Broadhead.

Plus vieux que le Plus Vieux

Jamais, dans les pires moments, quand il avait eu le sentiment d'être plus vieux que le Plus Vieux, aussi mort que Payter, jamais Paul n'avait eu l'apparence effroyable de la pauvre créature qui braquait son arme sur lui par l'écoutille de son propre vaisseau. Le visage, rongé de barbe, évoquait celui d'une momie. Et l'homme puait.

— Vous feriez mieux d'aller prendre un bain ! aboya Paul. Et foutez-moi ce pistolet en l'air !

La momie se laissa aller contre le bord de l'écoutille.

— Vous êtes Paul Hall, dit-elle en ouvrant plus grand un œil. Pour l'amour de Dieu, est-ce que vous avez quelque chose à manger ?

— Est-ce qu'il n'en reste pas suffisamment ?

Paul entra dans le vaisseau. Les tablettes de nourriture ACHO étaient toujours empilées, telles qu'il les avait laissées. La momie humaine avait ouvert au moins trois sacs à eau et le sol était couvert de boue. Paul prit une ration et dit :

— Parlez moins fort. (Puis il demanda :) A propos, qui êtes-vous ?

— Robin Broadhead. Qu'est-ce que je fais avec ça ?

— Vous mordez dedans, c'est tout, fit Paul d'un ton exaspéré.

Ce n'était pas vraiment à cause de cet homme qu'il réagissait comme ça, se dit-il, même pas à cause de son odeur. Non, il tremblait encore. Il avait tellement eu peur d'être surpris par un des Anciens... Bon sang ! C'était Robin Broadhead ! Qu'est-ce qu'il fichait ici ?

Mais le moment n'était pas vraiment choisi pour

l'interroger. Broadhead, apparemment, mourait de faim. En tremblant, les sourcils froncés, il tourna la plaquette entre ses doigts pendant un instant, avant d'en mordre prudemment un coin. Puis, dès qu'il constata qu'il pouvait mâcher ça, il avala le reste avec voracité en recrachant des miettes, s'étouffant à demi, le regard fixé sur Paul.

— Doucement, dit Paul, inquiet.

Mais il était trop tard. Après la longue période d'inanition que Broadhead avait connue, cette nourriture étrangère eut un effet prévisible. Broadhead eut un spasme, se plia en deux et vomit le tout.

— Merde alors ! gronda Paul. Ils vont nous sentir du fin fond du fuseau !

Haletant, Broadhead se laissa aller en arrière.

— Excusez-moi... Je... j'ai cru que j'allais mourir. Je crois que j'ai bien failli y passer. Auriez-vous un peu d'eau ?

Paul le fit boire, par petites gorgées, puis il lui donna un bout d'un des sachets brun-jaune, les plus doux.

— Doucement ! Je vous en redonnerai plus tard...

Il commençait seulement à comprendre à quel point c'était bon d'avoir un autre être humain avec lui. Ça faisait... Combien ? Deux mois au moins qu'il vivait en solitaire traqué, qu'il passait son temps à se cacher, à dresser des plans.

— Je ne sais pas ce que vous faites ici, dit-il enfin, mais je suis quand même heureux de vous voir.

Broadhead lécha les miettes collées sur ses lèvres et esquissa un sourire.

— Eh bien, c'est simple, dit-il sans quitter des yeux le reste du sachet que Paul serrait dans sa main, je suis venu à votre secours.

Broadhead avait été déshydraté, presque asphyxié, mais pas vraiment menacé par la famine. Il avala les uns après les autres les morceaux que Paul lui donnait avec parcimonie et en redemanda encore. Après quoi il fut en mesure de l'aider à nettoyer. Paul lui trouva des vêtements propres dans la réserve que Wan s'était

332

constituée. Ils étaient à la fois trop petits et trop longs de plusieurs tailles mais il était inutile de boucler la ceinture du kilt. Puis il le conduisit jusqu'au plus grand des bassins afin qu'il se lave. Non par souci d'hygiène. Parce qu'il avait peur. Les Anciens n'entendaient pas mieux que les humains, et ils voyaient moins bien. Mais leur odorat était étonnamment développé. Après la capture de Wan, de Janine et de Lurvy, Paul avait vécu deux semaines de terreur. Il avait erré au hasard dans le Paradis Heechee et il avait appris à se baigner trois fois par jour.

Et souvent plus.

Il se posa à la jonction des trois couloirs pour monter la garde tandis que Broadhead se débarrassait du résultat de trente jours de voyage dans un vaisseau Heechee. Leur porter secours ! D'abord, ce n'était pas vrai. Les intentions de Broadhead étaient bien plus compliquées et subtiles. Ensuite, ses plans étaient très différents de ceux que Paul avait conçus depuis deux mois. Avant tout, il s'agissait d'obtenir par la ruse des informations de la part des Hommes Morts. Quant à la manière dont il les utiliserait, Broadhead n'en avait qu'une vague idée. Il espérait que Paul l'aiderait à transporter les trois tonnes d'éléments d'ordinateur. Peu lui importait les risques que cela représentait. Peu lui importait également que Paul ait pu avoir ses propres idées. L'ennui, lorsque l'on est sauvé, c'est que les sauveteurs estiment toujours qu'ils doivent mener les opérations. Et Broadhead attendait même de la reconnaissance !

Paul ne perdait pas un instant de vue les corridors. Les Anciens patrouillaient moins souvent que durant les premiers jours. Il se fit la réflexion qu'il aurait été infiniment plus reconnaissant envers Broadhead s'il s'était manifesté précisément pendant ces premiers jours, quand il vivait dans la panique, courant sans cesse, n'osant pas fuir ni rester à la même place plus d'un moment. Et même quelques semaines après, quand il avait commencé à dresser un plan, qu'il s'était risqué jusqu'à la salle des Hommes Morts pour entrer en contact avec l'Usine alimentaire — et apprendre la mort de Payter Herter. L'ordinateur-vaisseau ne pouvait lui être d'aucune utilité : il était trop stupide et trop surchargé pour relayer ses messages vers la Terre. Quant aux Hommes Morts ils devenaient... Non, ils étaient fous. Il était livré à lui-même. Peu à peu, il avait repris ses esprits et avait commencé à réfléchir à des plans possibles. Il s'était mis à agir. A la base de son plan, il y avait le fait qu'il avait constaté qu'il pouvait s'approcher très près des Anciens quand il s'était lavé et ne laissait pas la moindre odeur derrière lui. Il s'était mis à les espionner. A les étudier. A échafauder des stratégies. Et à tout noter — ce qui était sans doute plus difficile. Car il n'avait pas le moindre moyen d'écrire, pas de montre non plus. Comment garder en mémoire le comportement de l'ennemi, le trajet des patrouilles ? Comment distinguer le jour de la nuit dans l'éternelle clarté bleue des parois Heechees ?

Finalement, il avait décidé de régler son horloge quotidienne sur le comportement des Anciens. Quand il voyait passer une patrouille qui se dirigeait vers le fuseau, c'est qu'ils allaient bientôt dormir. Une patrouille qui partait en exploration dans le Paradis marquait le début d'une nouvelle journée. Pour une raison qu'il ne pouvait imaginer, les Anciens dormaient tous en même temps, ou presque. Ce qui laissait des périodes de temps où il pouvait s'approcher, de plus en plus souvent et de plus en plus près, de l'endroit où Wan, Janine et Lurvy étaient captifs. Il les avait même entrevus une fois ou deux, caché derrière un arbre à baies, à l'heure où les Anciens s'éveillaient. Maintenant, il connaissait à peu près tout de leur vie. Il avait tout enregistré. Les Anciens n'étaient pas plus d'une centaine et ils se déplaçaient habituellement par groupes de deux ou trois.

Restait la question de savoir comment venir à bout de trois Anciens à la fois.

Paul croyait connaître un moyen. Il était maintenant plus maigre et plus agressif qu'il ne l'avait jamais été. Après la capture des autres, la panique l'avait poussé à se perdre de plus en plus loin dans le Paradis Heechee, dans les couloirs verts et rouges. Dans certains, la lumière était rare et pauvre. Parfois, l'atmosphère qu'il y respirait était fétide et aigre. Lorsqu'il se réveillait, c'était avec la tête lourde et douloureuse. Dans tous ces couloirs perdus, il y avait des objets : des machines, des gadgets, des choses... Certaines émettaient encore des ronronnements, des cliquetis, d'autres s'emplissaient régulièrement de tous les tons de l'arc-en-ciel.

Mais dans ces corridors lointains, il n'y avait ni eau ni nourriture et, surtout, ce dont il avait le plus urgent besoin : des armes. Il n'y resta donc pas longtemps.

Peut-être les Heechees, se dit-il, n'avaient-ils pas eu besoin d'armes. Il découvrit une machine qui était pourvue d'une grille sur le côté et, avec une barre de métal, il se confectionna une lance. En arrachant la grille, il avait craint un instant d'être électrocuté, mais il ne s'était rien passé.

Par la suite, il avait rencontré cinq ou six fois des versions plus petites et plus complexes de ces excavatrices Heechees.

Certaines fonctionnaient encore. Les Heechees les avaient construites pour l'éternité.

Durant trois jours, Paul vécut avec la peur, avec la soif, le doute, pour essayer de les remettre en marche. Il ne s'interrompait que pour se glisser jusqu'aux couloirs dorés ou jusqu'au vaisseau pour boire et se nourrir. Il vivait dans la certitude que le fracas de tonnerre de la machine attirerait les Anciens avant qu'il soit prêt. Mais ils ne se montrèrent pas. Il apprit à serrer la mamelle qui pendait de la barre de direction pour allumer les lumières de contrôle, à pousser en avant ou en arrière le lourd volant moleté qui permettait à l'excavatrice d'avancer ou de reculer, à jouer du pied sur le parquet ovale pour faire jaillir le faisceau de lumière indigo qui entamait le métal Heechee lui-même. Cette fonction était la plus bruyante. Et Paul redoutait de réduire involontairement quelque chose qui pourrait perturber la marche du Paradis Heechee. Il réussit enfin à déplacer la machine vers l'endroit qu'il avait choisi et cela se passa presque en silence : l'excavatrice semblait glisser sur ses rologones. Paul s'arrêta pour réfléchir encore.

Il savait où allaient les Anciens, et quand.

La lance qu'il s'était confectionnée pouvait venir à bout d'un individu, de deux ou trois peut-être s'il attaquait par surprise.

Mais il possédait maintenant une machine qui pouvait détruire un nombre indéfini d'Anciens, à condition qu'ils se présentent groupés.

Tout cela composait une stratégie qui pouvait se révéler efficace. Et très risquée... Grands dieux ! Oui, elle était vraiment très risquée ! Elle dépendait déjà d'au moins une demi-douzaine de combats. Les Anciens qui le cherchaient ne semblaient jamais armés, certes, mais qui pouvait dire avec certitude qu'ils ne pouvaient pas l'être à tout moment ? Et de quelles armes pouvaient-ils disposer ? Le plan de Paul supposait de tuer un certain nombre d'Anciens, un par un, avec discrétion, avec prudence, pour ne pas attirer l'attention de la tribu avant d'être prêt, puis de faire en sorte qu'ils se rassemblent tous en un même point. Même s'il en manquait quelques-uns, pensait-il, il pourrait toujours en venir à bout avec la lance.

Est-ce que c'était vraiment là un pari raisonnable ?

Avant tout, il dépendait du fait que le Plus Vieux, la grande machine que Paul avait entrevue de loin plusieurs fois et dont il ignorait les possibilités réelles, n'interviendrait pas. N'était-ce pas très improbable ?

Aucune réponse n'était sûre. Paul n'avait que des espoirs. Le Plus Vieux était trop massif, trop large pour se déplacer dans les couloirs du Paradis Heechee, sauf dans les dorés. Et il ne semblait pas se mouvoir très fréquemment. Peut-être pourrait-il en venir à bout, ou plus simplement le repousser avec la brume dévoreuse de l'excavatrice Heechee. En fait, elle n'avait aucune utilité dans le Paradis Heechee mais, pourtant, elle fonctionnait comme une excavatrice. Mais Paul devait bien s'avouer que toutes les chances étaient contre lui. A chaque phase de son plan.

Mais à chaque phase, aussi, il avait une infime chance de succès. Et l'idée du risque ne pouvait l'arrêter.

Car le Paul Hall qui épiait les Anciens dans les corridors du Paradis Heechee, qui méditait son attaque dans la colère, la peur et le chagrin de savoir que sa femme, Janine et Wan souffraient, n'était pas entièrement fou. Il restait le même Paul Hall dont la gentillesse et la patience avaient séduit Dorema Herter, celui qui avait en même temps épousé la petite morveuse effrontée qui lui tenait lieu de sœur et son emmerdeur de vieux père. Ça faisait partie du marché mais Paul n'en avait pas moins le désir de les sauver tous et de les ramener à la liberté. Avec tous les risques que cela pouvait comporter. Bien sûr, il pouvait toujours retourner au vaisseau de Wan et regagner l'Usine alimentaire. Et puis, ensuite, lentement, dans la solitude et le chagrin, retourner vers la Terre, vers la sécurité, vers la richesse.

En dehors des risques, se dit-il, qu'est-ce que cela lui coûterait ?

Il allait peut-être éliminer un peuple entier de créatures intelligentes. Bien sûr, ces créatures avaient enlevé sa femme, mais elles ne lui avaient fait aucun mal, apparemment. Et quoi qu'il fît, Paul n'arrivait pas à se persuader qu'il avait le droit de les exterminer.

Et voilà que ce « sauveteur » débarquait ! Ce pauvre naufragé à moitié mort : Robin Broadhead. Qui se permettait de prêter une oreille distraite à l'exposé des plans de Paul pour déclarer à peine poliment, avec un sourire condescendant :

— Hall, vous travaillez toujours pour moi. Nous ferons comme je l'entends.

— Mon cul, oui !

Broadhead demeura courtois, et même raisonnable. Fantastique de voir le changement apporté par un bain et un peu de nourriture.

— L'essentiel, dit-il, est de savoir ce que nous affrontons. Nous y parviendrons si vous m'aidez à transporter ce processeur d'information là où se trouvent les Hommes Morts. C'est la première chose à faire.

— La première chose à faire c'est de sauver ma femme!

— Pourquoi, Hall? Elle est en sécurité là où elle est. Vous me l'avez dit vous-même. Je ne dis pas que nous la laisserons là-bas pour l'éternité, remarquez. Mais il faut que nous apprenions un maximum des Hommes Morts. Nous allons enregistrer tout ce qu'ils peuvent nous dire. Nous les mettrons à sec, s'il le faut. Et ensuite, nous chargerons tout ça dans le vaisseau et...

— Non.

— Si.

— Non! Et essayez de gueuler moins fort, bon Dieu!

Ils étaient dressés l'un en face de l'autre, le visage écarlate, le regard furibond, comme deux gamins dans une cour d'école. Puis, Robin Broadhead secoua la tête en souriant.

— Merde, Paul : est-ce que vous pensez ce que je pense?

Paul se détendit visiblement. Après une seconde, il répondit :

— A vrai dire, je pense que nous ferions mieux de décider ce qu'il convient de faire plutôt que de nous bagarrer déjà pour savoir qui va décider.

— C'est exactement ce que je me disais. Vous savez quel est mon problème? Je suis tellement surpris d'être encore en vie que je n'arrive pas à m'y faire.

Il ne leur fallut que six heures pour effectuer le transport et le montage du processeur PMAL-2. Six heures exténuantes. Seule l'impatience fébrile qu'ils ressentaient les aida à dépasser les limites de l'épuisement. Quand les banques du programme furent connectées au circuit d'alimentation principal, un enregistrement préparé par Albert leur donna le détail des phases suivantes : le processeur devait être déployé dans le corridor, les terminaux vocaux placés dans la salle des Hommes Morts, près de la radio. Robin regarda Paul, Paul haussa les épaules, et Robin lança le

338

programme. Derrière la porte, ils entendirent la voix câline et niaise du terminal.

— Henrietta? Henrietta, ma chérie, tu veux me répondre?

Un silence. Pas de réponse. Le programme écrit par Albert et Sigfrid von Shrink fit une deuxième tentative :

— Henrietta, c'est moi, Tom. Je t'en prie. Parle-moi.

Bien sûr, il eût été plus rapide de composer le code d'Henrietta, mais plus difficile de lui faire croire ensuite que son cher et tendre époux depuis si longtemps disparu l'appelait par radio depuis quelque avant-poste perdu.

Le programme essaya une troisième, puis une quatrième fois; Paul plissa le front et chuchota :

— Ça ne marche pas.

— Il nous reste une chance, fit Robin, mais le ton de sa voix n'était pas vraiment confiant.

Ils attendirent nerveusement tandis que l'ordinateur continuait ses suppliques. Et puis, brusquement, une voix hésitante murmura :

— Tom? Tomasino? C'est... c'est toi?

Paul était un être humain normal. Sans doute était-il un peu moins en forme qu'un autre être humain après quatre ans de vol confiné dans un vaisseau et une centaine de jours de terreur. Mais il restait suffisamment normal pour conserver une certaine pudeur. Mais il aurait voulu ne pas entendre ce qu'il entendait en ce moment. Il eut un sourire embarrassé à l'adresse de Broadhead, qui lui répondit par un haussement d'épaules gêné. La jalousie, le mépris et la tendresse blessée des autres sont toujours pénibles à l'oreille et l'on ne peut guère s'en sauver que par le rire. Comme le détective privé qui écoute l'enregistrement qu'il a fait dans une chambre d'hôtel, la nuit précédente, pour se détendre un peu quand il n'a rien à faire. Mais là, ce n'était pas comique du tout. Henrietta, la revenante qui n'était plus vraiment Henrietta mais un élément dans une machine, n'était pas particulièrement drôle tandis qu'elle déballait tout ce qu'elle avait sur le cœur, toutes les tromperies, les trahisons qu'elle reprochait à son époux. Le programme d'Albert et Sigfrid était habilement écrit. Il ne cessait de s'excuser, de s'amender, il sanglotait même, parfois. Des sanglots électroniques lourds de chagrin et de joie sans espoir. Et puis — il avait été prévu pour cela — vint le moment de l'estocade.

— Henrietta chérie... pourrais-tu?... Est-ce qu'il te serait possible de me dire comment manœuvrer un vaisseau Heechee?

Une pause. Puis la voix de la femme morte répondit en hésitant :

— Mais... oui, Tomasino...

Un long silence, qui se prolongea jusqu'à ce que le faux époux programmé intervienne à nouveau :

— Si tu pouvais me le dire, chérie, je crois que je pourrais arriver jusqu'à toi. Je suis dans une espèce de vaisseau. Il y a une salle de contrôle. Si je savais comment faire...

Paul se dit qu'il était incroyable qu'une intelligence mécanique, même mal stockée, pût succomber aussi facilement à des mensonges transparents. Mais Henrietta succomba. Il se sentait un peu coupable d'avoir pris part à cette duperie, mais plus personne ne pouvait désormais faire taire Henrietta. Le secret du contrôle des vaisseaux Heechees? Mais bien sûr, Tomasino chéri.

Et la femme morte demanda à son faux mari de se tenir prêt pour la réception d'un message en impulsion de synchronisation. La machine fit entendre alors des crépitements et des sifflements entre lesquels Paul ne put discerner un son. Mais Robin Broadhead, qui écoutait le rapport de l'ordinateur dans son casque, eut un sourire, hocha la tête et leva le pouce en signe de réussite. Paul l'attira à l'écart.

— Si vous avez ce que vous vouliez, nous pouvons partir, maintenant !

— Oh, oui, j'ai ce que je voulais ! Elle nous a tout dit, Hall ! Elle était en circuit ouvert avec la machine qui a construit ça. Elle a lu ses pensées tout comme la machine a lu les siennes ! Et elle nous dit tout !

— Très bien. Et maintenant, allons chercher Lurvy !

Broadhead le regarda. Il n'avait pas l'air en colère, mais plutôt suppliant.

— Juste quelques minutes encore. Impossible de dire ce qu'elle peut encore savoir.

— Non !

— Si, Hall !

Ils s'affrontèrent, puis, ensemble, secouèrent la tête.

— Faisons un compromis, dit Robin. Un quart d'heure, d'accord ? Et ensuite, nous irons récupérer votre femme.

Ils remontèrent le couloir avec un sourire coupable. Mais leur satisfaction ne dura guère. Les voix n'avaient plus le même ton intime, à présent. Ce qu'elles disaient n'était plus embarrassant, mais bien plus grave. Elles étaient près de se quereller. La voix métallique d'Henrietta se fit presque cinglante :

— Tu es un porc, Tom !

Le programme conserva un ton raisonnable :

— Mais, Henrietta chérie, j'essaie seulement de comprendre.

— Ce que tu essaies de comprendre dépend de tes dons pour apprendre. J'essaie de te dire quelque chose de plus important ! J'ai déjà essayé de te le dire. J'ai même essayé de te le dire pendant tout le voyage, mais toi, tu ne voulais pas entendre. Non... Tout ce que tu voulais, c'était te cacher dans l'atterrisseur avec cette grosse pute de...

Le programme avait été écrit pour se montrer conciliant.

— Henrietta chérie, je suis désolé. Si tu veux m'apprendre un peu d'astrophysique, je suis prêt à t'écouter.

— Tu parles que tu vas m'écouter ! (Une pause.) Tom, c'est terriblement important ! (Une pause encore.) Ça remonte au Grand Bang. Tu m'écoutes, Tom ?

— Bien sûr, ma chérie, dit le programme d'un ton humble et soumis.

— Très bien ! Ça remonte au tout début de l'univers. Ça, nous le connaissons bien. Il y a seulement un petit point de transition qui reste un peu obscur. Appelons-le le Point X.

— Tu vas m'expliquer ce qu'est le Point X, chérie ?

— Tais-toi ! Ecoute ! Avant le Point X, l'essentiel de l'univers était contenu dans un globe minuscule qui ne mesurait pas plus de quelques kilomètres, ultra-dense, ultra-chaud, si dense qu'il n'avait pas de structure. Et il explosa. Il commença à se dilater — jusqu'à atteindre le Point X. Ça, c'est très clair. Tu me suis, Tom ?

— Oui, chérie. C'est de la cosmologie de base, non ?

— Ecoute-moi attentivement, reprit la voix d'Henrietta après une pause. Après le Point X, l'expansion se poursuivit. Et de petits fragments de « matière » commencèrent à se condenser. D'abord ce furent les particules nucléaires, les hadrons et les pions, les électrons et les protons, les neutrons et les quarks. Puis la « vraie » matière. Les atomes d'hydrogène, et peut-être d'hélium. L'expansion du gaz commença à se ralentir. La turbulence le fit éclater en nuages immenses. La gravité les rassembla en amas. Ils se contractèrent et la chaleur ainsi produite déclencha des réactions nucléaires. Ils se mirent à briller. Les premières étoiles étaient nées. Le reste... c'est ce que nous pouvons observer maintenant.

— Je comprends cela, Henrietta, oui... Mais cela représente combien de temps ?

— Bonne question, dit-elle, mais le ton ne s'était pas pour autant radouci. Du commencement du Grand Bang au Point X : trois secondes. Du Point X à maintenant, environ dix-huit milliards d'années. Tu es satisfait ?

Le programme n'avait pas été écrit pour répliquer aux sarcasmes. Il fit de son mieux.

— Je te remercie, Henrietta chérie, fit-il, mais peux-tu me dire à présent ce que ce Point X a de tellement spécial ?

— Mon cher Tomasino (et la voix se fit exaltée), il me faudrait une minute pour te le dire, mais tu n'es pas mon Tomasino chéri! Ce pauvre cul n'aurait pas compris un traître mot de ce que je viens de dire, et j'ai horreur qu'on me mente!

Et le programme ne put rien faire à partir de ce moment-là, même pas lorsque Robin Broadhead, laissant tomber le simulacre, intervint directement. Henrietta ne dirait plus un mot.

— Et merde! s'exclama-t-il enfin. Nous aurons assez de problèmes comme ça dans les heures qui suivent. Inutile de nous compliquer la vie en revenant à dix-huit milliards d'années en arrière!

Il pressa une touche sur le côté du processeur et se saisit de l'épaisse disquette souple qui contenait tout ce qu'Henrietta avait dit au programme Tom. Il la montra à Paul.

— C'est pour ça que je suis venu, dit-il avec un sourire de triomphe. Et maintenant, Paul, occupons-nous de votre petit problème, et ensuite rentrons chez nous pour dépenser nos millions!

Dans le sommeil profond et sans repos du Plus Vieux, il n'y avait pas de rêves, mais des irritations.

Elles étaient de plus en plus fréquentes, de plus en plus intenses. Entre l'irruption du premier prospecteur de la Grande Porte et le moment où il avait éliminé le dernier (du moins le pensait-il), il n'y avait eu que le temps d'un clin d'œil, en fait quelques années. Et guère plus que le temps d'un battement de cœur jusqu'à la capture du garçon et des nouveaux intrus. Et il n'y avait pas eu le moindre intervalle de temps entre ce moment et celui où il avait été réveillé pour apprendre que la femme s'était évadée. Pas le moindre! A peine avait-il déconnecté ses senseurs et ses effecteurs que, déjà, sa paix était troublée. Ses enfants étaient pris de panique, ils se querellaient bruyamment. Ce n'était pas le bruit qui l'avait dérangé. Le bruit ne pouvait pas réveiller le Plus Vieux. Il ne réagissait que lorsqu'on s'adressait directement à lui, ou quand on l'attaquait physiquement.

Le plus irritant, à propos de ce tapage, c'était qu'il ne

s'adressait pas vraiment à lui, tout en s'adressant en partie à lui. C'était une dispute, une discussion. Des voix effrayées s'élevaient pour demander qu'on lui apprenne immédiatement quelque chose, quelques-unes, plus effrayées encore, s'y opposaient.

Tout cela était incorrect. Durant un demi-million d'années, le Plus Vieux avait appris certaines manières à ses enfants. Si l'on avait besoin de lui, il convenait de s'adresser à lui. On ne devait pas le réveiller pour des raisons triviales et jamais par accident. Surtout à présent. A présent que chaque effort qu'il accomplissait pour s'éveiller épuisait un peu plus ses réserves anciennes et qu'il devinait qu'un temps viendrait où il ne s'éveillerait plus.

Le tintamarre ne cessait pas.

Le Plus Vieux activa ses senseurs externes et regarda ses enfants. Pourquoi étaient-ils si peu nombreux ? Pourquoi la moitié d'entre eux étaient-ils étendus sur le sol, apparemment endormis ?

Il activa péniblement son système de communication et demanda :

— Que se passe-t-il ?

Quand il eut compris ce qu'ils voulaient lui dire, au milieu de leurs glapissements, les bandes de couleurs de sa carapace se mirent à vibrer et devinrent floues.

La femelle n'avait pas été reprise. La jeune femelle et le garçon s'étaient enfuis eux aussi. Vingt de ses enfants avaient été découverts profondément endormis et de nombreux autres, qui étaient partis à la recherche de l'artefact, n'étaient pas revenus.

Tout cela était terriblement mauvais.

Le Plus Vieux approchait du terme de sa vie. Il avait beaucoup servi et il restait une superbe machine. Il disposait encore de ressources rarement utilisées, de forces auxquelles il n'avait pas fait appel depuis des centaines de milliers d'années. Il se dressa sur ses rologones, dominant de toute sa hauteur ses enfants piaillants et consulta ses souvenirs profonds et peu familiers. Sur le devant de sa carapace, entre les récepteurs de vision externe, deux boutons bleus et lisses commencèrent à émettre un faible bourdonnement. Au sommet, une coupelle se mit à briller d'un doux éclat violet. Depuis des milliers d'années, le Plus Vieux n'avait pas utilisé ses effecteurs punitifs les plus redoutables mais, au fur et à mesure que l'information lui parvenait depuis les banques les plus profondes, il commençait à penser que le moment était venu de les utiliser à nouveau. Il accéda alors aux personnes stockées et Henrietta s'ouvrit à lui. Il apprit ce qu'elle avait dit, et ce que les nouveaux intrus lui avaient demandé. Contrairement à elle, il comprit ce que représentaient les armes que Robin Broadhead brandissait. Dans ses plus lointains souvenirs, qui dataient d'avant sa propre existence de chair, il retrouva une trace qui concernait cette lance dont ses propres ancêtres avaient été victimes, cette chose qui donnait le sommeil.

Jamais auparavant il n'avait affronté d'aussi graves ennuis. Ils étaient d'une nature telle qu'il n'était pas certain de pouvoir leur trouver une solution immédiate. S'il pouvait seulement atteindre les étrangers — mais il ne le pouvait pas. Son énorme masse ne pouvait emprunter tous les passages de l'artefact, seulement les couloirs dorés, et les armes qui étaient parées à détruire n'auraient pas de cible. Les enfants ? Oui, peut-être. Peut-être pourraient-ils pourchasser les étrangers et les vaincre. Ils n'étaient pas nombreux, les survivants, mais ils pouvaient encore trouver les intrus. Il leur en donna donc l'ordre mais, en même temps, dans son esprit mécanique et intact, le Plus Vieux lut les chances que ses enfants avaient et il sut qu'elles n'étaient guère élevées.

La question était : le grand plan était-il menacé ?

La réponse était : oui. Mais là, au moins, il pouvait faire quelque chose. Le plan reposait sur le lieu à partir duquel on contrôlait l'artefact, le centre nerveux de toute la structure. C'était là qu'il avait déclenché les dernières phases de son plan.

Il se mit en action avant même d'avoir achevé de formuler sa décision. Sa colossale carapace pivota et se mit à rouler lentement à travers le fuseau en direction de l'orifice du tunnel qui conduisait aux contrôles. Lorsqu'il serait là-bas, il serait en sécurité. Qu'ils y viennent donc! Les armes étaient prêtes. Il avait trop prélevé sur son énergie défaillante et son déplacement était lent, ses gestes hésitants, mais il parvenait encore à se déplacer. Il avait aussi la solution de s'enfermer dans le blocus et de laisser les êtres de chair et de sang se débrouiller par eux-mêmes, et ensuite...

Il s'arrêta. Devant lui, au milieu du couloir, il y avait une des machines à dresser les parois. Et derrière elle...

Avec un peu plus d'énergie, il eût été une fraction de seconde plus rapide... Mais la lumière de la machine était déjà sur lui. Il était aveugle. Il était sourd. Il sentit fondre les protubérances externes de sa coque, ses grands rologones devinrent mous et collants sous la chaleur.

Le Plus Vieux ne savait pas comment éprouver de la douleur. Pas plus qu'il ne savait ressentir de l'angoisse. Il avait échoué.

Les choses de chair et de sang contrôlaient désormais l'artefact et ses plans étaient à jamais ruinés.

L'homme le plus riche qui soit

Je m'appelle Robin Broadhead et je suis l'homme le plus riche qui soit dans tout le système solaire. Après moi, il y a ce vieux Bover. Il serait presque aussi riche que moi s'il n'avait pas dépensé la moitié de son argent dans la destruction des taudis et l'assainissement urbain, plus une bonne part de ce qui lui restait à passer au peigne fin l'espace transplutonien pour essayer de retrouver le vaisseau de sa femme, Trish.

Je n'arrive d'ailleurs pas à imaginer ce qu'il ferait d'elle si jamais il la retrouvait.

Les Herter-Hall eux aussi sont pleins d'argent. C'est une bonne chose, surtout pour Wan et Janine qui ont des liens compliqués dans un monde compliqué et hostile. Quant à mon épouse, Essie, elle est au mieux de sa forme et je l'adore. Quand je mourrai, c'est-à-dire quand la Médication totale ne pourra plus me recoudre, j'ai un petit plan bien à moi à propos de quelqu'un que j'aime, et ça me satisfait plutôt. Tout ou presque me satisfait. Si l'on excepte mon conseiller scientifique, Albert, qui persiste à tenter de m'expliquer le Principe de Mach.

En nous emparant du Paradis Heechee, nous avons tout eu à la fois. Le moyen de contrôler les vaisseaux Heechees. La technique pour les *construire,* y compris la théorie qui permet d'aller plus vite que la lumière. Non, il n'est pas question d'« hyperespace » ou de « quatrième dimension ». C'est bien plus simple. L'accélération multiplie la masse, du moins selon Einstein. Le vrai, pas Albert. Mais si la masse restante est de zéro, peu importe combien de fois vous la multipliez.

347

Elle est toujours de zéro. Albert dit que l'on peut créer de la masse, et il le prouve par des principes logiques de base : elle existe, donc elle peut être créée. Elle peut donc aussi être éliminée, dès lors que ce qui peut être fait peut être défait. C'est le secret Heechee et, avec l'aide d'Albert pour mettre au point l'expérience et celle de Morton pour obliger la Corporation de la Grande Porte à nous fournir des vaisseaux, nous l'avons vérifié. Cela ne m'a pas coûté un *cent.* L'un des avantages de la richesse véritable, c'est que vous n'avez pas à la dépenser vous-même. Tout ce que vous avez à faire, c'est trouver des gens pour la dépenser à votre place, et les programmes juridiques sont faits pour ça.

Nous avons donc expédié deux Cinq à partir de la Grande Porte. L'un était uniquement en propulsion d'atterrisseur. Il n'avait que deux passagers, plus un cylindre d'aluminium pur muni de détecteurs de tension. L'autre avait un équipage complet, comme pour une mission réelle.

Le premier vaisseau emportait en plus une caméra qui enregistrait une image triple : celle du compteur de gravité, celle du deuxième vaisseau, et celle d'une horloge digitale au césium.

A mes yeux, cette expérience n'avait rien révélé. Quand le deuxième vaisseau avait commencé à disparaître, le compteur de gravité avait enregistré sa disparition.

— Très intéressant !

Mais Albert était transporté.

— Sa masse a commencé à disparaître avant, Robin ! Mon Dieu ! N'importe qui aurait pu tenter la même expérience depuis dix ans ! Ça représente une prime scientifique d'au moins dix millions de dollars !

— En petites coupures, dis-je avant de m'étirer, puis de me pencher pour embrasser Essie parce que, voyez-vous, cela se passait au lit.

— Passionnant, Robin chéri, marmonna-t-elle en me rendant mon baiser.

Albert sourit en détournant le regard, en partie parce qu'Essie avait réajusté son programme, mais aussi parce qu'il savait aussi bien que moi que c'était un mensonge poli. L'astrophysique n'avait jamais particulièrement intéressé Essie. Non, ce qui l'intéressait c'était de pouvoir jouer avec une des machines intelligentes Heechees. En fait, ça l'intéressait par-dessus tout. Elle y consacrait parfois plus de dix-huit heures par jour. Elle avait exploré tous les systèmes des Anciens, des Hommes Morts, et des Non-Hommes Morts dont les souvenirs remontaient jusqu'à la savane africaine d'il y a un million d'années. Ce n'était pas tant le contenu des mémoires stockées qui l'intéressait, mais *comment* elles avaient pu l'être. Et elle faisait de l'excellent travail. Le réajustement du programme Albert était une des résultantes mineures de ce qu'elle avait tiré du Paradis Heechee. En fait, ce que nous avions obtenu était énorme. Les grandes cartes galactiques qui nous révélaient tous les points atteints par les Heechees. Les cartes des trous noirs, qui nous montraient tous les endroits où ils se trouvaient à présent. Et celui où était Klara.

Au chapitre des petits bénéfices subsidiaires, j'obtins la réponse à une question qui me préoccupait depuis quelque temps à un niveau purement subjectif : comment se faisait-il que je sois encore vivant ? Le vaisseau qui m'avait emmené jusqu'au Paradis Heechee était entré en décélération dix-neuf jours après le départ. Selon toutes les lois de parité et en vertu du sens commun, cela signifiait qu'il ne pouvait atteindre son but que dix-neuf jours après, c'est-à-dire après ma mort. Mais, en fait, nous étions arrivés au bout de cinq jours. Et je n'étais pas mort du tout. Pourquoi ?

Albert me donna la réponse. Tous les vols à bord de vaisseaux Heechees avaient été accomplis entre deux corps célestes qui étaient plus ou moins au repos — avec une différence de quelques dizaines ou de quelques centaines de kilomètres dans leurs vitesses respectives. Pas plus. Pas assez, en tout cas, pour que l'on pût considérer cela comme une différence notable. Mais, dans mon cas, j'avais été lancé à la poursuite d'un objet qui était lui-même en mouvement très rapide. Presque en accélération, en vérité. Et le ralentissement n'avait pris qu'une infime fraction de la vitesse. Et j'avais survécu.

Tout cela était très satisfaisant, et pourtant...

Pourtant, il faut toujours payer le prix.

Il en avait toujours été ainsi. Chaque nouveau bond en avant cachait un prix. Cela remontait au début de l'histoire de l'homme. L'homme avait inventé l'agriculture. Ce qui signifiait que quelqu'un (oui, missié) devait ramasser le coton et éplucher le maïs. L'esclavage avait été inventé en même temps. L'homme avait conçu l'automobile et les taux de pollution et de mort par accident étaient montés en flèche. L'homme avait voulu savoir ce qui faisait briller le soleil, et il en était venu à la bombe H. L'homme avait découvert les artefacts Heechees et percé certains de leurs secrets. Et qu'en avions-nous retiré ? Payter, par exemple, qui avait été bien près de tuer le monde avec un pouvoir que nul n'avait eu avant lui. Mais nous avions soulevé quelques questions nouvelles dont je n'avais pas encore le courage d'affronter les réponses. Il y a la question d'Henrietta, à propos du Point X et de la « masse manquante ». Il y a ces questions à propos du Principe de Mach auxquelles Albert essaie de trouver une réponse. Et dans mon esprit, il y a une autre question, d'une importance énorme. Quand le Plus Vieux avait dévié la course du Paradis Heechee et l'avait envoyé vers le centre de la galaxie, où voulait-il aller exactement ?

Je crois que le moment le plus éprouvant et le plus heureux de ma vie avait été celui où j'avais brûlé les senseurs du Plus Vieux et où j'avais pris place devant le tableau de contrôle du Paradis Heechee, muni des instructions d'Henrietta. Il fallait être deux pour manœuvrer les commandes. Lurvy Herter-Hall et moi étions les deux pilotes les plus expérimentés — sans compter Wan, qui était parti avec Janine pour apprendre aux Hommes Morts éveillés qu'il venait d'y avoir un changement de gouvernement. Lurvy s'installa sur le siège de droite et moi sur celui de gauche. Une fois encore, je me demandai pour quel bizarre postérieur il avait été dessiné. Et nous sommes partis. En moins d'un mois, nous étions en orbite autour de la Lune, qui était l'objectif que j'avais choisi. Pendant le voyage, nous n'avions pas perdu notre temps. Il y avait tant de choses à faire dans le Paradis Heechee, mais nous allions lentement, parce que j'avais surtout hâte de rentrer.

Il m'avait vraiment fallu tout mon courage pour serrer le téton de départ mais, voyez-vous, ce ne fut pas si difficile que ça. Quand nous avions appris que la banque de contrôle principale comportait les codes de tous les objectifs préréglés — il y en a plus de quinze mille répartis dans toute la galaxie et même, pour certains, à l'extérieur — il nous avait suffi de savoir à quoi correspondait tel ou tel code. Nous étions tellement heureux, tellement fiers de nous, que nous avons fait un peu dans la frime en arrivant autour de la Lune. Finalement, nous nous sommes fait engueuler par les radio-astronomes de la face cachée parce que notre orbite coupait régulièrement leurs faisceaux. Nous avons donc décidé de prendre le large. Pour ça, on utilise les tableaux secondaires, ceux que personne n'a jamais osé toucher en vol et qui, au départ, ne paraissent pas servir à grand-chose. Les tableaux principaux ont été prévus pour les objectifs préréglés. Les secondaires permettent d'atteindre n'importe quel point de la galaxie, à condition de connaître ses coordonnées. Le hic, c'est qu'on ne peut pas se servir des tableaux secondaires si l'on n'a pas annulé tous les primaires en les mettant à zéro. Ce qui correspond à un rouge franc pour chaque lumière. Et, évidemment, s'il s'est trouvé un prospecteur pour essayer ce truc, il a du même coup perdu la programmation de retour pour la Grande Porte. Quand on sait tout, tout est tellement plus simple. Et c'est comme ça que nous avons placé ce foutu machin Heechee avec ses cinq cent mille tonnes en orbite terrestre avant de lancer des invitations.

La compagnie dont j'avais le plus besoin, c'était celle

de ma femme. Ensuite, celle de mon programme scientifique.

Ce qui ne porte en rien atteinte à la dignité d'Essie, puisque c'est elle qui a écrit Albert. Restait à décider, à pile ou face, si je devais descendre jusqu'à elle ou bien si elle devait grimper jusqu'à moi. Mais ce n'était pas ce qu'elle pensait. Apparemment, les machines intelligentes du Paradis Heechee lui importaient autant que moi. Au moins. Sur une orbite de cent minutes, le temps de transmission n'est pas mauvais. Dès que nous nous sommes trouvés dans la limite de portée, la machine qu'Albert avait programmée s'est mise à lui parler, à lui retransmettre tout ce qu'elle avait appris. Et lorsque je fus prêt à interroger Albert, il était prêt à me répondre.

Bien sûr, ce n'était pas mon Albert préféré. L'Albert Einstein en couleurs et en trois dimensions qui tirait sur sa pipe, tranquillement installé dans son cube holo, était infiniment plus drôle que l'Albert qui apparaissait tout plat et en noir et blanc sur les écrans du Paradis Heechee. Mais, en attendant l'arrivée de nouveaux équipements venus de la Terre, c'était tout ce dont je disposais. Et puis, me dis-je, c'est quand même Albert.

— Ça fait plaisir de te revoir, Robin, dit-il en brandissant sa pipe. Je suppose que tu te doutes que j'ai un bon million de messages pour toi ?...

— Ils attendront, Albert.

De toute façon, j'avais bien l'impression d'en avoir déjà entendu un million. Ils se résumaient à une chose : tout le monde était ennuyé mais plutôt ravi après réflexion.

Et puis, aussi, j'étais redevenu un homme riche.

— Je veux d'abord entendre ce que tu as à me dire toi, dis-je à Albert.

— Bien sûr, Robin... (Il tapota le tuyau de sa pipe sans me quitter du regard.) Bon, d'abord la technologie. Nous connaissons la théorie générale de la propulsion Heechee, et nous commençons à y voir plus clair en ce qui concerne la radio ultra-luminique. De même pour les circuits d'information des Hommes Morts et tout le reste... (Il eut son sourire malicieux.) Mais je suis certain que tu es déjà au courant. *Gospozha* Lavorovna-Broadhead est en route pour te rejoindre. En toute confidence, je pense que nous pouvons nous attendre à des progrès considérables et très rapidement. Dans quelques jours, un équipage de volontaires va partir pour l'Usine alimentaire. Nous sommes à peu près certains de pouvoir la contrôler et de pouvoir la ramener pour la mettre sur orbite. Ensuite, nous l'étudierons et, mais je ne peux rien promettre, nous essaierons d'en réaliser une copie. Je ne pense pas que tu souhaites que nous abordions les détails de technologie mineure dès maintenant, n'est-ce pas ?

— Pas vraiment, dis-je. Du moins pas dans la minute.

— Alors, passons à quelques considérations théoriques. D'abord il y a la question des trous noirs. Nous avons localisé sans équivoque celui où se trouve ton amie Gelle-Klara Moynlin. Je crois qu'il serait possible d'envoyer un vaisseau là-bas en étant raisonnablement sûr qu'il arriverait sans de trop graves dommages. Quant au retour, c'est une autre question. Il semble qu'il n'y ait rien, dans les banques Heechees, qui ressemble à une recette de cuisine pour arracher quoi que ce soit à un trou noir. De la théorie, oui, nous en avons trouvé. Mais si l'on veut passer de la théorie à la pratique, ça représente des années de recherche et de développement. Oui, je ne peux guère promettre que nous aurons des résultats avant au moins plusieurs années. Peut-être plusieurs dizaines d'années, très probablement. (Il se pencha vers moi.) Robin, je sais que cette question revêt une importance personnelle pour toi. Mais elle est sans doute aussi d'une importance immense pour nous tous. Je ne parle pas seulement de la race humaine, mais également des intelligences artificielles. (Jamais encore je ne lui avais vu un air aussi sérieux.) Car, reprit-il, la destination du Paradis Heechee a été déterminée sans doute possible. Puis-je te montrer une image ?

La question était de pure rhétorique, évidemment. Je

ne lui ai pas répondu, et il n'a pas attendu. Il s'est rétréci pour ne plus occuper qu'un coin de l'écran tandis que l'image principale apparaissait. Sur un fond noir, je vis une grande balafre blanche, une sorte de croissant arabe imparfait. Un croissant qui n'était pas symétrique et dont les pointes se terminaient par des jaillissements lumineux qui formaient une espèce d'ellipse floue.

— Dommage que tu ne puisses voir ça en couleurs, dit Albert en me faisant un clin d'œil. C'est plutôt bleu que blanc. Dois-je te dire ce que tu as devant toi ? De la matière en orbite autour d'un objet énorme. La matière que tu vois à gauche, et qui vient vers nous, voyage suffisamment vite pour émettre de la lumière. La matière qui est à droite s'éloigne de nous, par contre, et elle va plus lentement par rapport à nous. Ce que nous voyons, c'est de la matière se transformant en rayonnement au fur et à mesure qu'elle est attirée dans un trou noir extrêmement vaste situé au centre de notre galaxie.

— Je croyais que la vitesse de la lumière n'était pas relative !

L'image d'Albert a de nouveau empli l'écran.

— C'est exact, elle ne l'est pas, Robin. Mais la vitesse orbitale de la matière qui la produit l'est. Cette image provient des archives de la Grande Porte et, jusqu'à une date récente, on n'avait pas pu la localiser dans l'espace. A présent il est évident qu'elle se situe au centre galactique.

Il s'interrompit pour allumer sa pipe. Son regard placide ne me quittait pas. Non, ce n'est pas vraiment exact. Il y avait toujours une fraction de seconde de décalage et même les circuits d'Albert n'y pouvaient rien. Si je me déplaçais, son regard me rattrapait avec un infime retard. Suffisant pour déconcerter. Je décidai de ne pas le presser et je le laissai tranquillement allumer sa pipe.

— Robin, je ne suis pas toujours sûr des informations que je dois te donner. Si tu me poses une question, c'est différent. A propos de n'importe quel sujet de ton choix. Je te dirai tout ce que tu veux entendre. Si tu me demandes une hypothèse, je te dirai ce que l'on *peut* envisager, et je te proposerai des hypothèses qui me sembleront en accord avec les contraintes de mon programme. *Gospozha* Lavorovna-Broadhead a écrit des instructions normatives complexes pour ce type de décision mais, pour être plus simple, elles se résument à une équation. Admettons que *V* représente la « valeur » de l'hypothèse et que *P* représente sa probabilité d'exactitude. Si je parviens à compléter la somme *VP* afin qu'elle soit au moins égale à un, je dois formuler une hypothèse, et je le fais. Mais, Robin, si tu savais ce qu'il est difficile d'assigner des valeurs numériques correctes à *P* et *V* ! Dans le cas spécifique qui nous intéresse, je ne suis certain d'aucune valeur pour la probabilité. Mais la valeur de l'importance est très élevée. Je crois qu'à tous les égards, on pourrait dire qu'elle est infinie.

A ce stade, j'avais déjà la sueur au front. Parce que je sais une chose certaine à propos de la programmation d'Albert : plus il met longtemps à m'annoncer quelque chose, moins il pense que j'aurai plaisir à l'entendre.

— Albert... Vas-y, dis-le.

— Bien sûr, Robin, mais laisse-moi d'abord préciser que cette conjecture éclaire non seulement l'astrophysique actuelle, quoique à un niveau plutôt complexe, mais aussi d'autres questions, par exemple où allait le Paradis Heechee quand tu lui as fait faire demi-tour, et pourquoi les Heechees eux-mêmes ont disparu. Mais je dois d'abord rappeler quatre points importants.

» Un. Ces quantités que Petit Jim appelle des nombres bigre. Ce sont des quantités numériques, pour la plupart « non dimensionnelles », car elles restent les mêmes quelle que soit l'unité de mesure. Le rapport de masse entre le proton et l'électron. Le nombre de Dirac pour exprimer la différence entre la force gravitationnelle et l'électro-magnétisme. La constante de structure fine d'Eddington. Et ainsi de suite. Nous connaissons ces nombres avec une grande précision. Ce que nous ne savons pas c'est *pourquoi* ils sont ce qu'ils sont. Pour-

quoi la constante de structure fine ne serait-elle pas...
disons 150 au lieu de 137-plus ? Si nous comprenions
l'astrophysique — si nous disposions d'une théorie
complète — nous serions capables d'en déduire ces
nombres. Nous avons une bonne théorie mais nous ne
pouvons pas en déduire les nombres bigre. Pourquoi ?
(Il ajouta gravement :) Parce qu'il est possible que,
d'une certaine manière, ils soient *accidentels*.

Il s'interrompit pour tirer quelques bouffées, puis
leva deux doigts.

— Deux. Le Principe de Mach. Ça aussi c'est une
question, mais peut-être un peu plus facile. Feu mon
prédécesseur... (Il avait pris un regard un peu malicieux, sans doute pour me convaincre que cette question était vraiment plus simple.) Feu mon prédécesseur
nous a donné la théorie de la relativité, par laquelle on
admet généralement que tout est relatif à tout, exception faite de la vitesse de la lumière. Quand tu es chez
toi, Robin, au bord de la mer de Tappan, tu pèses à peu
près quatre-vingt-cinq kilos. C'est-à-dire la mesure de
l'attraction qui s'exerce entre la Terre et toi. Nous
avons aussi une qualité que l'on appelle « la masse ».
La meilleure définition de la masse c'est qu'il s'agit de
la force nécessaire pour accélérer un objet, disons toi
par exemple, à partir de l'immobilité. Nous considé-
rons habituellement que la « masse » et le « poids »
sont à peu près la même chose. Ce qui est vrai à la
surface de la Terre, mais la masse est censée être une
qualité *intrinsèque* de la matière, alors que le poids est
toujours relatif à autre chose. Mais (son regard pétil-
lait) nous allons nous livrer à une expérience concep-
tuelle, Robin. Nous allons supposer que tu es la seule
chose dans tout l'univers. Il n'y a pas d'autre matière.
Combien pèserais-tu ? Rien. Quelle serait ta masse ? Ah !
là est la question... Supposons que tu disposes d'une
ceinture de propulsion et que tu décides de t'accélérer
toi-même. Tu pourras alors mesurer cette accélération
et déterminer la force nécessaire pour te mouvoir et tu
auras ainsi ta masse — n'est-ce pas ? Non, Robin, tu ne

l'auras pas. Parce que tu n'auras rien par rapport à quoi mesurer ton mouvement! En tant que concept, le « mouvement » ne signifie rien. Ainsi la masse elle-même — selon le Principe de Mach — dépend de *quelque système externe*. Mach pensait que ce qu'il appelait « le fond entier de l'univers » avait une signification. Et selon le Principe de Mach, tel qu'il a été développé par mon prédécesseur et par d'autres, il en est de même de toutes les autres caractéristiques « intrinsèques » de la matière, l'énergie, l'espace... jusques et y compris les nombres bigre. Robin, est-ce que je t'ennuie?

— Tu parles, Albert! Mais continue!

Il a souri en levant trois doigts.

— Trois. Ce qu'Henrietta appelle « le Point X ». Comme tu le sais, elle a échoué à son doctorat, mais j'ai bien étudié son mémoire et je suis à même de comprendre ce qu'elle veut dire par là. Dans les trois secondes qui ont suivi le Grand Bang, c'est-à-dire le début de l'univers tel que nous le connaissons maintenant, tout l'univers était relativement compact, excessivement chaud et entièrement symétrique. Dans sa dissertation, Henrietta citait abondamment un vieux mathématicien de Cambridge appelé Tong B. Tang et quelques autres. Ils avaient fait ressortir que *après* ce temps, après ce qu'Henrietta appelait « le Point X », la symétrie devenait « gelée ». Toutes les constantes que nous observons maintenant ont été fixées à ce point. Tous les nombres bigre. Ils n'existaient pas avant le « Point X ». Ils existent depuis et ils sont inchangeables.

» Donc à ce point X du temps, trois secondes après le début du Grand Bang, il s'est passé quelque chose. Cela a pu être un événement aléatoire — une turbulence dans le nuage en explosion... Mais cela a pu aussi bien être délibéré.

Il s'interrompit et fuma un instant en silence, en m'observant. Devant mon absence de réaction, il a eu un soupir et a levé le quatrième doigt.

— Quatre, Robin. Le dernier. Je m'excuse pour ce long préambule. Le point final de la conjecture d'Henrietta se rapportait à la « masse manquante ». Il n'y a tout simplement pas suffisamment de matière dans l'univers pour vérifier les théories du Grand Bang qui sont toutes, par ailleurs, satisfaisantes. Et là, Henrietta a fait un saut immense dans sa dissertation. Elle a suggéré l'hypothèse que les Heechees avaient appris à créer la masse et à la détruire. En cela, nous le savons maintenant, elle avait vu juste, bien que ce ne fût qu'une simple hypothèse. Et les doyens n'ont pas perdu de temps pour la contester. Elle a fait alors un autre saut. Elle a suggéré que les Heechees avaient en fait provoqué la disparition d'une certaine masse. Pas en l'emportant dans un vaisseau — et pourtant, là, elle ne se serait pas trompée — mais à une très large échelle. En fait, à une échelle universelle. Elle posait l'hypothèse que, comme nous, ils avaient étudié les nombres bigre et qu'ils étaient parvenus à certaines conclusions qui semblent vraies. Là, Robin, ça devient un petit peu compliqué, alors suis-moi bien — nous sommes presque arrivés.

» Vois-tu, ce sont ces constantes fondamentales, tels les nombres bigre, qui déterminent le fait que la vie ait pu ou non exister dans l'univers. Entre bien d'autres choses, en fait. Si certaines de ces constantes étaient un peu moins élevées, ou un peu plus, la vie ne pourrait pas exister. Est-ce que tu discernes la conséquence logique de cette proposition ? Oui, je le pense. C'est un simple syllogisme. Prémisse majeure : les nombres bigre ne sont pas déterminés par la loi naturelle mais auraient pu être différents si certains événements différents s'étaient produits au « Point X ». Prémisse mineure : s'ils étaient différents dans certaines directions, l'univers serait moins hospitalier. Conclusion ? Nous voilà au cœur de la question... Conclusion : S'ils étaient différents dans certaines *autres* directions, l'univers pourrait être *plus* hospitalier.

Et il se tut; il resta là à m'observer, tout en portant une main à l'une de ses pantoufles rouges pour se gratter le pied.

Je me demande encore lequel de nous deux aurait
attendu le plus longtemps. J'essayais d'assimiler tout
un tas de choses indigestes et mon vieil Albert était
décidé à me donner tout le temps qu'il fallait. Mais
Paul Hall surgit en hurlant :

— De la compagnie, Robin ! Eh ! Nous avons de la
visite !

D'abord, j'ai pensé que ce pouvait être Essie, bien
sûr. Nous nous étions parlé et je savais qu'elle était
sans doute à Kennedy, au mieux qu'elle nous attendait
peut-être sur orbite... J'ai regardé Paul, puis ma montre.

— Non, elle n'a pas eu le temps d'arriver.

Paul avait un large sourire.

— Venez voir ces pauvres types !

Oui, c'étaient vraiment de pauvres types. Ils étaient
six, entassés dans un Cinq. Ils avaient quitté la Grande
Porte moins de vingt-quatre heures après que nous
avions décroché de l'orbite lunaire, décidés à mettre la
main sur tout, armés pour liquider toute une division
d'Anciens. Ils avaient couru à la poursuite du Paradis
Heechee, atteint le point de retournement et refait tout
le trajet en sens inverse. Quelque part en route, nous
avions dû les croiser sans le savoir. Pauvres types !
Mais ils avaient l'air plutôt braves. C'étaient des volontaires et ils s'étaient embarqués pour une mission plutôt dangereuse, même selon les normes de la Grande
Porte. Je leur promis qu'ils auraient une part des pro-
fits — il y en avait suffisamment pour ça. Ce n'était pas
leur faute si nous n'avions pas besoin d'eux, surtout si
l'on considérait qu'ils auraient été les bienvenus quelques semaines auparavant.

Ils pouvaient donc tout aussi bien l'être maintenant.
Janine leur fit fièrement visiter les lieux. Wan, tout
souriant, brandissant son pistolet-sommeil, leur pré-
senta les Anciens qui demeurèrent placides devant
cette nouvelle intrusion. Quand tout cela fut terminé,
je pris conscience de ce dont j'avais le plus besoin :
manger et dormir.

Je m'offris les deux.

A mon réveil, la première nouvelle fut qu'Essie était en route mais qu'elle n'arriverait pas avant quelque temps. Je fis un tour en essayant de me rappeler tout ce qu'Albert m'avait dit, de me composer une image mentale du Grand Bang et de cette troisième seconde critique où tout s'était gelé... sans y parvenir.

J'appelai donc Albert et lui demandai :

— Plus hospitalier ? Mais comment ?

— Ah ! (Impossible de le prendre par surprise.) Ça, c'est une question à laquelle je ne puis répondre. Nous ne savons même pas ce que sont toutes les caractéristiques machiennes de l'univers, mais peut-être... Peut-être... (Les plis, au coin de ses yeux, me disaient qu'il essayait de me ménager.)... Peut-être l'immortalité ? Ou bien des réactions synoptiques plus rapides au niveau du cerveau organisé, donc une intelligence supérieure ? Peut-être plus de planètes favorables à la vie ? Tout cela. Ou rien de tout cela. Le plus important, c'est que nous pouvons émettre la théorie que de telles caractéristiques « plus hospitalières » pourraient exister, et qu'on peut les déduire d'une base théorique rationnelle. Henrietta est allée jusque-là. Et même un petit peu plus loin. Supposons que les Heechees, a-t-elle suggéré, aient eu des connaissances supérieures aux nôtres en astrophysique, qu'ils aient décidé ce que devaient être ces caractéristiques, et qu'ils les aient produites ! Comment s'y seraient-ils pris ? Eh bien, ils ont pu réduire l'univers jusqu'à son état primordial et recommencer avec un nouveau Grand Bang ! Comment arriver à ça ? Facile, si l'on peut créer et détruire la masse ! On escamote. On arrête l'expansion. On relance la contraction. Et on se débrouille pour rester à l'extérieur du point de concentration en attendant la nouvelle explosion — et ensuite, de l'*extérieur* du monobloc, on fait ce qu'il faut pour *changer* les nombres non dimensionnels fondamentaux de l'univers afin qu'en naisse un autre qui soit... Ma foi, disons le paradis.

Je le regardais en écarquillant les yeux.

— Est-ce que c'est *vraiment possible* ?

— Pour toi ou moi ? Maintenant ? Non. Absolument impossible. Nous ne saurions même pas par quoi commencer.

— Pas pour toi ou moi, crétin ! Pour les Heechees !

— Ah, Robin ! fit-il d'un ton lugubre, qui peut le dire ? Je ne vois pas comment, mais ça ne signifie pas qu'ils ne le pourraient pas. Je peux seulement spéculer sur la façon de manipuler l'univers pour l'améliorer. Mais cela ne serait peut-être pas nécessaire. On peut supposer, à propos des Heechees, qu'ils avaient un moyen pour vivre éternellement, pour ainsi dire. C'est nécessaire, même pour une première tentative. Mais si on dispose de l'éternité, eh bien, on peut essayer différents changements au hasard et voir ce qui en ressort, jusqu'à obtenir l'univers que l'on veut.

Il prit son temps pour examiner sa pipe éteinte d'un air songeur avant de la glisser dans la poche de son sweat-shirt.

— Henrietta en était à ce point-là de sa dissertation avant qu'ils ne lui tombent tous dessus. Parce qu'elle leur a dit que cette « masse manquante » dans l'univers pourrait être la preuve que les Heechees ont réellement commencé à interférer dans le développement normal de l'univers, qu'ils ôtaient de la masse dans les galaxies extérieures pour accélérer leur régression. Peut-être, pensait-elle, ajoutaient-ils de la masse au centre — s'il y en a un. Elle a dit aussi que ça pouvait fournir une explication à la disparition des Heechees. Elle supposait qu'ils avaient lancé le processus et qu'ils étaient allés se cacher quelque part, dans une sorte de stase intemporelle, peut-être dans un très grand trou noir, en attendant de revenir pour tout recommencer. Là, vraiment, c'était trop ! Rien d'étonnant. Robin : tu essaies d'imaginer cette bande de profs de physique en train de digérer ça ? Ils lui ont dit qu'elle ferait mieux d'essayer un doctorat en psychologie Heechee plutôt qu'en astrophysique, qu'elle n'avait rien d'autre à leur proposer que des conjectures et des postulats — que ce n'était qu'une hypothèse, que sa théorie ne pouvait même pas être prouvée et, en plus, qu'elle était mauvaise. Ils ont donc rejeté sa dissertation, elle n'a pas eu son doctorat et elle est partie pour la Grande Porte, elle est devenue prospectrice et tu sais comment elle a fini. Morte. En fait, Robin... (la pipe réapparut dans sa main tandis qu'il poursuivait d'un air pensif) je pense qu'elle se trompait, ou que son raisonnement péchait. Il nous est difficile de prouver que les Heechees aient eu le moyen d'intervenir sur la matière en dehors de notre galaxie, et elle parlait pourtant *de l'univers tout entier.*

— Mais tu n'es pas certain?

— Pas du tout, Robin.

— Bon Dieu! Tu n'as même pas une idée?

— Mais bien sûr, Robin, dit-il d'un air sombre. Mais rien de mieux. Calme-toi, veux-tu. Tu vois, c'est l'échelle qui est fausse. D'après tout ce que nous en savons, l'univers est trop grand. Et le temps est trop court. Les Heechees étaient ici il y a moins d'un million d'années, et le temps d'expansion de l'univers est à peu près vingt mille fois plus long — et le temps de contraction à peine moindre. Mathématiquement, il est très improbable qu'ils aient choisi précisément cette période pour se montrer.

— Se montrer?

Il toussota.

— J'ai laissé un point de côté, Robin. C'est encore une hypothèse et je crains qu'elle soit de moi. Supposons que *cet univers-ci* soit celui que les Heechees ont construit. Supposons qu'ils aient évolué à partir d'un univers moins hospitalier, qu'ils ne l'aient pas aimé et l'aient amené à se contracter pour en former un nouveau, celui-là même où nous sommes. Ça se tient assez, remarque bien. Ils sont venus voir comment ça se passait et ils ont peut-être trouvé que c'était exactement ce qu'ils voulaient. Et maintenant, les premiers explorateurs sont retournés chercher les autres.

— Albert! Au nom du Ciel!

— Robin, dit-il d'une voix extrêmement douce, je ne te dirais pas toutes ces choses si je pouvais m'en empê-

cher. Ce n'est qu'une conjecture. Je ne crois pas que tu
aies la moindre idée de la difficulté que j'ai à émettre
de telles conjectures, et je n'en serais certainement pas
capable si ce n'est — bon, voilà : il existe un moyen
possible de survivre à la contraction de l'univers et à
un autre Grand Bang, c'est de se trouver en un lieu où
le temps s'arrête effectivement. Quel genre de lieu ? Eh
bien, oui, un trou noir. Un très grand trou noir. Assez
grand pour ne pas perdre de la masse par tunnel quantique, de façon à survivre indéfiniment. Je sais où il y a
un trou noir comme celui-ci, Robin. Sa masse : presque
quinze mille fois celle du Soleil. Sa situation : le centre
exact de la galaxie. (Albert consulta sa montre et changea brusquement d'expression.) Si mes calculs sont
exacts, Robin, ta femme devrait arriver en ce moment.

— Einstein ! Je te promets que la première chose
qu'elle va faire *c'est de te réécrire !*

Il plissa les yeux et dit :

— Elle l'a déjà fait, Robin. Et l'une des choses
qu'elle m'a apprises, c'est de diminuer la tension,
quand le besoin s'en fait sentir, par un commentaire
comique ou agréable.

— Tu es en train de me dire que j'étais tendu ?

— Eh bien, pas vraiment, Robin. Tout cela est plutôt
théorique — et encore. Et en termes de vie humaine,
tellement lointain. Mais peut-être pas aussi lointain
que ça. Il y a au moins une possibilité que ce trou noir
au centre de notre galaxie soit l'endroit d'où sont partis les Heechees et, en temps de vol, pour un vaisseau
Heechee, il n'est pas si lointain que cela. Et... ai-je dit
que nous avions situé l'objectif du Plus Vieux ? C'était
celui-là, Robin. Il se dirigeait tout droit vers le trou
noir quand tu as fait faire demi-tour au Paradis Heechee.

J'en avais eu assez du Paradis Heechee des semaines
avant que n'arrive Essie. Avec les intelligences des
machines, elle passait le meilleur moment de sa vie.
Mais je ne pouvais me lasser d'elle, et je restai jusqu'à
ce qu'elle finisse par admettre qu'elle avait tout enre-

gistré et, quarante-huit heures après, nous étions au bord de la mer de Tappan. Et Wilma Liedermann arriva exactement une heure et demie plus tard avec ses bobines d'enregistrements médicaux et elle voulut ensuite examiner Essie sous toutes les coutures. Ce qui ne me contraria pas le moins du monde. Essie était parfaitement en forme et Wilma le reconnut de bon gré en acceptant de prendre un verre avec nous. Puis elle se mit à nous parler de la machine médicale dont les Hommes Morts s'étaient servis pour préserver la santé de Wan pendant toute sa croissance et, avant son départ, nous avions jeté les bases d'une société de recherche et de développement avec un budget d'un million de dollars, destinée à savoir ce que nous pouvions retirer de cela. Wilma en serait la présidente. Ce fut aussi facile que ça. C'est toujours facile, quand tout vous porte.

Tout, ou presque. Je ressentais toujours cette espèce de sentiment de malaise en pensant aux Heechees (si c'étaient bien les Heechees), dans cet endroit, au milieu de la galaxie (s'ils se trouvaient vraiment là-bas). Car cette idée me troublait beaucoup, voyez-vous. Si Albert m'avait prédit que les Heechees allaient surgir dans un torrent de flammes pour semer la destruction (ou même simplement qu'ils allaient surgir)... disons dans l'année suivante, eh bien... oui, j'aurais pu m'inquiéter. S'il m'avait dit dans dix ans ou dans cent ans, j'aurais pu y songer peu à peu et éprouver une peur absolue. Mais quand il s'agit de périodes astronomiques... Mince! Est-ce qu'il croyait que c'était évident de se préoccuper de quelque chose qui pourrait n'arriver que dans un milliard d'années au moins?

Pourtant, cette idée ne me quittait pas.

Après le départ de Wilma, durant le dîner, cela me rendit nerveux. Quand je servis le café, Essie était installée devant la cheminée, très élégante en pantalon d'élastiss. Elle se brossait les cheveux. Elle leva la tête, me regarda et dit :

— Ça n'arrivera probablement pas, tu sais, Robin.

— Comment peux-tu en être si sûre ? Il y a quinze

mille cibles Heechees programmées dans ces vaisseaux. Nous en avons essayé... combien ? Moins de cent cinquante, et l'une d'elles était le Paradis Heechee. La loi des moyennes nous dit qu'il doit y en avoir une centaine d'autres quelque part et qui peut dire qui est parti apprendre aux Heechees ce que nous sommes en train de faire ?

— Robin chéri, dit-elle en venant frotter son nez contre mon genou, bois ton café. Tu ne connais rien en statistiques mathématiques, et puis, qui te dit qu'ils pourraient nous vouloir du mal ?

— Mais ils ne nous voudraient pas de mal ! Je sais exactement ce qui se passerait. Nom de Dieu ! c'est évident. Il se passerait ce qui s'est passé pour les Tahitiens, les Tasmaniens, les Esquimaux, les Indiens américains. Ça s'est toujours passé comme ça, dans tout le cours de l'Histoire. Un peuple qui rencontre une culture supérieure est détruit. Personne ne le veut vraiment. Mais c'est comme ça. Il n'y survit pas.

— Pas toujours, Robin.

— Voyons !

— Non, j'ai un exemple contraire. Qu'est-ce qui est arrivé quand les Romains ont découvert les Gaulois ?

— Ils les ont conquis jusqu'au dernier, voilà ce qui est arrivé !

— Exact. Non, presque exact. Mais, deux cents ans plus tard, qui est devenu le conquérant, Robin ? Les Barbares ont envahi Rome.

— Mais je ne parle pas de conquête ! Je parle de complexe d'infériorité raciale. Qu'arrive-t-il à une race qui se trouve en contact avec une race plus intelligente qu'elle ?

— Eh bien, les choses se passent différemment selon les circonstances, Robin. Les Grecs étaient plus malins que les Romains. Les Romains n'ont jamais eu une seule idée de leur vie, si ce n'est de tuer les gens ou de construire avec eux. Ils n'y voyaient guère de différence. Ils avaient même des Grecs dans leurs maisons, qui leur enseignaient la poésie, l'histoire, la science. (Elle posa sa tasse et vint s'asseoir près de moi.) Pour les esclaves, Robin, la sagesse est une ressource. Lorsque tu as besoin d'information, qui appelles-tu ?

Je réfléchis durant une minute.

— Eh bien, Albert, généralement. Je vois où tu veux en venir, mais ça, c'est différent. C'est la *fonction* d'un ordinateur d'en savoir plus et de penser plus vite que moi, dans certains cas. Ils ont été faits pour ça.

— Exactement, Robin chéri. Et pour autant que je sache, tu n'as pas encore été détruit. (Elle frotta sa joue contre la mienne puis se redressa.) Tu es nerveux. Qu'aimerais-tu faire ?

— Quels sont mes choix ? demandai-je en tendant les bras, mais elle secoua la tête.

— Non, je ne pensais pas à ça, pas pour le moment, du moins. Tu veux regarder la PV ? J'ai enregistré les informations du soir, pendant que tu complotais avec Wilma. On voit nos bons amis visitant leur demeure ancestrale.

— Les Anciens en Afrique ? J'ai vu ça cet après-midi.

Un promoteur légal s'était dit que ce serait une bonne publicité de montrer la Gorge d'Olduvai aux Anciens. Il ne s'était pas trompé. Ça ne plut pas beaucoup aux Anciens — ils avaient horreur de la chaleur, pépiaient d'un air grincheux à cause des piqûres et se moquaient pas mal de prendre l'avion. Mais ils appartenaient à l'actualité. Tout comme Paul et Lurvy qui se trouvaient à Dortmund au même moment pour l'édification du mausolée qui abriterait les restes de leur père quand ils seraient ramenés de l'Usine alimentaire. Tout comme Wan, qui s'enrichissait à la PV depuis qu'il était connu du monde entier comme Le Garçon du Paradis Heechee. Tout comme Janine, qui vivait dans le bonheur depuis qu'elle pouvait rencontrer enfin ses stars de la chanson. Comme moi. Nous étions tous riches et célèbres. Ce que feraient les autres ensuite, je ne pouvais le dire. Mais ce que moi je voulais en définitive m'apparaissait clairement.

— Essie, prends un sweater. Allons faire un tour.

Main dans la main, nous avons marché un moment près de l'eau glacée.

— On dirait qu'il neige.

Essie avait levé la tête vers le haut de la bulle, à sept cents mètres au-dessus de nos têtes. D'habitude, on ne le distingue pas très clairement mais, cette nuit-là, sous la lumière des radiateurs qui luttaient contre le poids de la neige ou de la glace, c'était un dôme laiteux, ponctué de halos lumineux venus du sol, qui semblait aller d'un horizon à l'autre.

— Il fait trop froid pour toi?

— Peut-être ici, au bord de l'eau.

Nous avons remonté la pente jusqu'au petit bouquet de palmiers, près de la fontaine. Nous nous sommes assis sur le banc pour contempler les lumières sur la mer de Tappan. On était bien ici. Sous la bulle, l'air n'est jamais très froid, mais l'Hudson, avant d'atteindre le barrage des Palissades, a coulé durant sept à huit cents kilomètres à ciel ouvert, et il arrivait parfois en hiver que des morceaux de glace passent sous les barrières pour venir flotter autour de l'embarcadère.

— Essie... je réfléchis.

— Je le sais, Robin chéri.

— Je pense aux Anciens. A la machine.

— Vraiment?

Elle ramena les pieds sous elle, à cause de l'herbe qui était humide, près de la fontaine.

— Elle est parfaite. Bien apprivoisée, depuis qu'on lui a arraché les dents. Et tant qu'elle ne bouge pas, qu'on ne lui donne pas de nouveaux effecteurs externes ou l'accès à des circuits de contrôle...

— Ce que je veux savoir, c'est si tu pourrais en construire une pour un être humain.

— Ah... Mmm, oui, je le pense. Cela demanderait du temps et, bien sûr, énormément d'argent. Mais, oui...

— Et tu pourrais y stocker une personnalité humaine — après sa mort, je veux dire? Comme les Hommes Morts ont été stockés?

— Bien mieux, à mon avis. Il reste quelques difficultés. Elles sont du domaine de la biochimie, pas du mien.

Elle se laissa aller en arrière, contempla la bulle iri-
descente et reprit :

— Lorsque j'écris le programme d'un ordinateur,
Robin, je parle à l'ordinateur, dans un langage ou un
autre. Je lui dis ce que c'est et comment faire. La programmation Heechee est différente. Elle est fondée sur
la lecture chimique directe du cerveau. Le cerveau des
Anciens, chimiquement, n'est pas vraiment identique
au tien ou au mien. Le stockage des Hommes Morts est
donc loin d'être parfait. Mais les Anciens sont encore
plus éloignés des vrais Heechees, à partir de qui le
processus a été initialement développé. Les Heechees
ont réussi à convertir le processus sans difficulté appa-
rente, donc il est possible de le faire. Oui. Quand tu
mourras, Robin chéri, il sera possible de lire ton cerveau, de le stocker dans la machine, de mettre la
machine dans un vaisseau Heechee et de l'expédier
vers le trou noir de YY du Sagittaire. Il pourra aller
dire bonjour à Gelle-Klara Moynlin et lui expédier que
tout ça n'était pas de sa faute. Pour ça, tu as ma garan-
tie, mais il ne faut pas mourir avant cinq ou huit ans
pour nous permettre de faire les recherches nécessaires. Tu me le promets ?

Quand on me prend par surprise, comme ça, il m'arrive de ne pas savoir si je dois rire, pleurer ou me
mettre en colère. Dans ce cas, je me levai aussitôt et
regardai ma chère femme. Quand je me fus décidé, je
me mis à rire.

— Quelquefois, tu me stupéfies, Essie.

— Mais pourquoi, Robin ? (Elle me prit la main.)
Suppose que ç'ait été le contraire. Suppose que ce soit
moi qui aie vécu une tragédie personnelle, il y a bien
des années. Exactement ce que tu as vécu, Robin. Quelqu'un que j'aimais immensément a été victime d'un
terrible malheur, et je ne peux plus revoir ce quelqu'un
et lui expliquer ce qui s'est produit. Ne crois-tu pas que
je voudrais absolument essayer de lui parler, de lui
dire ce que je ressens ?

Je fus sur le point de répondre, mais Essie se leva et
posa un doigt sur mes lèvres.

— C'était une question rhétorique, Robin. Toi et moi, nous connaissons la réponse. Si ta Klara est encore en vie, elle veut par-dessus tout te revoir. Ça ne fait aucun doute. Donc voilà mon plan. Tu meurs. Pas tout de suite, je l'espère. Ton cerveau est mis dans la machine. Peut-être que je me tirerai une copie pour moi, tu veux bien ? En tout cas, un exemplaire s'en va vers le trou noir. Il retrouve Klara et lui dit : « Klara ma chérie, on ne pouvait rien contre ce qui est arrivé, mais j'aimerais que tu saches que j'aurais donné ma vie pour te sauver. » Et alors, Robin, sais-tu ce que Klara pourra bien répondre à cette étrange machine surgie de nulle part, quelques heures seulement après l'accident, selon son temps ?...

Je l'ignorais. Tout était là ! Mais je ne dis rien parce qu'Essie ne m'en laissa pas l'occasion.

— Klara répondra : « Mais, Robin chéri, je n'en ai jamais douté. Car, de tous les hommes, tu es celui que je respecte et aime le plus et dont je ne douterai jamais. » Je sais que c'est ce qu'elle dirait, Robin, parce qu'elle le penserait. Comme je le pense.

Là où étaient allés les Heechees

A six heures du soir, le jour du dixième anniversaire de Robin Broadhead, on donna une fête. La voisine lui offrit des chaussettes, un jeu de société et un cadeau pour rire, un livre dont le titre était *Tout ce que nous savons sur les Heechees*. Les tunnels Heechees avaient été récemment découverts sur Vénus et on risquait toutes sortes d'hypothèses à propos de l'endroit où ils étaient allés, des buts qu'ils poursuivaient et de leur aspect physique. Le gag du livre, c'est qu'il était fait de cent soixante pages entièrement blanches.

Ce même jour et à cette même heure — ou tout au moins, leur équivalent en temps local, ce qui était très différent — une personne faisait un tour sous les étoiles avant de se retirer pour dormir. Pour elle aussi, un anniversaire approchait, mais pour lequel on ne donnerait pas de fête. Cette personne se trouvait très loin du gâteau d'anniversaire de Robin Broadhead et de ses bougies. A plus de quarante mille années-lumière. Et cette personne n'avait vraiment pas l'apparence d'un être humain. Elle avait un nom mais, par respect et à cause du travail qu'elle avait accompli, on lui donnait généralement le titre de ce que nous pourrions traduire par « capitaine ». Au-dessus de sa tête courbée, couverte d'une fine toison, les étoiles semblaient proches et leur éclat intense. Lorsqu'il tentait de les regarder, elles lui blessaient les yeux, en dépit de la carapace de verre qui protégeait l'endroit où le « capitaine » vivait, tout comme la majeure partie de la planète. Quelques lugubres étoiles rouges de classe M, à peine plus brillantes que la Lune vue de la Terre. Trois G dorées comme le Soleil. Une seule étoile F, à l'éclat intense, douloureux. Aucun soleil de classe O ou B dans ce ciel. Aucune étoile lointaine. Le capitaine pouvait identifier chacun de ces astres, parce qu'ils n'étaient guère plus de dix mille et que le plus éloigné restait visible à l'œil nu. Au delà de ces étoiles familières... eh bien, il ne pouvait pas voir au delà, du moins pas de l'endroit où il se promenait, mais ses voyages dans l'espace lui avaient appris qu'au delà il n'y avait que la coque bleue, turbulente, presque invisible, qui renfermait la part de l'univers qui appartenait aux siens. Sous un ciel pareil, un être humain aurait été frappé de terreur. Et cette nuit-là, tandis qu'il répétait dans son esprit ce qui allait se produire après son réveil, le capitaine en ressentait presque de la frayeur.

Les épaules et les hanches larges, la tête et le dos étroits, le capitaine se dirigea en se dandinant vers la ceinture qui le ramènerait vers son cocon de sommeil. Le trajet fut bref. Pour le capitaine, il ne dura guère plus de quelques minutes. (A quarante mille années-lumière de distance, Robin dormait, mangeait, entrait au collège, fumait son premier joint, se cassait le poignet et prenait dix kilos de plus.) Le capitaine quitta la ceinture, souhaita une bonne nuit à ses compagnons assoupis (parfois, deux d'entre eux étaient ses partenaires sexuels), ôta les colliers de grade de ses épaules, détacha l'unité de communication et de support vital fixée entre ses jambes, souleva le couvercle de son cocon et se glissa à l'intérieur. Il se tourna huit ou dix fois pour se recouvrir de litière douce et spongieuse. Le peuple auquel appartenait le capitaine descendait de fouisseurs et non de coureurs. Il avait conservé l'habitude de dormir comme ses ancêtres. Quand le capitaine fut à l'aise, il leva une main osseuse pour rabattre le couvercle du cocon. Comme il l'avait fait durant toute sa vie. Comme l'avaient fait tous les siens pour trouver le sommeil. Tout comme ils avaient rabattu les étoiles sur eux quand ils avaient décidé qu'il était nécessaire pour eux d'entrer dans un long et pénible sommeil.

Le livre-gag que Robin avait reçu pour son anniversaire n'était pas exempt de mauvaise foi, parce que ce qu'il proclamait n'était pas tout à fait exact. On savait certaines choses à propos des Heechees. Il était évident qu'ils étaient absolument différents des humains en de nombreux points, mais ils possédaient des traits marquants identiques. La curiosité. Seule la curiosité avait pu les amener à visiter autant de lieux étranges et lointains. La technologie. La science des Heechees n'était pas la même que celle des humains, mais elle était fondée sur les mêmes lois de thermodynamique, de mouvement, elle correspondait au même élan de l'esprit vers le plus petit et le plus immense, vers la particule nucléaire et l'univers. Et la chimie de base de leur organisme n'était pas différente de celle des humains. Ils respiraient une atmosphère presque identique et leur nourriture était tout à fait compatible avec nos besoins.

Au centre de tout ce que nous connaissions — de ce que nous devinions, ou espérions des Heechees, il y avait la certitude que, à bien y réfléchir, ils ne pouvaient être à ce point différents de nous. Ils pouvaient avoir quelques milliers d'années d'avance sur notre science, notre civilisation. Peut-être même moins. Et tout cela n'était pas faux. Il s'était passé moins de huit cents ans entre le moment où le premier et le plus rudimentaire des vaisseaux Heechees avait expérimenté l'annulation de masse comme moyen de transport et celui où les premières expéditions avaient essaimé dans la galaxie. (En Afrique, dans la gorge d'Olduvai, l'un des ancêtres de Bigleuse réfléchissait à ce qu'il pourrait faire de l'os d'antilope que sa mère venait de lui donner.)

Huit cents années — mais quelles années !

Les Heechees avaient explosé. Ils furent un milliard, puis dix milliards, puis cent. Ils avaient conçu des véhicules à roues pour conquérir la surface étrangère de leur planète et, en moins de deux générations, ils avaient lancé des fusées dans l'espace. Encore quelques générations, et ils exploraient les planètes des systèmes solaires les plus proches. Et, en progressant, ils apprenaient. Les instruments qu'ils déployaient étaient aussi immenses que subtils — une étoile neutronique leur servait de détecteur gravitationnel et, à une année-lumière de distance, un interféromètre captait et mesurait les ondes radio émises par les galaxies qui approchaient de la limite du rouge. Les étoiles qu'ils visitaient et les galaxies qu'ils observaient étaient presque identiques à celles que nous voyons de la Terre — le temps astronomique fait peu de cas de quelques centaines de milliers d'années-lumière — mais ils voyaient avec plus d'acuité et comprenaient mieux que nous. Et ce qu'ils avaient vu, ce qu'ils avaient compris devint finalement pour eux d'une importance absolue. Car l'hypothèse d'Albert était exacte — presque exacte — jusqu'au moindre détail, jusqu'au point où elle devenait totalement et dramatiquement fausse.

Quand ils eurent compris, les Heechees firent ce qui leur paraissait le mieux.

Ils rappelèrent toutes les expéditions qu'ils avaient lancées dans tous les coins de la galaxie en leur demandant de ramener tout ce qui pouvait être utile.

Ils avaient étudié quelques millions d'étoiles et en avaient choisi quelques milliers. Certaines devraient être rejetées, parce que trop dangereuses, certaines autres devraient être regroupées. Ce n'était pas une chose difficile pour eux. Ils avaient le pouvoir d'annuler ou de créer la masse, ce qui signifiait que les forces de la gravité étaient à leur service. Ils sélectionnèrent une certaine population d'étoiles stables et à long cycle, trièrent et écartèrent les plus dangereuses, regroupèrent les autres, ou du moins les rapprochèrent suffisamment pour ce qu'ils en attendaient. Les trous noirs peuvent avoir toutes les dimensions. Il suffit d'une certaine concentration de matière dans un certain volume d'espace et la gravité se referme. Un trou noir peut être aussi grand qu'une galaxie alors même que les étoiles qui le composent sont à peine plus rapprochées que dans la nôtre. Mais les plans des Heechees n'étaient pas aussi ambitieux. Ils choisirent un volume d'espace de quelques dizaines d'années-lumière de diamètre, le remplirent d'étoiles, y pénétrèrent avec leurs vaisseaux...

Et le regardèrent se refermer autour d'eux.

A partir de ce moment, les Heechees furent isolés du reste de l'univers, terrés dans leur nid d'étoiles. Pour eux, le temps devint différent. Car dans un trou noir le temps s'écoule lentement — beaucoup plus lentement. Pour l'univers extérieur, trois quarts de million d'années passèrent. Pour le capitaine, à l'intérieur, ce ne fut au plus que quelques décennies. Tandis que les Heechees s'installaient confortablement dans les planètes qu'ils avaient capturées (et qui, en un siècle, avaient été patiemment façonnées pour permettre la vie), sur Terre, la douce époque du pliocène débouchait sur les tempêtes et le sirocco du pléistocène. La glaciation de Günz arrivait du nord puis battait en retraite avant que lui succèdent celles de Mindel, de Riss, de Würm. Les australopithèques que le capitaine avait capturés — pour qu'ils l'aident, peut-être, ou du moins pour les étudier dans l'espoir de trouver un espoir — disparurent et l'expérience échoua. Le pithécanthrope fit son apparition et fut oublié, puis il y eut l'homme de Heidelberg, les Néanderthaliens. Ils allaient vers le nord ou vers le sud, suivaient les mouvements de la glace, ils inventaient des outils, ils apprenaient à inhumer leurs morts et à les entourer d'un cercle de cornes de bouquetins, ils commençaient à apprendre le langage. Des langues de terre relièrent les continents avant d'être balayées par les eaux. Certaines tribus affamées eurent le temps de les franchir. Une vague de tribus venues d'Asie passa par l'Alaska et gagna le cap Horn, une autre demeura en chemin et développa des poches de graisse autour des sinus afin de lutter contre la morsure du vent arctique. Les enfants que le capitaine avait engendrés dans les garennes de Vénus, et qui l'avaient accompagné tandis qu'il explorait la Terre avec les siens pour sélectionner les primates les plus prometteurs, n'étaient pas encore devenus adultes à l'âge où l'homo sapiens découvrait le feu et la roue.

Et le temps passa.

A chaque battement du double cœur du capitaine correspondait une demi-journée de l'univers extérieur.

Tandis que les Sumériens descendaient de leurs montagnes pour dresser la grande cité du plateau perse, le capitaine lançait ses invitations pour la réunion d'anniversaire. Tandis qu'il dressait la liste des invités, Sargon bâtissait un empire. Tandis qu'il donnait à ses machines le programme de la réunion, des hommes tremblant de froid taillaient des blocs de granit et érigeaient les menhirs de Stonehenge. Colomb découvrit l'Amérique pendant que le capitaine faisait les changements de dernière minute, les premières fusées furent mises sur orbite pendant qu'il prenait son repas du soir, et il s'étirait avant d'aller se coucher pendant qu'un explorateur humain, ébahi, pénétrait pour la première fois dans un tunnel Heechee, quelque part sur Vénus. Le capitaine dormit pendant tout le temps de la croissance de Robin Broadhead, de sa puberté, de son voyage jusqu'à la Grande Porte et de ses premières Sorties, pendant tout le temps de la découverte de l'Usine alimentaire et son exploration. Il était à demi éveillé alors que la mission Herter-Hall partait pour quatre années en orbite, et il retrouva le sommeil le temps de leur exténuant voyage — pour lui, moins d'une heure. A l'instant où il s'éveilla, le capitaine était encore jeune. Il avait devant lui l'équivalent de dix années de vie active — ce qui, pour l'univers extérieur, équivalait à un quart de million d'années.

Le propos de la réunion était de débattre de la décision qui avait été prise par les Heechees de se réfugier dans un trou noir pour décider de ce qu'il convenait de faire.

Elle fut très courte. Toutes les réunions Heechees étaient très courtes quand elles n'avaient pas de prétexte social pour se prolonger uniquement pour le plaisir : les machines dirigeaient les discussions et, en évitant ainsi les pertes de temps, il était possible de régler le sort du monde en quelques minutes.

Il y avait beaucoup de choses à régler en vérité. Les nouvelles étaient alarmantes. L'étoile de type F qu'ils avaient, après bien des hésitations, incluse dans leur nid stellaire, donnait des signes annonciateurs d'instabilité. L'effondrement n'était pas imminent mais il convenait d'envisager son expulsion. Certaines des nouvelles, quoique déplaisantes, n'étaient pas inattendues. Le dernier vaisseau revenu de l'extérieur ne signalait aucun indice d'une civilisation spatiale en cours d'évolution.

On avait fait la part des informations les plus prévisibles. Les tests théoriques les plus rigoureux avaient démontré que la théorie des univers oscillants était correcte, et aussi que l'hypothèse du Principe de Mach (mais tel n'était pas son nom pour les Heechees), qui supposait que les nombres non dimensionnels pouvaient être modifiés dans la première phase du Grand Bang, était valable. Finalement, la discussion fut ouverte une fois encore afin de savoir s'ils devaient laisser le temps extérieur s'écouler quarante mille fois plus vite que dans leur sphère. Le rapport de 1 à 40 000 représentait-il un gain appréciable ? On pouvait facilement l'augmenter — à la demande de n'importe qui — en contractant simplement le trou et peut-être en en profitant pour évacuer cette dangereuse F. On décida de procéder à des études. On échangea des congratulations. La réunion était finie.

Le capitaine, ayant satisfait à ses devoirs, regagna la surface pour une nouvelle promenade.

Il faisait jour, à présent. Les écrans-filtres s'étaient automatiquement assombris. Même ainsi, quinze ou peut-être vingt étoiles brillaient encore dans le ciel autour du soleil. Le capitaine bâilla, songea un instant à un breakfast, puis décida plutôt de se reposer un peu. Il s'assit paresseusement, songeant vaguement à la réunion et à tout ce qui tournait autour. Le capitaine ressemblait suffisamment à un humain pour éprouver un certain désappointement personnel à la pensée que ces créatures qu'il avait lui-même choisies et installées dans l'artefact n'étaient pas parvenues à grand-chose. Bien sûr, elles pouvaient encore évoluer. Les fusées-messagères n'arrivaient que tous les un ou deux ans, selon leurs estimations — ce qui correspondait à cinquante mille ans pour l'humanité — et une civilisation au stade stellaire pouvait apparaître dans les intervalles. Mais, même si le projet du capitaine échouait, il en restait quinze ou seize autres dans la galaxie, partout où ils avaient pu relever les signes d'une évolution vers l'intelligence. Mais la plupart des êtres qui avaient été sélectionnés n'étaient pas aussi avancés que les australopithèques.

Le capitaine se détendit dans son siège fourchu, sa capsule vitale reposant confortablement sous lui, et lorgna le ciel. *Si* jamais ils venaient, se demanda-t-il, *comment* le sauraient-ils ? Est-ce que le ciel s'ouvrirait ? (Stupide, songea-t-il.) La coquille de Schwarzschild du trou noir s'évaporerait-elle simplement pour laisser passer tout un univers d'étoiles ? Ce n'était guère plus probable.

Mais, quand cela se produirait, si cela devait se produire, ils le sauraient.

Il en était certain.

Et la preuve fut faite.

Elle n'était pas réservée aux seuls Heechees. Si certaines de leurs expériences avaient débouché sur la civilisation, sur la science, d'autres êtres, alors, pourraient la voir.

Dans le rayonnement cosmique de fond, la nature anisotropique de la raie 3 du potassium montrait une inexplicable « dérive ». (Les humains avaient appris à la reconnaître, sinon à la comprendre.)

La théorie physique supposait que les nombres fondamentaux qui avaient rendu la vie possible dans l'univers pouvaient être changés. (Cela, les humains avaient appris à le comprendre, sans pour autant en être certains.)

Des indices subtils montraient que le taux d'expansion des galaxies les plus lointaines diminuait, qu'il s'était même inversé pour certaines. Cela dépassait la capacité d'observation humaine — mais de quelques dizaines d'années tout au plus.

Quand il devint évident pour les Heechees que non seulement il était possible de détruire l'univers afin de le reconstruire — mais aussi que Quelqu'un, quelque part, était en train de le faire, ils furent consternés. Ils tentèrent sans succès de savoir Qui pouvait faire cela, et où. Qui Ils pouvaient bien être. Une chose était certaine : les Heechees ne voulaient pas être confrontés à Eux.

Alors, le capitaine et tous les Heechees souhaitèrent que toutes leurs expériences en cours aboutissent à la connaissance, à la prospérité. Par bonté et par charité. Par curiosité. Et pour une autre raison aussi. Les expériences étaient un peu plus que des expériences.

Elles devaient former autant d'états tampons.

Si certaines des races expérimentales s'étaient vraiment développées, elles pouvaient avoir atteint maintenant le stade technologique. Elles avaient pu découvrir les traces des Heechees eux-mêmes. Le capitaine imagina leur émervcillement et leur peur devant les indices qu'ils avaient laissés. Et il essaya de sourire tandis qu'une équation se formait dans son esprit : Les « expériences » sont aux « Heechees » ce que les « Heechees » sont à « eux.

Quels qu'ils fussent.

A la fin, le capitaine eut une pensée sombre : Quand Ils reviendront pour occuper à nouveau cet univers qu'Ils remodèlent selon Leurs caprices, il faudra bien qu'Ils passent par tous les autres avant de nous atteindre.

TABLE DES MATIÈRES

J'ai Lu l'histoire

Dos vert bronze

CARS Guy des
Les reines de cœur (1783★★★)
Le destin de quatre reines exception-nelles de Roumanie.

CARS Jean des
Haussmann, la gloire du Second Empire (1055★★★★)
La prodigieuse aventure de l'homme qui a transformé Paris.
Louis II de Bavière (1633★★★)
Une biographie passionnante de ce prince fou, génial et pervers.
Elisabeth d'Autriche ou la Fatalité (1692★★★★)
Le destin extraordinaire de Sissi.

CASTELOT André
Les battements de cœur de l'histoire (1620★★★★)
La politique et l'histoire confrontées au cœur et à l'amour.

CASTILLO Michel del
Les Louves de l'Escurial (1725★★★★)
A la cour d'Espagne, horreur, fana-tisme mais aussi tendresse.

CASTRIES duc de
La Pompadour (1651★★★★)
Les vingt ans de règne d'une femme d'exception.

CHARDIGNY Louis
Les maréchaux de Napoléon (1621★★★★)
Des hommes hors du commun à une époque exceptionnelle.

DECAUX Alain
Les grands mystères du passé (1724★★★★)
Les énigmes historiques les plus célèbres.

DÉON Michel
Louis XIV par lui-même (1693★★★)
Un grand roi raconté par lui-même.

EXMELIN A.O.
Histoire des Frères de la côte (1695★★★★)
En 1668, Exmelin devient le médecin des flibustiers des Antilles.

JACOB Yves
Mandrin, le voleur d'impôts (1694★★★)
L'histoire vraie d'un personnage célèbre.

KENDALL Paul Murray
Mon frère Chilpéric (1786★★★★)
Le récit passionnant d'une des pério-des les plus sombres de l'histoire de l'Europe.

MERMAZ Louis
Madame de Maintenon (1785★★)
Le destin hors du commun de la veuve Scarron qui devint l'épouse de Louis XIV.

MORAND Paul
La dame blanche des Habsbourg (1619★★★)
Tous les drames de la cour d'Autriche, toutes les amours.

MOYNE Christiane
Louise de La Vallière (1726★★★)
Le jeune Louis XIV et sa touchante maîtresse.

STEINBECK John
Le roi Arthur et ses preux chevaliers (1784★★★★)
Steinbeck fait revivre l'épopée des Chevaliers de la Table Ronde.

TROYAT Henri

Catherine la Grande (1618★★★★★)
Petite princesse allemande, elle a voulu incarner la Russie.

Pierre le Grand (1723★★★★)
Génial, fou, bouffon, fascinant, tel fut ce tsar.

Nouveautés J'ai Lu l'histoire

Guy des Cars
Les reines de cœur (1783★★★)
John Steinbeck
Le Roi Arthur et ses preux chevaliers (1784★★★★)
Louis Mermaz
Madame de Maintenon (1785★★)
Paul Murray Kendall
Mon frère Chilpéric (1786★★★★)

Achevé d'imprimer sur les presses de l'imprimerie Brodard et Taupin
58, rue Jean Bleuzen, Vanves. Usine de La Flèche,
le 11 avril 1985
1807-5 Dépôt légal avril 1985. ISBN : 2 - 277 - 21814 - 6
Imprimé en France

1814
★★★★

Editions J'ai Lu
27, rue Cassette, 75006 Paris
diffusion France et étranger : Flammarion